吾家有妻驕養成

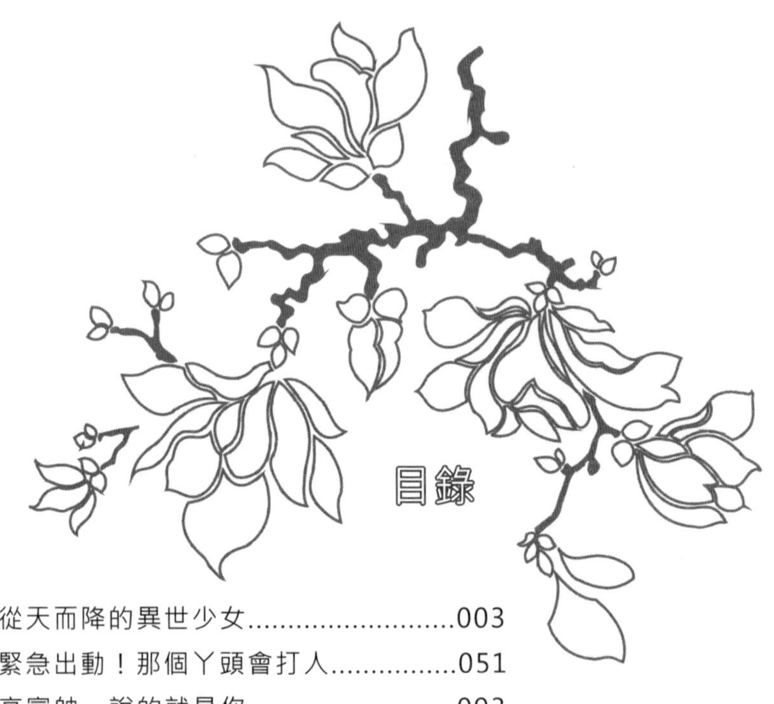

目錄

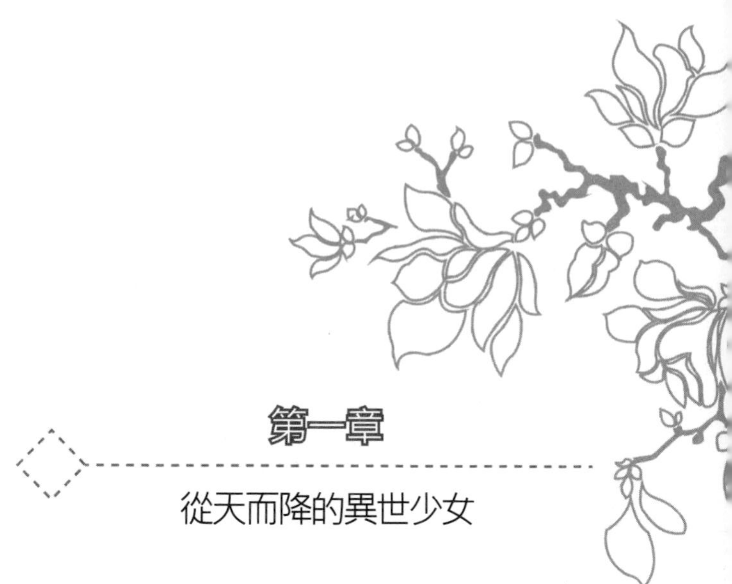

第一章

從天而降的異世少女

手機鈴聲再一次響起，陳鷹低頭看了看，又是程江翌的電話。他順便掃了一眼時間，十點二十三分。這個時間，這人這麼執著地非要他接電話，能有什麼好事？

「喂！」陳鷹一邊推開便利商店的門，一邊接通電話，又點著了菸吸一口，語氣很不好。加班加到這個時間，累得像狗，回家路上買包菸，還要被不喜歡的人騷擾，真的相當不爽。

聽完電話那頭的人說完話，他就更不爽了。

「滾一邊去，我怎麼可能幫你養孩子？」

「不是我孩子，也不是幫我養的，是你該養的，緣分到了。」程江翌果然臉皮厚到一個境界，還敢慢條斯理地繼續說：「要不，我換一個說法好了。請注意，這是一通預警電話。也不知道什麼時候，應該就是最近，會有一個小女生在你附近出現。她可能會有些古怪，比如穿著古裝，比如說話的口音和用詞跟一般人不一樣，但是你不用擔心，她是正常人類，就是時代跟我們有點不一樣。你這人見多識廣，膽子大，又愛獵奇，一定能接受和搞定的。遇到她時，請你收留她，照顧她。」

「你還沒死，不用託孤。」為了塞個拖油瓶給他，虛偽地誇獎他，一點都不能讓他開心。

程江翌不理他，繼續說：「有一位叫月老的年輕男士正趕去見你，他的編號是2238，他會把事情好好跟你說說。他說的都是真的，以你的智慧和耐心，一定能聽明白。你要做的就是相信他，做好迎接這件事的準備。」

「程江翌，你老婆知道你腦子進水了嗎？」陳鷹話音未落，忽聽得「砰」的一聲巨響。

陳鷹嚇了一大跳，轉頭一看，他剛開了一星期的寶貝車頂上，站著一個人。

寬袖長袍裙，古裝衣飾，黑色直長髮在微風中輕輕拂面。

那是張極年輕的臉，白皙、美麗，極有氣質和氣勢的……少女。

她半彎著腿，正一邊左右四望，一邊站直起來。那姿態，好像剛剛掉下來。

不，又不是外星人或終結者，她應該是跳上來的！陳鷹這麼想。

只是四下空曠，他剛才根本沒看到有人，而且就算用跳的，也不可能跳得這麼俐落，聲音太大以及……媽的，他的車頂凹下去一塊了！陳鷹臉綠了。這熊孩子踩壞了他的車！

「陳鷹，你要相信我。你想想，我跟你哥是合夥人，一起開公司，鐵桿哥們兒，我能拿這種事跟你開玩笑嗎？」

電話裡很吵，而車頂上那名少女終於看到了陳鷹。她很驚恐，瞪大了眼睛盯著他。

陳鷹把電話掛掉，把手上的菸丟掉，沒好氣地盯著少女看。到底誰才應該驚恐啊？來路不明的人不是他好嗎？隨便跳一跳就能把人家的車頂踩凹的人不是他好嗎？

少女的表情從驚恐轉為防備，陳鷹撇了撇嘴，他才是該防備的那個人。

「喂，妳踩壞了我的車！」陳鷹道。

少女皺起眉頭，困惑又猶豫，看了看四周，似乎想跑。

「妳從哪裡冒出來的？」陳鷹又問。

少女沒應話，猛地一躍，從車頂上跳了下來。身手矯健得太不像話，動作輕盈得太誇張。小臉板正，冷若冰霜，長髮隨著動作飄揚起來，在路邊燈光的襯映下泛出黑亮光澤。

媽的，還漂亮得不得了！

幸好，她個頭不算高。陳鷹打量著她，身高上他高出一截，倒是比她有氣勢，但他這把年紀，又是個男人，這一點上占優勢真是沒什麼好驕傲的。

兩個人你盯著我，我盯著你，互相看了好一會兒。

陳鷹指了指他的車，再說一次：「妳踩壞了我的車。」他頓了頓，強調：「新車！」

少女瞥了他的車一眼，沒任何反應，似乎壓根兒沒把他的車當一回事。

陳鷹非常不爽，相當不愉快。這哪家的死小孩？他低頭要拿手機回撥，找程江翌算帳。

這傢伙是不是找了個小模特兒什麼的Cosplay耍他呢？

電話還沒來得及撥，眼角看到那少女轉頭想走，陳鷹忙伸手拉她，「等等！」

手剛碰到她，卻見她一拂袖，陳鷹的手臂就被甩開了。陳鷹吃了一驚，小姑娘動作敏捷得真是太不像話了，他的手臂居然被甩得有點疼。那少女動完手，退了一步，防備地盯著他。

「妳啞巴？能說話嗎？妳是怎麼回事？」陳鷹這下更不高興了。沒禮貌的臭小孩！

這時候，遠處忽然有個年輕男子跑過來，一邊跑一邊對他們喊：「等一下！等一下！」

等什麼等，他們根本都沒有動！陳鷹和少女同時望向來人。

那人跑得氣喘吁吁，跑到他們跟前仔細看了他們一眼，又拿出他的平板電腦看了一眼，然後問：「陳鷹？米熙？」

沒有人說不是，那就一定是了！來人似乎很滿意，舒了一口氣，對他們兩人道：「你們好，我是月老，編號2238。」

靠，程江翌這傢伙，演員找得真齊！陳鷹開始仔細回想最近自己得罪過程江翌沒有，能讓他這麼大動干戈，一定是結了深仇大恨吧？可想了又想，沒有啊，他最近什麼都沒做，最後一次仇是大半年前的事了。

陳鷹思索的這當口，那個叫米熙的小女生已經跟月老號對上話了。

她抱拳施禮，「見過月老先生。」

還真是像模像樣的啊！陳鷹不動聲色地看著。

「米熙，妳來得比我預料得早，不過沒關係，我會安排好。那邊的月老通知妳了吧？妳別難過，到了這裡就是新生，可以重新活過，妳的父母泉下有知，也定會為妳高興的。」

還泉下有知？這狀況真戲劇化！陳鷹繼續看戲。

「陳先生，程江翌有打電話給你，說明這情況了吧？」陳鷹看戲沒一會兒就被拉進戲裡，他不答，可月老已經從他的表情裡看到答案，「米熙來得早，我沒能提前來跟你說，不過程江翌介紹清楚就行了。」

清楚個屁，真是見鬼了！陳鷹剛想發表幾句這事跟他無關的言論，月老已經拉米熙過來，「米熙啊，這位就是妳今後的監護人。他叫陳鷹，今年二十八歲，除了抽菸和愛罵髒話，應該沒有其他不良嗜好。」

等一下，什麼監護人？

「何謂抽菸和愛罵髒話？」

「呃，抽菸就是……」月老看看陳鷹，瞥到他腳下的半支菸，忙指了指，「就是抽那個。那個不好，妳不要學。」

米熙點了點頭。

「愛罵髒話就是……呃，就是愛說些粗鄙之言。這個也不好，妳也不要學。」

米熙又點頭。

靠，這算是當面損我說我壞話，還當我不存在嗎？陳鷹雙臂抱胸，「兩位，我還活著呢！」

「來！」月老笑咪咪的，一副「活著就好，我來介紹一下的模樣」，「米熙，見過陳鷹叔叔。陳先生，來，見過米熙。陳先生，米熙是孤兒，遠道而來，人生地不熟，語言一半通，需要有監護人照顧她。你與她有緣，所以米熙就拜託你了。」

「何謂監護人？」

「就是照顧妳的人，比如妳爹和妳娘就是妳的監護人。這位陳鷹叔叔，妳就當他是叔叔。」

「誰是她叔叔？」陳鷹頭頂快冒火，為什麼這兩人有當旁人是透明的毛病啊？他有答應做什麼遠道而來的孤兒的監護人嗎？

月老當然也知道事情不會這麼順利，他來不及慢慢說服陳鷹，那就得找人幫忙。

「陳先生，你有蘇小培的電話號碼嗎？」

「沒有。」陳鷹沒好氣。蘇小培是程江翌的老婆，他怎麼會有她的電話？

「那麻煩你幫忙撥給程江翌好嗎？」

還要他打給程江翌？這位月老先生還真是不知道客氣兩個字怎麼寫啊！

「麻煩你了。」月老的態度好得不能再好。陳鷹撇撇嘴，他這人是吃軟不吃硬的。正好他也很想跟程江翌把事情說清楚，無論他在搞什麼鬼，他都不會就範的。

電話剛撥通，他那聲「喂」還沒說完，手機就被月老搶走了。

「程江翌啊，麻煩你讓蘇小培接電話。」

陳鷹一臉黑線，這是把他和程江翌都當成傳話工具了？

「蘇小培，米熙已經到了……嗯，我們三個現在在一起。我還沒機會跟陳鷹詳談，程江翌剛剛跟陳鷹說過了嗎？」

「他說什麼了？」陳鷹一肚子火。那樣就叫說過？那還真是介紹得相當「詳盡」啊！

月老還在講電話：「米熙挺好的，我看她精神還不錯。」

聞言，陳鷹看了米熙一眼，她似乎對月老講電話很感興趣，一直在看手機，然後又轉頭看他的車子，看馬路，看路燈，最後抬頭看天上。今天天氣不錯，氣溫適宜，春末夏初，正是好時候。天上有星星，有月亮，皎潔明亮。陳鷹忽然發現自己居然跟著米熙一起在看天，頓時覺得自己犯傻。他把頭轉回來，卻見米熙也正把目光從天上轉回來，兩人視線碰到，他看見了她的眼神……小鹿一般，茫然又無助。

陳鷹眨了眨眼，再仔細看，卻看不見她的眼睛了。她微低著頭，抿著嘴，身形單薄，寬袖薄衫，本是纖弱姿態，卻不知怎地，讓陳鷹想到了「倔強」兩個字。

這時月老在說：「好的，一會兒見。」他說完，把電話掛了，遞給陳鷹，「謝謝。」

陳鷹沒說話，因為真的不想對他說「不用謝」。

「麻煩你送我們去程江翌家。」月老說道。

陳鷹有點控制不住面部表情，他明明沒對他客氣，他為什麼就這樣完全不客氣呢？

「憑什麼？」

「你有車。」

真是好理由，這月老跟程江翌不是一夥的他絕對不信。陳鷹正想說「有車也沒義務送你們」，可月老已經轉向米熙，「米熙，妳別害怕，我不會讓妳露宿街頭的。」

陳鷹到嘴邊的話又嚥了回去。前幾天還真是在社會新聞裡看到有個小女生深夜在街頭被歹徒搶劫，最後裸屍的慘案。他一猶豫，月老已經帶著米熙站到他車旁了。陳鷹很抗拒，又覺得丟下

小女生在街頭確實不合適，反正送他們到程江翌家也不是什麼難事。

陳鷹默默用電子鎖鑰匙按開了車門。車子「滴」的一聲響，米熙嚇了一跳。她睜圓眼睛瞪著車子的樣子，不巧被陳鷹看到。

是真土包子還是假土包子啊？呃……表情是挺可愛的，也許她在裝可愛！

陳鷹繞到駕駛座那頭開車門上車。月老也打開了後車門，引導米熙上車。兩個人動作慢吞吞的，陳鷹按捺住脾氣等著。

好不容易車子啟動，月老開始跟米熙聊天：「妳別著急，我們先去程叔叔和蘇嬸嬸那說說話，然後把妳安頓好，妳就能好好休息了。這裡的東西雖然古怪些，不過妳慢慢學，都能學會的。」

米熙沒說話，點了點頭。

「我們現在坐的這個是車子，就跟你們那兒的馬車一樣。」

「並無馬兒拉，如何能跑？」

「是因為燒了汽油。」

「汽油？」米熙好奇。

月老有些發愁，「就是一種能燒的油。」

陳鷹對這答案嗤之以鼻，能燒的油？哪種油不能燒？

「嗯，就是汽油燒起來，有了動力，車子就能跑了。」月老很努力地想解惑。

「為何燒起來能跑？既是燒了，為何車子無事？」

月老無語，不知該怎麼回答。他真是多事，摻和什麼少女教育問題呢？他管管姻緣就好了。

陳鷹聽到這些對話，很想笑。他又看了後視鏡一眼，那上面映出後座上兩張都很認真的臉。

「米熙，妳別著急，這些問題以後妳陳鷹叔叔都會告訴妳。」

陳鷹彎上去的嘴角迅速塌了下來，他決定送完他們以後就馬上走人。

米熙往前看了陳鷹的椅背一眼，陳鷹在後視鏡裡捕捉到她的表情。她抿著嘴，對月老點頭，算是應了，可陳鷹小心眼地注意到，她並沒有討好巴結自己的意思。

按理，她聽月老的話，不是該尊自己是監護人嗎？為了以後的日子好過，怎麼也該表示一下善意吧？陳鷹又看了後視鏡一眼，正巧米熙也看過來，兩個人的目光在鏡中碰到，又各自別開。

她肯定知道自己不喜歡她，也不打算接納她。這小丫頭的自尊心挺強的啊！

月老吃了教訓，沒再試圖掃盲，只跟米熙說別的事。什麼那邊的月老的交代，什麼她在這邊的專案負責人是他，他一定會盡力。又介紹了程江翌和蘇小培是何人，鼓勵米熙要抓緊時間找對象，自己要多努力。

抓緊時間什麼？陳鷹的臉抽了抽，這小丫頭明明未成年，月老居然教唆鼓勵未成年人找對象，這樣真的合適嗎？還有，他說這些話，小丫頭聽得懂嗎？

程江翌家終於到了，陳鷹把車開到樓下，月老提醒他：「這裡不能停車。」

「你們下車，我走。」他根本沒打算停。

「你不帶我們上去，我們不下車。」月老雙手抱胸，一副不達目的不甘休的樣子。

米熙面無表情，好像她是不相干的人。

「你要跟我們上去，我有話跟你說。」月老又道。

陳鷹的嘴抿得很緊，有種上當的感覺。以為只是送送人，結果變成當事人，他很不高興。

「我有話跟你說，很重要。」月老繼續說。
陳鷹看了米熙一眼，米熙也正看著他。
她對他有戒備，他才是該戒備的那個好嗎？
陳鷹與米熙的目光在較勁，他看出來了，他跟不跟去、會不會收留她，她都無所謂。
呵，她這麼無所謂的話，他倒是要上去看一看了。他又不是沒去過程江翌家，他們還能把他怎麼樣？他想知道這到底是怎麼回事，反正無論如何，他是不會做什麼狗屁監護人的。
程江翌和蘇小培都在家，蘇小培感冒，精神不太好，但還是很熱情地接待了他們。
「蘇小培。」月老一進屋就奔著蘇小培去。陳鷹心想，以程江翌護妻的噁心程度，怎麼不給這所謂的月老一腳呢？
「我把陳鷹帶來了。」這話說得……他又不是人質，是他自願上來的，他沒什麼功勞好嗎？
蘇小培笑咪咪地跟陳鷹打了招呼，然後轉向米熙，「妳好，妳一定是米熙。」
米熙點了點頭。
「我是蘇小培。」
米熙施了一禮，「見過嬸嬸。」
很好，這就認上親了！祝你們親情永在，闔家團圓！陳鷹念完咒，轉身就想走。
程江翌與月老一人抓住他一隻手臂「坐，喝杯茶。」
蘇小培笑著對米熙說：「切莫多禮。來，妳隨我來，我準備了一些東西給妳。」
米熙看向月老，他點點頭，米熙就跟著蘇小培進房間去了。
「你看，她只信任你，你收留她吧。」陳鷹決定先發制人，把小丫頭往月老身上推。

「我住團體宿舍。」月老抓緊時間跟陳鷹說：「情況是這樣的，我們所處的這個世界與另一個平行世界緊密並存，你可以想像一下八卦的樣子，兩個世界併在一起運轉，能量得以永恆。我是月老，編號2238。我的工作就是執行紅線系統的指令，為有緣人引緣牽線，讓有情人終成眷屬。我們這個紅線系統，經過上次的一個專案，發現它有些能力，比如它能讓另一個世界的人穿行到另一個世界去，米熙就是紅線系統指引她過來的。」

「你是作家，月老是筆名？」

「你先聽我說完。」月老一說到他的工作就認真無比，「米熙生活的那個年代，類似我們這邊的古代，生活方式、語言文化都跟古代一樣，所以你也看到她的模樣了。她穿越過來的服飾打扮，就是她在那邊平常時的樣子。」

「她穿越過來幹麼？」陳鷹決定換一種問法，順著他來。

「米熙的父親是護國將軍，她家被人陷害，滿門抄斬。米熙這孩子一桿長槍拚死一戰，護衛她的母親、妹妹和弟弟，獨戰十八人，最後浴血而亡。」

「她死了？」陳鷹嚇了一大跳。

「她大孝大義大勇，感動了一直積極為她牽紅線的月老，而且她原本命不該絕，只是突生事端，措手不及，才有了那個結果。那邊的月老希望能保她一命，讓她得以享受到幸福的一生，於是便向紅線系統緊急求助。」

「你們神話裡不是有重新投胎一說？給她找個好人家投了不就行了？」

月老搖頭，「我只知道紅線系統，不知道投胎什麼的。你先別打岔，總之，紅線系統受理了這個申請，但因為米熙在那個世界已經過世，所以她得到這邊來重獲新生。可糟就糟在米熙手上的紅線是斷的，那邊的月老還沒來得及為她綁上紅線，她就遭難了，所以她沒有紅線護體。沒有紅線保護，她只能支撐三年。紅線要找到有緣人並且接上，不是容易的事，三年的時間很短，不一定夠用。這件專案最後轉到我手上，我要在今後的日子裡幫助她綁紅線，但這段期間她需要一個住的地方，也需要有人照顧她。我在系統裡搜索了所有可能的人選，發現你的條件很合適，正好你又與程江翌認識，我就跟他打聽了一下，然後我確認，你確實是最合適的。」

「等等，『最合適』這個結論是怎麼得出來的？」

月老思索著要怎麼解釋，程江翌搶著道：「我來說！」

說就說。陳鷹坐直身體。糊弄誰呢？又是月老、紅線，又是穿越，又是死了又是活了，還最合適？編吧，看你們怎麼編！

「你是最合適的人選，理由如下：第一個理由，你哥是我公司的合夥人，你勉強算自己人。自己人好說話，若是出了什麼差錯，我們也知道該找誰算帳。這個很好理解，對吧？第二個理由更簡單了，你有錢，養得起。」

陳鷹一臉黑線，這理由真他媽的好！

「第三個理由，除了我之外，你是我認識的人裡面膽子大心又軟，最有良知的一個。小丫頭交給你，勉強能放一半的心。」

這是誇一誇別人還不忘捎上自己？陳鷹很不屑。程江翌這傢伙，自己不管小丫頭死活，企圖推到別人身上，還跟他講良知？還勉強放一半的心？

「你對我的認識太淺薄了，我每天摸摸自己胸膛，找不到良心在哪裡。我哥才是真善良，也有錢，更是自己人，你找他，更合適。」推到別人身上這事，他也很拿手。程江翌坑他就是他哥

坑他，而且這事要說陳非不知道，陳鷹打死都不信，所以他把他哥拖下水，一點都不愧疚。

「你看看你，多大的人了，怎麼還能事事指望哥哥呢？你哥沒空，他要幫公司賺錢，工作那麼忙，哪有時間照顧小丫頭，你比較閒啊！」

「我哪裡閒？」陳鷹快要炸毛，「我工作也很忙。」

「你那麼多員工幹麼吃的？讓他們做就好了。」

「你那裡沒員工嗎？」

「沒你家多。」

那是事實，可邏輯不對！陳鷹伸了伸腿，反擊回去：「我哥忙，你肯定閒。你又有家室，你們兩口子收養最合適。」

「我們不行。」

「為什麼？」

「我們準備要個孩子，造人運動動靜太大，讓未成年少女聽到多不好意思。」

陳鷹臉黑掉一半，這麼不要臉的話，這人究竟是怎麼說出口的？詭異的是，他居然真的配合地在想這樣對小丫頭來說確實很不合適。

「我話還沒說完呢！」程江翌再接再厲，「我總得有個藉口把『尋郎』那遊戲的版權賣給你。你照顧米熙，雖然與我關係不大，但終究好像是我欠了你人情，到時遊戲要上市，要談影視等等版權的合作，我就不得不優先考慮你。你看，我這也是有付出的。」

「你他媽賣我個版權還需要找藉口嗎？」

「當然要！萬一別人不小心出價比你高，在商言商，我需要一個強有力的藉口說服自己！」

陳鷹真想對他比中指，但是，說實話，《尋郎》版權的誘惑力確實不小，比那個《劍俠》更有吸引力，只是遊戲還沒開發完成，版權也還沒放開。他已經看過那個遊戲的劇本、人設和部分測試，確實很有意思，這是個賺錢的好買賣。

「我跟你說，」程江翌這次擺正臉色，「月老是真的，紅線系統也是存在的，這不是故事。我當初昏迷不醒，最後突然醒過來，就是靠著紅線護體，是小培到那邊找到了我。」

陳鷹愣住，女心理學家到另一個世界尋找命定之人，這橋段好熟……對了，他忽然明白過來，這是《尋郎》的劇情。他忍不住斜眼看程江翌。

「這不是我編的，不是我的創意，是真實發生的事。我只是記錄下來，將它設計成遊戲而已。我想用這種方式，將我和小培的故事永遠保存下來。」

「還有，你答應我，讓大家藉此相信愛情，學會珍惜，懂得努力和包容。」月老插話，所以他才同意讓他們在遊戲裡用到他的情節。

程江翌揮揮手，要他別打岔，繼續對陳鷹說：「這件事你不用懷疑，確實是真的。你哥也知道米熙的事。陳鷹，紅線系統選中你自然是有道理的。你要好好照顧她，應該不會太久。」

陳鷹揚眉，「什麼不會太久？」

「綁上紅線。」

陳鷹繼續揚眉：「剛剛這位專業綁紅線的月老先生才說過綁紅線很難，三年時間很短，到你這裡就不會太久。你摸摸自己的良心，它還在嗎？」

「他強調的是事情的重要性，我強調的是事情的操作性，修辭不同，用的詞就不一樣。」月老看看這個，又看看那個。這兩人口齒都很伶俐，他還是先別插嘴。

這時蘇小培帶著米熙出來了。米熙已經換了一身輕便的休閒服，長袖長褲加帆布鞋，長長的頭髮梳了個馬尾，看起來像個正常女生了。

米熙見大家都在看她，有些局促，手腳似乎不知該往哪裡擺。

陳鷹看著她，澄淨的眼睛、單純的表情，與現在的女生氣質完全不同。他忽然發現自己居然有些相信他們的說辭，雖然扯淡，但他有些信。

若不是真的，米熙是從哪裡跳到他車頂的呢？

他是曾經聽哥哥說過程江翌有過很特殊的經歷，而這個月老2238號應該也不是瘋子。再退一萬步，這兩個男人信不過，蘇小培卻不是會亂開玩笑的女人。只是，如果這事是真的，紅線系統為什麼選中他？他哪裡合適？

「如果我不答應收養她呢？」他問。

沒人回答他，只有蘇小培長長的一聲嘆息。

米熙聽到陳鷹的話，抿緊嘴，別開臉，卻倔得不願低頭。

陳鷹看著她的表情和她扭在一起的手指，看著看著，心軟了。其實這事也沒什麼大不了的，就是給她一個住的地方，讓她餓不死就行。其他的，這些人自己會去辦的吧？

陳鷹清了清喉嚨，米熙偷偷瞄了他一眼。他忽然意識到剛才自己當著她的面那樣說很不禮貌，小丫頭初來乍到，人生地不熟，大家都告訴她她只能指望他，而他卻這麼不客氣。可是，真的不甘心就這樣示弱，憑什麼是他啊？

「那個……妳多大了？」他問，先再搞清楚狀況再說。

「十七，快十八了。」月老看出他有些動搖，趕緊幫忙說話，「這年紀已經很懂事了，不會惹麻煩，米熙很乖的。」

陳鷹瞥他一眼，是問你嗎？你積極個什麼勁兒？像在販賣人口似的，這樣的月老真的靠譜嗎？

「元月十五生辰。」米熙自己答了。

「妳願意跟我走嗎？」陳鷹又問，有些挑釁的語氣。要是小丫頭自己不願意，其他人都別廢話，她想跟誰誰就管她。嗯，這樣很公平。她不喜歡他，所以有很大的機會說不願意。

米熙看看月老，又看看蘇小培，然後轉頭回來。

誰都能看出她的不情願，可她還是小小聲道：「還請叔叔多多照顧。」

陳鷹扶額，這情形真是他媽的相當不妙！喂，妳不是一個人打十八個男人嗎？盲從不是美德，別聽人家說什麼就是什麼啊！他看看在場的幾個人，大家都盯著他，而米熙也在偷偷看他。

陳鷹吸了口氣，這就像一群老鴇在賣人，而他是那個可憐的買家。不對，應該說她是那個可憐的被拐賣的良家姑娘。

他如果不收留她會怎樣？陳鷹猶豫了。

月老很著急，掏出一些紙塞到陳鷹手裡，「這些是米熙的資料和各種證件，交給你了。」

陳鷹接過來看了看。這一看，靠！他跳了起來。

「他媽的為什麼她都遷到我戶口裡了？」

「你是監護人啊！」月老回答。

「你們紅線系統還管假造身分證和辦戶口轉移手續嗎？」陳鷹咬牙切齒，「還偷戶口名簿！」

「不不不！」月老猛擺手，「我可沒偷你的戶口名簿，是你哥哥提供的！」

他媽的，家賊難防！

「你還有什麼要問的？」程江翌問他。

陳鷹氣壞了，有太多想問，但這些都不是重點，重點是，他被這群人聯手算計了，包括他親哥哥。親情呢？人性呢？

陳鷹心裡罵了十萬句髒話。他看著米熙，小丫頭的眼睛正瞅著電視機看，對她來說，這個世界確實很陌生吧？他看著她，莫名又心軟了。

一屋子人全他媽的壞心眼！你們有考慮過小丫頭的感受嗎？沒看到她表情很失落很難過嗎？

「看來他沒問題了，就這麼定了。」

等等，他同意了嗎？他沒同意啊！可是他心裡已在盤算哪個房間讓她住了。

善良真是個見鬼的玩意兒！

陳鷹最終還是把米熙領回家，臨走前，蘇小培幫米熙準備了一袋衣服和各種生活用品，但因為不知道米熙的尺寸，所以有些可能不太適合，她說到時候會再買新的給米熙，讓她先將就著用。

陳鷹聽得很滿意，這麼看來，他真的只是提供一個住的地方，再管三餐就好。

「這是牙枝，跟妳那邊的不一樣，用法差不多，方才在房間裡我教過妳了，妳就那樣用。這枝是新的，給妳。這在我們這裡叫做牙刷，別忘了。牙藥在我們這裡叫牙膏，妳陳鷹叔叔家裡有，用他的就行。潔面和護膚的都放在妳的包包裡了，澡膏也是。我都寫好了用法貼在瓶子上，妳要是不記得怎麼用，就問陳鷹叔叔。」

還牙枝牙藥呢！陳鷹最後掙扎一下，「這麼多新詞聽不懂，要不，她先留在你們家吧？」

他說完這話，大家就火速把他們送出門去。

月老屁顛屁顛地跟著他們走，說是要確認米熙順利入住新家。陳鷹真想給他白眼，他是那種會把小丫頭丟在半路上不理的人嗎？

晚上車少，三人很快就到了陳鷹家。

月老像屋主一樣帶著米熙四處確認浴室、客房，「啊，陳先生，這間是米熙的房間吧？」朝南，有床有櫃子，看起來不錯。

「對。」不知道還搶著帶路！陳鷹忍不住翻了個白眼。

「妳看，這是妳的房間，床不小，房間好大，離廁所也近……啊，廁所的意思就是茅廁！來來，我先教妳。」月老領著米熙去廁所，「這是馬桶，坐在上面拉就行了，然後要沖水……妳看，像這樣。」說著，示範怎麼沖水，「妳看，這是水龍頭，只要這樣轉，水就出來了，很方便。這裡不用水井，水都是這樣用的。對了，妳蘇嬸嬸給的毛巾、牙刷那些東西呢？」

米熙從包包裡掏了出來，月老幫她把東西掛在洗臉檯上鏡櫃旁的掛勾上，然後又跑出來問：「陳先生，你給米熙一個漱口杯。」

陳鷹找了個玻璃杯遞過去，月老把米熙的牙刷放在裡面，教她放到鏡櫃裡，又對她說：「米熙，這裡以後是妳的家了。」

有毛巾有牙刷就是自己的家了嗎？這也太好占地方了吧？

陳鷹本想揶揄調侃兩句，但看到米熙呆呆的表情，他又說不出口了。

月老興致勃勃地帶著米熙又去看了其他地方，「這是書房，是妳陳鷹叔叔的地盤，妳平常不要進來打擾他……這不知道是什麼房，啊，這是臥室，就是寢室，也是妳陳鷹叔叔的地盤，妳千萬不要進來！」

「千萬」這個詞用得……還加強語氣！陳鷹眼角抽了抽。進來了會怎樣？他還能把小丫頭吃了不成？居然敢質疑他的人格？可惜他不能唱反調，因為他確實介意別人進他的臥室和書房。

「陳先生！」月老又在叫喚，真是呱噪的月老啊！

「怎麼了？」

「陳先生，你是用主臥室的浴室吧？那外面那個浴室就是米熙專用的，你不要亂動她的東西。」月老帶著米熙，把沐浴乳、洗髮精等瓶瓶罐罐擺好，教她怎麼用蓮蓬頭，又催促陳鷹提供新的床單被套，兩人一起把床鋪好。米熙在一旁看著，眼神有些呆。

「好了好了！」月老又裡裡外外檢查了一遍，「米熙，這是妳的房間，這是衣櫃，妳自己收拾衣服……啊，這兩套當然不夠，不用擔心，妳陳鷹叔叔會解決的。這桌子上沒鏡子，妳就湊合著先用浴室裡的那個。」

米熙點點頭，表情還是有些呆，又或者……無措？陳鷹把頭撇一邊，假裝沒看到。現在他開始有壓力了，這孩子不好帶吧？古代來的呢！現在後悔還來得及嗎？

月老在屋子裡轉了一圈，問：「陳先生，我有漏了什麼嗎？」

陳鷹抿抿嘴，除了把人帶走，你應該什麼都沒漏了。

「米熙，妳別害怕，我會來看妳，妳程叔叔和蘇嬸嬸也會來看妳的。」

米熙沒說話，又只是點頭。

「那麼……」月老似乎捨不得，深吸了口氣，「我得走了。」

米熙這才回過神來，朝著月老深深地鞠躬，「多謝月老先生。」

月老擺了擺手，欲言又止，最後擠出一句：「米熙，妳加油。啊，加油就是鼓勵人的話。」

米熙又行禮，「多謝月老先生。」

月老擺擺手，這次沒說話了。陳鷹心想，如果他再說妳加油，那邊再說多謝，他再回妳加油，那他就真得把這月老拎出去了。啊，不對，是兩個都一起拎出去！

「陳先生，你送送我吧。」月老居然有這要求。

陳鷹沒拒絕，雖然一般客人走的時候會說不用送，而這月老反著來，但送一送沒什麼，結果月老要求把他送到樓下。

「陳先生，我想與你說說我的理由。」

「什麼理由？」

「選中你照顧米熙的理由。」月老清了清喉嚨，「系統裡搜出來的有緣人有十八個。有緣人的意思，並不一定是能相處得好的意思，也不一定是姻緣的緣分。我過濾掉了一些不太合適的，剩下好緣分的，你是其中一個。陳先生，你跟米熙有緣，就算我沒有安排她由你照顧，你有一天也會遇到她，會幫助她。我所做的，只是縮短了這個過程，讓你們直接走到這一步。因為時間很短，這我解釋過。你是幾個人當中年紀最大的，事業最有成的，你有閱歷、善良，有擔當，我是說，擔當得起。你是我能搜尋到的最有能力和最有可能照顧好米熙的，這是我選擇你的原因。當然，你與程江翌他們相識，是朋友，這讓我更增加了信心。」

陳鷹沒說話，月老又道：「與你說這些，是想讓你知道，請相信我沒有胡亂找個人就把米熙丟過去，所有的一切都是認真比較和思考的結果。紅線系統真的存在，它給出了指示與方向，該發生的總是會發生，但結果如何就得看個人自己。日後你一定會明白，還請多些耐心包容米熙。」月老說完，鞠了個躬，然後轉身離開。

這人突然這麼正經嚴肅，讓陳鷹有些意外。他也有問題要問，但月老跑太快。陳鷹是想問他，現在米熙吃住有著落了，那她的姻緣月老有沒有什麼安排？他只管收留米熙，那接下來呢？只把人丟下，重點卻沒安排好就跑掉，這月老真是太不靠譜了。

陳鷹嘆氣，上樓回家。經過浴室時，看到米熙正站在洗臉檯前發呆。她看著鏡子，鏡子裡的她疲倦又悲傷。陳鷹轉開頭，假裝沒看見，問她：「餓不餓？」

米熙迅速挺直腰桿，轉過身來對他搖頭。

「嗯，那妳……會用嗎？」他指了指毛巾和蓮蓬頭。

米熙點頭。陳鷹清咳兩聲，「那我回房了，有什麼事妳就叫我。」

米熙又點頭。陳鷹朝臥室走，走了兩步又回頭，「我說的話妳都能聽懂吧？」

米熙點頭。

「聽不懂妳就說啊！」

米熙繼續點頭。

好吧，對話很無趣，他回房洗澡睡覺。

陳鷹倒在床上認真想這事，他收留一個十七歲的少女真的不合適，他很忙，工作堆積如山。再者，沒理由他就這樣被說服了。他可以暫時收留她，安排好她後面的生活，比如讓他那個背叛親情的哥哥擔下這責任，或者推給別的什麼人。如果實在沒人，他娘親大人倒是合適，她一直嚷嚷這輩子沒生個貼心的女兒。只是這小丫頭來歷不明，也不知道為人怎樣。

陳鷹聽了聽，外面好像沒什麼聲音，有些不放心，還是出去看了看。

米熙應該是洗漱過了，浴室裡留了水漬。她的房間開著門，裡面沒人。

「米熙？」陳鷹走到客廳找。客廳沒開燈，他發現她盤腿坐在客廳那面大大的落地窗前，看著外面的天空。聽到他的聲音，她轉過頭來看他。

「早點睡。」陳鷹想半天也只能說這句，實在沒什麼跟冷冰冰的小丫頭打交道的經驗，也沒這麼好的脾氣放低身段哄她，明明他才是需要被哄的那個。

「多謝叔叔。」終於聽到她說話了。

「別叫叔叔了，就叫我名字吧。」被個十七歲的少女叫叔叔很不舒坦，他自認還很年輕。

「陳鷹。」米熙叫了。

「好，晚安。」陳鷹說完走了，不一會兒又回來，「晚安就是讓妳早點睡，睡好一點的意思，是晚上打招呼的。」

「晚安。」米熙跟著說了。

「好。」陳鷹這回真沒什麼好說的，直接回房睡覺。

這一夜他沒睡好，雖然家裡很安靜，跟往常沒什麼不同，但他還是沒睡好。睡到一半突然醒了，看了看床頭櫃的鬧鐘，凌晨五點五十二分。陳鷹起來上廁所，想了想，出去看看那小丫頭怎麼樣。結果她的房門仍開著，裡面沒人。

陳鷹皺了皺眉，悄悄走到牆角偷看客廳，發現米熙還坐在原地。

陳鷹的眉頭皺得更緊，她就這樣坐了一夜？

晨曦透過落地窗映在米熙臉上，從他這個角度能看到她的半張臉，她臉上印著半濕的淚痕。

陳鷹的心頓時軟得一塌糊塗，他想，他能理解米熙的心情。

沒有家人，沒有朋友，沒有熟悉的東西，在陌生的世界裡，自己什麼都沒有，而且她年紀這

麼小，她沒哭沒喊沒鬧已經很堅強了。陳鷹覺得自己應該對她多些耐心，對她好一點。

米熙呆呆地看著外面，忽然伸手用力抹了抹臉，把淚水全擦掉。她站了起來，陳鷹下意識躲開，退回房間。躲了一會兒，把門用力打開，故意弄出聲響，又用力踏了幾步走出來。

米熙正在客廳伸展四肢，聽到他的聲音後回頭。

「早安。」他若無其事地打招呼。從她臉上果然看不到剛才的脆弱，依然面無表情。

米熙微彎腰施了個禮，「見過叔叔。」

陳鷹臉上黑線，他明明招呼得很歡快，她怎麼就接不住？一大早就把他叫老了。他吸了口氣，不急不惱，開始掃盲：「米熙，在這邊早上見面的招呼是說『早安』，也可以說某某好。」

米熙有些局促起來。

「重來一次，早安。」陳鷹教她。

「早安。」米熙又施了一禮。

「不要抱拳，不要彎腰，就看著我說早安。」

「早安。」米熙聽話地挺直腰板又說了一遍。

陳鷹有點呆。她是在跟長官回話嗎？就差敬禮了。

接下來要幹麼？對了，別問她睡得好不好，裝作不知道。只是，她面無表情，讓他掃盲掃得很沒成就感。好吧，慢慢來，總會成功的。

「去刷牙洗臉，我們出去吃早餐。」陳鷹下指令，看到米熙一臉呆滯，就補充：「刷牙就是那什麼牙枝牙藥……」昨晚她應該刷過吧？

「我曉得。」

「妳知道。」抓住每個機會掃盲。

「我知道。」米熙認真學，陳鷹很滿意。

「那好，動作快一點，我們出去。」他盯著她，米熙這才趕緊動了。

她跑到浴室拿了牙刷又拿了牙膏，打開蓋子，擠了一點點到刷毛上。

「多擠一點。」陳鷹跟著過來。

米熙看看他，有些茫然。

「這個叫牙膏，多擠一點。」陳鷹指了指，米熙照辦了。

「再多一點……好了，以後都得這個量才能刷乾淨。」陳鷹的話讓米熙覺得不好意思。

「用杯子接了水，先漱漱口，然後這樣刷。」陳鷹咧開嘴露出牙，用手指比劃著教了一遍。

米熙看著，臉有些紅。

「明白了嗎？」

米熙點頭。

「妳刷一下我看看。」

米熙沒動，防備地盯著他。

「好吧，我不看，妳自己刷。」陳鷹走開，過一會兒，聽到浴室裡傳來刷牙的聲音，他再假裝路過，看了兩眼。她的動作很笨拙，但至少會了。於是，他滿意地回自己的房間。

陳鷹洗漱完換好衣服，吹著口哨出來，看到米熙端正地站在客廳裡等他。他走過去，拍了拍沙發，「這叫沙發，椅子的一種，用來坐的。妳等人的時候不用站著，能坐就不要站著，懂嗎？」

米熙點頭。

「妳坐一下我看看。」

米熙看看沙發，看看陳鷹，坐過去了。依舊是端端正正，兩隻手還平平地放在膝上，然後看著陳鷹，一臉「這樣可以了吧」的表情。

陳鷹摸摸下巴，現在就指責她太拘謹或太端莊都不適合，還是等他們相處得熟一些再說。他勾勾手指，讓她起來，可米熙沒動，非常嚴肅地盯著他的手勢，眼神充滿譴責。

陳鷹愣了愣，收回手指，「這不是調戲，只是示意妳起來。」

米熙站了起來，小臉依舊嚴肅。陳鷹心裡罵了句髒話，提醒自己要謹言慎行。

兩人出了門，陳鷹仔細觀察米熙，發現她走路的動作不太對勁，是不是鞋子太大了？出了電梯，再觀察了一段路，他把米熙叫住：「鞋子太大了嗎？」

「尚可。」

這回答讓陳鷹臉抽了抽。媽的，大就大，不大就不大，尚可是什麼玩意兒？他蹲下來，按了按米熙的鞋尖，空著一小塊，是大了。「先湊合吧，回頭再買一雙給妳。」他說著，又發現不對的地方了。她身上仍穿著昨天蘇小培幫她準備的衣服，但衣服拉鍊她拉到了頂，領子也豎得高高的，包得密密實實。

陳鷹沒多想，伸手想幫她把拉鍊往下拉一些，可剛碰到領口就被她捏住了手掌。

陳鷹痛得差點大叫，米熙很快甩開他的手，後退一步。陳鷹又是氣又是急，又是不知該不該氣該不該急。這小丫頭動作真他媽的快，他完全沒看到怎麼回事就被襲擊了。他看了她一眼，好吧，說不定她也覺得自己被襲擊了。

「妳的衣服。」陳鷹齜牙，手真疼。他指了指自己的領口，「不用拉得這麼高，難看。」

米熙捂了捂領口，不理他。這態度……陳鷹不爽了，他大步往前走，走幾步回頭看，米熙還跟著他。他繼續走，走了一段路忽然停下，轉過身嚴肅地對她說：「第一，我是正人君子。第二，我要耍流氓也不會對妳這樣的未成年下手，多的是女人盼著我耍，但我不是那種人。第三，妳吃我的住我的用我的，就要對我有起碼的尊重，再對我動粗，我是會生氣的。」

米熙眨眨眼，沒說話。

「明白了嗎？」

米熙點點頭，但那表情讓陳鷹覺得她心裡肯定在想該動手時還是要動手。

陳鷹繼續往前走。他媽的，他可不是什麼傳說中的好好先生，他真的不是。正生著悶氣，前方忽然走過一個女人，短裙套裝，領口開得很低。陳鷹停下腳步，用下巴指了指那女人，「妳看看人家。」

意思是，在這裡大家都是這樣穿，他真的不是要占她便宜，他很冤枉！

米熙眨了眨眼，仍是不說話。

這時迎面走過來一個老人家，穿著泛黃的背心、破舊的沙灘短褲，趿著雙拖鞋。米熙看了看那老人家，再看看陳鷹衣冠楚楚的襯衫西褲、亮閃閃的皮鞋。看完了，什麼都不說，繼續往前走。

陳鷹愣了愣。好啊，居然敢用眼神頂嘴！

老人家這麼穿不代表他要這麼穿好嗎？也不代表她把自己包成粽子就沒問題。還有，這會兒她怎麼不講究非禮勿視了，她不是古人嗎？老人家露了半身肉，她怎麼就好意思看得那麼坦

然呢？

米熙背著手慢慢走，東張西望。陳鷹不知道是不是心理作用，只覺得她走路的姿勢、她的儀態氣質，與這個世界半點都不搭。

米熙走了一陣子，回頭看他。陳鷹的心又軟了，快走幾步跟上去。慢慢教她，總會搭的。她是要在這找姻緣呢，她只有三年時間。

陳鷹把米熙帶到附近的美食餐廳，小籠包、粥品、燒賣、各色點心、麵食、小菜都有，價格雖不便宜，但總是高朋滿座。

米熙好奇地對著料理的宣傳照一直看。「甚美。」她對他說。

陳鷹差點踉蹌。對著小籠包的照片讚「甚美」，這到底是什麼修辭法？

看看周圍，幸好沒什麼人，太丟臉了，他趕緊拉她去其中一張桌子坐下。

米熙又被菜單迷住，在她再次讚嘆「甚美」前，陳鷹已經火速幫她點了餐，一碗粥、一籠「甚美」的小籠包，他自己也同樣來了一份。

服務生拿著菜單離去，陳鷹小聲說：「稱讚包子得說好吃，或看起來很好吃，不能說甚美。」

米熙也壓低聲音小聲說：「那圖畫得當真好。」

陳鷹頓時一臉黑線。好吧，人家是誇那照片甚美，不是小籠包。可是小籠包的照片被人誇「甚美」，也是會覺得憋屈吧？

小籠包很可口，米熙學陳鷹的樣子用餐。吃了兩個小籠包後，小臉都亮了，那模樣讓陳鷹差點以為眼前這人跟之前那個面無表情的小丫頭是不同人。

米熙一口氣掃光了一籠包子，然後看了陳鷹那籠包子一眼，淒楚的眼神讓陳鷹本能地加快用餐的速度。把自己的包子全保護進肚子裡後，他看著米熙，想著她是不是想再來一籠呢？可米熙低頭斯斯文文地在喝粥，沒提任何要求。

陳鷹看著她的小腦袋，她的馬尾是昨天蘇小培幫忙梳的，她動都沒動過，小丫頭也沒想過馬尾辮其實出賣了她昨晚根本沒睡的事實，但是還好，她現在精神看起來還不錯。

到現在為止，米熙唯一讓他覺得滿意的，就是乖巧不鬧吧。

「要再來一籠嗎？」既是這樣，他決定獎賞她。隨口問這麼一句，惹來小丫頭飛快抬頭，兩眼放光，沒點頭沒應好，但就是讓陳鷹覺得如果不再叫一籠，真的會很對不起她。

米熙的第二籠小包子上桌，這回她吃得慢些。吃著吃著，還鬆懈下來，跟陳鷹聊起天來。

「我奶娘做的包子，味道也是極好的。」

還有奶娘？也對，人家是將軍府的千金，大戶人家的小姐。

「我想做女將軍，可我爹覺得我太嬌弱，成不了大器，不讓我從軍。」

陳鷹一口粥差點噴出來。她還嬌弱？她爹的要求實在太高了。

「我爹帶我上過一次戰場，我……我很沒用，嚇哭了。」米熙說著這話時，臉上露出慚愧之色，「爹爹很生氣。」

陳鷹把最後一口粥嚥下去，用餐巾紙擦了擦嘴，看著米熙吃。

米熙回憶著往事，又吃下一顆包子。陳鷹覺得對米熙來說，這包子頗具有酒的功效。

「我回府之後很難過，奶娘就蒸了我愛吃的包子，哄我說多吃點就強壯了，膽子也大了。」米熙說著塞了一顆包子進嘴裡，嚥下去後說：「可我確是沒用，我最後沒保住他們，誰也沒保住。」

陳鷹默然，一個上戰場會被嚇哭的小丫頭，一個為了保護家人獨戰十八人的小女生，吃著包子責怪自己沒用的小女生……他若是那邊的月老，也會想幫助她。

米熙鼻頭紅紅的，眼眶也有些紅，但就是沒落淚。陳鷹假裝看不到，用輕鬆的語氣說：「妳吃的不少，膽子也應該挺肥的。幸好我養得起，心臟也很健康。」話一說完，心中警鈴敲響。等等，他不是打算好了把她「轉讓」給別人養的嗎？

米熙抿了抿嘴，也跟著笑了，笑容裡有著靦腆，也有了些親近與信任。

小孩子就是小孩子，兩籠包子搞定！陳鷹繼續笑著，在心裡把警鈴暫時關掉。小丫頭用這種神情看著他的時候，他還惦記著把她「轉讓」，真是太沒人性了！

吃完早餐，陳鷹帶米熙回家。米熙的心情明顯輕鬆了些，走起路來很輕快，也敢東跑跑西跳跳到處張望，還站在路口看了好一會兒往來的車輛和行人。

陳鷹一邊分神留意她，一邊看著手機裡的行事曆，打電話給祕書呂雅：「我今天晚點過去，妳通知大家九點的會議挪到十點，中午那個午餐會議先取消。」

米熙在路邊張望了約二十分鐘，她時不時回頭看，見陳鷹在講電話，便覺得可以繼續待著。陳鷹打完電話見她還在看，以為她還很想看，就接著打電話。聯絡完幾樁公事，終於想起應該打給他親愛的哥哥。

陳非很久都沒接電話，陳鷹耐心等著，又重複撥了幾次，陳非才接起。

「我以為你從此再也不敢接我的電話了。」

「確實掙扎了一下，不過如果不接電話，你跑上門來會更煩人，還是接好了。」

「我們兄弟感情真是深厚啊！」

「是啊！」

還好意思「是啊」？

「那個月老是怎麼回事？」

「你昨晚不是已經見過了嗎？」

「程江翌那傢伙告訴你了？」

「我以為你昨晚就會打電話過來罵了，結果拖到現在，害我一晚沒睡好。」

「我連活該這個詞都懶得跟你說。」陳鷹想著他哥等罵等了一晚，心裡舒服多了。

「那月老就是幫程江翌他們牽線的。」陳非頓了頓，又問：「那個ㄚ頭怎麼樣了？」

「哭得要死要活的，說話文謅謅的，我把她送去你那裡吧！」陳鷹很故意地說。聽到陳非在電話那頭沉默，他笑了，想像著他哥肯定是皺著眉頭在思索。

「她的生活費我來負擔。」陳非很快開出了免受打擾的條件。

「切，我養不起嗎？」

「那你好好繼續養著啊！」陳非趕緊插口，轉移話題：「我要出門了，今天事情很多，程江翌那傢伙又請病假，我很忙的。」

「我昨晚才見過他，精神好得都能去捉鬼，請什麼病假？」

「他說他老婆感冒一直不好，他要陪著養病。」

無恥啊，怎麼會有這麼無恥的人？

「那你開車去上班前先繞來我這裡，把小ㄚ頭接走。」

「啊，最近爸媽身體還好吧？」

「挺好的，就是你弟我不太好，快來接她走。」

「啊，要不，你請個保姆什麼的，有人照顧她比較好。我不說了，有事先掛了。」陳非電話掛得飛快，陳鷹「切」了一聲，鄙視這陷害弟弟又不敢負責的男人。

一回頭，看到米熙站在他身旁不遠，正背對著他，看著路邊的花圃。

陳鷹嚇了一跳，這個距離好像能聽到他講電話，他剛才說了她什麼嗎？

「回去吧。」陳鷹領著米熙回家，越看她越覺得她聽到自己說的話了。她悶悶的，兩籠包子養出來的那點精神全沒了。

陳鷹教她認社區位置，教她怎麼解門禁鎖，上電梯時教她按電梯，然後開大門的鎖。

米熙全程沒說話，面無表情，他說她就聽著。

進了屋，她低頭往房間走，陳鷹把她叫住。他覺得應該解釋一下，又覺得不知從何說起，而且他心虛，因為他確實有過要把她送走的念頭。

米熙聽話地停了腳步。陳鷹張了張嘴，他「有過」送走她的念頭，難道現在不想了嗎？

他在心裡嘆了口氣，把她帶到廚房，「這個細細的水龍頭，轉開之後，裡面出來的水是可以直接喝的，其他的水龍頭不行。如果妳渴了，要喝這裡的。這是冰箱，裡面有飲料，這幾瓶是酒，妳不能喝，其他的可以喝。下面這裡拉開，裡面是水果，妳想吃什麼就拿，洗洗就能吃了。」

米熙點點頭，表情又有些像昨晚剛來的時候。

陳鷹心裡再嘆氣，領她去客廳，找了電視遙控器給她，教她怎麼開電視。

米熙剛看到電視螢幕裡面有人說話，嚇了一跳。她的表情讓陳鷹想笑，但米熙目光一轉過

來，那明顯的好奇心把他嚇住了。

「先不要問我為什麼裡面有人，總之就是有人，各種人，不會跳出來，也不能跟妳說話。他們就在裡面演他們的，妳看著就好。如果這個看得不高興，就換一個。」

他教她選台，又教她怎麼控制音量大小。她玩了一會兒，心情好像好了些。

陳鷹剛鬆一口氣，米熙轉頭問：「為何裡頭會有人？」

陳鷹把臉垮給她看，「說好了不問這個。」

「那聲音如何出來的？」

「這個也別問。」

「那他們在裡頭會餓嗎？」

「不會。」

「受苦嗎？」

「不會。」一想不對，萬一她看到什麼人物受虐的劇情怎麼辦？「裡面的都是演出來的，都是假的，就是為了給妳看個熱鬧，就像你們那邊唱大戲的一樣，只不過他們在這裡頭唱。」

米熙不是很明白。

「反正妳看著就好。對了，正好妳可以學學裡面的人說話，聽聽正常說話都是什麼樣的。」

米熙的注意力又被電視吸引，裡面正在評論經濟現象，米熙很認真地聽，卻一臉茫然。

陳鷹這會兒氣都嘆不出來了，「看不懂妳可以轉台。這叫遙控器，照我剛才教的，妳試試。」

米熙看了半天，用很小心很英勇的表情用力按了一下。她先是緊張，然後放鬆，繼續顰著眉認真看。看了好一會兒，又看了看陳鷹。陳鷹對她點頭，她又拿起搖控器轉台。

陳鷹陪她看了一會兒，確認她沒什麼不良反應，就告訴她自己要出門上班。

米熙聽說他要出門，點了點頭，小模樣有些可憐。

陳鷹心裡一軟，終於忍不住說：「我既然接了妳來，就不會丟下妳不管。」

米熙眨眨眼睛。陳鷹把話說出來，覺得其實也沒什麼，不就養個小丫頭嗎？他養得起！於是接著說：「妳是不是聽到我講電話了。那是我哥哥，我讓他過來接妳，說不管妳是跟他開玩笑。」

米熙不說話，抿了抿嘴角。

「我保證不會丟下妳不管。」陳鷹再說一次，然後看到米熙有些高興，嘴角彎彎的，很可愛。

他也跟著笑，伸手想摸摸她的頭表示友好。手剛伸過去，看到她盯著他的手。陳鷹頓時反應過來，訕訕地把手收了回來。「總之，妳在家好好玩，我去上班，中午再回來帶妳去吃飯。」

米熙點點頭。陳鷹回房間拿了西裝外套和電腦包，米熙很乖地送他到門口，他又交代：「我有鑰匙會開門，要是其他人敲門妳不用理，不要開門。」

米熙又點頭。陳鷹鎖上門，來到地下停車場，把昨晚被米熙踩壞的那輛車的車鑰匙交給保全，然後打電話給物業公司，請他們幫忙把車送修，再找個保姆，每天做午飯，提供半天的陪護。

聯絡好之後，陳鷹坐上舊車，心很痛，他的寶貝新車啊！

而在陳鷹家裡，米熙端正地坐在沙發上看電視，裡面正演著一部古裝喜劇片，米熙看著看著，眼淚默默流了下來。她的家鄉不是穿這樣的，人也不是這樣說話的。她想念家鄉，想念家人。

陳鷹到達公司的時候十點整，他踏進會議室遲到了三分鐘，這讓他不舒服，自己定的會議時間延後了一次，自己還遲到，這有違他對自己的工作要求，但這件事並沒有妨礙他開會時罵人。

陳鷹的父親是傳媒界大亨，他爺爺那輩小有財富，真正發達起來卻是在他父親陳遠清這代。他建立起陳家的傳媒王國，生意越做越大，業務範圍包含投資、媒體、影視製作、娛樂經紀、廣告、影城等等。陳非和陳鷹兩兄弟從小個性就不同，陳非比較穩重，課業成績非常好，陳鷹卻是叛逆，從前仗著自家有錢沒少闖禍。陳遠清是嚴父，對小兒子管得很嚴，甚至斷了他的零用錢，還曾不去警局保釋他，讓他因為打架被拘留的時間久一點。

陳鷹沒服管，大學的時候自己休學去創業。老頭子不給他錢，他用自己的興趣賺，結果還真賺到了，當然，賺到的錢在陳遠清面前不值一提，但足夠陳鷹與幾個朋友開了公司發展起業務。

陳鷹抽菸喝酒，常常不知所蹤，陳遠清已經打算放棄他，反正兒子雖然頑劣，好在人不壞。在他看來，還能不依靠家裡，自給自足做出點名堂來，陳遠清的希望都放在大兒子陳非身上。

可世事難料，陳鷹一邊玩自己的小公司，一邊又跑回去念書。這傢伙很有主見，沒人管了反倒乖了，可陳非卻在父親早早安排好的路上停了下來。他原本大學時已在父親的公司裡任職，準備畢業後出國深造，同時打理家族在國外的業務練手，好日後回來接管家業。然而，他大學時交了個朋友，名叫程江翌。兩人志同道合，最後竟然一起創業去了，把陳遠清氣得不行。

那時陳鷹書念得普通，自己的公司卻經營得像模像樣，在圈子裡頗有名氣。最重要的是，他很有興趣，每年出國好幾趟，一邊玩還一邊能賺錢，他覺得這樣自由又自在，但一直爽到他畢業那年，陳遠清的領域傳媒集團卻出了問題。元老爭權內鬥，挖走不少資源，公司受到重創，陳遠

清心力交瘁累倒了。那時候陳非和程江翌的公司正是緊要關頭，兩人帶著幾個兄弟沒日沒夜地在租來的小辦公室加班。陳鷹一看，就他過得最瀟灑，他不犧牲誰犧牲呢？於是把公司交給好友們繼續做，自己穿上西裝，打上領帶，去陳遠清的公司上班。

陳鷹的媽媽很疼兒子，曾經問陳鷹這樣開不開心。陳鷹當時答：「另一種爽。妳兒子我現在人模人樣的，天天有美女可看，錢多得不用看口袋，開心死了。」說完就被他老子敲了一記。

陳鷹有公子哥兒的毛病，愛面子又傲氣，有些自我，從小錦衣玉食，凡事講究，但見識多，有眼光，世界各地遊歷，結交的人不少。他在外頭走南闖北，抽菸喝酒，使他得以鎮得住場子。他來公司唱父子戲碼就是扮黑臉的，解決危機需要人情加鐵腕。

人情由陳遠清賣，鐵腕就得由另一人來出了。陳鷹的身分、脾氣和年紀都很合適。

陳鷹剛進公司時，就混不吝地鬧過幾場，給公司換過血。陳遠清接到抱怨後，在某些公開場合會責備陳鷹，但實際上並未阻止他。那幾個蛀蟲般的元老其實明白是怎麼回事，但陳鷹表面功夫做得漂亮，氣場很足，手段夠狠，沒情面可講，陳遠清不能翻的臉他來翻，父子倆一唱一和，花了不少時間把公司情勢穩住。

接著陳鷹去了國外，一邊深造一邊開拓海外生意。原定是陳非的路，由他來走。之後再回國，掌管了廣告、媒體和製作三家公司，並參與和協助陳遠清的其他工作。

最近陳鷹的工作遇到了麻煩，廣告公司丟了一個大客戶永凱，涉及四千多萬的代理權。這是個老客戶，合作三年了，原以為十拿九穩，結果簽約前對方說也許另一家公司的條件更適合。

也許？當然不能讓「也許」這個情況出現，暫不簽約這種事很嚴重。

下面的人說是努力過了，但搞不定，陳鷹只好自己出馬，可在他出手之前，要先了解一下前

因後果。於是眾人將對手的資料和方案都探聽好，今天報給陳鷹。當然，也做好了挨罵的準備。

陳鷹在會議上聽完報告，最後讓人關掉投影片，他問：「我看不出對方比我們優秀在哪裡？條件又好在哪裡？誰能解釋一下？」

沒人吭聲，陳鷹轉頭去看業務總監傅堂。傅堂期期艾艾，說了幾句，什麼對方的窗口陳總監離職了，換了另一位王副總來協議。他們跟王副總和業務經理見了好幾次面，原本談得挺好，但後來態度漸漸不一樣，也許對方另有人脈資源和打算。

陳鷹的臉很冷，這些全是廢話。

「另有打算？那為什麼前期會早早主動洽談續約？以我們的名頭，甩開我們這麼方便？對方沒腦子嗎？這案子談那麼久，中間都很順利，最後關頭才出問題，這叫對方另有人脈？」

傅堂不說話。

「連更改方案和重新擬條件的機會都沒給，直接說暫不簽約。這出在一個老客戶身上，表示什麼問題？」陳鷹又問。

眾人都不吭聲，陳鷹看著就來氣，拍桌子喝道：「輸在哪都不知道，你們腦子裡裝屎嗎？」

負責洽談的經理劉美芬眼淚頓時下來了。

「哭什麼哭，留著捲鋪蓋走路的時候哭！我跟你們說過，我不強求做不到的非要做到，但該做到的沒做到，你們最起碼給我一個合理的理由。連這種理由都給不出，你們是想怎樣？」

沒人說話，陳鷹環視一圈，最後目光落在劉美芬身上，她低著頭咬著唇，努力控制眼淚，可惜沒成功。陳鷹非常不滿，客戶是她談的，最後出了什麼問題她屁也說不出來，第一天出來混嗎？陳鷹微瞇了眼，再看看其他人，大家都一臉菜色，低頭不敢言。

「出去！」陳鷹斥了一聲。與會眾人拿了自己的資料退了出去，陳鷹跟助理Kevin說：「再把剛才兩邊的方案都播放一遍給我看。」

Kevin照辦，陳鷹認真又看了一遍，忍不住再罵：「媽的，用這種垃圾退我們的貨？」對方的方案明顯趕得急，細節上並不如他們這般花了時間精力心思琢磨過。

「你去找那幾個私下再問一遍，有什麼是他們檯面上不敢說的，最好在我弄清楚之前說，不然我不會客氣。」

Kevin應下，收拾東西退出去。陳鷹又坐了一會兒，想了想，抬起手腕看看錶，居然十二點了，他忽然想起家裡還有人等著他回去，不由得又罵了句髒話。

陳鷹回到辦公室，祕書呂雅已經在他的桌上擺了需要簽名的文件。

「不是今天就要吧？」

「對。」

「那我明天看。」陳鷹拿起他的電腦包，「下午我不進公司了。」

陳鷹想了想，他原本是想直接約永凱的老總秦文易一起吃飯，但秦文易出國未歸，現在他改變主意了，「永凱那邊，我先見見那個跟我們談合作的副總，叫什麼名字來著？妳讓Kevin聯絡一下，約對方後天吃晚飯，看對方什麼反應。如果他很高興很願意來，那妳在Kevin掛電話半小時後再打給對方，說Kevin弄錯時間，我沒空，等有空再約他。」

「好。」呂雅沒多問陳鷹為什麼這麼彎彎繞繞，她和Kevin幾人都是陳鷹的老將，跟隨他多年，對他的做事方法早已熟悉。

陳鷹回到家，一開門就聽到電視的聲音，是狗血連續劇裡的人物正在激昂地念臺詞，陳鷹沒好氣地撇撇嘴，他今後的日子不會是要跟個小丫頭搶電視吧？

陳鷹走進去，卻發現米熙沒有在看電視，她倒在沙發上睡著了。陳鷹動了動眉頭，也難怪，這孩子昨晚沒睡，現在熬不住了。早上兩籠包子應該能讓她多撐一會兒，先讓她睡吧。

陳鷹去米熙的臥室拿被子出來幫她蓋上，蓋的時候留了心眼離得她稍遠，生怕她一拳頭揮過來，可她居然沒有醒，一定是很累。他又踱進書房，開電腦看郵件。回了兩封信後，接到呂雅的電話，Kevin和呂雅按他說的演完了戲，永凱那邊那位叫王兵的副總表示，如果陳鷹後天沒空，可不可以約明天或今天？

「嗯。」陳鷹彎了嘴角，看來他沒猜錯，這王兵有問題。

「好啊，就今天。」該給面子的時候就得給，該拿架子的時候得拿架子，「妳回電話給王兵，就說是我改時間添了麻煩，時間地點讓他挑，我做東。」

掛了電話，抬頭看到米熙站在門口，沒敢進來，顯然是記得昨天月老的話了。

「吵醒妳了？」陳鷹走了出去。

「對不住。」米熙施了個禮，「我並非故意睡著的，下回定不會如此了。」

「睏了就睡，沒事。」陳鷹打量著她，馬尾解開了，頭髮又直又長，很是黑亮。睡了一覺反而顯出睏倦，還穿著那身衣服和那稍大的鞋子。陳鷹皺皺眉，看來不但得帶她去吃飯，還得帶她去買鞋子、衣服和其他日用品。靠程江翌和蘇小培提供不靠譜，小丫頭多不方便。

於是，新上任的「奶叔」帶著新進門的「侄女」出門了。

陳鷹假意客氣問米熙想吃什麼，米熙說：「若叔叔不介意，便去那家味道極好的包子鋪吧。」

包子鋪？陳鷹一臉黑線。這丫頭以後不會只認包子吧？可她這麼期待，那包子就包子吧。

吃包子的時候，陳鷹接到物業公司的電話，說已找好保姆，看陳鷹什麼時候面試。

陳鷹算了算時間，約定半小時後，反正包子快吃完了。

吃完今天的第二頓包子，陳鷹帶米熙去物業公司看人。他告訴她今天不會有第三頓包子，可以死心了，然後又說要請一個中午做飯和陪伴她的保姆，讓她挑一個合意的。

「買個下人。」米熙點頭，表示明白。

陳鷹揉揉臉，努力控制臉上的表情。

「不，不是下人。」民主與自由，人權與平等，孩子，你懂嗎？「不能把她當下人，她就是來工作的，來幫助我們解決困難，而我們付給她酬勞，就是付她錢，雙方很平等，就是這個關係。」

米熙想想，又點點頭，「叔叔莫憂心，我在家鄉時也從不苛待下人，我知曉該如何處事。」

還莫憂心！陳鷹想撇嘴，又交代：「她不是下人，妳也不是。妳不欺負她，也不能讓她欺負。她有任何對妳不好的地方就告訴我，我會換掉她。」

米熙認真點頭，「多謝叔叔。」

陳鷹還真是憂心，頭一回帶孩子，怎麼會不憂心？

物業公司的據點在社區會所二樓，與陳鷹住的那樓隔了一棟樓。米熙頭一回在社區裡轉，看到中庭噴泉好奇地一直看，對擺著花樣造型的綠色盆栽也很有興趣。陳鷹又接了一個電話，電話是Kevin打來的，說是跟那幾人都談過了，但沒人能說明白是怎麼回事，而劉美芬說她會為此事負責，主動辭職。

陳鷹動了動眉頭，沒評論，只說他知道了。

掛了電話，看不到米熙，陳鷹轉了一圈，在會所外面找到她。

會所一樓是游泳池，從落地窗可以看到裡面有人在游泳。男的穿泳褲，女的穿比基尼。米熙看著，表情極是嚴肅，心裡萬般驚訝，這世界豺狼虎豹啊！大家在路上露著肉走，在屋裡就差點沒肉可露了，這、這……米熙別開頭不敢看，卻瞧見陳鷹過來了。

她忍著，不能批評，不能亂說話，這是別人的地盤，她初來乍到，還是謹言慎行的好。

陳鷹對她招招手，示意她跟他進去。

還要進去？米熙忍不住了。

「裡頭有傷風化。」她「公正客觀」地評價了一下。

陳鷹的腳下一頓，臉上一抽，半天才緩過勁來，「這叫游泳，很正常，是在鍛鍊身體，就跟跑步、打球是一樣的。」想了想，想到比較好解釋的說法，「跟習武一樣，強身健體的，不是有傷風化。」

簡直是強詞奪理！米熙繼續忍耐，抿了抿嘴，再不認同也不能說話。這是別人的世界，她不爭辯。於是，她看著陳鷹推開玻璃門，走進那個充滿白花花的肉的屋子。

米熙瞪著那門，陳鷹回頭催促，她不得不硬著頭皮跟上去。他們上樓梯時，米熙特意靠外走，離游泳池遠一點，目不斜視，讓陳鷹看得頭疼。

到了物業辦公室，物業經理笑著迎了上來，「陳先生來了。」

「妳好。」陳鷹與對方打招呼。物業經理是個年約五十的中年女人，很幹練。陳鷹買這社區房子的時候她就在，平常各種服務也是她張羅的，所以還算熟悉。

陳鷹指了指米熙，「這是我遠房親戚的小孩，來我這裡住一段時間，家裡沒人，得找人幫忙

做個飯，陪陪她。」

「沒問題。」物業經理很熱情。

「米熙，跟人問好。」陳鷹道。

米熙正盯著物業經理的頭髮看，捲捲的，很奇怪的髮型，難道她自己不覺得醜嗎？聽到陳鷹的話，她趕緊對物業經理施禮彎身，認真問好：「大娘好。」

她的態度很端正，聲音又脆又甜，相當悅耳，但是……大娘？

物業經理的笑容頓時僵住，辦公室裡其他人都看了過來。

陳鷹的臉皮被證實磨練得還不夠，但他很快反應過來，「小孩子愛看古裝劇，喜歡開玩笑。」

物業經理哈哈大笑，圓個場，「小ㄚ頭長得真漂亮，十五了吧？」

「嗯嗯，差不多。」陳鷹看了米熙一眼。米熙受了這一眼，把糾正年齡的話嚥了回去。

物業經理把他們領進會客室，給陳鷹看了幾份保姆的資料，又把人一個個帶進來。幾個人條件差不多，會的技能也差不多，三十來歲，都會做飯，受過育嬰和照顧老人的培訓，能帶小孩做簡單的功課。

面相上有兩個不太順眼的，陳鷹先拒了，還剩下三個。陳鷹又看了看資料，問物業經理她們會不會做麵食，結果三個都會，於是陳鷹問米熙：「妳想挑哪個？」

米熙剛才一直端正坐著沒說話，現在要讓她決定，她很認真地想了想，小心說道：「想要個喜歡古裝劇的。」是這個詞吧？剛才她說錯話了，陳鷹叔叔是說這個詞吧？

物業經理噗哧笑了，陳鷹卻沒有笑，他知道米熙的意思，他有些心疼，他真是越來越心軟了，明明小ㄚ頭也沒裝可憐，相處的時間也不多，他卻心疼了好幾回。「好。」他答應了，轉向物業經理，「問問她們誰能配合像古裝劇那樣說話的。」

物業經理出去後，陳鷹對米熙說：「不急，聽多了，妳就知道該怎麼說話了。」

米熙憋了好一會兒，忍不住道：「我都快十八了，在我家鄉，這年歲都兩個娃兒的娘了。」

「嗯。」陳鷹點頭，可她在這裡卻要學習怎麼說話。

陳鷹不知道該怎麼安慰，幸好物業經理進來了，她指著其中一份資料說：「這個馮欣行嗎？她是最愛看古裝劇和古代小說的，說的話也有些意思，要不要請她再進來聊聊？」

陳鷹把資料遞給米熙，「這個行嗎？」

米熙也不看，點了點頭，陳鷹便讓物業經理把馮欣叫進來。

後面的事情進行得很快，簽好合約，最後交換電話號碼，握手搞定。

離開物業公司，米熙又去看綠色盆栽，陳鷹與馮欣單獨說了幾句話，馮欣應下，去找米熙。

「米熙。」馮欣喚她，對她笑了笑，「妳好，我叫馮欣，我們互相稱呼名字可好？」

米熙點點頭。馮欣又笑著說：「平日裡我們可做的事有許多，妳莫憂心。」

米熙聽到她的話愣了愣，看著她的笑容，抿著嘴也笑了。她也這般說話呢，她喜歡馮欣。

馮欣笑著伸出手，「我們明日見。」

米熙看著她的手，馮欣說：「我們這裡，握手施禮的。」

米熙轉頭看了陳鷹一眼，陳鷹對她點點頭。米熙把手放進馮欣的手掌裡，兩人對視一笑。

馮欣走後，米熙的心情很好，開始關心馮欣到家裡具體要做什麼，她自己每天能做什麼。

陳鷹帶米熙去停車場取車，準備帶她去百貨公司，正好就在路上跟她說了打算。

首先，他每天要上班，早上出門，沒什麼情況的話，晚上七八點才到家。早上米熙睡懶覺也

可以，早餐他會留在桌上。十點之前馮欣買菜過來，米熙可以跟她一起玩，一起做中飯吃，然後下午挑自己喜歡的事做。五點之前，馮欣做好下午茶就下班離開，米熙得自己待一會兒，等晚上他回來帶她去吃飯。

先過一陣子這樣的日子，等米熙稍微熟悉環境後，他會再跟其他人商量看看怎麼安排。他這些話裡有許多米熙沒聽懂，陳鷹又解釋了一遍，米熙一知半解，連矇帶猜地略懂了。

「妳覺得怎麼樣？」陳鷹問。其實他就是客氣問一問。

「任憑叔叔安排。」米熙認真答：「謝叔叔照顧。」

「回答這種話妳就答好或不好，行或不行。」

「好。」米熙聽話地改口。

「不要叫我叔叔，我這如花年紀受不起這尊稱。」

「陳鷹。」

「很好。」陳鷹就喜歡爽快的。

車子駛進百貨公司的地下停車場，陳鷹的手機響了，米熙盯著那個會發光的東西看。

「這叫手機，這是有人找我了。」

米熙點頭，她知道：「這個能說話。」

「嗯。」陳鷹把車駛入停車格，戴上藍牙耳機，「喂。」

米熙又盯著那耳機看，陳鷹指了指她的安全帶，示意她下車。

「爸？嗯，是啊！」他先下車，把車門關上，「是有個丫頭在我這裡住，哥怎麼跟你說的？他朋友的孤兒小孩？哈，他倒是挺會先下手為強！沒了，就是他朋友的孤兒小孩。沒那麼小，都十七八歲了。」從車頭轉過去，發現米熙還在跟安全帶搏鬥。

「嗯，沒事，暫時沒什麼問題。你要有空就去罵罵哥，他自己不管又怕你們發現。」他打開車門，忽想起有風險，忙對米熙道：「妳別動，我幫妳解開，不許打人啊！」

他彎腰過去，一按按鈕，喀的一聲，安全帶開了。

「沒事，我在跟那小丫頭說話，她解不開安全帶。我帶她買些東西，她衣服鞋子都不合適……我不會照顧？那你跟媽來，我送過去給你們？」趁機打探一下父母的意思，不遺餘力找下家。

陳鷹一說這話，米熙的眼睛又瞅了過來。陳鷹莫名地心虛，對她招招手讓她下車，可米熙看了看那安全帶，有些不服氣，又試著扣回去，再試著打開。這次找到了方法，她打開了。她有些高興，又扣了回去，要再打開。

陳鷹無奈地一邊看著她開始玩，一邊分神跟自己老爹講電話，電話那頭開始說起生意的事。領域曾經合作過的一位老演員羅雅琴給了領域一個電影劇本，講的是一群老演員的故事，故事原型有她自己，從年輕到年老，從不紅到紅，或是從紅到不紅。故事溫暖又殘酷，發人深省，可惜並非市場熱門題材。故事裡中老年的生活過半，沒有俊男美女，沒有愛情激情，沒有刺激的武打場面，且羅雅琴這十來年生活淒慘，曾吸毒入獄，早已離開影視圈，沒了人氣，投資拍攝肯定大虧本。領域影視那邊做了評估，沒人看好，但陳遠清還是要為這件事開會討論。他之前把劇本給陳鷹看過，現在在開會前問一問他的意見。

「這兩年類型雷同的影片太多，叫座不叫好是普遍情況，公司靠這一部片賺錢嗎？我們是奔著拿獎去的，虧個兩三千萬算什麼，我們虧不起嗎？」這是陳鷹的意見，語氣極狂妄。

「哼，你是打算就這麼跟李董說嗎？」

「對啊，為什麼不行？好劇本可遇不可求，有眼有腦的人都看出來了，這是個好故事，羅姨的演技更是不用說。她現在年紀大了，是衰敗過，但當年的江湖名聲還是有的。她不給別人給了你，你也知道是怎麼回事。你想做，是吧？」

陳鷹很懂得父親的心思。當年陳遠清的影視公司草創，資金有限，毫無名氣，而羅雅琴那時紅得發紫，身價奇高，按理陳遠清請不起，可他還是去找了羅雅琴，沒想到羅雅琴答應了，那部戲讓領域影視一炮而紅。陳遠清重義，這個人情他一定是想還的。

陳鷹知道陳遠清比他更老道，他不想讓那些投反對票的老臣沒面子，畢竟關乎錢的事，需要給大家交代，所以他需要兒子的支持。陳鷹和陳遠清討論了一下，定好開會時間，陳遠清又關切了幾句他那丟掉個四千萬代理權的事。陳鷹笑笑，跟他說了想法，他要弄明白怎麼回事，如果不解開根源，簽了合約也會有執行上的麻煩。正說著，看到米熙終於確認自己能夠打敗安全帶，滿意下車。

陳鷹對她招招手讓她過來，然後按下電子鎖，喀的一聲，車門鎖上了。他一邊講電話一邊往電梯走，卻看見米熙蹬蹬蹬又回車子旁。他看見米熙用力拉了拉車門把手，確認打不開，滿意地點頭，這才又走回來。

陳鷹失笑搖頭，她居然還知道要操心這個，真夠操心的啊！

兩人走去看鞋子，手機又響了。陳鷹指了指鞋子，對她說：「自己看看，喜歡就試穿。」電話是呂雅打來的，呂雅說永凱的王兵約七點在富豪飯店見面。

陳鷹吩咐：「妳幫我訂凱撒俱樂部的包廂，晚上十點，然後再聯絡對方，約好了就發簡訊給

我。」他讓對方先訂時間地點，不過是想自己再訂個比他更晚的時間、更貴的地方。這種事情既能壓對方一頭，又會讓對方覺得自己是個糜爛的公子哥兒，這樣說起話來就沒什麼顧忌了。

陳鷹掛斷電話發現米熙還站在原地，「怎麼了，怎麼不去看鞋子？」

「模樣皆醜。」米熙小小聲。她是真的覺得醜，還奇怪。

陳鷹看看她腳上的鞋，「這雙呢？」

「那時沒甚選擇，只它一個。」米熙是真別無選擇，既是穿了，繼續穿著也不介意。

陳鷹抬眼看她，米熙端正著小臉也回視回去。

「那意思是現在選擇太多，妳的嫌棄之意完全無法抑制？」

米熙皺皺眉頭，琢磨了一下他的意思，搖了搖頭，「要不，許我再認真瞧它一瞧？」

「好好瞧。」陳鷹擺了擺手，學著她的語氣，引著米熙在鞋區走了一圈。

米熙越瞧眉頭皺越緊，一臉為難。反正都一樣醜，這般就更不好挑了。

兩名女店員小心翼翼地看著她，陳鷹雙臂抱胸，也在看她。

等了好半天，米熙還是沒法做決定，連試都不想試。

陳鷹看了看錶，吐口氣，「那位月老先生說我是最適合照顧妳的人，我現在知道為什麼了。」

米熙眨巴眼睛，還沒有從選鞋的痛苦中回過神來。

「因為我最喜歡幫別人做決定。」陳鷹說完，伸手在旁邊的鞋架上取下他看好的平底鞋，遞給店員，指了指米熙，「麻煩幫她拿她的尺寸。」

完全不看價錢，店員非常喜歡這種客戶，喜孜孜地領著米熙坐下，讓她試穿。

米熙盯著鞋子，又看向陳鷹。

「先穿上。」陳鷹說。

米熙穿好，站起來走了兩步。

「就這雙。」太容易搞定了，前面白白浪費時間。陳鷹又指了另一雙休閒鞋，再要店員拿雙家裡穿的拖鞋。店員跑前跑後，米熙被陳鷹盯著試穿。雖然醜，但合腳，米熙沒什麼意見。

「刷卡，打包，腳上這雙不用換了。」陳鷹很滿意，這才叫購物，爽快。

穿著新鞋，拎著袋子，米熙跟在陳鷹身後繼續逛。走到名牌服飾區，陳鷹也不問她了，飛快掃過各區，領她走到適合她這年紀的衣服那邊，指了指，問：「是不是又覺得醜？」

米熙看完，認真點頭，還不如她現在身上這套看習慣的順眼。

「好了，妳不用發表意見了。」陳鷹說。米熙很無辜，她沒發表意見啊，她完全沒說話。

陳鷹拿了一件衣服、一條裙子，想了想，看看領口，又看看裙襬，試探著遞給米熙看一眼，米熙堅決搖頭，「不穿。」

「好吧。」陳鷹招手叫來店員，指著米熙，「幫她挑幾套全身都能包住的衣服。」

店員小姐聽得愣住了，米熙卻用力點頭。

全身都能包住的衣服不太好找，這個季節也要換夏裝了，店裡大多是半袖輕薄的衣服，最後這個牌子只搜刮出一套休閒長袖裝。

第二章

緊急出動！那個丫頭會打人

米熙去試衣服的時候，陳鷹接到程江翌的電話：「陳鷹，我家小米熙在你那裡怎麼樣了？」

「是你家的就快接走。」

「天意不可違，交到你手上，我和小培也很痛心。」

「心臟病不好治，請儘早就醫。」

「你們現在在幹麼？」程江翌完全聽不到別人的諷刺挑釁。

「在百貨公司幫她置辦行頭。」

「嗯，聽起來很溫馨。」

「很溫馨。」陳鷹譏諷，「老子行走江湖多年，就為了修練這一身專治選擇困難症的本事。」

程江翌哈哈大笑，「對了，分享一下我的經驗，請留心她的內衣褲和衛生棉。」

靠！陳鷹完全沒想到還有這種事，早知道就該把米熙丟給程江翌或陳非，丟給他老爹老娘都行。不對，他是早知道，只是沒來得及。一時心軟，沒捨得用簡單粗暴的處理方式。

程江翌這回沒笑，飛快地說：「別急，我會幫你的，等一下啊！」

陳鷹心想老子不急，老子只是暴躁，然後他聽見程江翌在電話那頭喊：「小培，妳跟陳鷹說說米熙穿尺寸多少的內衣褲，還有衛生棉是怎麼個買法。」

靠靠靠！陳鷹繼續在心裡罵髒話，沒罵出口是因為電話那頭已經換上蘇小培了。蘇小培的病還沒好，鼻音很重，她說了說米熙的尺寸，又說了買東西要注意的細節，還說自己昨晚教過她穿。

為什麼妳不乾脆全打理好呢？妳不是說會幫她都安排好嗎？他一個大男人只要提供房子和管飯不是嗎？陳鷹真想這麼問蘇小培，可人家是病號，還認真地跟他說什麼少女的內衣。

媽的，為什麼他會淪落到要跟朋友的老婆在電話裡討論女人內衣這種事的地步呢？

正說著話，米熙出來了，穿著那套衣服，她有些扭捏不自在。陳鷹覺得不能給她機會猶豫，他對店員說「就這套」，遞了信用卡過去，又對電話裡說：「好了，我知道了，要是我遇到困難或是有不明白的地方再打給妳。」剛想掛斷，程江翌卻搶了電話過去哈拉了幾句，又說蘇小培想跟米熙通電話。

陳鷹把手機遞給米熙，「蘇小培，蘇嬸嬸想跟妳說話。」

米熙很新奇地接了手機，不知怎麼擺弄。陳鷹抓住手機擺好方向，推她的手到耳邊。米熙聽到蘇小培「喂喂」的聲音，一時忘掉手被男人抓著的事，很興奮地應：「嬸嬸，是我！」

她眼睛亮閃閃的，一臉激動地指著電話。陳鷹點頭，他知道他知道，那個小盒子能說話。

蘇小培問米熙這一天過得怎麼樣，問她在陳鷹家裡住得慣不慣，又問她吃了什麼。當陳鷹聽到米熙很高興地答早飯中飯皆是包子時，陳鷹揉了揉臉，真不是他虐待她，他真沒有。

店員把信用卡和發票送過來，陳鷹謝過，拉了米熙的手臂一把，示意她跟他走。

米熙沉浸在第一次用手機的興奮中，再次忽略了肢體觸碰。

陳鷹領著講手機的米熙到一家看著挺合適的品牌，他照例跟店員指了指米熙，說要全身都能包住的衣服。店員去翻找，陳鷹聽到米熙答話：「叔叔有一半時候在敘話。」陳鷹臉要綠了，他哪有這麼嘮叨？他明明是簡潔又幹練的男人！

米熙接著說：「不是與我敘話，是這個小盒子……對，是使這手機。」

陳鷹一臉黑線，好像在告他狀似的。

店員拿了兩套長袖長褲出來，陳鷹看了看那領口和顏色，搖搖頭。這時發現之前買的鞋子沒拿，只好轉回先前的店。米熙還在講電話，陳鷹拎著鞋盒跟在後面。米熙小姐真是大牌啊，他陳二少從來不幫女人拎包包的。

又逛了一家店，還是沒找到合適的衣服，陳鷹沒耐心了，「好了，手機沒收，專心看衣服。」

米熙雖然捨不得，但還是聽話地把手機上交。陳鷹跟那頭飛快說再見，掛了電話，帶著米熙直奔運動用品牌店。這下好了，全是從頭包到腳的，全是拉鍊的，拉到頭頂都可以。

陳鷹迅速拿了三套，報了尺寸，讓米熙試穿。確認沒問題，刷卡打包搞定。

接著直奔內衣店。米熙雖然有了些心理準備，但還是很不自在。陳鷹更不自在，但這種時候不能退縮了。媽的，少女的內衣長什麼樣？正皺眉頭掃著款式，眼角餘光看見米熙偷偷拉過店員報尺寸，還跟她說：「要棉的，不要加厚的。」店員微笑著點頭，去幫她挑樣式了。

陳鷹看過去，正好米熙也偷偷看過來，兩人都裝沒事。米熙努力不臉紅，陳鷹卻是在心裡繼續罵髒話。剛才蘇小培已經遠端指導了，他還積極個什麼勁兒？媽的，好想抽根菸！

陳鷹站到店外去等，覺得渾身不自在，是因為菸癮犯了而這地方禁菸造成的。他等了一會兒，不時回頭看，看到店員挑了好幾款，指著試衣間，但米熙直擺手，似乎不好意思試。既然這樣就不試吧，陳鷹進去，刷卡打包。他與米熙都舒了口氣，最艱難的購物行程終於過去了。

還好衛生棉不用馬上買，陳鷹想著，讓馮欣幫忙買好了，超市裡就有。

兩個人大包小包地繼續逛，陳鷹想在這裡找個地方吃飯，中間又接了一通電話，講完掛斷，發現米熙站在冰淇淋店外好奇地看著。店裡有兩個小朋友在興奮地等著甜筒，米熙看看他們，又看看外面大大的甜筒照片。

陳鷹嘆氣，走過去，「甚美是吧？」

米熙點點頭，眼睛閃亮閃亮的。

「走。」陳鷹領米熙進店裡，甜筒有十幾種口味，陳鷹沒給米熙機會，估計他們得在店裡站半小時，「一球香草的。」

店員很快挖好一球裝進甜筒遞過來。米熙很興奮，沒敢伸手去接。

「何物？」她小聲問。

陳鷹把甜筒遞給米熙，「嚐嚐，能吃的。」

米熙臉上止不住地笑，雖然不知道味道，但是很期待，小心翼翼接過，說了句：「多謝。」

陳鷹笑笑，這小丫頭很有禮貌。每次為她做了什麼，她都會說謝謝。

米熙看了看甜筒，又看了看小朋友，大概是在研究吃法。她伸出舌頭，舔了一下。被冰到了，很意外地瞪圓眼睛，沒嚐出什麼味道來。見陳鷹在看她，不好意思地笑了笑，背過身去，這次舔了一大口，又甜又香，冰冰軟軟，她差點跳起來，高興得眼睛都要瞇成縫。

陳鷹透過旁邊的鏡子把她的表情看得清清楚楚，差點笑出來，真誇張，她當是在拍廣告嗎？

米熙把冰淇淋舔得乾乾淨淨，陳鷹還提醒她那個圓筒也能吃。米熙吃下去了，但表情有些遺憾，看來更喜歡冰淇淋。

陳鷹決定去吃泰式料理，但是走過麥當勞的時候，麥當勞外面掛了一張冰淇淋的宣傳廣告。米熙頓時激動了，陳鷹搖頭。米熙流口水，看到旁邊的漢堡照片，心裡慚愧了一下，但還是嘗試著指了指漢堡。

陳鷹盯著她，米熙低下頭，覺得很不好意思，但眼睛還是忍不住瞥向廣告照片。

陳鷹看了看不遠處的泰國餐廳招牌，心裡嘆氣，算了算了，他什麼都吃過，可米熙什麼都沒

吃過，漢堡就漢堡吧。這丫頭真沒眼光，不是小籠包就是漢堡，她就是包子命！

他抬腿走進麥當勞，米熙喜出望外，小跑步跟在後面。

好多「甚美」的照片，米熙認真看。還沒看完，陳鷹已經買好了。兩人找了座位坐下，周圍滿滿的都是人，米熙好奇看了看，最後注意力回到神奇的食物上。

「這是可樂。」米熙盯著插著一根管子的杯子，聽著陳鷹說：「沒喝過它的人枉來這世上一趟，不過既然來了這世上了就少喝它。就是讓妳嚐嚐，以後不許多喝。」

這麼神奇的東西？米熙看了看陳鷹，學他用吸管吸了一口。說不上什麼味道，這味道得琢磨。

陳鷹哈哈大笑，拿了漢堡大口咬。

米熙露出了不認同的表情。陳鷹努努嘴，要她看看四周，可不是只有他一個人這麼做。

米熙看了一圈，嘆氣，「這裡不雅不妥之事甚多。」

陳鷹笑：「姑娘，妳也趕緊一起不雅不妥吧。」

米熙把漢堡拿起來，看了好一會兒。陳鷹忍不住道：「盯這麼久做什麼？趕緊吃下去。」

「我在與爹娘說話呢，我告訴他們我活著，我吃了從前沒吃過的東西，這裡很不一樣。」

陳鷹愣住，還沒來得及被感染上傷感，就見米熙一臉英勇地張大了小嘴，一口咬在漢堡上。

陳鷹也對她笑，遞給她餐巾紙，把薯條倒出來，教她擠蕃茄醬，教她吃薯條。

沙拉醬沾了她一嘴，她沒管，繼續大口吃著。見他看著她，她對他笑笑，明明眼眶是紅的。

米熙吃完這頓飯後的評價是：「味道不錯，但我還是更歡喜那包子鋪。」

陳鷹心想，還好沒人問妳意見。

兩人下樓，陳鷹又接了一通電話，是晚上要見面的永凱副總王兵打來的，他就是想直接跟陳

鷹確認晚上見面的時間，表示自己會準時到。陳鷹掛斷電話，看見米熙趴著旁邊的欄杆往下張望。對她來說，哪裡都很新鮮，什麼都很好奇。他想起她說自己一半時間都在講電話，似乎確實是如此。而她總是一個人，沒有朋友，他應該買支手機給她，讓她可以聯絡他，聯絡蘇小培他們，讓她感覺到身邊有人陪。

這麼一想，陳鷹就帶米熙去挑手機。對這個新鮮玩意兒米熙沒嫌醜，相反的好像每個都漂亮。她不知道什麼功能，只挑顏色，最後手一指，陳鷹一看，果然是將門出身，真敢下手，櫃檯這麼多手機，她選中一個最貴的。

陳鷹不想掃她的興，雖然他覺得裡面九成九的功能她都不可能用上，但他還是買了。

等他們拎著許多戰利品上車之後，陳鷹才體驗到米熙有多沒概念。

她很高興地問他：「為何吃食須給銀錢，衣裳手機這類物件都不需要？」

陳鷹差點把方向盤拔下來，刷卡也是錢啊，大小姐，妳當車後座那些購物袋是打劫來的嗎？

這件事情頗嚴重，陳鷹忍不住用米熙的說話方式加強語氣。花錢他不在乎，但是不能花完了人家不知道，這種連當個「凱子」都只是個「白拿東西不給錢」的「凱子」，真的是太冤了。

陳鷹把錢包拿出來，掏出信用卡給她看，「這種卡也是錢。」他要普及一下基礎常識，「剛才買了東西，妳看到我把卡給她們，她們就是扣我的錢去了。把錢扣走，東西才會給我們。」

米熙聽了，嚴肅地盯那張卡看。陳鷹索性把錢包裡的卡片都拿出來，遞給她看。

「長得不一樣。」米熙仔細端詳。

「不同的卡，還有銀行不一樣。呃……我是說，不同的錢莊。」

「銀票卡片。」

「好吧，就是銀票卡片。」陳鷹說：「所以百貨公司裡的東西都是要花錢的。妳看，給這些鈔票也可以。」說著拿出鈔票給她看，再放回錢包裡，「拿卡片讓她們扣掉裡面的錢也可以，但不是免費的。我是說，不是不用銀錢就可以拿走。」她可別真以為免費，哪天自己去百貨公司拿了東西就跑，那他只能去派出所贖她了。

陳鷹大致解釋了鈔票面額、信用卡種類、信用卡的個人歸屬。個人帳戶的錢是有限的，不是想買什麼拿張卡出來就行。他說了好一會兒，看米熙那表情就知道她沒聽懂。

陳鷹決定暫時放棄，囑咐米熙繫好安全帶，開車回家。

米熙一路上都很沉默，買了許多東西和吃了美食的興奮勁頭都沒了。她終於意識到一件很嚴重的事，她欠了人家很多錢。

回到家裡，陳鷹以為米熙會第一時間拆手機要他教她玩，而且買手機的時候她也說了，回到家裡要先跟蘇嬸嬸敘敘話，告訴他們自己也有手機了，她還想跟月老先生敘敘話，告訴他自己過得很好，讓他莫憂心。

那時候興奮成那樣，可現在真回到家了，她卻把東西擺得好好的，一點拆封的意思都沒有。

陳鷹看了看錶，他還有點時間。她不拆他拆，教完她趕她洗漱睡覺，自己好出門。

他招手把米熙叫過來坐在沙發上，解釋手機的各種配件，又把手機的充電器插上插頭，然後看向米熙，「好吧，妳說說看，這是怎麼了？」

米熙抿嘴，最後下定決心，開口問：「叔叔，今天衣裳手機吃食這些，花費了多少銀錢？」

陳鷹愣了愣，沒想到她會惦記這個。「呃……沒多少。」那些發票他就掃了一眼，沒算多少錢，但多少錢他也不會跟一個小丫頭計較。

「終歸是有個數的。」米熙表情很嚴肅，她一嚴肅起來，還挺有氣勢的。

陳鷹笑了笑，「還要算給妳聽？難道妳打算還我？」

米熙點頭，「自小爹爹教導，斷不敢忘。我沒本事，累得叔叔嬸嬸和月老先生費心。雖不知日後如何，但若我不死，許有一日也能回報諸位。米熙欠下的，都能記下。」

「若我不死」這話讓陳鷹聽得很不舒服，「妳才多大，死什麼死？」

「我是死過的，只是家鄉的月老先生說，爹娘一直盼我有個好歸宿。想不到飛來橫禍，我們全家都去了，爹娘有生之年未能瞧見我入花轎，月老先生望我珍惜重獲的生命年歲，好好過下去。我知曉月老先生是哄我的，他想讓我答應到這邊來，但他說的也沒錯，我爹娘……」

她頓了一頓，又說：「在那事發生之前，他們確是時時嘮叨，也花了許多心力要為我尋個好人家。我爹說我做不成武將，莫往那頭想，還是嫁人正經。可說了好幾門親，也不知怎地，總也不順遂。不是這緣由便是那說頭，有說八字不合的，有嫌我習武粗蠻的，有一家談妥當了，最後那家公子卻與婢女私奔了。還有些是我自個兒不願意的，總之，總歸是沒成。從十四那年說親，一直拖到十七，我知道，好些人也拿這笑話我。我是不懼的，可我爹娘沒了面子，為我難過，我也不好受。」

米熙咬了咬唇，接著說：「我死後見著了月老先生，他與我說，那便是因為我紅線那頭未繫上有緣人，他勸我到這邊來，說他已安排妥當，會有人助我。他說他本事不夠，不能在我家鄉讓我嫁了好郎君，但我還有機會。我原是不願來的，我既是已喪命，便想跟著爹娘弟妹一起去，我們在地府裡再做家人，可月老先生說他不知地府何處，又說我見不到家人了，這一世的緣分已盡，再不能續。他又說我與其他人不同，紅線給他的囑咐，我陽壽不該盡，姻緣不該絕。他說他為此去尋過我父母魂魄，求得他們應允，這才來與我說的。他說紅線送我到此，若尋得有緣人，便能續命得姻緣。他讓我勇敢，讓我試一試。若我最後能達成，也是告慰父母在天之靈。」

陳鷹不知道該怎麼安慰，他從沒遇過這種事，而且幾十分鐘前在百貨公司裡明明還是個幾歲孩子似的表現的米熙，現在這麼老成地說這些話，讓他有些不適應。

「月老先生說有位叫蘇小培的姑娘，嗯，就是蘇嬸嬸，與她的相公，當年也曾經歷過一段異世坎坷，如今終獲幸福。他讓我莫慌，說我也定能如此。我也不知怎地，便答應了。」

陳鷹清了清喉嚨，終於想到他能說點什麼了：「別後悔，米熙，向前看。」

「不能悔了，再無回頭路。再者說，回頭也無路了。我都死了，還能怎地？」米熙抬起頭，小臉上有著堅毅，「月老先生好心，叔叔嬸嬸們好心，我也不該垂頭喪氣。」

「那就好，那就好。」

「若我未死，我定學些本事，報答叔叔嬸嬸。掙了錢銀，還給叔叔。」

「嗯。」陳鷹應著，但完全想像不到米熙以後成為職場女強人的樣子。

「那些物事，統共花費了多少？」

「還沒算，再說後頭還得花錢，等我弄一個詳細的帳本再給妳看。」

「好的，讓叔叔費心了。」米熙說道：「說到帳本，我也是會的，帳房先生教過我，我還會打算盤呢！」語氣甚是驕傲。

「不錯，真不錯！」陳鷹很想鼓勵她，但誇不出什麼詞來，會打算盤在這裡真的不能算有本事，「我先教妳用手機吧，妳學會了，以後悶的時候可以找認識的人聊一聊。」

陳鷹把手機拿過來，將自己的手機號碼輸進去，設了快速鍵「1」。把程江翌的號碼輸進

去，設了快速鍵「2」。想想下回真的得問問蘇小培手機號碼，現在先存兩個，夠她用了。

「妳看啊，每個手機都有一個號碼，是數字的，我的號碼是這個。」他調出來給米熙看。

「數字？」米熙的表情極為嚴肅。

陳鷹以為米熙不懂這些操作比較緊張，就安慰：「沒關係，按錯了也不是什麼大事。我都幫妳設好了，妳看，按1鍵，就是找我了。」陳鷹的電話響了起來，「妳看，我的手機響了。」他把米熙的手機給她，然後拿過自己的手機接通。

「喂，聽到了嗎？」

米熙聽了電話，忍不住笑了笑，點點頭。

陳鷹掛了電話，繼續教：「跟剛才一樣，按2鍵就是打給程叔叔。我沒有妳蘇嬸嬸的手機號碼，回頭再加上。好了，教完了。」他把手機再遞回給米熙，「妳試著打給我。」

米熙按了下去，陳鷹的手機響了。他很滿意，自己也撥給米熙，然後教她怎麼接聽，怎麼掛斷。米熙試了兩回都成功了，終於又露出笑容。

「好了，妳還有什麼問題？」看看錶，他差不多該準備出門了。

「有的。」

「妳說。」

「這些是數字嗎？這是一、二？」米熙指著按鍵問。

陳鷹呆住，「妳不識數？」

「我識數，我還會看帳本，還會撥算盤。」米熙忍不住抬起小下巴。

「……」他終於意識到一個大問題，阿拉伯數字對古代小姑娘來說，是新鮮玩意兒！

「呃……這個以後我們有時間慢慢學。」陳鷹點點頭，不知是安慰米熙還是自己。當叔叔真的太不容易了，他低估了任務難度。

米熙眨巴著眼睛，還在等答案。

「這是數字的一種。」陳鷹用電話鍵盤先粗略教教，「妳看，順著這麼數，123、456、789，下面中間這個是0。」

米熙低頭認真看，有些沮喪了，居然連數字都長得不一樣？

「這個妳不用擔心，回頭慢慢教妳，很簡單的。」是吧，應該是很簡單的？陳鷹心裡沒底。他把手機再插上充電器，指給米熙看，「這幾個小格子代表著這手機的電量，沒有電量它就不能通話了。妳看它現在才兩格，插上這個，讓它充電，格子滿了再用，知道嗎？」

其實米熙沒聽太懂，但表面的東西是明白了，格子滿了再用，知道這個就行。

「好了。」陳鷹再看了看錶，「我要出門去，妳快洗澡換衣服睡覺。」他忽然想起來，忘了幫這丫頭買睡衣了，「妳蘇嬸嬸幫妳準備的衣服裡有睡衣嗎？」

米熙表情很茫然。陳鷹搖頭，「我去妳房間看一眼妳的衣服。」

米熙的那袋衣服還丟在地上，包都沒打開。她跟在後面心虛了，她偷懶沒做事，真慚愧。

陳鷹打開她的袋子，翻出衣服，果然看到有一套睡衣，還是蘇小培細心。他打開衣櫃，拿出幾個衣架，把其他幾件衣服用衣架掛起來，招手讓米熙過來看，「妳的衣櫃要自己整理，大件的衣服像這樣掛起來，小的、不怕皺的就摺起來放抽屜裡。」

米熙點點頭，但陳鷹現在是習慣性懷疑她到底聽懂了多少。他指著丟在床上的那套睡衣，「去洗澡，然後穿這個。這個叫睡衣，妳蘇嬸嬸教過妳怎麼穿了嗎？」

米熙點點頭，陳鷹下意識又接著問：「她有沒有教妳睡覺的時候不要穿……」bra、胸罩、內衣，他哪個詞都沒說出口，噎了噎，算了，老男人對著小女生有些話是不太好說的。他揮揮手，「我是說妳睡覺的時候不要穿著現在身上這套，要換睡衣，這樣睡起來才舒服。」

米熙臉有點紅，跟一個男子談論就寢時穿什麼她覺得很不自在，但這個世界似乎不忌諱這個，她要努力入鄉隨俗。她克制住害羞彆扭，再點點頭。

陳鷹又指著衣櫃，「妳自己收拾，把買的衣服都掛好，然後趕緊洗澡上床睡覺。」說完準備出去，想了想，又折回來，「睡覺要蓋好被子。」

米熙繼續紅著臉點頭，看到陳鷹走出去，想問他晚上要去何處，想想自己不該多問，也許他說了自己也不懂。嗯，她還是聽話收拾東西，謹言慎行。

陳鷹回書房後，打了個電話給馮欣：「馮小姐，抱歉，晚上打擾妳。是這樣的，明天妳過來的時候順便再買些小孩子學習算數的基礎教材可以嗎？學習阿拉伯數字和簡單算數的……嗯，九九乘法表可能太早了，不過如果有就一起帶過來。還有習字本，小朋友學寫字的……有握筆糾正器？那是什麼？糾正握鉛筆姿勢的？哦，我還真不知道現在有這些東西，那就一起帶過來好了。不不，沒有別的小朋友，就是米熙。是這樣的，馮小姐，米熙是一個遠房親戚家的孩子，她是在鄉下長大的，家裡太窮，沒機會讀什麼書，現在也沒法讓她上學，她跟不上進度，所以得麻煩妳每天教她，讓她能認識基本的算數，會用電器，有自己照顧自己的能力就行。」

陳鷹頓了頓，聽著馮欣在那邊報了幾樣她能馬上準備好的，覺得還不錯，「好，那就這樣，妳明天帶過來。對了，米熙的自尊心很強，妳要耐心些，像我今天跟你說的，她說話的用詞腔調，妳儘量順著她，然後告訴她這邊是怎麼說話的。她的家鄉在很遠很遠的山裡，平時不跟外面

接觸，她又是女生。妳也知道，有些鄉下地方還有些那些老傳統，所以請多些耐心對她。」

馮欣一口答應，陳鷹很滿意，掛了電話，回房間換了身衣服，準備出門的時候路過浴室，他看了看，對米熙的房間喊：「米熙，妳洗澡換下來的衣服就放著，明天讓馮欣幫妳洗。」

米熙跑出來，也沒說話，咬了咬唇。她是有些不願意，她跟這裡的人都不熟，她想自己洗，但又怕鬧笑話。她點了點頭，盤算著明天再請教馮欣。

陳鷹走到客廳，看到購物袋不見了，又轉回米熙房間。床上沒那些東西，想來她應該是都放到衣櫃裡去了，購物袋子和盒子整齊地擺在桌上。陳鷹滿意了，吹著口哨朝大門去，打開門又交代了一句：「趕緊洗澡，早點睡覺。」

米熙站在客廳裡靜靜地看著他，陳鷹與她四目相對，覺得應該再說點什麼，於是隨口一句：「不許出門。我走了，拜拜。」又想起什麼，轉頭說：「拜拜就是再見的意思，呃……再會……」是什麼來著？

「後會有期？」米熙試探著問，可是出家門說後會有期甚是古怪。

「嗯，差不多是那意思。」陳鷹也覺得很怪。

「叔叔好走。」米熙施了個禮。

「好。」陳鷹轉頭要走，「等一下。」他想起來了，他今天被叫了好幾聲叔叔，虧死了，「我說過叫我什麼？」

「陳鷹好走。」米熙很聽話地改口。

媽的，改了口聽起來怎麼這麼怪呢？算了算了，好走就好走吧，他知道她不是那種意思。

陳鷹揮揮手，鎖門走人，坐電梯的時候還在想，這小丫頭自己在家沒事吧？嗯，肯定沒事，

白天她也自己在家。對了，剛才是不是應該再教她開電視，不然她悶了怎麼辦？算了，悶什麼悶，小孩子早點睡覺，他們古人不是都早睡早起嗎？

陳鷹在十點前到達凱撒俱樂部，沒急著進去，先在停車場抽了一根菸。今天一整天他好像只抽上了三根，還耽誤不少正事。算了，不能抱怨米熙，她才是受害者。陳鷹夾著煙，撥了個電話給程江翌：「週末，你跟我哥還有我，我們三個見一下面。」

「做什麼？」

「開家長會。」陳鷹吐口煙。這些沒人性的，把小丫頭丟給他就可以甩手不管了嗎？米熙今天說什麼來著，若她活著？他聽著真是不舒服。她不是有三年的時間找對象嗎？他們這些家長不能耽誤時間，月老靠不住得靠自己。憑他們這三個叔，還怕米熙找不到對象？

「家長會這麼高級的活動不適合我啊！」程江翌想推脫。

「誰不來，我就把米熙送誰家去，養養孩子就高級起來了。」

「……」

「就這樣，我還有事，具體時間地點我想好了再通知你。」陳鷹俐落地掛了電話，又打給陳非，說了一樣的說辭。陳非完全憋不出拒絕的話來，這讓陳鷹非常滿意。看來把米熙小朋友送過去是大招，得省著點用。

陳鷹微笑著，再吐一口煙，靜了靜神，想了想待會兒要談的事。

靠在名車上吞雲吐霧的挺拔男人，姿態慵懶，很吸引女性的目光。一個穿著小禮服的女人走過，對陳鷹拋了個媚眼，一個勁兒朝他笑。

陳鷹揚了揚香菸，表示現在很忙。那女人不死心，走過來挨著陳鷹，輕聲道：「我有空。」

陳鷹彎了嘴角，「我沒空，我約了男人。」

那女人僵住，嘟了嘟嘴，掉頭走了。

陳鷹吸完最後幾口，看了看錶，很好，遲到了五分鐘，要的就是這效果。他拿著菸頭，在凱撒大門側邊的垃圾桶那按滅了，然後施施然進了大門。

王兵已經在包廂裡等候，見了陳鷹忙起身招呼。兩人換了名片，又一番寒暄。陳鷹倒了酒給王兵，遞了根菸，王兵接過。

「這麼悶，要不要叫兩個小姐進來唱唱歌？」陳鷹懶洋洋地靠在沙發上，一副大少爺的姿態。

王兵拘謹地搖頭，「不用不用，談正事，她們在這鬧也不好說話。」

陳鷹聳聳肩，吸了一口菸，再吐出來，「無所謂。」

這時包廂門被人輕敲兩下，凱撒的值班經理推門進來，一個勁兒地笑，「二少很久沒來了。」

「是啊，很久沒什麼有意思的事了，就沒來。」

值班經理笑笑，伸手朝放著酒瓶的冰桶道：「呂祕書訂了酒，我自作主張加了一瓶八〇年的，本店招待。二少要是覺得還缺什麼，儘管招呼。我先出去，不打擾了。」

值班經理出去後，陳鷹彈了彈菸灰，對王兵道：「這裡還不錯，想吃點什麼？」

王兵是第一次跟陳鷹打交道，不知道這人的喜好，看架勢似乎不太好應付，但他們主動聯繫要再談談簽約的事，正中他的下懷。他也需要簽下這份合約向大老闆交代，暫不簽約這種事，只是他嚇唬劉美芬的，結果那女人不上道，竟然就認了不簽約。

陳鷹看王兵不點東西，也不勉強，拿了酒杯與他碰了一碰。王兵不好推辭，也趕緊喝了。陳鷹再給王兵倒上，掐滅了菸，吃點下酒菜，招呼王兵也吃，沒說兩句話，又碰了碰杯。王兵又喝

了一杯，明顯放鬆許多，這回換他主動倒了一杯酒給陳鷹。陳鷹看著酒杯，說忽然想到一個笑話，他說了，是個黃色笑話，王兵心領神會，哈哈大笑。

陳鷹拍他的肩，大聲笑，「有悟性！」兩個人打開話匣子，聊了些圈子裡的事，又說了些業務上的內容，中間夾著八卦和黃色笑話。一邊聊一邊又喝了好幾杯酒，迅速消滅了大半瓶。

王兵已有些醉意，但人還是清醒的，他拿過公事包，抽出合約，「陳總，不瞞你說，我們也合作幾年了，合約條件一直沒變過，這個我跟上面也不好交代。現在找我們談的不只一家，我也得有好理由說服上面繼續跟你們合作是不是？」

陳鷹只是笑，合約看也不看，「條件這種事還不是好說嗎？我聽他們報上來，說什麼暫不簽約，我就惱火了，你們怎麼可能這麼說，這中間溝通有問題。」他又倒了酒給王兵，陳鷹又說：「沒有談不成的生意，只有不會做的人，我想一定是他們沒做好。」

王兵很高興，陳鷹沒繼續談合作的事，又說了別的事，王兵被逗得哈哈笑。他打個酒嗝，誇這酒不錯。陳鷹順水推舟，說回頭送一瓶到他公司去，王兵忙假客氣推辭一番。

「酒而已，別放心上。這合約對我們很重要，王總肯給面子，我也不是不會做人。丟了這合約，我在我爸面前可是吃不了兜著走，那些老臣也在等著看我笑話，所以，全靠王總幫忙了。」

王兵被酒和迷湯灌得差不多，相當興奮，「陳總放心，這合約沒什麼問題，能簽的能簽的。先前就是那劉美芬不識相，還給我臉色看，我若是不壓一壓，日後也不好合作了，對吧？」

「劉美芬？」陳鷹腦子裡閃過在會議裡哭的那個女人，他故意痞痞地一笑，顯得意味深長，「她是古板一點，不識抬舉。王總大人大量，別往心裡去。」

王兵一聽陳鷹的語氣，眼神頓時齷齪起來，壓低了聲音：「陳總在她那也吃過癟？」

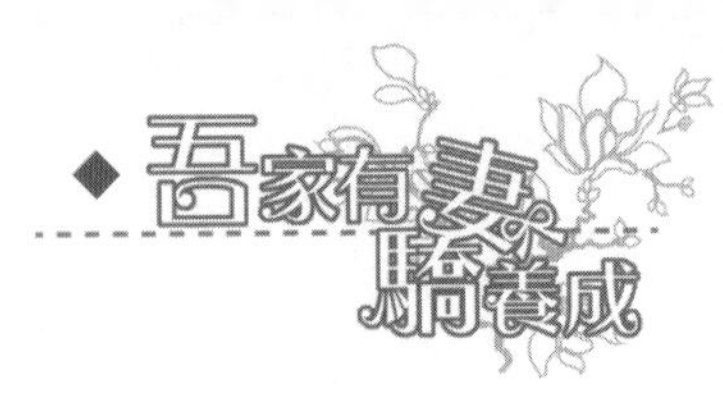

陳鷹把酒杯放下，問他：「你跟她提出要上床的條件了？」

這直截了當的問法讓王兵有些受不住，「哎，也不是這麼說。」抬眼看陳鷹並沒有不高興的樣子，他放下心來，「我跟她說，答應了合約馬上就能簽，結果她立刻翻臉。說實話，陳總，你家真不是唯一一家跟我談這代理權的，別家識相多了。」

「是嗎？別家的業務陪你上床嗎？」陳鷹冷笑。

王兵愣了一下，還真是沒見過說話這麼直白的。他見陳鷹臉色不太好，忙說：「也不是，哪能啊，我就是跟劉美芬開開玩笑，合約的事還是照舊！你看，我這不是專程來見你說合約嗎？」

陳鷹笑了，露出白牙，他把丟在一旁的合約拿了過來，對王兵說：「王總，我家開的是廣告公司，不是夜總會，沒有可以帶出場的小姐。」

王兵表情僵了僵，陳鷹收起笑容，盯著王兵，「我陳鷹當的是總經理，不是他媽的雞頭！你他媽的色膽包天，想動我的員工？上床就簽約？去你媽的！」他刷刷地把那合約撕了，塞進王兵的酒杯裡，「四千多萬而已，滾你媽個蛋！你看老子他媽的會不會心痛，帶著你的合約吃屎去吧！」

王兵目瞪口呆，完全沒料到陳鷹說翻臉就翻臉。

陳鷹理都不理他，大踏步甩門走了出去。走到凱撒門口，餘怒未消，想來根菸，摸了摸，想起菸被他丟在包廂裡了。他忿忿地坐進車裡，發動車子。

「他媽的，四千多萬老子還真他媽是心痛的，滾你的蛋！」

陳鷹不急著開車，坐車裡冷靜了一下。這合約他還是要的，這王兵他也是要教訓的，沒道理欺負到他陳鷹頭上這麼簡單就放過。回到住處後，他已經想好永凱這事要怎麼應付了。

陳鷹鎖好車上電梯，看了看錶，都快一點了，希望家裡的那個小ㄚ頭已經聽話睡著了。

開了門，走進客廳時陳鷹愣了愣，米熙正在她的房門口朝著客廳探頭探腦。

「怎麼還沒睡？」陳鷹不高興了。

「先前已是睡下了，方才聽著門口傳來些許動靜醒了，便起來瞧瞧。」

陳鷹沒話說，好吧，怪他吵醒她，可他真沒弄出什麼大聲響，她是多不安心才睡得這麼不踏實？他看了她一眼，睡衣外頭套了一件運動服，拉鍊又拉到脖子頂。穿著拖鞋，腳上居然歪七歪八地套著襪子。也就是說，在她起來看看情況的時候，她都沒忘記把自己包得嚴嚴實實的。

陳鷹搖搖頭，隨她吧，她喜歡包成什麼樣就包成什麼樣。

「好了，我回來了，去睡吧，沒有賊。」陳鷹一邊說一邊朝自己的房間走，路過米熙身邊時，她退了一步，小臉皺巴起來，那表情明顯在說她很克制沒有伸手捂鼻子。

陳鷹又不高興了，他身上又是酒味又是菸味，肯定香不了，但他沒有請她半夜爬起來聞，並對此表示嫌棄好嗎？他揮揮手，「快去睡快去睡，再不上床就打妳屁股。」

米熙又退了一步，小臉繼續皺，眉頭也皺了起來，那股神勇氣勢不經意間又顯現了。陳鷹反應過來，他這話對米熙來說肯定又是不雅不妥的，而從他的角度說，他也確實說錯話了。要真打起來，他到底會不會是她的對手呢？

陳鷹迅速認慫，「要是現在妳馬上上床睡覺，明天早上我帶妳去吃小籠包。」

米熙二話不說，轉頭就衝上了床，下一秒又奔了下來，把門關上，然後房裡「砰砰」作響，像是跳上床的聲音。陳鷹被酒弄得遲鈍的腦袋不知道該回應什麼表情，這包子命！

陳鷹走回房間，探出頭大聲喊：「脫掉襪子和運動服再睡，要蓋被子！」

真要命，這丫頭跟那四千萬一樣教人操心。陳鷹仰躺床上，想著歇一會兒再去洗澡，可他就這樣睡著了，沒脫拖鞋，沒脫襪子，沒脫外套，沒蓋被子。

第二天，陳鷹是被手機鈴聲吵醒的，呂雅說一上班劉美芬就遞交了辭職信，問他今天什麼時候進公司。陳鷹一問，才知道原來已經九點多了。陳鷹揉了揉宿醉發疼的腦袋，他今天還得跟馮欣交代照顧米熙的事，於是他告訴呂雅他十一點前進公司。

陳鷹跳起來，衝進浴室洗了個戰鬥澡，二十分鐘後又人模人樣了。

米熙的房門開著，客廳的落地窗前，米熙正在打坐。她聽到腳步聲，跳了起來，「陳鷹早！」小腦袋瓜這次記住了怎麼打招呼，可惜配上彎腰施禮的動作，還是不協調。

「早。」陳鷹懶得再糾正她，「妳在做什麼？」

「打坐運功。本該雞鳴起舞的，奈何這處與我家鄉不太一樣。」

「哦。」陳鷹點頭，這社區裡確實沒有雞，鬧鐘倒是可以叫她起床，不過他今天懶了，不想教了，反正一會兒馮欣就會來報到，交給她就好。一想到這個，陳鷹就有種終於解脫的輕鬆感。

陳鷹走進廚房，給自己煮杯咖啡提提神。他這會兒覺得很餓，冰箱裡好像還有幾片吐司，他可以拿出來烤一烤，再煎兩個荷包蛋、幾片火腿，跟米熙一人一個三明治，真是完美的早餐。

陳鷹一邊想一邊動手，米熙好奇地看著，全都是新鮮東西，除了雞蛋，其他都不認識。

「這是做甚？」米熙問。

「早餐啊！」陳鷹一臉妳不用謝我的表情，「餓不餓？妳幾點起的？練功餓了嗎？」

「早餐？」米熙大驚，眼睛睜得圓圓的，「早餐？」

陳鷹把煎荷包蛋翻了個面，「是早餐，妳放心，這種簡單東西我做得還行，吃不壞肚子的。」

「早餐？」米熙的臉五顏六色。

「對，早餐。我在做三明治，就是這個。」正巧吐司烤好彈了起來，陳鷹指了指，「用這麵包片夾雞蛋和火腿，很好吃。然後我配一杯咖啡，妳配一杯果汁，超級好。」

米熙不說話了，有些難過，他居然忘了。

「怎麼了？」陳鷹皺眉頭，「妳還沒吃，怎麼知道不好吃？總要試一試。」

米熙點點頭，好難過，他真的忘了。

陳鷹不高興了，這要怎麼伺候，有得吃不錯了，難道還挑吃？總不能天天吃小籠包。

啊！陳鷹突然想到了，他昨天晚上答應她早上帶她去吃小籠包。

這時候米熙已經低著頭飄離了廚房，那樣子還真是可憐。

陳鷹看看自己弄的早餐，不管她了。吃什麼不是吃，又沒餓著她。他把東西迅速弄好，擺上餐桌，招呼米熙過來，又使喚她自己拿杯子開冰箱倒果汁。米熙乖乖聽話，但情緒不高，對這個跟漢堡差不多的三明治也沒有發表評價。

陳鷹討厭看別人的臉色，「好了，不就欠妳一頓包子，我忘了，做完這些才想到的。」

米熙忍不住小聲道：「明明說好的。」包子面前，一時忘了這裡是別人的地盤，要謹言慎行。

「好了，明天補，明天帶妳去。」

米熙還是有些難過，她從昨晚期待到剛才，而且最重要的不是因為沒吃到，而是因為明明陳鷹許過諾的，最後卻輕描淡寫地帶過，不重視諾言，她覺得心裡不好受。

陳鷹也不高興，小丫頭小裡小氣的，真是不痛快。

九點四十五分，門鈴響了，馮欣提著買好的菜和昨晚陳鷹要求的那些東西來了。

陳鷹領著她進書房，給了她一個信封，裡面是五千元，用完再給。馮欣很有經驗，拿出提前準備好的收據，寫上金額，簽上名字，交給陳鷹，「購物的費用清單我會半個月交一次。」

陳鷹翻抽屜，找了呂雅的名片出來，遞給馮欣，「這是我的祕書呂雅的聯絡方式，若是有什麼問題找不到我，妳就找她。還有，帳單發票也給她。」

馮欣點頭，把這幾天的安排大致說了說。陳鷹很滿意，出來找米熙。米熙站在客廳，有些忐忑。黑亮的長直髮襯得她的臉小小的，眼睛大大的。她直挺挺地站著，透著些小倔強。

「米熙，我要去上班了。」陳鷹做開場白。米熙點點頭。

「馮欣從今天開始每天會過來陪妳。除了週末，妳有什麼需要或是想做什麼，就跟她說。」

「週末？」米熙又聽不懂了。

陳鷹轉向馮欣，「妳再教教她看日曆、看錶，再解釋什麼叫週末。」他表情是在說別介意，她確是從很山裡的鄉下來的。

馮欣點頭，微笑著走近米熙，「妳好，米熙，我們見過面的，我叫馮欣，妳可以叫我馮姊。」

這話一出，米熙和陳鷹頓時都微愣，對視了一眼。馮欣三十二歲，比陳鷹還年長幾歲，米熙也覺得看起來馮欣比陳鷹要年長些。陳鷹是叔，馮欣是姊，這輩分對嗎？

陳鷹輕咳一聲，「米熙，有時候姊、哥這些是禮貌的稱呼。就叫馮姊吧，沒關係。」

米熙想了想，彎腰施禮，「馮姊好。」

馮欣笑了笑，「我們說好了要握手的，對吧？」她伸出手來。米熙下意識看向陳鷹。

陳鷹有些頭疼，行禮的事跟她說過了，她怎麼總記不住？陳鷹點頭，「在這裡是握手的。」

「男子也握嗎？」米熙眉頭皺得緊。

「可以不握，隨便。」陳鷹沒什麼耐心了。教孩子不容易，可是教一個受過別的教育且固執的孩子更不容易，「妳還有什麼問題想知道，可以問問馮姊，她會教妳。」

「好的。」米熙認真道：「只昨日一日便攢了許多不知曉的，想請教請教。」

陳鷹慶幸自己請了個保姆，不然他肯定會死在米熙手裡。

離開好奇寶寶米熙，進了公司又是一條好漢，這是陳鷹對自己目前現狀的評價。

陳鷹到了公司，上樓之前看了看時間，覺得還夠時間抽根菸的，便在樓下當起了癮君子。踏進公司大門的時候是十點五十八分，他看了看錶，很滿意，覺得自己沒遲到，吹著口哨進去了。

呂雅訓練有素，準備好了要報告的事，見到他來，跟著他進了辦公室。陳鷹把他請了保姆的事跟她說，呂雅記下，最後報告劉美芬辭職的事，把辭職信放在他桌上，「傅總監說劉美芬是要為永凱的案子負責，所以才會辭職。他不敢批，就先交過來。」

「合約沒簽下他也不敢擔責，員工辭職他也不敢批，他領薪水時覺得手燙嗎？」陳鷹譏道。

呂雅很聰明地不評價，陳鷹把劉美芬的辭職信丟一邊，「她在嗎？讓她過來聊聊。」

呂雅聽命出去，過了一會兒，有人敲門，進來的就是劉美芬。

「坐吧。」陳鷹一邊看電子郵件，一邊招呼。

劉美芬有些緊張地坐下。

「妳辭職是為了永凱的合約沒簽成？」

劉美芬抿緊嘴，過了一會兒說：「這案子我一直在跟，最後這樣，我知道公司一定不滿意。」

「引咎辭職的意思，就是因為妳的過失造成合約簽不下是嗎？」陳鷹的目光從電腦螢幕轉開，看著劉美芬，「妳有什麼過失？」

劉美芬抿抿嘴，不說話。

「這種合約，必須是傅堂負責，妳雖然是執行人，但說句不好聽的，要論擔責，妳的職位還不夠，所以，妳著什麼急，為什麼非認定妳有過失？妳做什麼了？」

劉美芬臉色很不好看，「我昨晚跟王兵喝酒來著。」

「陳總，總之我不想再做下去了，手頭的事我會交接好。」

陳鷹不接她的話頭，卻說這個，劉美芬驚訝地看向他。

「妳知道喝多了什麼話都會說，他倒沒咬死說不跟我們簽合約，嘰嘰歪歪地也想找臺階下。」

劉美芬咬緊牙，覺得非常難堪。

「不過我把合約撕了，塞他酒杯裡拿髒話罵他。」陳鷹施施然地說：「如果最後這合約沒拿下，是我的責任，與你們都沒有關係。」

劉美芬很驚訝，睜圓了眼睛。

「劉美芬，拒絕職場上的性騷擾是妳的權利，妳沒有犯任何錯。拒絕王兵那頭豬的威脅沒有錯，妳做得很對。」

劉美芬的眼眶一下紅了。

「可妳為什麼不告訴公司？」

「我擔心……」劉美芬頓了一下，「我擔心說了公司怪我不會做事，可我不是出來賣的。」她想到這段時間的壓力，眼睛濕濕的。王兵的騷擾電話和威脅、公司裡的責怪和逼問，她覺得她快扛不住了，「我寧可不做這份工作了。」

陳鷹點點頭，問她：「劉美芬，妳工作幾年了？」

「五年。」

「五年妳受過幾次騷擾？」

「就這一次。」

「所以，妳只是倒楣遇到了王兵那頭豬，不是所有的男人都這樣。妳拒絕他，保護自己，這做得對，但妳隱瞞不報，讓公司沒能及時採取對策處理好這件事，是妳的錯。」他拿起劉美芬的辭職信，「如果妳報給了公司，公司逼妳去賣，妳才應該果斷辭職，而不是像這樣，為了自己行使了正當的權利和保衛了尊嚴而做這所謂的引咎辭職。」他把辭職信遞給劉美芬，「收回去吧。我不接受妳的辭職申請。」

劉美芬接過信，咬咬唇，聲音很小：「謝謝陳總。」

「傅堂知道是嗎？」

「我沒特別說過，但我們一起與王總談事的時候，王總有時候不太禮貌，傅總監是看著的。」

「他沒敢得罪客戶，所以妳覺得他代表公司的態度？」

「是我多想了。」劉美芬深吸了一口氣。

「妳確實多想了。」陳鷹道，語氣很嚴肅。

劉美芬飛快地抬頭看了他一眼，他端坐在那，挺拔有型，謙謙君子。

「那合約？」劉美芬問。聽陳鷹那意思，昨晚他把王兵也得罪了。

「這合約我沒有不要。」陳鷹在電腦上調出旗下公關公司的吳浩，敲對話：「有空嗎？上來找我。」然後轉向劉美芬說：「只是王兵在那個位置，就算簽了合約，日後執行過程也會有很多麻煩。」

劉美芬點頭，所以她才想辭職。原本是想著這合約就算靠老闆出面簽下來了，她也沒法跟王

兵再合作下去。

陳鷹剛想繼續說，手機響了，是馮欣打來的。電話那頭，馮欣說教了米熙認識數字，然後問能不能帶米熙出門，就去社區街口的超市，幫米熙買個習字本，米熙還想要算盤。

「我書房桌上有計算機。」陳鷹說：「妳可以進去拿，別動其他東西就行。」

「不用，我隨身也帶了個小計算機，米熙不喜歡用，她說她想要算盤，我記得超市有賣。廚房正好也缺些調味料，就想著能不能帶米熙出門去買回來。」

「行。」陳鷹想想，讓米熙多認識認識這世界是好事，「妳帶她去吧，她想要什麼就買給她。妳看看她還缺不缺什麼生活用品，一起買。順便教她認一認路，帶她認識超市裡的東西。」

馮欣答應了。陳鷹不放心，讓她把電話給米熙，他在電話裡交代米熙，要把手機帶上，有急事要打電話，出門要聽馮姊的話，看見什麼新鮮的東西要沉著。

劉美芬聽得噗哧笑了。還要沉著？這詞用得真是……

陳鷹左交代右交代，終於把電話掛了，然後繼續說：「所以我要這個合約，就得讓王兵離開這個位置。我會找出他的把柄，放些他的負面言論，從他老闆那裡入手做掉他。這事不會點妳的名，但涉及到相關業務，難免會有人往妳身上想。我提前跟妳打聲招呼，妳就當沒這事。」

劉美芬愣了又愣，這話題轉折銜接得太迅速了。

陳鷹問：「有問題嗎？」

誰也不想被捲到醜聞裡去，可陳鷹說到這一步，表示他還是很尊重自己，應該不會特意讓她難堪，於是她點頭：「謝謝陳總。」

「謝什麼，我也不是為妳，今天這事發生在魯姊身上，我也會這樣辦。」

魯姊是公司清潔工，近五十歲，又黑又胖又壯，嗓門也大。劉美芬又噗哧一笑，忽然發現這個年輕老闆還挺幽默的，而且，他保護她，劉美芬有些感動。

這時有人敲門，陳鷹一邊喊：「進來。」一邊又對劉美芬說：「就這樣吧，有事再說，好好工作，別往心裡去。」

吳浩推門進來，看到陳鷹在安慰一個美女，他看那美女站起來跟陳鷹說：「那我先出去做事了。」然後她往外走，兩個人擦身而過。

吳浩對劉美芬禮貌地笑笑，可惜劉美芬沒理他，低下頭出去了。

吳浩關了門，一臉八卦相地撲到陳鷹桌前，「死鬼，你這裡又來新美女了？」

「在這裡很久了好不好？你自己眼瞎。」

「哎，瞎得太不應該了！」吳浩接過陳鷹的菸，問：「叫什麼？」

「劉美芬。」

「可惜，名字太女配了。」

「你的是男主名？」

「還行吧？比你這侍衛龍套名強一點。」吳浩吸了口菸，「找我上來幹麼？想我了？」

「你現在在忙什麼？」

「就你們的兩個客戶被消費者投訴品質問題的醜聞，有媒體炒作，被鬧大了的那個。」

陳鷹吸口菸，他知道這兩個案子。

「還有一個你家簽的小藝人半夜出入聲色場所被記者拍到，也鬧大了。」

「哦。」

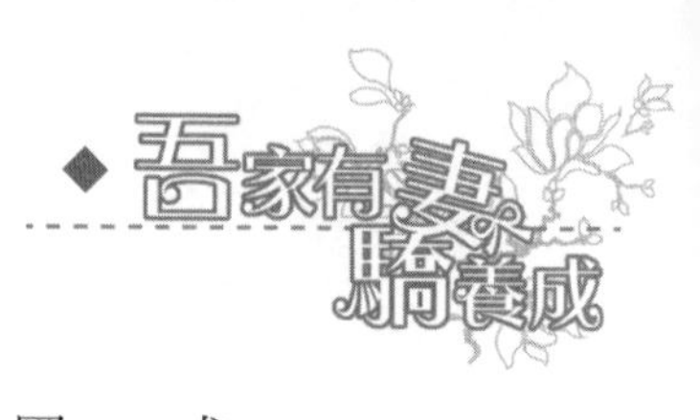

「你都不看新聞的嗎？」

「娛樂八卦確實不看。」陳鷹掏出皮夾，找到王兵的名片，遞給吳浩，「幫我處理這個人。」

吳浩扮鬼臉，「幹掉他嗎？我們是正經的危機公關處理專家，不是殺手組織。你提這種要求，我們又是鐵哥們兒，太為難了。」

「死一邊去！」陳鷹夾起菸繼續抽，「把他的底翻出來，這人好色，一定做過不少髒事。這圈子沾色必沾財，查查他欺負過什麼人，拿過什麼不該拿的錢，然後造些輿論出來，指向他的作風問題，之後找時機丟個澄清消息，我們公司因為永凱相關負責人的作風問題而停止合作這種事純屬謠言。」

「有這謠言嗎？」吳浩笑，已經知道陳鷹的用意。

「澄清之後就會有了。」那豬頭的作派肯定招惹了不少人，網路上發個言不需要負責，都不用自己披馬甲自然會有主動罵他和爆料的人。醜聞鬧大了，王兵這位置當然就坐不住。管他是不是大老闆秦文易的親戚還是心腹，秦文易不可能幫他為這些醜事買單。

「多少錢的？」

「四千多萬的合約。」

吳浩吹個口哨，以他的敏銳，馬上猜到是什麼事，「這頭豬想染指我們公司的美女？」

「我算是跟你同個公司，但劉美芬卻不是。自重啊，吳先生。」陳鷹也不瞞他，吳浩在這位置做得久，又是親信，他知道是什麼事反而會更好處理。陳鷹把事情說了一遍，包括昨天晚上自己翻臉徹底搞壞關係也說了。

吳浩明白過來，「你搞這麼一齣，然後這豬頭再想找什麼藉口往上報這合約簽不了都不好說

話了，對方老闆會來找你，是吧？」

「他們若是有心，自己會知道該怎麼做，我們澄清謠言只是給了臺階，他們順勢下來就好。」

「如果他們不買帳呢？」

「那我損失了四千多萬，只好壓榨壓榨員工，把公司利潤榨點回來。」

「黑心資本家。」

「謝謝。」

「沒有在誇你。黑心就算了，還弱智。這四千多萬是你自己弄丟的好嗎？人家合約都遞上來了，你先簽了，錢進了口袋，然後你想幹麼再幹麼不行嗎？」

「不行，那樣我多不爽。」陳鷹吐口煙。

「靠！」死傲嬌！

「對老闆說粗話，扣薪水。」

「我粗話都是跟老闆學的，想當初我剛入行的時候多彬彬有禮，人見人誇。跟的老闆太混，出入魚龍混雜之地，見的都是各派各流的人物，混酒混菸混粗話，人生就這樣墮落了。」

「回頭你問問老頭子那邊有沒有建新組，你不去演戲太浪費了。」

「不行啊，我一出鏡鐵定紅。我怕紅，紅了之後麻煩事多。」

「挺好的，你一邊紅幫著公司賺錢，一邊自己給自己炒作，處理公關危機，幫公司省錢。」

「靠！」死摳門！

兩人鬥嘴的時候，馮欣帶著米熙正走過一家銀行，銀行外面有自動提款機。米熙隔著玻璃看到銀行裡面有人排隊，提款機也排著兩個人。米熙指了指，馮欣會意，告訴她：「這叫銀行，是大家存錢的地方。就是錢不放在家裡，不安全，放到這裡來，然後要用的時候就來提款。」

米熙想起來了，用手比劃了卡片大小，「銀票卡，信用卡。」

「存了錢之後，銀行就給金融卡，然後大家取錢的時候就拿著卡來取，還可以把錢匯到很遠的地方，給別人用。也可以辦信用卡，先刷卡再付錢。」馮欣努力想著怎麼說才簡單易懂，「就比如說米熙的爸爸媽媽要給錢讓米熙在這裡生活，就可以通過銀行，把錢轉到陳先生的帳戶裡，這樣陳先生就能收到這筆錢，給米熙用。」

米熙點點頭，心裡有些難過，沒有人會轉銀錢過來給她，她沒有爹娘了。

馮欣又指了指提款機，告訴米熙那是自動提款的，因為每個人有密碼，提錢也是比較私密講究安全的事，所以大家排隊都會站遠一點，不要讓人家覺得你在偷看。米熙點點頭，知道排隊要有距離。「我不會偷看的。」她很認真地保證，表情逗得馮欣笑。

這時銀行走出來一個剛取完錢的老太太，一邊走一邊數手上那一疊錢，數完了往一個布包裡裝。馮欣看見，正想跟她說別露財，結果話還沒說，一個黑影從旁邊猛地竄了過來，搶過老太太的布包就跑。

老太太被扯倒在地，離得近的馮欣也被撞倒。老太太愣住，而後大叫：「搶劫啊，我的錢，我的錢，那是給我孫子治病救命的！搶劫啊，救命啊！」

有人聽見，跑了過來，銀行裡的一名保全也出來看情況，但他們全都沒有米熙快。

米熙丟下一句：「婆婆莫慌，我去擒他！」腳尖一點，衝了過去。

馮欣嚇得不輕，爬起來朝著米熙喊：「米熙，回來！」

米熙跑得很快，衝在了所有人前面，眼看就要抓到強盜，可那人有接應，他跳上一輛等在不

遠處的機車，飛馳而去。米熙大喝一聲：「莫逃！」腳下停也不停，一躍而起，伸腿在路旁樹幹上一踢，藉著力道往前一躍，一腳踏在一輛停在路邊的汽車車頂，躍前了一大段路。

這熱鬧的中午時段，路上車多，機車在車陣中繞來繞去，雖不是橫衝直撞地逃，但速度也很快，一般人腿腳跟不上，只得眼睜睜看著一個小女生跟著摩托車消失在眼前。

「帥啊！」有人喊。

「你媽我沒看錯吧，是真的還是在拍戲？」

「發生了什麼事？」

「哇靠，剛才那什麼，你看到沒？哇哇，看見沒，可惜沒拍到！」

馮欣目瞪口呆，她被撞倒扭到腳，坐在地上，整個人已經傻住。老太太的哭嚎還在耳邊，而她也清楚地意識到，這一分鐘不到的時間，她把米熙弄丟了。

陳鷹和吳浩兩個人相談甚歡，互相調侃，陳鷹看時間差不多，就約吳浩一起吃午飯。兩人出去時路過劉美芬的座位，劉美芬抬頭看了陳鷹一眼。陳鷹正低頭看手機，沒注意。吳浩對劉美芬笑了笑，劉美芬低頭假裝沒看見。

到了電梯口，吳浩用手臂碰碰陳鷹，「剛才女配美人對你笑，我幫你回了一笑。」

「謝謝啊，男主。」

「不客氣。」吳浩得意洋洋。

這時陳鷹的電話響了，電梯門打開，吳浩伸手把著門邊，裡面全是人，吳浩幫接電話的陳鷹擠了個位置，遭到周圍人白眼。陳鷹一邊「喂」一邊邁進去。

電梯門徐徐關上，陳鷹卻突然大吼一聲：「什麼？」

聲音太大，電梯裡像炸了似的。陳鷹猛地擱住電梯門不讓關起來，全電梯的人又都瞪向吳浩。

吳浩無辜啊，關他什麼事，大聲吼的不是他，攔著電梯的也不是他。他轉頭一看，好幾個熟面孔，竟然是同個集團的同事。靠，太子爺的後腦杓又沒長眼睛，你們正義一點瞪他會死啊，真是讓人看不起！正用眼神一個個瞪回去，陳鷹已經大踏步走了出去，吳浩趕緊跟上。

陳鷹一邊講電話一邊飛快回去辦公室。吳浩莫名其妙，但也感覺出了大事。

「我知道了，妳先去醫院。旁邊有人幫妳嗎？好。米熙穿什麼顏色的衣服？好，我來處理。」陳鷹掛斷，馬上又撥米熙的手機，可是沒人接，陳鷹的臉色相當難看。

吳浩正在旁邊等候，陳鷹表情凝重，「阿浩，我家有個小丫頭不見了。保姆帶她去超市，路過銀行的時候碰上一個老太太被搶劫，搶匪跳上接應的機車，小丫頭竟然追去了。」

吳浩有些傻眼，「小丫頭是多小？」才幾歲就追捕搶匪，會不會太神勇了一點？

「保姆扭到腳，路人幫忙叫了救護車，她和老太太會被送去醫院。問題是，小丫頭不見了。」

「她追了很遠？」不是跑幾步追不上就會回來的嗎？

「追得不見蹤影，你說有多遠？」

「這丫頭厲害啊！」

陳鷹不理他，拉開抽屜拿車鑰匙，「打電話叫你那些兄弟幫忙找找。她在翠西路往東跑的，保姆說有人幫忙找了一下，附近沒見到，也沒看到那兩個搶匪，可能追得遠了。小丫頭叫米熙，穿粉色的運動服，長直髮，十七歲，呃……看起來更小一些，小臉、大眼睛，很漂亮，氣質很冷。」

陳鷹一邊說一邊往外走，走到門口又回頭，「如果你的人比我更快找到她，別拉她別碰她，她會打人。就跟她說我在找她，要她別跑，然後馬上打電話給我。」

吳浩愣住，還會打人？要不要這麼特別？

陳鷹親自開車出去找，吳浩則是回到自己的辦公室，安排人手開始尋人工作。十六、七歲的小女生追機車，應該跑不了多遠。吳浩看了看辦公室牆上的大地圖，圈了個範圍，交代下面的人打電話給在外頭跑的兄弟，讓他們找人。

很快，有個叫阿火的小子在電腦前叫道：「吳哥，淺粉色衣服，十六七歲的女生是不是？」

「對。」

「快看這個。」

吳浩湊過去，阿火把視頻放大重播。那是一個網友發到網路上的，剛發沒多久。標題是：功夫少女美豔冷酷狂霸跩！

視頻是用手機拍的，時間很短，畫面很亂，背景看起來是條巷子。手機主人似是要拍朋友說話，鏡頭範圍內的巷口突然橫倒著一輛機車，兩名騎士受了驚嚇，爬起來就往巷子裡跑。

視頻畫面外忽然有人喊：「看，上面！」

視頻的視角被抬高，顯然是拿手機的人舉高了手機在拍。這一段拍得很清楚，一個穿著粉色運動服的女孩在巷子的牆頭上奔跑，速度很快。跑了一會兒，又從高高的牆頭上一躍而下。

女孩半蹲落地，身體前傾，又穩又酷。接著，抬頭站起，這破手機的渣畫素都擋不住那冷若冰霜的逼人氣勢。

「哇哇哇！」電腦螢幕前的幾個人跟著視頻畫面外的人一起叫。

「中國少女版的終結者！」

「哇靠，復仇者聯盟裡原來也有我們的人！」

這都什麼跟什麼？吳浩橫其他人一眼。

視頻繼續在播，女孩向那兩個跑到巷底卻發現是死胡同的男人逼近，隱隱聽得那女孩說：「把婆婆的錢袋交出來！」

「哇，聲音也很好聽！」一個同事叫著。吳浩拍他腦袋一下，這什麼音質你能聽出好聽來？

後面的內容很短，就是打架。

兩個男人掏出不短的刀子，女孩像是看不見，又喝一聲：「交不交？不交我就揍你們了！」

這話說完，其中一個男人拿了刀子就衝過來。女孩躲也不躲，反身旋踢，一腳把人踹飛，動作乾淨俐落。拍攝的人壓低聲音在旁邊哇哇叫，而旋身的動作讓女孩看到了正用手機躲在角落拍她的人。她朝他們看過來，拍攝的人和他的朋友嚇了一大跳，火速跑了，視頻結束。

幾個人捂捂胸口，似都感覺到剛才被那飛起一腳踹得痛。吳浩著急問阿火：「那是哪裡？」

阿火飛快流覽著視頻介紹和下面的評論，「呃……是梨樹巷。吳哥，這個視頻評論超多，被瘋傳了。」因為博主認為他拍到珍稀好料，甚是激動，在微博和論壇上不停圈人。

吳浩迅速掃了一眼評論和跟帖，有各種猜測和起鬨，竟然有人要組隊去圍堵街拍功夫少女。功夫少女這個ID也馬上被註冊了，那ID在下面回話：「來呀，快來，踹死你們！」

吳浩頭大，趕緊打電話給陳鷹。陳鷹還在路上，路上塞車塞得他滿口髒話。吳浩告訴他米熙出現在梨樹巷，還被人用手機拍了下來，傳到網路上。

「我現在知道你說她會打人不是在開玩笑了。」吳浩道。

陳鷹明白意思，前方的車一直卡著不動，他用力按喇叭，然後問：「還攔得住嗎？」

「攔不住了，微博上已經傳開，幾個視頻站都有人發了，現在也沒辦法弄乾淨，只能儘量壓著讓她別這麼火。」吳浩頓了頓，「老大，這視頻有一切能火的元素，短小易轉，看得快，有爆點。幾十秒的時間而已，我這邊的兄弟姊妹已經看得哇哇大叫了。你那小丫頭，呃……」他想了想詞，「要不是手機畫素渣了點，那傢伙手抖了點，這視頻就像是大片裡剪出來的。終結者出場，你能想像出來吧？」

「我不用想像。」陳鷹扶額，他他媽的親眼見過這「終結者」出場，他丟在修車廠待修的車頂蓋上，就有她出場時踩出來的痕跡。

陳鷹吐口氣，知道急也沒用，最緊要的是把事情壓下來，「阿浩，你優先處理這件事。這女生剛剛從外地來，很外地，山裡頭出來的，連這裡的話都說不好。她很單純，許多事情不了解，我不能讓她曝光，她還沒適應這裡的生活。」

「好，我明白了。」吳浩很有經驗，「這邊我來搞定，你那邊有幾點要注意。第一，視頻的地點太明確，網上已經有人叫囂要組隊去找她，我們只能繼續盯會不會有新視頻出現。你如果看到她，不要馬上接近她，你明白我的意思嗎？你不能被拍到。如果所有視頻裡只有她，她只是個特別的路人甲，但如果被拍到她跟你有關係，那她就跟公司扯上關係，事情就複雜了。」

陳鷹皺眉頭。如果跟公司扯上關係，就是跟娛樂圈扯上關係。再特別的路人甲熱度也會很快過去，而跟領域集團太子爺混在一起，又是太子爺親自來接，那麼可猜想的空間就大了。不是小藝人就是小玩物，總之是值得狗仔們長期重點的關注。

陳鷹忍不住在心裡罵髒話，他可不想沾上什麼緋聞，讓狗仔天天蹲點等著拍米熙的照片和她

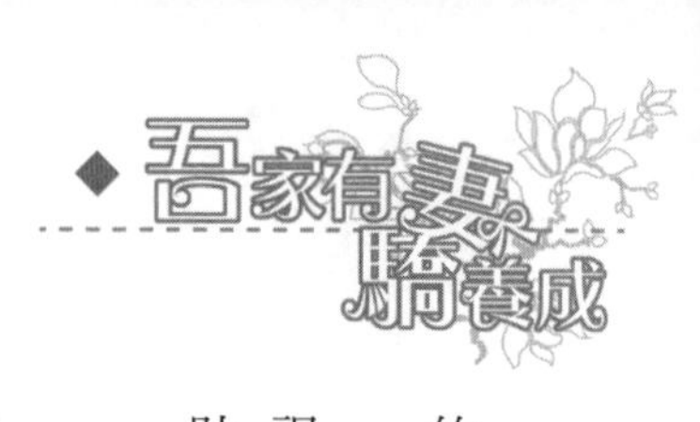

的生活，然後全世界都來琢磨，哎喲，有個穿越少女，捉起來研究一下。

吳浩繼續說：「梨樹巷和翠西路隔了兩條街，算不上太遠，銀行門口搶案如果曝光，跟這個視頻很容易扯上關係。你聯絡一下你那個保姆，讓她在醫院什麼都不要說。對了，你的車窗玻璃貼膜了嗎？」

「沒有。」他又不怕人看，貼什麼膜。

「好的，也就是說，她偷偷上了你的車也不是太保險。她那身衣服太顯眼，顏色款式很新，又是大品牌，很容易被認出來。我讓小雯去接應你，她會帶上衣服和帽子，找到那女孩後先接走她，讓她在車裡換件衣服，換個髮型，戴個帽子，離開那個區域後再轉交給你。」

「你的計策不錯，但有一點問題。」

「什麼？」

「米熙不是你處理的那些藝人，她完全沒概念。我打了很多次她的電話，她都沒接，我不知道她是沒帶手機還是忘了怎麼接，我只教過她一次。還有，不認識的人，她未必願意跟人走，她戒心挺重的，所以你那個小雯出馬也未必搞得定她。」還想讓她在車裡換衣服？陳鷹覺得完全沒指望。對了，他們拿的衣服也不知道是不是包得密實的那種，更沒指望了。

「你是說，她只認你這張臉？」吳浩一邊說一邊對旁邊的杜小雯招手，無論如何，人要先派過去，開車過去還需要時間。

杜小雯剛才聽到自己的名字已經留心，見他招手，趕緊去衣帽間拿齊東西，跑了出來。她對吳浩做了個手勢，用嘴形問：「梨樹巷？」

吳浩點點頭。杜小雯抄起桌上的車鑰匙，對大家揮手，「小夥伴們，我去了！」眾人起鬨，

有人喊：「好羨慕，解救小美女這種事應該派我出馬的，我肯定圓滿完成任務！」杜小雯大笑，飛奔出去按電梯。

吳浩已經跟陳鷹講完電話，陳鷹會打電話給程江翌和蘇小培，請他們幫忙。米熙認得他們，如果能找到，他們出面帶走米熙也可以。如果是吳浩這邊的人先找到，那就打陳鷹的電話，讓陳鷹用電話勸服米熙跟他們走。

醫院那頭陳鷹讓呂雅跑一趟。這會兒他也不清楚情況，萬一老太太的錢是什麼救命錢，引起社會關注，那就棘手了。陳鷹打算讓呂雅先問清楚，如果真是救命錢，就先由他墊上。

米熙打了人是事實，也不知會不會有人報警或是叫救護車，那邊就由吳浩來處理。

吳浩又打電話給派出去的人，讓他們務必留心周圍有沒有人在拍攝。吳浩說這話的時候，阿火對他招手，指了指螢幕。吳浩湊過去看，下面留言裡還真有人在直播說他們到地方了，正在尋找功夫少女中。

吳浩掛斷電話，對辦公室中的員工們打了兩個響指，然後說：「各就各位，第一，我不要在任何網站看到這個功夫少女的視頻擠上即時熱門話題榜，找你們各自負責的網站聯絡人，抬其他話題，把這個熱度壓下去。第二，我不要在任何媒體節目上看到有播報這條消息視頻，在它引起編輯和記者注意之前，你們跟你們手頭的人打好招呼。第三，它現在不算太熱，但如果它大紅了，我希望能看到有證明視頻造假的消息。Jason，你照那視頻內容做個發燒友揭露造假手段的分析出來。」

Jason點頭，他負責技術，這事得費點功夫，但沒問題。

「第四，阿羅，你手上那些馬甲，組織起來去回留言，讓那邊組隊去找小美女的傻子們認清

自己被博主忽悠的事實。注意態度，別激怒他們，別炒熱它。阿火，盯緊了，如果有新視頻出來，馬上告訴我。另外，弄些粉色身影在別處的模糊照片，如果尋人那邊出問題，就用假照片放消息引那些組隊的人到別處尋人。」

不一會兒，吳浩接到了電話，他派出去的人告訴他，有派出所確實接到報案，那兩個搶匪被送到派出所，有受傷，但不算太嚴重。他們供稱錢被一個穿粉色衣服的女生搶走了，但警察那邊沒有看到那女生的蹤跡，也正準備找人。

吳浩迅速下指示，讓他們跟警察說不用找了，那女生已經把錢送回給老太太，把警察引到醫院去。吳浩又打電話給陳鷹，說他現在親自去醫院跟警方交涉，讓呂雅把老太太穩住，被搶了多少錢這邊先給，就說是那女孩送去的。

一切搞定，沒人追究打人的女孩，警察和老太太想見見她，當面致謝，被吳浩以女生害羞為由推搪過去。吳浩還迅速跟警察搭上關係，說小女生見義勇為是好事，但防不住日後被人打擊報復什麼的，所以還是壓一壓，別提她，警察和老太太都同意了。

網路上參與視頻討論的人很多，但始終沒有上熱門排行。話題裡一眾水軍來襲，各種歪樓，於是，熱度被淡化，媒體果然風平浪靜。

找人的這一頭卻是毫無進展。陳鷹轉了兩小時都沒找到人，不停打電話給米熙，可沒人接。程江翌和蘇小培也來了，幾個人分頭找，也是毫無收穫。

程江翌對蘇小培說：「娘子啊，米熙比妳當年厲害多了，這才來幾天就讓大家人仰馬翻的。」

「兩天。」陳鷹咬牙切齒。

蘇小培累得很，拿起礦泉水喝一口，「啊，我知道了，有個人一定知道米熙在哪？」

「誰？」陳鷹繼續咬牙切齒。

「月老2238號。米熙是他的客戶，他的日誌本裡能查到每個客戶的即時行蹤。」

「他電話多少？」陳鷹拿出手機，氣勢洶洶。

「他沒電話。」蘇小培搖頭，「他們月老沒配備電話。」

陳鷹臉要綠了。程江翌嘆氣，「老婆，雖然妳要一要陳鷹我是不反對的，不過這種時候確實不適宜，下回莫要如此吧。」

蘇小培很無辜，「沒耍他啊，我就是突然想起他肯定知道，而且這種緊急時候，他不是應該自動出現的嗎？以前他就是很突然就出現了。」

「是嗎？」陳鷹沒好氣，「那能不能請妳讓他現在突然出來一下，告訴我們米熙在哪裡？」

街口牆角後面，月老探頭偷偷瞅著三人，然後悄悄走了。

「我是月老，又不是警犬，幹麼要主動出現幫你們找人？這不在我的職責範圍。不過我有關心一下，現在她是安全的，大家請繼續努力。」

人沒找到，大家確實只能繼續努力。

陳鷹打電話給杜小雯，杜小雯和她的同事們也沒有新發現。陳鷹火氣特別旺，雖然知道米熙是好意，雖然知道米熙對現代生活沒概念，但這樣被折騰，他真的是相當火大。

「他媽的，找到了就讓程江翌領走，老子每天忙得要死，養不了她！」

又轉了一圈，開車從梨樹巷到銀行前，突然靈光一現，踩下油門，一路開回家。

一出電梯，就看到家門前有個粉色身影。

陳鷹肚子裡的火氣一下子炸開，氣得他話都說不出來，「妳……妳……」

米熙的小臉皺成一團，很沒有精神，「叔叔，我把馮姊弄丟了。」

陳鷹剛組織好的言辭頓時噤了回去，憋得很難受。

「她帶我到了外頭，正教我識那錢莊……就是你們的銀行。」米熙頓了頓，一時不敢確定是不是叫銀行這個名，看陳鷹面無表情，應該沒錯，於是繼續說：「然後有一個婆婆被兩個惡賊搶了錢袋，婆婆說那是給她孫兒的救命錢。我幫婆婆把錢袋子搶回來，原想將那兩個惡賊交給官府處置，可我不識得此處的官府，只能把錢袋拿回來還給婆婆。可是待我回轉，婆婆已不知去處，就連馮姊也丟了。」米熙認真坦白著自己的錯。

陳鷹拿鑰匙把門打開，也不管米熙，自己先進去，倒了杯水咕嚕地喝下，然後倒在沙發上。

米熙跟在後面，輕手輕腳把門關好。也覺得很渴，但沒敢拿水喝。她端正地站他面前，繼續說：「我回轉錢莊，未瞧見婆婆，也未瞧見馮姊，錢莊裡頭有些怪，我不敢進去。」她抿了抿嘴，怕鬧笑話惹麻煩，只在門外往裡瞧，「後等了好一會兒，拉了一人問，可那人什麼事都不知曉。我便再等著，後想許是馮姊回家來了，我便回來了，可敲了門，屋內沒人。」

她說著說著，聲音有些哽咽，陳鷹心裡很不痛快，問她：「妳委屈什麼？」不聽話亂跑，外面還有一堆人在找她。他這幾小時沒吃飯沒喝水，心裡焦急，他找誰哭去？

「婆婆說這是孫兒的救命錢，我答應了婆婆，要拿回來給她，可是我找不到婆婆了。」米熙的淚水終於落了下來，先前站了幾個小時無處可去她都沒哭，可見著了陳鷹，終於似見著了親人，一下子軟弱下來，「陳鷹，這是婆婆的救命錢，我答應她的，可我找不到她了。還有馮姊，我把她弄丟了，這可如何是好？」

陳鷹捏了捏眉心，剛準備好要教訓她的話又被噎了回去。罵她不是，不罵她又不是。他吐口

氣，掏了手機打給程江翌和吳浩。

「我找到她了，她回家了，在家門口站著……嗯嗯，是挺遠的，沒想到彎彎繞繞，她居然還認得路。是，人沒事，好著！」陳鷹親自打電話說明找到了人，順便表達感謝之意。

米熙有些慌，手裡還緊緊捏著老婆婆的錢袋，她不知道該怎麼辦，她想把錢還回去，可是陳鷹不想理她，而且他打電話說的內容也讓她不安。這是怎麼了？有人在找她嗎？

陳鷹電話講著講著又來氣，瞪米熙一眼，看她眼睛紅紅的，還含著眼淚，他更氣。他餓得要死，程江翌和蘇小培說要過來看看米熙，陳鷹要他們順便帶飯來。吳浩也說要過來，陳鷹答應了。

米熙就這樣站著，等著陳鷹打完電話。陳鷹盯著她看，米熙雖然不安，不知道發生什麼事，但也不覺得自己有錯，便也直視著他。

「妳有什麼想跟我說的？」陳鷹問。

米熙想了想，「叔叔，嗯，陳鷹，妳能幫我找到婆婆嗎？我答應過她，還有馮姊。」

陳鷹沒說話。

「若不應諾，我心不安。」米熙想想，覺得自己很難為陳鷹。他都沒有見過婆婆，不知道發生什麼事，怎麼幫她找呢？而且茫茫人海，這事確實很難。她咬了咬唇，低了頭。

陳鷹盯著她看，盯著盯著，嘆了口氣，拍拍沙發，「坐吧，沒人讓妳罰站。」

米熙走到沙發邊，離陳鷹兩個位置遠，端正地坐下。

陳鷹問她：「手機呢？」

米熙認真答：「待我奪了錢袋回來，也曾想打電話給叔叔，可是一摸口袋，竟是沒有了。我

出門時，確實聽了叔叔的吩咐，將手機帶上的。」

「妳蹦來跳去，又是踹樹，又是踩車子，又是翻牆，口袋這麼淺，手機能不掉嗎？」吳浩那邊的人之前已經把視頻發他手機上讓他看了，加上網路上的那些留言、馮欣的描述，他都不需要動到腦子，就能猜到她這一路追賊是個什麼場景。

米熙眨巴著眼睛，有些茫然。

陳鷹伸手，「錢呢？」

米熙又眨眨眼睛，「這是婆婆的。」

陳鷹頓時黑線，「我會貪她這點錢嗎？」

米熙只說：「要還給婆婆的。」

「我已經還了。」陳鷹沒好氣，「不對，我已經墊錢了，所以現在妳手上這錢是我的。」

米熙皺著眉頭，又茫然了。什麼墊錢？為什麼這錢就是他的了？

陳鷹實在是沒脾氣，他很沒形象地癱在沙發上，「我很想好好說說妳的，不過我累了，又沒耐心，等妳程叔叔和蘇嬸嬸來再說。」

「好的。」米熙點頭。

還好的？陳鷹捏捏眉心，他不是在跟她商量好嗎？

等了二十多分鐘，程江翌和蘇小培帶著便當到了，陳鷹有種救星駕到的感覺。

米熙很禮貌地對兩人行禮。

程江翌揚眉看向陳鷹，陳鷹擺擺手，一臉無奈，「教過她不要這樣了。」

「慢慢來嘛！」蘇小培安慰。

米熙知道他們在說什麼，辯道：「若不施禮，手便不知往何處擺了。」

「嗯。」蘇小培點頭，「我知道。」跟她當初反著來，她完全能理解。

蘇小培陪米熙聊，陳鷹把程江翌拉一邊：「你們來跟她說吧，我不行了。」

「二少，你真有出息！」

「謝謝誇獎。」陳鷹懶得跟程江翌鬥嘴，打開便當扒飯。

要告訴米熙在這裡不能隨便動拳腳不難，可是要說明為什麼她見義勇為這種簡單的事會造成嚴重的後果，以及什麼網路、隱私等等，程江翌想想就頭大。

蘇小培也讓米熙去吃飯，並且用眼神譴責了自己先吃的陳鷹。米熙很敏感，陳鷹這樣不體貼，米熙會有感覺的。萬一她覺得自己不受歡迎，肯定會很難過。

米熙端正地坐在餐桌前，默默用餐，很是拘謹。

蘇小培有些心疼，她很清楚獨自到一個陌生的世界是什麼感受，但她經歷這種事的時候年紀比米熙大了十歲，又在職場裡混過多年，對古代也有個一知半解，而米熙只是個半大不小的孩子，被人捧在手心長大。現在家破人亡，而她來到這個一無所知的世界。

蘇小培看了程江翌一眼，其實當月老出現，告訴她和程江翌會有這麼一個小丫頭要過來的時候，她就覺得小丫頭應該由她照顧，但月老卻說她並不在紅線選擇的範圍之內。他也想幫小丫頭

早點適應這裡，早日綁上紅線，所以他得聽從紅線系統的指示，不能把她交給她。

程江翌對蘇小培招招手，把她叫到一邊，兩人嘀嘀咕咕好一會兒，商量著掃盲課程該怎麼展開。雖然當不成監護人，但好在這監護人是自己人，他們幫起忙來也方便。

這時候吳浩來了，他看到米熙時，眼睛一亮，哎喲，還真是個小美人啊！

陳鷹幫忙介紹，米熙見有外人來，擦了嘴，站起來，客客氣氣地喚了一聲：「見過叔叔。」

吳浩微愣，下意識地擺手，「免禮免禮。」

陳鷹、程江翌和蘇小培均滿意地點頭，米熙有進步，這回沒彎腰施禮了，雖然兩隻手臂放在身體兩邊略微僵硬。米熙看看大家，覺得有些高興，這小小的肯定讓她很是開懷。

吳浩湊到陳鷹耳邊，「山裡來的姑娘就是懂禮貌啊！」但好像哪裡不對。

「嗯。」陳鷹點頭。

「等等。」吳浩轉頭向米熙，他想起哪裡不對了，「我是哥哥！」為什麼叫叔叔，他很老嗎？

「滾！」陳鷹一眼瞪過去，把吳浩拎到旁邊。

程江翌及時教育米熙：「不用理他，就是叔叔。」憑什麼吳浩輩分要比他小，他也不想老啊！

「哇靠，你們不能這樣！」吳浩明白怎麼回事了，但你們憋屈不能帶著我一起憋屈啊！

陳鷹把他抓到陽臺一起抽菸，留下地方給程江翌和蘇小培幫米熙上課。

這熊孩子，不教明白不行！

吳浩吞雲吐霧，透過落地窗看著認真聽叔叔嬸嬸說話的米熙，問：「她從哪冒出來的？」

「山裡。」

「哪座山？」

「深山。」

「切……」吳浩白陳鷹一眼。

「其實是天上掉的。」

「滾！」

「真的。」陳鷹忽然發現自己是白癡，天上掉個人給他，他卻沒問清楚。她不是在那邊死了嗎？就算世上真有魂魄，那她現在這個軀體是怎麼回事？不會真的跟終結者一樣，其實裡面是金屬機械構造吧？不對，她會睡覺吃飯，應該不是金屬人。

陳鷹按滅菸頭，覺得他也應該接受掃盲課。

這頭吳浩接了電話，說了幾句就掛了，跟陳鷹道：「事情還沒完，你們還是謹慎些，暫時別讓她出門。我想讓小雯也來認認臉，再出什麼狀況，米熙認得小雯也方便些。可剛才小雯打過來，說有個記者在附近，她轉悠找米熙被那人看見了。那記者認得她，問她有什麼新料、在做什麼，她搪塞過去。她開車過來，快到你社區的時候，發現那記者在跟蹤她，她不敢進來，直接從社區門口開過去了。」

陳鷹知道吳浩的意思，希望不要再有什麼麻煩了，當叔叔是很累的。

米熙與蘇小培、程江翌的談話不到一小時。

期間陳鷹躲在陽臺跟吳浩抽完了兩支菸，喝了一杯咖啡。之後吳浩接了個電話，那個被曝負面新聞的小藝人凌熙然在微博上發表了一篇聲明，聲明自己當日是被朋友叫去一起慶生，並不了解那個地方是所謂「鴨店」。她自認品行端正，也深知名聲的重要，絕不會這麼沒腦子幹出這種傻事，跑到那種地方給記者拍個正著。因她受人之邀，這麼巧又碰上記者，不排除有其他隱情，

她也保留對中傷她名譽的人和媒體採取法律手段的權利。

吳浩聽了這事大怒，用手機上網看了那聲明，立刻撥電話給凌熙然，凌熙然關機中。吳浩罵了句粗話，又撥給凌熙然的經紀人餅哥。

「怎麼回事？她發了聲明，你同意的？為什麼不報給我們審？我告訴過你，在這件事結束之前，所有未經我小組過目過的東西都不許公開發表。她要去哪裡、她要說的話、她要穿的衣服，沒有我們確認過，統統都不許在媒體上出現。你們現在是什麼意思？不能出門給記者拍了太寂寞了是嗎？發什麼微博？你們覺得再不說話就會被當作默認，有損形象不好補救？你怎麼不問問我怎麼覺得呢？」

陳鷹一邊聽著吳浩跟人吵架，一邊透過落地窗看著米熙乖乖聽蘇小培說話的樣子。不知道蘇小培跟她說了什麼，她點了點頭，然後蘇小培摸摸她的頭，抱住她。陳鷹注意到米熙的身體沒放鬆，即使是同性的安撫擁抱，也沒有讓她放下防備。也許她不是防備，她只是不自在。

陳鷹回想今天發生的事，對這小丫頭來說，確實太不容易，幸好隔了三條街幾個彎道她還能找回家來。陳鷹忽然意識到自己現在才放下心來，幸好她認得路。

笨丫頭，也不會撒嬌！換了別人，先不管對錯，光是在門口站了幾小時就夠哭一陣了。她哭也不哭，卻為弄丟了馮姊慚愧，為找不到老太太還錢焦急難過。說話硬邦邦的，真是笨丫頭啊！

陳鷹覺得自己又心軟了。好吧，也怪他，他是沒什麼耐心，但她什麼都不懂，真讓人頭疼。

吳浩那邊還在罵：「他家為什麼敢這麼報，你他媽的給老子聽著，他家手上肯定還有料，就等著你們發什麼聲明做什麼澄清，這樣他們再發第二波照片甚至視頻或者別的，這樣打起臉來料才會夠猛，普通照片都會變得另有含意，你們犯傻非要配合一下，你等著看明天的娛樂新聞吧。

我讓你們別急，跟你們說了讓我們先處理，摸清楚他們後面還有什麼準備沒有。他家一直跟我們不對盤，老爺子不給面子這仇他們記著呢，能拍到那天出入鴨店的照片就證明他們一直盯著，媽的不然就這麼巧嗎？前面還不知盯了多久，你家那個凌熙然肯定還有什麼事被拍到了。哈，你聽她說沒有，說謊的我見多了，不少她這一個。那天開會我就說了，有什麼最好跟我說清楚。」

對方也不知在說什麼，吳浩皺著眉頭在聽，陳鷹卻沒興趣了，這種爛事也虧得是吳浩，換了他真的是電話一甩滾他媽的蛋，自己作死就去死吧。所以他不喜歡上這種班，他更喜歡爬山衝浪露營喝酒吃肉，當然人生有許多不喜歡的事也得去做，他不過是眾生中的一員，所以這種的生活工作他也沒覺得有什麼不對。

就像米熙，她應該很不喜歡這裡，但她就在這裡。

陳鷹推開陽臺門進去，從廚房轉進了客廳，聽見米熙正與程江翌說：「要說最有名氣的鑄匠，那是一位叫季家文的大師，他是大名鼎鼎的玄青派十八爺，是師叔祖輩分的人了，更有神手匠師的威名。他收了許多弟子，還有徒孫在我父親軍中幹活呢，說了許多故事與我聽。」

原來他們沒在上課啊，陳鷹想著，不過還真是比他會聊天，能讓米熙說起家鄉往事，這也是哄她融入團體，培養信任感的方法吧。

「那妳可曾聽說過一個叫白玉郎的，他是武林大家白家莊的人。」程江翌問著。蘇小培看到陳鷹，拉他到另一邊。陳鷹一邊跟著蘇小培走，一邊聽見米熙興奮的聲音：「他可是大名鼎鼎的御劍神捕呢！聽說他與十八爺是好友，十八爺說他更該使劍，還親手為他鑄了把神劍，從此白捕頭便換了使劍。也就從他開始，衙門捕快不再只給佩刀，而是佩刀使劍端看個人習慣。我是不太愛刀啊劍啊，我喜歡使槍，那運著力來才順手。」

陳鷹揪著眉頭，側著耳朵聽著程江翌陪著米熙開始討論起十八般武器。他頭又開始疼了，好想揉額角，可是蘇小培正嚴肅地看著他，他也只好認真嚴肅很端正。

「陳鷹，剛才我們把情況都跟米熙說了，她知道馮欣和老太太在醫院都沒事了，也能理解你為什麼生氣，也大概明白如果她走丟了或是行為舉止太特別引人注目造成的後果。」

「嗯，大概是有多大概？」

「就是小孩子因為聽大人說過而了解被開水燙到會痛，但是沒有被燙過，所以還不知道這個痛是多痛的那種大概。」

「了解。」這個解釋真是夠大概的。

「她很沒安全感。」

「這個我理解，也看出來了。」所以他有心軟一下，真的只是一下而已。

「我有幾個建議，你教她功課的時候不要太急切，不要想著她馬上就能學會或是明白。對她來說，這裡所有的東西都與她從前的認知不同，而她從前學習了十七八年，腦子裡有完整的知識和認知體系，所以重新了解和認識並不容易。她會下意識排斥和抗拒，這是比小孩子更難教的地方。當然好處在於她有比小孩子更強的理解力，也更能自制，會控制自己的行為。」

「嗯。」陳鷹摸摸鼻子，心道米熙這自制力好得讓十多人滿大街轉，真的是太好了。

「每次與她討論糾正和灌輸現在的行為模式和知識時，時間不要太長，在她抗拒抵觸之前就結束課程，這樣她會更好接受。另外，最好能做一些事，培養她的歸屬感，建立信心。比如讓她做做家事，比如讓她自己布置房間，自己選家具裝飾，或是指定什麼事是她能做的，讓她有個目標。當她能完成時，她會有成就感。」

「嗯。」陳鷹只能點頭，可其實他才是沒信心的那個。他完全沒信心能照顧好這個小丫頭，他自己也很忙，而這個小丫頭明顯得二十四小時有人貼身看著，並且要具備百科全書的浩瀚知識量及大師級的耐心和包容心才能照顧好，他覺得自己全都沒有。

陳鷹看向米熙，米熙也正巧看過來，兩人的目光碰見。陳鷹原以為小丫頭會害羞地別開頭，結果人家沒有。米熙也以為陳鷹會別開頭，結果陳鷹沒有。

「妳看贏我了能怎樣？」陳鷹在心裡對她說。米熙當然聽不到，但她歪了歪頭，眨眨眼睛。陳鷹自己幫她配了臺詞：「就看就看，怎樣？」

「她信任你。」蘇小培也在看米熙，她看到米熙看陳鷹的目光，說道。

「那當然。」陳鷹不自覺有些驕傲，他收留她，還給她買這買那的，像他這樣好使喚的冤大頭不好找。要是還換不來這丫頭的一點信任，那這丫頭的良心肯定是被狗啃了。

「但是要讓她敞開心胸接受這個世界，還有很長的一段路要走。」蘇小培道：「我需要每週見她一次，幫她做心理輔導，確定她的適應狀況。」

「好。」他求之不得，蘇小培好歹是心理學專家。「是免費的吧？」他確認地問。他是付得起報酬，但別人就算了，程江翌一家子，他真不想給。

蘇小培涼涼地道：「陳總要是願意給一點，我當然不會拒絕。」

「不願意。」陳總爽快地答。

米熙又好奇地朝他們兩人看過來，陳鷹對她安撫地笑笑。

這時候吳浩從陽臺衝出來，「老大，我回公司了，還有一大堆事呢！媽的，一群賤人！」他風風火火的，罵完了覺得哪裡不對，有四雙眼睛全盯著他。

「米熙，這位吳叔叔的話不要學，全是放屁。」陳鷹先開口。

「媽的，放屁也是粗話好嗎？」吳浩不服氣，一不小心又爆粗口。他站好，笑了笑，「其實我是相當溫文爾雅的，米熙。」這種時候識相的小丫頭都會點頭笑一笑，米熙卻只是看著他。

「算了，我走了，回頭再證明。」吳浩急著走，到了門口又說：「米熙，快跟哥說再見。」

「叔叔好走。」米熙禮貌地應了。

吳浩指指她，卻被她的正經表情噎了噎，「算了，下回再糾正妳。」然後又對裡面的人說：「今天的事還沒完，輿論沒那麼快消弭，在我說安全之前，你們最好不要讓米熙出門。」說完也不待有人應他，轉身走了。

米熙轉頭看陳鷹，陳鷹安慰她：「用不了多久的。」

「無妨。」米熙很乖地答：「我在家裡時，也常常不能出門。」

古代教育得真好。陳鷹嘆氣，又很快抓住機會說正事：「那個月老是不是要幫米熙安排相親？不是拉紅線嗎？」

沒人答話，米熙也眨巴著眼睛，一臉茫然。

「不相親嗎？」陳鷹又問：「可是米熙不出門，沒有正常交際生活，如果不特意介紹，她怎麼能遇上合適的對象？」就算遇上了合適的對象，以米熙現在的狀況也沒法出去約會吧？她一點人情事故都不懂，說話古怪，舉止古怪，出去會惹麻煩的。好吧，陳鷹覺得得面對現實，以米熙現在的情況，就算讓她相親，能相成功的機率肯定是零。

「我來負責找老師教她，你們負責幫她找對象，是這樣吧？」陳鷹看了看程江翌和蘇小培，他不介意把他的好心範圍從提供食宿增加到承包教育，但找對象這事應該是程江翌那邊負責的才

對，「那個月老呢？他不是說任務很重，時間緊迫嗎？他下一步是什麼安排，跟你們說了嗎？」

兩個大人一個少女，三張茫然的臉。

陳鷹沒好氣，這群不靠譜的！

不行，他不能允許這種事發生。週末家長會一定要開，還要認真地開。既然米熙是來找姻緣的，還只有三年時間，那他們就應該把重點擺對。月老靠不住的話，只能他來引導大家了。找人讓米熙戀愛，快點戀愛，趕緊戀愛，可是沒人選怎麼辦？等等，這事情不太妙，他這個社會精英，成功人士，居然在為十七歲的少女不能早戀而苦惱。這三觀太不正了，太有悖他正直英偉的形象了，不對，是內心，他正直的內心。

陳鷹是個有責任感的人，無論他想不想，喜不喜歡，只要答應了，就會盡全力做好。

既然把米熙接回家，他一定會把她安排好。現在趁著蘇小培和程江翌在，趕緊把事情說清楚。大家必須分工合作，各司其職，那個神出鬼沒的月老看來是指望不上的，所以得他們這些叔叔嬸嬸幫助米熙。大家都要物色好人選，然後一個月內，他要讓米熙學會這世界的人情世故，接著就給她安排相親。

陳鷹認真嚴肅，米熙也認真嚴肅，可蘇小培和程江翌的態度讓陳鷹不滿意，太不上心了！

「很多事都是隨緣的，別太著急，要相信月老。」蘇小培這樣說。

陳鷹心想，孩子不丟在妳那裡，妳當然不著急。

「車到山前必有路，放心吧。」這是程江翌說的。

陳鷹心道，孩子惹了禍，收拾殘局的又不是你，你當然有路。

蘇小培和程江翌走後，陳鷹忽然反應過來，他錯過了把米熙丟給蘇小培讓她帶走的機會。陳鷹停下手上的工作，走出書房，看見米熙正坐在客廳沙發上看電視，小嘴一張一合的，很認真地學電視裡的人學說話。

「你討厭，真討厭，太討厭了，人家才不要啦！」女演員嘟著嘴用力撒嬌。陳鷹頓時起了一層雞皮疙瘩，看到米熙緊皺著眉頭，一臉痛苦地跟著念，陳鷹急忙阻止她：「這個不用學！」

米熙鬆了一口氣，這功課著實辛苦。陳鷹也鬆了一口氣，他也不想以後米熙用這種口氣說話，那他一定會忍不住把她掃地出門。

陳鷹把電視關掉，決定跟米熙說說正經事。

「米熙，妳來這裡是來找姻緣的吧？」

米熙點點頭。月老先生說了，要有紅線護體才能維繫她的生命，而她重獲新生，也是想有個好姻緣，告慰父母。生前她是護不了他們，如今她很珍惜這個機會。

「好吧，那我們應該來規畫這事。」之前程江翌和蘇小培在，他沒好跟米熙細談。

「嗯，叔叔請說。」米熙端正坐著，小臉嚴肅。

「妳想找個什麼樣的男生？」陳鷹直截了當地問。

米熙愣住，張了張嘴，臉蛋慢慢變紅。

她一臉紅，陳鷹就有些局促起來，難道他這問題太直接了？清了清喉嚨，又說：「這沒什麼，有喜歡的類型才好幫妳物色人選。沒關係，喜歡什麼樣的就說。」

米熙臉更紅，在陳鷹鼓勵的下終於說：「就是家世清白，身康體健，人品好，孝順的。」

「還有呢？」陳鷹再問，她這樣提了相當於沒提。

「那……若是無心納妾更好，能一心一意對我的。」

「這裡不能納妾，要是他外頭有人，妳可以告得他淨身出戶，這個不用愁，有我給妳做主。」

米熙眨眨眼睛，有些不太懂，意思是納了妾就能讓他去做太監嗎？還沒等她問，陳鷹又說：「再說些實際的，還有什麼要求？」

還能提要求？米熙壯了壯膽，「我想，如若對方會武便好，我們平日裡可以切磋切磋。」

陳鷹一臉黑線。會武的是有，圈裡武行有不少年輕人，武術學校裡有不少年輕人，可是，這年頭誰會要求對方會武啊！高富帥才是正經實際的要求不是嗎？可是米熙眨巴著眼睛，一臉單純地瞅著他，他只得說：「行，這個我留意。」

米熙害羞地對他淺淺一笑，笑得陳鷹心裡又軟了，覺得自己應該對她更有耐心才對，「會武的人在這裡很少了，很多不會武的也不錯，妳這樣定條件會不好找，再想想，還有什麼條件？」

米熙想了想，再想了想，小小聲問陳鷹：「那這裡的公子都對未來的娘子有什麼要求？我、我什麼都沒有。」

簡單的一句話，擊中了陳鷹。

她什麼都沒有，他忽略了她的心情。他覺得簡單的事，對她而言卻是顧慮重重。

「誰說妳什麼都沒有，妳有我這個叔叔，有程江翌這個叔叔，有蘇小培這個嬸嬸，還有月老先生撐腰。妳要什麼有什麼，妳是富家千金，妳穿名牌，妳住豪宅，妳不愁吃穿，妳會武，妳年輕漂亮，妳什麼都不缺，明白嗎？」

米熙有些詞沒聽懂，但能猜出來。她眼眶有些紅了，怯怯一笑，「謝謝叔叔。」停了一停，又說：「叔叔嬸嬸們的恩德，我牢記心中，若有機會，定然回報。」

陳鷹在心裡撇嘴，心道，他就不指望她回報了，少惹麻煩趕緊找到人嫁，他恢復瀟灑自由的人生，就是皆大歡喜了。

「那馮姊怎麼辦？」米熙忽然問。陳鷹有讓她跟馮欣通過電話，她認真跟馮欣道了歉，也慰問了她的傷情，原想去看看她，但陳鷹說她最好不要出門。其實米熙還是不太能理解究竟出了什麼事，她覺得也許是她打人被人拍到，大家要將她送官府，但叔叔嬸嬸又說不是。如果不是，她就真的不太能理解。不過他們這般做定是有他們的道理，她當然也要聽話。

「馮姊會好好養傷的，我讓祕書留了一筆錢給她，妳不必擔心。」

「嗯。」米熙點點頭。陳鷹看著她，不知道她小腦袋瓜兒在想些什麼，看來她對找對象完全沒概念，還是他來幫她把關好了。不過，首先還是得教會她怎麼在這個世界生活。

「米熙，妳不用坐得這麼端正，放鬆靠著沙發才舒服。」

米熙眨巴了一下眼睛。

「沙發就是用來歪來歪去，倒來倒去的。」

米熙又眨眨眼睛，然後把背往後靠了靠。陳鷹一腳跨過去，嘆口氣，歪在另一邊的沙發上，腿還往上搭。米熙眉頭不自覺擻起來，藏不住譴責。

陳鷹一點也沒覺得不好意思，對她也眨眨眼，問：「米熙，累不累？」

米熙點點頭。

「晚餐吃小籠包好不好？」

小丫頭頓時眼睛一亮。

「不過妳不能出門。」

小丫頭臉一垮，小嘴抿起。

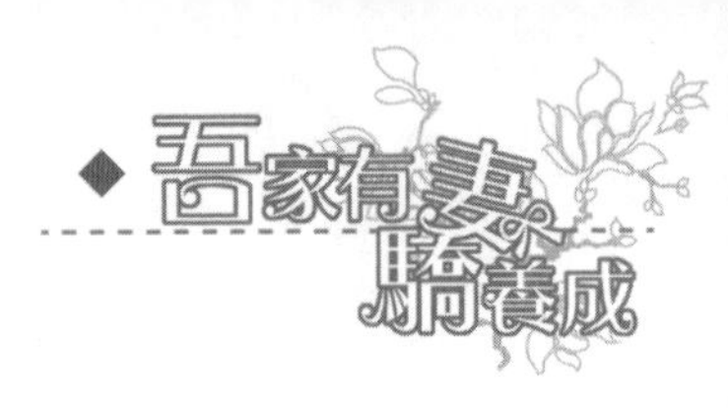

「所以我們只能打電話叫外賣了。」

不太懂，米熙歪了歪腦袋。

陳鷹哈哈大笑，笑得肩膀一聳一聳的。米熙完全不知道哪裡好笑，她顰了眉尖，皺了小臉，茫然地看他。陳鷹看到她這表情，繼續笑。

怎麼會表情這麼豐富？陳鷹單掌捂著臉笑，笑夠了，抬頭一看，她又換表情了，這次是認真嚴肅地盯著他，他解讀了一下，呃……大概是有嫌棄的意思？

「好吧。」陳鷹清了清喉嚨，把手機拿出來放茶几上，然後進書房拿了紙筆，寫了號碼給米熙看，「認得這些數字嗎？」

米熙點頭，今天馮姊教過她，她有認真記。

「撥這個號碼，這是查號臺，讓她們幫著查餐廳的電話是多少。」陳鷹把手機塞進米熙手裡，「還記得怎麼撥電話嗎？按下這幾個數字，再按這個綠色鍵，把手機放在耳邊，聽到有人說話就跟他說，妳要查餐廳的電話。要是有不懂的就問我，他報給妳號碼妳就念出來，我來記。」

米熙接過電話，很緊張，感覺自己是要辦件大事。她猶豫了一會兒還不撥號，陳鷹正要催她，卻聽見她問：「何謂外賣？」

陳鷹等著抄號碼的姿勢差點沒繃住，「外賣的意思就是人家把吃的送到家裡來。我們要打電話給店家，讓他知道我們想吃什麼、住在哪，好讓他送，懂了嗎？」

米熙點頭，看了看電話，又看了看寫號碼的紙，深呼吸一口氣，一臉英勇地撥了電話。電話很快通了，米熙聽著電話那頭有人「喂」了一聲，她緊張地坐得直挺挺的。

「呃……呃……」她結巴了，該怎麼說來著？

「告訴他我們要查個電話。」

「我們要查個電話。」米熙跟著陳鷹的話說了，「查哪裡？」米熙下意識看向陳鷹。

「餐廳。」陳鷹又說了店名。

「餐廳……的電話。」米熙的心怦怦跳，過了一會兒電話那頭報了一串數字，米熙緊張地跟著念，陳鷹把號碼記了下來。

搞定！陳鷹對米熙笑。米熙舒一口氣，掛斷電話，覺得很開心。

「接著來。」陳鷹把記號碼的紙推到米熙面前，「打這個電話訂餐。告訴接電話的人我們要吃什麼，讓他送到家裡來。家裡地址知道嗎？」

米熙點頭。

「妳居然知道？」陳鷹有些意外。

「我今天問了馮姊。」

「好，幹得好！那妳打電話吧。」陳鷹敲敲那張紙。

米熙吸了一口氣，開始撥電話，在等待對方接聽的過程中，她緊張地一直看著陳鷹。陳鷹對她鼓勵地笑笑。電話接通了，米熙怯怯地先開口：「喂。」那聲音讓陳鷹又想大笑了。

米熙瞥了他一眼，陳鷹努力端正表情。

「我們要吃的……呃，包子。」對方說了些什麼，米熙接著說：「要包子。」對方似乎又說了什麼，米熙又說：「要包子。」

陳鷹有些傻眼，不用強調要包子啊，傻瓜，人家肯定是在問妳要什麼餡兒的包子！

「嗯，包子。」米熙第四次說包子這個詞，陳鷹如果有內力，早就把茶几掰碎了。

電話那頭問了是不是招牌鮮肉小籠，米熙點了點頭，道：「要三籠。」她記得上次他們兩人一共吃了三籠，她兩籠，陳鷹一籠。陳鷹咬著牙，「再來兩籠蟹黃燒賣。」憑什麼只給他吃這麼點，這是晚餐，是晚餐！

「再來兩籠蟹黃燒賣。」米熙跟著念了。

「再來兩碗皮蛋瘦肉粥。」陳鷹繼續指示，米熙又跟著念了。對方問還要什麼，米熙想了想，偷偷看陳鷹的表情一眼，然後開口：「再來兩個甜筒。」

陳鷹努力克制著不去搶電話。

「沒有？」米熙皺巴著臉，對陳鷹說：「他說沒有甜筒。」

陳鷹扶額，不要用這麼可憐外加同情的語氣跟他說，他又沒有要吃甜筒，他一點都不覺得遺憾。米熙得不到支持，抿了抿嘴，對方似乎在確認，米熙應了，然後告訴對方地址。過了一會兒，掛斷電話，米熙長舒了一口氣。

陳鷹也舒了一口氣，在旁邊監聽也是很累的。

「還有最後一步。」陳鷹掏出皮夾摸出鈔票，「一會兒外賣來了妳去開門，把錢給人家。」

米熙點頭，「今天馮姊教我認銀票了。」

「喲，今天學了不少啊！」

「嗯，我問馮姊東西都多少錢，她便教我認了。她說叔叔的房子很值錢，她工作一年掙的銀錢也買不下半個茅廁。」

「那叫浴室，謝謝。」用茅廁來形容他家的一角，豪宅頓時掉價了。

「她還說我的衣服、鞋子、手機也不便宜。」她一邊說一邊皺眉頭。

「不用謝我。」

「我是想著，這般多銀錢，日後要還上怕是有些難。」剛來不久就舉重債，這壓力很大。

「嗯。」他也覺得她很難還上。

米熙盯著桌上的鈔票看，沒說話。

「然後呢？」

米熙抬眼。

「妳還不上，然後呢？」

「我如今沒甚辦法，自然也就沒甚然後了。」米熙繼續盯著鈔票看，在陳鷹以為她沒話的時候，她忽然說：「我從前在家時，從未為銀錢操過心，未為住的地方操過心，未為吃食操過心，如今得操心了，卻操不起這心。」

她轉向陳鷹，問：「馮姊如今傷了腿，上不得工，叔叔也莫再請別人了。」米熙咬咬唇，「我一個人在這待著無妨，可以看看電視、打坐運功，一天很快過去的。」

「這妳就別擔心了。」陳鷹就是見不得她這種樣子，她總這樣，他就該改名叫陳心軟了，「今天馮姊還教了妳什麼？」他把話題岔開。

說到這個，米熙有些高興，掰指頭數給他聽，什麼按門鈴、電風扇、微波爐，還會看時間。她說得高興，陳鷹也頗滿意。看，他也能讓米熙有話題。程江翌比不上他，米熙還是更親近他。

等等，他跟程江翌爭什麼寵？呃，這不叫爭寵，這叫……等他想到了合適的詞會告訴自己的。

之後，米熙成功地用鈔票買到了他們的晚餐，大大的笑容掛在她臉上。陳鷹不確定她是為自己能完成一件事開心，還是為了能吃上小籠包開心。見她似乎放鬆了許多，他靈機一動，要求到落地窗前吃晚餐。

「為何？」

「不用太端正。」他一邊說一邊動手，把包子沒收了。米熙跟著包子走，被拐到了落地窗前。陳鷹往地板上隨便一坐，伸筷子夾了個包子塞嘴裡。米熙稍猶豫了一會兒，也跟著做。

「妳看，其實真的沒那麼多講究。衣服也不必包得嚴嚴實實，這裡的人都這樣，妳總得適應。」這會兒換陳鷹開始嘮叨，「對了，我們最好對一下口供。」

「什麼？」

「關於妳的來歷。妳總要出去見人的，見了人，人家就會跟妳聊天，問妳多大了、哪裡人，還有為什麼說話這麼怪、妳在哪裡念書、爸爸媽媽在哪裡、陳鷹是妳什麼人、妳怎麼來這裡的……哇，不說還好，一說起來，還真是太多要討論。」不準備好，怎麼相親？

米熙忙著塞包子，耳朵只管聽。

「妳就說，我是妳的親戚，妳以前住在山裡，不跟外頭接觸。至於什麼山，回頭我想想，編一個地圖上找不到的，然後因為地震，親人不在了，妳按家裡人的囑咐來投奔我。先走了很遠的山路，後騎了小毛驢，再然後搭了一個村民的拖拉機，然後轉了汽車，然後轉了火車過來的。」陳鷹信口胡說，看到米熙完全沒在狀況內的表情，「好吧，其實妳說妳是坐火箭、飛船下來的更靠譜。」

米熙繼續作茫然狀，還很配合地點了頭。

「笨蛋！」他笑她。

米熙撇眉頭，她哪裡笨？

他哈哈笑，伸手想摸她腦袋，她眉頭擻更緊，盯著他的手看。陳鷹有些不服氣，這一次兩次這麼防備，三次四次還這樣，以後怎麼出去跟人接觸？他必須得教好她。

「一些合理的肢體接觸是正常的，妳不要動不動就打人。像長輩摸摸妳的頭，碰碰手臂拉妳走都是正常的。妳以後出門交新朋友，不能別人碰妳一下妳就動手，知道嗎？」不然以後相親一個打跑一個可怎麼得了。

米熙今天也聽蘇小培說了說，這裡跟家鄉不一樣，男女的接觸沒那麼死板。她盯著陳鷹的手，還是很警覺，她不習慣啊，男女授受不親。

陳鷹的手沒放下，米熙盯著盯著，撇了撇嘴，終於鬆動。陳鷹心裡樂著，臉上還是正經嚴肅。手落下，摸了摸她的頭，米熙沒打他，表情很是忍耐。

「好乖，好乖！」這大灰狼般的語氣一定不是出自他的嘴，可陳鷹管不住嘴角，翹了起來。

陳鷹這時候覺得，養著米熙其實不是麻煩事，她這麼乖，把她單獨留家裡，真是太可憐了。

「我再買支手機給妳。」好歹可以跟人聊聊天。

米熙搖頭，「很貴的。」她終於知道那個很貴了，「我不要了。」她的語氣很堅決。這麼貴的東西，這麼好的東西，被她弄丟了，也真是難過的，可她不能再要了。

「嗯。」陳鷹也不跟她爭辯。晚餐後，陳鷹出門去了，買了些麵包、冷凍水餃、零食、飲料等等，又買了一支一模一樣的手機，辦了新門號。他把包裝盒丟掉，只拿手機回家，跟米熙說，他真是厲害，能找到老太太，還找到了她丟掉的那支手機。

米熙有些愣，接過手機看了看，眼眶頓時有些紅了。

今天上午馮姊教她用手機的時候，她沒拿穩，不小心摔地上。手機背面磕了道裂痕，她心疼

死了。現在這支手機背面好好的，就像……新的一樣。

「好了，今天運氣真不錯，對不對？」陳鷹若無其事地開冰箱把東西放進去，萬一在家裡餓了，才有東西吃。這時他忙碌的手機又響了，他懶洋洋地靠著冰箱講電話。

米熙看著他，又看看手裡的手機，心裡暖暖的。

電話是吳浩打來的，他跟陳鷹說米熙這邊的問題應該不大，沒有被更多人注意到，最重要的是，凌熙然的聲明果然產生了後續效應，之前報導的新鮮週刊都沒等到明天，在下午六點多的時候通過網路發了一組新照片駁斥聲明中的謊話。

對方是有備而來的，照片最早在三個月前拍攝，還有短視頻。這三個月期間，凌熙然被拍到去了四次糖心俱樂部，照片和視頻裡有她在俱樂部中與男人一起飲酒、擁抱和熱吻等親暱舉動的畫面。這些都證明了凌熙然所說的是被朋友邀請慶生才去俱樂部的，根本不知道那個地方是什麼場所的言論就是鬼扯。她不但清楚那裡是做什麼的，她還是那裡的常客。

報導一出，一片譁然。凌熙然匆匆刪了聲明，但已經來不及了，領域的高層震怒。事實上，在吳浩趕回公司讓小組做好應對準備，並上樓找經紀公司通報這件事的時候，經紀公司那邊就已經相當不高興。總監急令餅哥帶凌熙然滾回去，只是沒料到網路上的消息已經炸開了。

吳浩這一天過得相當「充實」，聲音有些疲憊，到現在還沒吃飯。

「好了，就是跟你說一聲，米熙同學不用慌了，再特別的路人甲消息都敵不過清純女藝人的醜聞來得吸睛。」

「好，多謝，辛苦了。」陳鷹看了米熙一眼，她正坐在沙發上擺弄手機。陳鷹心想吳浩多慮了，米熙同學才不會慌，她完全沒搞清楚情況，慌的只是他們這些人。

「對了，我今天跟你說的永凱王兵的那事，要小心處理，先看看他財務方面有沒有問題，重點放在那上面。」

「怎麼？」

「經紀公司那頭出了這種醜聞，如果廣告公司這頭也沾上一樣的消息，很容易被有心人放大醜化，若是把我們領域說成是靠女人大腿做生意的，老頭子會氣死，他很看重集團的清譽。」

吳浩很快想明白後果，「行，我知道了。」

「還是那句話，酒色財權通常都是綁一起的，那色鬼肯定有別的把柄，他的底還是要查，只是捅出來的料要過濾一下，時機和方式要小心。」陳鷹道。現在的時機確實不對，不能放開手腳發動攻勢，但為了四千萬和他心裡那口氣，他是怎麼都不會放過王兵。

「好。」吳浩一口答應。

「經紀公司最後討論出什麼結果來了？」陳鷹又問。

「還能有什麼結果？現在再冷處理是不合適了，但著急忙慌地應戰也不行，太被動了。我建議他們先發聲明對這次事件表示一直認真關注並在做調查處理，已暫停凌熙然的相關工作安排，一直沒有表態是因為事情還沒有徹查清楚。公司對旗下藝人的品行素來嚴格要求，查清真相後會做出處理並給公眾交代。」吳浩應道：「先緩一緩，現在還是不要輕舉妄動，畢竟陳怡和蕭其洛正發片，在宣傳期會被這件事拖累。」

「嗯。」陳鷹對此表示贊同。

「餅哥跟我大吵了一架，他覺得公司在這種時候說暫停凌熙然的工作是佐證報導中的指控，沒有保護她。凌熙然全程在那裡哭，哭個屁啊！」吳浩相當惱火。

「不用理他們，他們有什麼立場吵？這種事影響的不是她一個，公司其他人全會受牽連。若是認定她自己去玩就算了，若是被說成是公司派她去那地方應酬，最後就算澄清，公司名譽還是會受損，其他藝人也會被連累。」

「是，經紀公司已經警告所有藝人封口，由公司統一出面解決，律師那邊也知會了。」

「嗯，你趕緊去吃飯吧，明天再說，也不是什麼大事。」

「對，說白了現在就是經紀公司怎麼處理凌熙然和餅哥的事了，我只管控制好局勢，別讓集團被炒黑了就行。就這樣吧，明天見。」

陳鷹掛了電話，去米熙身邊坐下。電視正好在播凌熙然的一個化妝品廣告，她長相甜美，很有氣質，這兩年星運甚佳，是經紀部力捧的藝人。

陳鷹見過這女生幾次，是個美女，但陳鷹覺得她心計太多。比如有些活動她的位置會那麼巧在他旁邊，比如她明明不會攀岩卻能說出些技巧門道。混江湖混成他這樣，自然能看出她特意為了迎合他的喜好而死記硬背某些東西。幾次下來，他已經知道她是什麼心思，可惜他不好吃窩邊草，更沒興趣與自家藝人擦出什麼火花，何況這種類型的女生完全不是他的菜。

陳鷹轉頭看看身邊，米熙偷偷摸摸自己挪遠了一點，然後還裝什麼都沒發生。陳鷹覺得好笑，還真是男女授受不親啊，他又沒有坐很近，正常距離好嗎？

「米熙。」他得跟她商量商量後面的日子怎麼辦，「我去上班，家裡得有人照顧妳。馮姊腳傷沒好，我先找別人來陪妳，好不好？」

米熙用力搖頭，「花錢，不要。」

陳鷹動動眉頭，「別管錢的事。」

米熙還是搖頭，「我自己一人無妨。我會開電視了，電視挺有意思的，我能看一整天。」

「是嗎？」他有點懷疑。

「嗯。」米熙用力點頭，「電視裡可多新鮮事了，我還要學說話，我一個人在家沒問題。」

陳鷹想想，他確實沒有更好的辦法安排她，要不，就先讓她自己待一天試試，她覺得悶了，就不會推拒別的保姆了。

第二天，陳鷹照常上班去了。早餐還是烤吐司、煎蛋加咖啡、果汁，不過這次是陳鷹教米熙怎麼做。米熙笨手笨腳地完成，在陳鷹的指導下端出了兩盤有點醜的夾蛋三明治。米熙覺得這裡的食物真是太好了，三明治真是太好了，能夠把醜醜的煎蛋藏住，這樣顯得她做得不錯。

陳鷹很賞臉地大口大口把米熙做的三明治吃掉，米熙看著，心裡非常高興，差點衝動地說以後的早飯都讓我負責吧。可一想，她只會這一樣，而且這次還是陳鷹叔叔帶她一起做的，要是說以後都她包了，這也太托大了些。

顧不得儀態，她學著陳鷹大口吃飯，覺得還挺好吃的，頗有成就感。

陳鷹看著米熙藏不住心事的笑臉，有些想笑，小孩子就是小孩子，這麼容易高興。

他囑咐她今天在家要乖乖的，有什麼事就打電話給他或程叔叔、蘇嬸嬸。中午如果他沒時間回來帶她去吃飯，會讓人送飯過來。嘮嘮叨叨說了二十分鐘，米熙端正坐著，一臉嚴肅聽著，那表情讓他也很有成就感。

陳鷹進了公司，就又開始忙碌，但他沒忘記把米熙的新電話號碼發過去給程江翌和蘇小培。

之後王兵打電話到辦公室來道歉，表示前天晚上他喝多了亂說話，其實一切只是誤會，絕對不是他的本意。陳鷹假模假樣地說他才真是喝多了，居然還撕了合約，真是不應該。

王兵想帶市場經理到領域廣告公司來再聊聊合約的事，陳鷹冷笑，嘴上卻說很遺憾他沒時間，這幾天行程全排滿了。這合約又太重要，下面人辦事不力，他已經不放心讓他們談，必須他親自來，所以等他有空的時候，會讓祕書聯絡他的。

掛了電話，陳鷹叫來呂雅和Kevin，交代以後接到王兵或永凱的電話都以他在忙為理由推掉，除非是他們老總秦文易的電話才轉給他。又讓Kevin跟傅堂和劉美芬說清楚，永凱的案子他親自談，讓他們那邊不必管了。

陳鷹知道王兵跟他一樣，都知道對方說的是假話。他想簽合約，可惜他就是不想簽給這種人，這口氣他嚥不下。做生意，要錢還要爽，他又不窮，委屈求全這種事他陳二少沒興趣。

中午陳鷹有一個臨時會議，就讓呂雅幫米熙叫外賣。因為怕米熙吃不慣，他又沒時間慢慢跟米熙解釋食物種類來歷什麼的，於是特意讓呂雅訂大飯店的豪華中餐。呂祕書不多話，但昨天的八卦以及現在的特殊外賣讓她露出了饒有興味的眼神。

陳鷹看懂了，沒好氣：「不是我藏了小女友，是孩子。」想想，又糾正，「親戚家的孩子。」

「好的。」呂雅出去叫外賣，陳鷹打電話給米熙，跟她說自己不回去，讓人叫外賣送回家。米熙一口答應。陳鷹又問她上午做了什麼，米熙說看了電視，又溫習了馮姊教的功課，然後又說蘇嬸嬸有打電話給她，也是問她上午做了什麼。

陳鷹聽了心裡有些不滿，這蘇小培光問不行動，真是太沒誠意了。

中午的會議一直開到下午兩點，陳鷹出會議室時，呂雅含笑過來說：「飯店的外賣十二點二十分送到你家了。我跟你那邊的社區保全提前打了招呼，他帶著外賣小哥上樓的，結果保全說，小丫頭審了他們五分鐘才開門。」

陳鷹一臉黑線。他家米熙的安全意識真高啊！不過她武力值高，不用那麼小心吧？不對，女孩子防範心重是好事。審得不錯，就該這樣。

「讓妳家女兒學學。」陳鷹調侃呂雅，她女兒五歲了，正是要好好教育的時候。

呂雅噗哧笑出來，「我女兒才沒這個心，她只想我多陪陪她。」

說者無心，聽者有意，陳鷹想起米熙那張單純的臉、無辜的小眼神，頓時覺自己這個家長沒當好。回到辦公室，刷了刷網頁和微博，無意間看到一篇叫做「主人不在家時寵物們都在做什麼」的貼文。上面圖文並茂地說了小狗小貓獨自在家的可憐狀，各種寂寞苦楚，可憐兮兮地等著主人回來……陳鷹也許是心虛，竟然覺得米熙也許會這樣。

下午陳鷹上樓到影視公司那一層去開會，討論羅雅琴的案子。不出所料，幾個高層都很堅決地反對了。這裡面涉及了好幾層關係，一是賠錢的問題，二是羅雅琴的背景和名聲問題。她年紀大了，吸毒坐牢，生活潦倒，早過氣了，有錢也沒必要捧她。再有就是，陳鷹心裡知道，李董和王總兩人當初跟羅雅琴有過節，羅雅琴年輕時是個有傲骨的人，想不接什麼戲就不接，得罪過不少人，但那時她太紅，所以大家心裡不滿還是會臉上堆笑，現在物是人非就不一樣了。

羅雅琴的這個劇本，不止是劇本，是她個人的人生烙印，她要主演，要完全的編劇控制權，要按她的意願請演員。這樣的條件，如果領域陳遠清不接，那麼圈裡怕是沒有公司會接。

陳遠清在會議上也明確表達了他的看法，他想投資拍攝，在可行的範圍內，他願意接受羅雅琴的條件。這是一個好故事，他相信拍出來的品質絕不會差，但是他說品質，其他人跟他講的是市場和票房。沒人願意擔責，到時賠了錢不能說大老闆硬要拍，被笑話的會是整個公司和他們這些決策者。何況虧了錢，分紅時他們口袋裡的錢就少了，誰願意？

陳遠清也知道，但他堅持。他還記得當初領域影視的第一部電影，他去請羅雅琴主演。羅雅琴問他這故事其實很多人都能演，為什麼要請她。她很貴，時間少。陳遠清猶豫很久，也許正常的對話是該誇她名聲好演技好，很適合角色，但陳遠清說了實話。他的妻子是羅雅琴的忠實影迷，她說現在都看不到什麼好電影好劇集了，所以他來做影視，而這第一部電影，他想請羅雅琴，他想拍出一部很好看的電影。

陳遠清記得羅雅琴那時候哈哈大笑，然後說好，而他愣了半天，有些不相信居然這樣就行了。現在三十多年過去，他成了大亨，羅雅琴卻光鮮不再。他知道她拿著這劇本來找他鼓足了多大勇氣，她絲毫沒有提當年她自降身價出演了他公司第一部電影的事，也沒有說因為她的出演讓那部戲賺翻了錢，但陳遠清心裡記得。他願意幫她。一如她當年。

會議室裡有些安靜，兩邊人馬僵持不下。陳遠清當然不能說那些心裡話，在商言商，其他人說的也是真的，這部戲很可能賠錢。陳遠清就算是老闆，也不能為了這件事橫著來。

「好了，都七點了。」陳鷹涼涼地插話，大家不餓嗎？他們不餓，他家裡卻是有隻嗷嗷待哺的，「這部戲統共也就幾千萬投資，不是什麼大不了的數，為這點小錢掙扎這麼久，太沒效率了。」

幾位高層全瞪著他，年輕人就是不懂事，這不止是錢的問題，還關係著業績、公司形象等等，還有最重要的面子問題。

陳鷹笑笑，「我看了劇本，很感動，是個好故事，是個會拿獎的好故事。我來投資吧，盈虧我擔著，不影響你們分紅，怎麼樣？多簡單。」

幾位高層繼續瞪他，陳遠清也轉頭看他。

李董說道：「我怎麼聽說二少那邊有個幾千萬的合約有問題呢？」

「多慮了，那些都是小事。」陳鷹若無其事地笑，「不敢虧就賺不起，這才是生意。我們這些做小輩沒別的，就是膽子大。這事就這樣吧。陳總，你看呢？」話頭轉到陳遠清那裡。

陳遠清想了想，點頭答應了。

李董臉色難看，這父子倆又玩這套。其實說穿了，還不是左邊口袋錢用右手掏著花，橫豎都是集團資源。不過，事已至此，也沒什麼好說的。

「二少還是慎重點，膽大不是用來虧錢的。樣樣都虧，那公司還怎麼做？」

「嗯，那是當然，我小心謹慎著呢！幸好這幾年都有幫公司賺錢，不然我也怕被炒魷魚。」陳鷹客氣微笑，說得李董臉黑了。臭小子，怕被炒魷魚，哄他媽的鬼呢！陳家這兩個，老的是狐狸，小的是狼，都不是省油的燈！

「好了，可以散會了。」陳鷹不理李董的臉色，逕自說道：「這事就這樣吧，回頭我約羅姨詳談後，再跟各部門開會討論。」

搞定，回家餵娃。

陳鷹回到家時已經快八點，天已經黑了。他想米熙應該餓了，不知道她今天過得怎樣？

陳鷹開了門，沒聽到米熙跑到門口迎接的動靜，他一邊換鞋一邊想，他真是想太多，米熙又不是小貓小狗，當然不會跑來門口搖尾巴接他。她不是小貓小狗，所以也不會像網上說的那麼可憐，她有自主意識，她可以自己找事做，她可以自己做吃的，她可以……

陳鷹腦子停了，腳步也停了。他看到米熙坐在落地窗前歪著身子睡著了，那姿勢彷彿是坐著看著窗外。她沒有開燈，她看窗外的時候天色還沒暗，她看了多久？傻瓜，難道不知道這樣是看不到他的嗎？

陳鷹的心又軟了。

用過晚飯，陳鷹要忙工作，米熙很乖地自己在客廳看電視做「學說話」的功課。

陳遠清跟陳鷹通了電話，父子倆如今配合得相當有默契，今天陳鷹唱那一齣就是陳遠清想要的。不但為羅雅琴這個案子，還有他要藉這機會明正言順讓陳鷹到影視公司裡插位。事前他並沒有跟陳鷹說這一點，但陳鷹竟敢攬下這差事，對陳遠清來說，是個再好不過的掛職理由。

影視這部分的油水最多，派系根基也是最深的，所以陳鷹一直在集團其他業務發展，卻在影視這頭沒有實際的權位。陳遠清逢大事都會讓陳鷹參與，事事都讓他知道，就是盤算著有一天把陳鷹拉進來，這一次，陳鷹的魄力給了他機會。

陳鷹說了自己的計畫，他不覺得這專案一定會賠，只是操作上會有難度。他會向羅雅琴提些要求，包括前期對她的形象重塑和宣傳公關手段等等。他的目標是拿獎，羅雅琴必須配合。如果她不能答應，那這案子就免談。

「我來和羅姨談，這事你不要出面。」他的強勢同樣用在自己老爹身上。

陳遠清同意。這件事陳鷹去與羅雅琴談更合適，一來是顧及顏面，有些話他不好開口。二來陳鷹才是投資人，一開始就必須在羅雅琴那邊立威，老闆是誰很重要。

最後，陳遠清只說：「儘量少賠點。」別拉兒子過來做副總，結果賠太慘又拿不到獎，讓其他人看笑話，再把陳鷹擠走。如果這次陳鷹成功站穩腳步，陳遠清打算明年在集團裡洗洗牌。

陳鷹明白他家老爸的想法，也知道他手上幾個公司的業務該慢慢放到下任接班人手裡去。這個他不愁，他有準備。

開完了父子會，陳鷹去看米熙，發現她泡了一壺菊花山楂茶正等著他。看到他出來很高興，趕緊倒了一杯捧過來，「陳鷹，喝茶。」

這麼乖？陳鷹很高興，喝了兩口，問她：「家裡怎麼有這東西？」

「我今天問蘇嬸嬸的。因為叔叔總在敘話，嗓子肯定不好受。嬸嬸說網路上可以買這些，我不明白，嬸嬸說她幫我買，然後下午就有位小哥送來了。」

陳鷹再喝兩口茶，果然是女兒貼心啊！

「妳讓人進屋了？」想到她審了送外賣的人五分鐘才開門，他有些想笑。

「我問清楚了才開的。」米熙趕緊答。

「好，真乖。」陳鷹用力誇她。

「我欠了嬸嬸銀錢，我記下了。」米熙又說。

陳鷹無語。他可是一點都不想整理帳本給她看，可米熙看著他，眨巴著眼睛暗示得很明顯：我會還錢，我會記帳喔！

陳鷹扯開嘴角也對她笑，小丫頭，妳少惹麻煩趕緊嫁才是正經。對了，明天週六的家長會他還沒定呢！

陳鷹回書房打電話給陳非，通知他明天上午十點在秀山遊樂園東門集合。

「我記得我們的童年挺幸福的。」陳非乾巴巴地說。

「是啊，所以要讓米熙也幸福幸福，明天我帶她去玩。」

「那你先忙，忙完有事再約。」

「明天要是十點沒見到你，我就把孩子送去你家裡。」

陳非在電話那頭沉默十秒，吐出一句：「不見不散。」

陳鷹咧嘴笑，很滿意，接著換程江翌。

「遊樂園？做什麼？」

「家長會。」

「家長會昨天不是開過了嗎？在你家，不是已經有結論了嗎？」

「結論是什麼？」

「車到山前必有路。」程江翌記得很清楚。

「嗯，那為了能達成這個必有路的目標，明天家長會具體商量商量怎麼進山。」

「……」

第二天，陳鷹起了個大早，沒想到米熙更早，她正在客廳打拳，有點像太極拳。長髮用一枝鉛筆在腦後盤了個髻，剩一些沒盤上就自然垂著。陳鷹靠在牆邊看了一會兒，覺得還挺好看的。米熙打完一套拳，看到陳鷹，忙行了個禮，「早。」

「早。」陳鷹心情相當好。生活有目標就是充實，養娃事業兩手抓，求婿賺錢兩不誤。

洗漱完畢，換好衣服，米熙很有精神地跟著陳鷹出門了。遊樂園這個詞很新鮮，陳鷹叔叔說非常好玩，她很有興趣。

第一站，吃早餐。陳鷹帶米熙去吃米粉，米熙沒吃過，很開心。陳鷹使喚她去排隊點餐，米熙不喜歡跟人擠，皺巴著小臉完成任務。陳鷹誇她能幹，她笑了，覺得開心。

吃完早餐，陳鷹先開車帶米熙去兜風。路上讓她背家裡的地址和他的電話號碼，米熙流利地說了出來，陳鷹很滿意。後一轉念，覺得可以教她更多，就找了一個路邊停車位停下。

「要是有人帶妳出去，去了很遠的地方，妳不會回家，可以搭計程車。看，就是那種黃色的車，妳招手司機就會停車。妳告訴他地址，他會帶妳回家。到家後，給司機錢，就搞定了。」

米熙受教地點頭。陳鷹掏出錢包，遞給她一張大鈔，「這錢給妳拿著，我們要去秀山遊樂園，妳叫個計程車帶我去吧。」

米熙很興奮，又有些緊張，好多車子跑來跑去，她要找黃色的車。

「看，就是那種車，妳像這樣招手。」陳鷹示範了一下，「不過那輛車裡有人，有人就不能載我們了，妳得等一輛車上沒人的。」

米熙點點頭，遠遠看到有兩輛計程車朝這邊駛來，趕緊招手，可是兩輛車上都有人，車子直接開了過去。米熙有些失望，陳鷹說沒關係，又不趕時間。

這時候陳鷹的電話響了，陳鷹轉身接電話。講完電話，他愣住，米熙正興奮地朝一輛警車揮舞手臂。這什麼眼神？

陳鷹嚇得趕緊過去拉住她。

「計程車和警車長得完全不一樣好嗎？」

米熙低下頭，陳鷹連氣都嘆不出來了。

「算了算了，忘了計程車吧，坐我的車就好。」

米熙突然指著前面剛進站的公車說：「馮姊說過，這種車子也能帶我們去想去的地方。」

陳鷹心裡一動，公車是生活技能的好教材，「走，我們去坐公車。」說完，帶米熙跑到公車站，教米熙看站牌，「我們不去遠的地方，就坐一站，妳體驗一下就好，以後要是……」要是什麼呢？要是去遠的地方，她可以自己坐公車回家？可是公車還分好多路，路線很複雜。算了，別

以後了，先讓她試一試。

「一會兒車子來了，從前門上去，給錢，然後走到車子裡，有座位就坐，沒座位就站著。要是有男生故意擠著妳蹭著妳，那就是色狼，妳可以揍他。」

「我不會亂揍人的。」米熙說。

「嗯，我知道妳乖。」陳鷹不自覺轉入大灰狼口吻模式。公車還沒來，他趁機跟米熙講述公車上的規矩，什麼見到老人小孩要讓座了，要注意小偷和色狼，講得旁邊一起等車的人都看他。

陳鷹臉皮有些掛不住，看什麼看，沒見過教孩子坐車嗎？

等了好一會兒，終於來了一輛公車，米熙排著隊，有些興奮，這是新挑戰呢！說好了她出錢帶著陳鷹坐車，她把鈔票拿出來，捏在手裡緊張等待著。大家把錢都投進錢箱裡，米熙看得仔細，他們投的是小錢，米熙咬咬唇，她學過的，錢不一樣，她把錢遞給司機，小小聲說：「請找錢。」

司機有些愣，目光從那張鈔票移到米熙臉上，這小女生的眼神極為真摯和無辜，原來想斥兩句的司機把話嚥回去，「找不開。」

其他人都投錢上車了，只有米熙僵直地站著。站在米熙身後的陳鷹臉皮快要掉到地上，可他錢包裡也沒零錢了，他身上的鈔票現在全跟米熙手上的那張一樣可憐。現在的公車怎麼服務這麼差，連零錢都不找！

「走吧，我們不坐了。」陳鷹拉著一臉沮喪的米熙下車。

「都怪米粉。」陳鷹安慰米熙，米熙不懂為什麼要怪米粉，她看著手上的鈔票，對它很失望。

「還是開車去吧。」陳鷹也不知道該怎麼安慰米熙了，他也很需要安慰，他丟臉已經丟到一個境界了。唉，他安慰自己，起碼米熙知道坐公車不要丟百元鈔進去，還知道要人家找錢，這算是勤儉持家吧？

兩個人沒精打采地回到車上。

「米熙。」

「嗯。」

「妳就是個坐私家車的命吧。」

米熙眨巴眼睛，那表情在說：「此話怎講？」

陳鷹嘆氣，發動車子，看來擇偶條件裡得加一條：有車。

秀山遊樂園是本市最大的遊樂園，遠遠就能看到摩天輪和各種遊樂設施。

今天是週末，遊樂園外人頭攢動，很是熱鬧。陳鷹開著車轉悠，艱難地找著停車位。米熙早就按捺不住地趴在車窗邊往外看，小臉上全是驚奇。

「好了，腦袋收回來，脖子要斷了，一會兒再帶妳去好好看。」陳鷹看準一個停車格，火速衝了過去，占領成功。管理員過來給陳鷹停車票，米熙在一旁看著。陳鷹給她掃盲，米熙小臉凝重，最後小老太婆似的一聲嘆：「哪兒都是花錢的地兒，生活當真是艱難。」

收費員看了看陳鷹的豪華轎車，再看看這兩人身上的名牌服飾，給了陳鷹一個鄙夷的眼神。外表高富帥，內心窮苦酸，有病嗎？

陳鷹瞪了回去，他媽的他有說話嗎？他家小朋友沒見識愛操心不行嗎？

米熙完全沒注意到發生什麼事，還在算停車費是多少，那一天要是去幾個地方停幾回車一個

月得多少錢，去上班是不是也要交這個錢？好可憐，明明是想去掙錢的地方，結果還要倒貼錢。

米熙同情地看了陳鷹一眼。這一眼被陳鷹看到，伸手揉她腦袋，小丫頭片子！

大庭廣眾之下幹這種事？米熙大驚失色，歪身躲開了。成功忍住了，不能打叔叔。

陳鷹手臂還舉著呢，沒好氣地看她。米熙撇了撇嘴，覺得有點委屈。旁邊許多人走過，有嘻嘻笑笑的，有甜甜蜜蜜的。陳鷹看看他們，再瞅一眼米熙，然後雙手插口袋，吹著口哨走了。

米熙趕緊跟上。陳鷹不說話，米熙卻覺得自己該說些什麼：「下回……那個下回，我是說……」可她就是不喜歡被人摸頭嘛，而且周圍這麼多人看著。米熙擠不出話，憋紅了臉。

陳鷹停下腳步，米熙還在努力醞釀說辭。男女授受不親在這世界不管用，她知道了，可她還沒適應，以後不這樣行嗎？可是她心裡又不願意。正掙扎間，忽然一頂帽子壓在了她的頭頂。

米熙抬頭看，原來陳鷹是停在路邊一個帽子攤前，買了頂帽子給她。

「太陽大，妳遮一遮。」陳鷹付了錢，對米熙說。這麼白皙的臉，曬黑了多可惜。

米熙用手摸了摸帽子，說了聲「謝謝」。她看了看帽子攤上擺的帽子樣式，小臉皺了皺。雖然沒說話，可是陳鷹就是讀懂了。他領著她繼續往前走，說道：「很好看，一點都不醜。」

米熙不說話，陳鷹又讀懂了，「妳沒照過鏡子，怎麼知道不好看？」手癢想敲她腦袋了，但是她會躲，敲不到他多沒面子。

說話間陳鷹又停下腳步，米熙防備地看著他，但這次他停在一個她不知道賣的是什麼的攤子前。五顏六色，氣鼓鼓的物體，有繩子綁著。

「氣球。想不想要？」陳鷹問，已經看到米熙兩眼發光了。陳鷹偷笑，小丫頭太容易搞定了。他一口氣買了五個給她，米熙興奮得嘴快咧到耳朵後面。

當陳非看到這一大一小時，使勁兒推了推眼鏡。他親愛的弟弟帶著個穿著名牌休閒服，全身包得嚴嚴實實的小丫頭，小丫頭戴著頂路邊攤廉價帽，這是有多怕曬？還拽著一大串氣球在傻笑。這搭配實在是有些怪，更怪的是，他那挑剔難搞的弟弟臉上掛著同樣的傻笑。

陳非清了清喉嚨，再推推眼鏡，提醒自己不要發表任何評論。

「米熙，這是陳非叔叔，是我親哥哥。」親哥哥三個字咬得重，配上他特意咧開的笑，明明白白告訴陳非，偷戶口名簿之恨他牢記心中。

「陳非叔叔好。」米熙的招呼大聲又響亮，很有精神。氣球在手，歡樂我有。

「妳好，妳好。」陳非不知道該跟小丫頭聊什麼，轉頭看弟弟，陳鷹卻不接話。

陳非心裡嘆氣，擠出句：「帽子真好看。」虛偽是他們這些老男人的本事，駕輕就熟。

米熙臉紅，「謝謝叔叔。」這類話在她的世界是輕薄了，可現在她在電視上看的，這叫客氣。雖然還是很不習慣，但她會努力適應。

然後呢？又沒話了。陳非又看向陳鷹，陳鷹繼續對他笑。陳非又推推眼鏡，他是斯文人，不罵髒話，真的。只是這樣故意製造尷尬真的好嗎？造成小丫頭的心靈創傷怎麼辦？

兩兄弟互相較勁，小丫頭沒空心靈創傷，光是遊樂園門口就好多新奇玩意兒，她的眼睛腦子忙不過來。沒人理她正好，她東張西望，很興奮。

幾分鐘後，程江翌終於到了。

「他媽的，哪個天才想出家長會要約遊樂園的？容老子掐死他！停車我就轉了三十多分鐘，人多得要死，老婆還沒空陪我來！」程江翌一來就抱怨，接著被陳家兄弟踢去排隊買門票。這事情裡，最招恨的就是他。

好不容易一行四人終於擠進遊樂園。米熙快樂瘋了。這是什麼世界？怎麼會有這麼神奇的玩具！每個人臉上都掛著笑，孩子們興奮地尖叫。米熙站在人群中，不知道該怎麼辦。

「走。」陳鷹這四天家長沒白當，一馬當先，領著娃探險去。海盜船、雲霄飛車……一樣樣坐下來。程江翌和陳非不想擠，覺得兩個大男人坐這些很丟臉，於是一人拿氣球，一人拿帽子，咬牙切齒站在遊樂設施旁邊等。

「家長會是藉口吧？這是報復，赤裸裸的報復！」程江翌道。

「他不累嗎？都玩了這麼多了。」陳非道。

「他累不累不是重點，是米熙累不累。他累了米熙不累就糟了，就得換咱們陪著玩。我跟小培都沒來過遊樂園呢，我不想第一次坐摩天輪不是陪老婆，而是陪別的女人。」

陳非推推眼鏡，他是斯文人，不說髒話的，真的。

好不容易刺激項目玩得差不多，米熙也適應了遊樂園，陳鷹讓她自己去玩溫和點的設施。現在她在坐旋轉木馬，三個老男人的家長會終於在旋轉木馬圍欄外的空地上開始了。

「米熙是我們共同的責任。」陳鷹開場白宣布，另兩個男人完全不給他反應。

「別裝聾啞，老子走南闖北，再無賴的流氓我都遇過，你們兩個完全不夠看。」

陳非推推眼鏡，程江翌晃晃氣球，「二少，你是社會精英，這麼江湖氣不合適吧？我們誰跟誰啊，這麼客氣多不好。」

「月老是怎麼說的？有人照顧米熙後，下一步姻緣他怎麼安排？」

程江翌搖頭，「完全不知道。」都是月老的錯，你找月老開家長會去吧！

「既然月老不靠譜，那只能我們自己來了。」陳鷹早料到如此，於是再把他的決定陳述一

遍。程江翌早聽過這言論，陳非卻是第一次被指派工作，他又推推眼鏡，有不祥的預感。

「不論你想怎麼來，搶別人的工作不好吧？」程江翌掙扎，「人家月老按步就班，你別急。」

「那孩子放你家去，我就不急了。」

「好吧。」程江翌馬上認慫，「你先說說你有什麼打算。」

「米熙的問題，一是年紀小，二是沒常識，三是沒機會認識合適的男孩子。第一點我們沒辦法，只好多幫她把把關。第二點，她既然是住我家，教育問題我來負責，而男孩子這部分，你們兩個負責找合適的相親對象給她。」

「……」

「男生的條件是這樣的：二十歲出頭，家境好，自己要有本事，有事業心，有責任感。」

「就是有錢唄！」程江翌翻譯。

陳鷹不理他，繼續說：「要有耐心、穩重，不花心，不拈花惹草。」

「需要是處男嗎？」程江翌繼續搗亂。

陳鷹白他一眼，「身高一百八以上，要有時間陪米熙，要懂浪漫，大方不小氣，因為米熙對錢沒什麼概念，又沒見識，所以什麼都好奇。男方要捨得在米熙身上花錢，帶她吃好喝好玩好，還有，長相要好。米熙這麼漂亮，要配得上米熙的。」

「你直接高富帥三個字講完多好。」

「對了，要有車。」陳鷹補充一點。

「高富帥一定是有車的。」程江翌嘆氣。

陳鷹終於瞪他了，也順便瞪了不吭氣的陳非一眼，「米熙找對象的事你們一點都不著急嗎？」

陳非不說話，他確實不急，在今天之前，他一直覺得不關他的事。

程江翌道：「急啊，你看我，心急如焚。」

「那你掩飾得挺好的。」陳鷹對他微笑。

程江翌剛要開口，卻看見米熙朝這邊跑來。她玩完了，興奮得臉紅撲撲的，臉上有汗。

「陳鷹！」她一邊跑一邊叫。

陳鷹皺眉頭掏面紙出來幫她擦臉，米熙正興奮沒在意，問道：「我還能再玩一次嗎？」

「去吧。自己排隊，想玩幾次都行，我們就在這裡。」話音剛落，米熙就飛速跑掉了，遠遠聽到她說「謝謝叔叔」的尾音。

陳非忍不住摸摸鏡框，這孩子真的不關他的事啊。找對象這種事他一點都不擅長，不然他早搞定自己的事了，還是指望程江翌吧。

程江翌清清喉嚨，很認真地跟陳鷹道：「兄弟，其實，咳咳，那什麼，你覺不覺得，你剛才說那麼多條件，你自己挺符合的。」

好幾秒的沉默，然後陳鷹炸毛了。

「靠，你有沒有人性啊！」

程江翌沉著答：「在感情面前，人性算個屁！」

陳鷹差點跳起來踹他，「我要是早年荒淫無度，都能把她生下來了。」

程江翌繼續沉著，「你的男性虛榮心不要這麼重。十一二歲就生娃，對男人來說，既不現實也不值得驕傲。我和你哥勉強還有可能，你就靠邊站吧。」

「十三四五就生娃對男人來說也不現實也不值得驕傲好嗎？」陳鷹瞪眼。

陳非嘆氣，好想走。這哪跟哪，幼稚又粗俗，真的不關他的事啊！

「好了，不要扯別的，不要轉移話題。總之，米熙的事就是大家的事，你們倆誰也別想跑，必須幫米熙介紹對象。就按我說的那條件找，一個月為限。我用一個月時間教會她生活常識，正常穿衣說話，能帶出門見人，你們一個月後帶優秀的男生來相親。」

「我出錢不行嗎？」陳非在做最後的掙扎。

另外兩人瞪他，「誰家缺錢？」

陳鷹道：「總而言之，一個月後，誰拿不出男人，米熙就放誰家養去。」

又是這招！陳非和程江翌翻白眼。好吧，其實他們挺怕這招的，惹急了陳鷹，他真幹得出來。

「還有。」

「居然還有？」他媽的！

「既然米熙是大家的責任，那大家都該貢獻時間出來。每個週末輪流帶米熙出去玩，體驗社會生活，另兩人能放放假，這樣才公平。」

這世上不公平的事太多，不缺這一件，二少，你想得太美好了！

可是，沒人敢這麼說。程江翌搶先道：「那今天來遊樂園算我的，門票是我買的。」還買了四張票，結果只有兩個人玩，真浪費。

陳非張了張嘴，可好像沒什麼好說的，於是又閉上。

「還有。」陳鷹又道。

「他媽的！」居然又有！

陳鷹不理這粗話，「既然都是當叔的，見面禮都該有。我們該給米熙買些合她心意的禮物，讓她感受到親情溫暖。」

「這用意是？」陳非問，親情溫暖是個什麼鬼，他才不信陳鷹想要這個。

「這樣米熙信任你們，週末才會放心跟你們走。」

他就知道！陳非無語。計畫要不要這麼周詳？簡直喪盡天良！

很快，米熙玩回來了。一行人在遊樂園裡找了個速食店解決午餐，陳鷹代表三位叔叔表達了要送她禮物的心願，她想要什麼都可以。

米熙抿著嘴不敢提，覺得很不好意思拿禮物。

「沒什麼不好意思的，我們都是妳的家人。」陳鷹的大灰狼語氣被其他兩人白了一眼。

米熙猶豫，禮物就表示錢，她憑什麼拿啊？

「快，不然就是看不起叔叔了。」

這麼嚴重？米熙趕緊端正臉色，用力想，「那……我想要個能坐公車的卡，行嗎？」她今天觀察了，別人有卡都上車了，她拿鈔票的不管用，好自卑。

「行，這個叔叔送妳。」陳非搶先。

「還有呢？」陳鷹鄙夷完哥哥，繼續問米熙。

「還能要？」米熙又覺得不好意思。

「對，要不，妳程叔叔閒著很痛苦。」

「我……」米熙用力想，看了看程江翌，聲音很小，「也不知這裡有沒有。」

「什麼都有，妳說吧。」程江翌嘆氣，太看不起他了。

「我想要一件兵器。我使慣長槍，我想，要是有兵器了……」她沒說後面的，悄悄看了陳鷹一眼，她可以保護他。她什麼都沒有，只好做些力所能及的事。

兩個叔同情地望向陳鷹，程江翌又嘆：「米熙啊，妳陳鷹叔叔不經打的。」

「滾！米熙是想保護我！」陳鷹伸手摸米熙的腦袋，這娃雖然古怪了點，但是個會感恩的。

米熙抿抿嘴，點頭，有些臉紅。她好像又鬧笑話了。

「長槍！」程江翌點頭。她還真是會提要求，找對人了，「叔叔就給妳製把長槍。」

米熙眼睛發亮，興奮地看著陳鷹，居然可以！陳鷹對她笑。

「還有妳陳鷹叔叔呢，再要一件！」程江翌起鬨，媽的，沒理由只他們倆貢獻，還有那個什麼悠遊卡，太占便宜了。

「我、我想……」米熙這次只掙扎了一下，「我想要父母弟妹的牌位，我……」她低了頭，偷偷看向陳鷹，覺得自己真的太厚臉皮了，「我想他們。」

牌位？

兩位叔的同情目光又投向了陳鷹。

有緣分的人就是不一樣。

牌位就牌位！

陳鷹橫那兩個叔一眼。大驚小怪，這東西雖然奇了點，卻是小丫頭的一片孝心，是美德。

「行，我來辦！」陳鷹一口答應，然後轉向陳非和程江翌，「男方的條件加一條，有孝心。」

兩位叔都不說話，陳鷹沒幾秒又補充：「還有，父母要開明。」

陳非不說話，過一會兒，程江翌忍不住在他耳邊嘀咕：「你弟列的條件跟他自己一模一樣，量身打造啊！」陳鷹正幫米熙拆優酪乳包裝，聽到嘀咕，轉頭瞪他。程江翌摸摸鼻子，瞪什麼瞪，難道不是嗎？分明就是啊！

米熙一邊顰著眉頭體會著優酪乳的味道，一邊看叔叔們眉來眼去，然後突然想到，「啊！」三位叔嚇了一跳，米熙湊到陳鷹耳邊說了句話。陳鷹點點頭，也湊她耳邊回了一句，然後米熙開始掏口袋。剛才優酪乳和飲料陳鷹叔讓她自己去買，所以她現在手上有零錢了。把零錢放在桌上排開，數了九十元來，然後看向陳鷹。陳鷹點頭，小丫頭真聰明。

「程叔叔，昨日嬸嬸為我買了東西，我欠她八十八元，你替我還給她吧。」

程江翌垮臉給米熙看，不是吧，他家難道出不起八十八元？

「那個，要找兩元。」米熙有些不好意思，但還是說了。

噗！陳非一口礦泉水差點噴出來，嗆得一陣狂咳，只是沒人理他，只有米熙關切地看過來。陳非急忙揮揮手。你們算帳，不用管我。

程江翌的臉綠了，「米熙啊，為什麼要跟叔叔計較這兩元？」門票錢叔叔都沒跟妳計較好嗎？

米熙漲紅臉，「不不，我……」她很局促，「我沒有錢，這錢是欠陳鷹叔叔的，我不好做主。」別人的兩元，她總不能自作主張說不要。她看向陳鷹，她是不是又做錯，鬧笑話了？

程江翌臉更綠了，對陳鷹擠出一句：「這兩元你要嗎？」

「要啊，親兄弟明算帳，何況我們不親。」陳鷹心裡爽歪了。米熙，幹得好！

程江翌憤憤不平，錢是微不足道，面子事關重大。他身上居然沒有兩元，轉頭對陳非咬牙：

「給我兩元！」

陳非苦臉，怎麼又關他的事呢？他明明是局外人啊！

米熙看著兩元遞到陳鷹手裡，陳鷹笑開了花，她鬆了口氣，原來這裡的人都很講究這些。

晚上，米熙在房裡記帳。這裡的筆好硬，她不太會拿，歪歪扭扭記下自己欠的債。

一列列出好長的單子，真愁人。其實她腦子裡還有好多問題，可她不敢問。別人會不會喜歡她這種什麼都不懂又古怪的姑娘這點她都不想了，成親是要嫁妝的，她哪有？或者，這裡不講究這個？可今日看來，連兩元大家都很重視，何況嫁妝是大錢。

米熙嘆口氣，算了，既來之，則安之，她這麼幸運，遇到了月老先生，遇到叔叔嬸嬸們，對她這麼這麼好。還有陳鷹，他真的是非常非常好的人。米熙想到這，跳了起來。對了，該去幫他泡茶了。能為他做一點點事，她真高興。

米熙捧著茶去了書房，書房沒關門，裡面也沒動靜，是可以打擾的時候嗎？米熙探頭看。

這時的陳鷹也在記事，他用的是手機。

「五月七日，週二：晚上米熙降臨。」

「五月八日，週三：米熙認識了小籠包和甜筒，她超愛。米熙會用手機打電話。」

「五月九日，週四：米熙捉賊，大家想死。馮姊犧牲。」

「六月十日，週五：米熙自己在家。」他想了想，在後面又加上：「像孤單可憐的貓咪。」

「五月十一日，週六。」陳鷹忍不住微笑，今天真是太豐富，「米熙第一次吃米粉，攔警車當計程車，學坐公車，會花錢。」還會幫他討回兩塊錢，陳鷹笑出聲，「六月十一日前，讓那兩個傢伙交男人。」一抬頭，看見米熙的小臉在門口。她見他看到，趕緊往回縮。

「進來吧。」陳鷹喚她。

「我、我就是泡了菊花山楂茶給叔叔。」米熙小心翼翼。

「好啊，我正好渴了。」陳鷹的話讓米熙眼睛一亮，噌噌地小跑到桌邊，手上的茶居然沒灑出來。她把茶壺和茶杯放好，倒了一杯給陳鷹。

陳鷹把茶杯拿起，溫而不燙，正好入口。

米熙正抿著嘴高興，真是個很容易滿足的好孩子！

「米熙。」

「嗯。」米熙挺直腰板，這世界不是她的，可她要努力。活，便好好地活。

「明天我們不出門好不好？」

問她嗎？米熙眨眨眼。當然行啊，叔叔說什麼便是什麼，她聽叔叔的。米熙點了頭。

「明天我們就留在家裡，我教妳一些日常知識、出入應對的禮貌。」

米熙點頭，她一定好好學。

「後天是週一，我得去上班，帶妳一起去好不好？」

米熙愣住，而後狂喜，不用一個人待在家裡，真的嗎？

她還沒問出口，那驚喜的表情已經讓陳鷹笑了。

「我辦公室外頭有間會客室，平常沒什麼用，妳可以在那裡玩。我會讓人在那擺上電腦，妳可以用它看電視、上上網，這些我明天教妳。那裡還有很多人，妳可以跟他們說話，交朋友。」

米熙的心頓時嚮往起來。

「只要妳不搗亂，不打擾他們的工作就行。」

「我定不會那般。」米熙趕緊保證。

「妳先適應適應，回頭我幫妳請一個老師。呃……就是夫子。讓老師教妳一些基本功課。今天我跟另外兩位叔叔都說好了，等妳說話待事都應對得好了，我們就讓妳去相親。就是，妳可以跟男方見見面，看看喜不喜歡，也許能碰到好姻緣。」

米熙說不出話來，心裡非常感動。叔叔們對她這般好，這般為她著想。她覺得眼睛有些酸，用力眨了眨，忍住眼淚。

同一時間，程江翌和蘇小培也在說米熙的事。

「這樣真的沒問題嗎？我怎麼覺得陳鷹那傢伙越走越偏了？妳沒看到他今天的樣子，太積極太熱心了，完全像個好人啊！」

「跟你一樣好？」蘇小培失笑，早習慣她家這位跟他那些兄弟朋友瞎鬧。

「小培，月老的安排一定是有用意的吧？所以是陳鷹自己完全沒搞懂對不對？」程江翌躺在老婆腿上，讓她幫忙掏耳朵。掏完了耳朵還能摸摸他的臉，好舒服，「2238不明說，弄得我也不敢指點陳鷹，萬一是我弄錯了呢？」

「嗯。」蘇小培幫他按摩頭。

「那2238堅持讓陳鷹收養米熙到底什麼意思？這個有緣的意思是指，陳鷹古道熱腸，能幫她找到夫婿，還是陳鷹就是人選？」

「你問他啊。」

「老婆，妳的八卦心真的太淡了，人生會少很多樂趣。」

「你們一群男人八卦成這樣，我還是低調點吧。」

這話說完沒多久，程江翌的手機簡訊提示音響了。打開一看，陳鷹發來的：「兩位叔叔請注意，六月十一日之前交男人。」

程江翌看完，手機丟一邊。理他才怪。

週一早上，陳鷹帶著米熙上班去了。

前一天兩人好一通忙碌，原本說好不出門，結果還是去了趟百貨公司。陳鷹買了新包包給米熙，看她喜歡盤個小髮髻，就買了根簪子給她。又覺得小丫頭只有簪子不好配衣服，再買了手鏈。為了配手鏈，只好又買了兩套新衣褲。

米熙現在願意接受領子在脖子下端的了，但露鎖骨的還是不行。為她買衣服是最費時間的，好在最後都買到了。陳鷹決定下回不再這麼逛，乾脆讓公司的造型師帶服飾型錄上門幫米熙弄。雖然陳鷹願意撒錢買衣服，卻沒同意買算盤和毛筆。他覺得自己不能亂寵她，對她有用的才買。她應該拋棄掉古物，迅速進入新生活才對。

他又教了米熙怎麼使用手機的其他功能，比如拍照、傳簡訊。米熙敲簡訊很不熟練，相比之下她更喜歡拍照。學會之後，興奮地拍來拍去。

陳鷹還解釋了公司和上班的概念，告訴她一些社交常識。

一切準備就緒，米熙緊張又期待地跟著陳鷹邁進了宏偉氣派的辦公大樓。

領域大廈有八部公用電梯，後面另有一台VIP電梯，那是方便高層和藝人出入用的，需要刷安全卡才能進入。陳鷹有卡，但他鮮少用這特權。今天帶著米熙，他讓她兩種電梯都試了試。先是坐了公用電梯跟大家一起擠上去，又從VIP電梯下來，再坐上去。

陳鷹說明為什麼要有VIP電梯，因為公眾人物，出於安全和便捷的考慮。

米熙沒大驚小怪，「曉得呢，就如我爹爹和將官們騎大馬，兵士們靠腿跑。」

陳鷹一時無語，好吧，她這麼說其實也沒錯。

「叔叔莫憂心，我曉得。這裡沒有下人，沒有兵士。是他們為叔叔工作，幫叔叔解決問題，叔叔付他們錢，大家都是一樣的。我曉得呢，不會闖禍的。」

真懂事，真乖！還抿著嘴笑，好可愛！臉粉嫩嫩的，他差點伸手捏她臉了，不過怕被打，手伸出去，及時改了方向摸腦袋。

四周沒人，所以米熙沒躲，只是微瞇了眼，忍耐著。陳鷹失笑，又多揉了一把。

進了辦公室，他把米熙介紹給他的祕書助理小組和幾位主管。

祕書組為首的是呂雅和Kevin，其他還有四人。

米熙來到這世界後，初次跟這麼多陌生人共處一室。這個叫公司的地方好大，一眼看過去到處坐著人，還有許多房間。不過陳鷹叔叔沒帶她逛，只是很鄭重地跟大家介紹了她。米熙非常緊張，可表面是鎮定的，她可不能給叔叔丟了顏面。

雖然她知道完全不一樣，但卻覺得一如當年爹爹帶她去軍營，向他的親信將士們說：「這是我女兒，米熙。」米熙眨眨眼，眨掉那種感覺，爹爹已經不在了。她彎腰跟大家問好：「大家好，我是米熙，初來乍到，請多指教。」這話是昨天陳鷹教她的，她在房裡偷偷練了好幾遍。

米熙的聲音有些甜糯，表情卻很嚴肅，一副小大人的樣子，把大家都逗笑了。

呂雅把米熙安置在會客室裡，會客室是玻璃門琉璃牆，只要陳鷹不關辦公室的門，從他的位置稍歪身體就能看到米熙。

陳鷹非常滿意，他真是聰明，這安排太好了。既能做事又能監管娃，甚好甚好。

Kevin過來報告說永凱的大老闆秦文易回來了，聽說此行簽下了兩份代工合約，心情很好。陳鷹讓Kevin用他的名義送兩瓶酒去給秦文易，就說是賀禮。Kevin明白意思，給王兵閉門羹吃，卻要讓秦文易看到這邊的示好，不然王兵藉機說是領域不願簽約只能換別家，合約就真的沒戲了。

陳鷹通知廣告公司的業務部十一點開會，經紀公司的企宣部和吳浩的公關部下午兩點開會。

他要主持討論羅雅琴的專案，劇本梗概讓Kevin發給與會各部門，讓大家先看看，而廣告招商的事讓劉副總領頭。

交代完畢，陳鷹打了個電話給秦文易，說了些客套話。秦文易也聽說了代理約沒續約成功的事，正琢磨領域那邊是什麼心思。陳鷹這明顯拍馬屁的電話過來，他倒是有些納悶了，難道問題不在領域身上？可陳鷹隻字未提合約一事，秦文易也不動聲色。

掛斷電話之後，兩邊都思索了一會兒，然後各自忙各自的。

陳鷹的下一個電話是打給羅雅琴。陳遠清在上次開會有結果後，就親自打電話給羅雅琴，表示這專案領域會做，只是投資公司和操作上會有些變化，而陳鷹這次是要與羅雅琴約見面詳談。

讓陳鷹意外的是，羅雅琴在電話裡的態度有些冷淡，陳鷹原以為她會開心激動，她的心願能了卻，結果她倒是答應見面，也感謝領域感謝陳遠清，卻聽不出她的熱情。

這事有些怪，陳鷹留了個心眼。他算了算時間，約羅雅琴週三見面。

隨後又有兩通電話進來，吳浩這時跑了過來。他有些激動，陳鷹用眼神示意他等等。

待陳鷹把電話放下，吳浩便叫道：「你帶米熙來上班？」

「你們見過了？」陳鷹歪著脖子往外看。咦，會客室裡怎麼沒人？也許她去廁所了。

「沒見著，但現在消息已經傳遍全樓了。太子爺帶了個小美女來上班，貼身恩寵。」

陳鷹不以為然，「那怎麼辦？把她一個人丟在家裡？既然是恩寵，當然得貼身帶著。」

「一點都不好笑好嗎？」

「這麼低俗的詞是你說出來的，我只是引用。」

「老闆，你是覺得我的薪水拿太多了，非要給我找點事做？功夫少女沒炒起來不甘心是吧？」

「第一，你說安全了我才帶她出門的。第二，昨天我給車子貼了膜，全按你說的辦了。第三，她很乖，不會到處亂跑惹麻煩。我讓她往東她絕不往西，沒什麼可擔心的。」

「是嗎？跑了兩條街捉賊也是你的指示嗎？」

「那時她不知道，現在她懂了。」

「那她現在呢？」其實他也是抱著顆火熱的八卦之心上來的，可是怎麼沒看到小米熙？

陳鷹歪著脖子去看，會客室裡還是沒人。對哦，她現在呢？

陳鷹走出去轉一圈，沒看到人，問呂雅：「米熙呢？」

呂雅抿嘴笑，「她說要學泡咖啡給你喝，我帶她去茶水間，她看到好幾種咖啡粉、茶罐、果汁，就問你平常怎麼喝，我說不一定，有時這個有時那個，於是她決定每樣都試試，掌握味道口感，讓親愛的叔叔能喝到最好喝的飲料。」

陳鷹揚揚眉，輕手輕腳走到茶水間門口。他這邊的辦公區有獨立的茶水間，很少有員工過來。茶水間裡此時只有米熙的小身影，十多個杯子一字排開，米熙拿著筆記本和鉛筆，喝幾口就記上一筆，簡直是水桶啊！

看水桶熙這麼忙，陳鷹叔忍著笑，悄悄退出來。回到辦公室把吳浩趕走，滿心期待地等著喝親情溫暖牌飲料。小傢伙試過十來樣後，會決定給他上什麼呢？

結果他一直等到十一點去開會都沒喝到米熙泡的咖啡或茶。那傢伙是淹死在茶水間了嗎？幸好他忙，沒空計較。陳鷹對呂祕書橫眉豎眼，老闆沒喝上茶都是祕書的錯。

呂祕書很冤啊，她要給老闆上咖啡，老闆說要等米熙的。結果米熙在茶水間做實驗，玩得忘了時間，她也不好去催。

陳鷹前腳剛進會議室，米熙後腳就出來了，卻是兩手空空。

呂祕書奇道：「妳給老大泡的咖啡呢？他剛才一直在等。」

「啊？」米熙惶恐，「我不知道他在等。我以為都是呂姊準備的，我就打算試好了味道，知道他喜歡什麼，回頭他需要我再泡。」看到呂雅的表情，米熙小臉垮下來，「我闖禍了嗎？」

「沒有沒有，一會兒老大開會回來，妳泡杯咖啡給他就好。」呂雅被米熙的表情弄得想笑。

陳鷹的會議開了很久，主要是討論《戲》這部電影的招商問題。置入行銷很重要，需要提前準備。在見羅雅琴之前，陳鷹必須把所有能拿到的資源都做到心中有數，所以他急著先跟公司討論。當然都是預估，也許最後談不成，但前期考慮的商品都是籌碼。

陳鷹開完會回來，又餓又累又渴，然後他看到米熙罰站似的站在他的辦公室門口。

「怎麼了？」

「我錯了，上午沒泡咖啡給叔叔。」陳鷹帶她來上班，就是給她機會照顧他，可她居然第一天就沒做好。

「嗯。」不說他都忘了。

「我現在準備好了。」

「嗯。」做叔叔要有架子，陳鷹很會擺。他大搖大擺地位置坐下，「端上來吧。」原來做大爺這麼爽，疲累全消。

米熙趕緊跑回茶水間，飛快端來托盤，上面擺了三大杯飲料，有咖啡、水、果汁。「我問過了，呂姊說你通常上午喝咖啡，中午喝茶，下午的時候容易餓，她會準備點心，那時候你可能要咖啡或果汁。」

陳鷹表情微僵，所以她現在是打算讓他一下子就搞定全天的嗎？幸好茶水間沒大碗公。

「我就是想讓你先嚐嚐我做的味道對不對，要是可以，以後我就按這味道上。」米熙有點緊張，她先前是不好意思搶呂姊的活，不過好像呂姊不在意，她掏出筆記本，「我還列了計畫。」

「什麼計畫？」

「我打電話問蘇嬸嬸了，有幾種藥茶方子，我都記下了。」米熙認真看著筆記本，有什麼澎大海、決明子、枸杞，「每天可以給叔叔換著喝。」

「我看看。」陳鷹拿過她的筆記本，字好醜，不忍直視，但還是分辨得出她寫的什麼。早上喝什麼，上午喝什麼，中午喝什麼，下午喝什麼，晚上喝什麼……

「我看電視上說的，每天要喝八杯水。」小丫頭很認真。

這什麼？陳鷹好有壓力。水桶叔叔養成計畫嗎？電視就不能教些好的？

這時陳鷹突然想起什麼，他帶米熙出去找呂雅，囑咐呂雅兩件事。一是讓她找製作牌位的公司，幫米熙的家人做牌位。米熙一聽，頓時激動起來。陳鷹拍拍她的腦袋，讓她沉著點。

第二件事則是幫米熙找個家教。

「她在山裡長大的，很多事不懂。找個老師教她，週一到週五，來公司給她上課。」

「什麼程度的課程？」呂雅問。山裡也該上過學吧，不知米熙上到幾年級。

「呃……」陳鷹想了想，「從幼稚園開始吧。」

「嗄？」

「她家裡，是山裡的山裡，很山裡，沒有學校。」陳鷹說著。

米熙低著頭不說話，下定決心要好好學。

呂雅張了張嘴，還是忍住了。山裡的小丫頭這麼漂亮，氣質這麼好，看來山裡不容低估。

陳鷹交代完，領著米熙下樓吃飯。等電梯的時候跟米熙說：「事情要一件一件地辦，別著急。」所以她學好常識，具備一定的社交能力後就可以開始相親了。

米熙用力點頭。先從餵水開始，她一定能夠慢慢回報叔叔和嬸嬸的。

電梯門開了，裡面站著幾個人，其中之一是吳浩。他剛從樓上的經紀公司開會下來，凌熙然的那點事還沒完結，媒體效應持續發酵，網路上鬧得沸沸揚揚，甚至有幾個披著馬甲的閨蜜跳出來捅黑刀，爆料說凌熙然虛榮又做作的醜事。這髒水潑得時機相當好，凌熙然的形象重創，幾個代言合約都受到影響，還有合作廠商提出要解約。

凌熙然是領域旗下的經紀公司這兩年力捧的藝人，這次事件對公司影響極大。因公司內部各有利益，所以對如何處理僵持不下。陳鷹這兩天已經看到十多封信了，原本他不用管，但恰逢他這邊要與羅雅琴談，藝人經紀及企宣公關的部分會有影響，所以他不得不關切。下午正好要與這些人開會，現在逮著吳浩就先抓著問情況。

兩個男人邊走邊聊，中午休息時間不夠用，只能去附近的餐館吃麵。

進了餐館點了麵，米熙像尾巴一樣跟在陳鷹身後。現在正是吃飯時間，餐館裡沒有空位。陳鷹正思考著公事，左右兩邊忽然被吳浩和米熙碰了碰。陳鷹抬眼一看，看到劉美芬正對他招手。這麼巧她也在這裡吃麵，這麼巧她身邊三人剛走，她幫他們把位置占住了。

陳鷹領著一大一小過去，大的那個趁機對劉美芬嘻嘻笑，「妳好，美女。」劉美芬認得吳浩，集團裡大名鼎鼎的能人。只是這類型輕浮又複雜的男人她不太欣賞，不必假客套，於是微微點了點頭算應了。

劉美芬沒說什麼，米熙卻忍不住一個勁兒瞅吳浩，眼神裡有很多不贊同。

「米熙，」吳浩被她瞅得忍不住，「美女跟親愛的都是打招呼的詞，我不是流氓。」

米熙抿抿嘴，「親愛的」是什麼她不懂，她就是覺得對著個姑娘喊美女還笑成那樣，就是登徒子，而且明顯「美女」也沒有受用他這招呼。

吳浩很受傷，眼看劉美芬也沒幫他澄清，他更受傷。明明都是優秀的男人，為什麼陳鷹就受歡迎呢？他瞪陳鷹一眼，陳鷹卻看著米熙在笑，小丫頭的表情太有意思了。

米熙點了跟陳鷹一樣的香辣牛肉麵。其實她不太能吃辣，但菜單上東西太多，她看大家很趕時間，她不好意思，就說要跟陳鷹一樣的。陳鷹說會辣，讓她再想想，她堅持，於是現在面對著一碗湯有點紅的麵，她認真聞了聞。

「用吃的，聞能飽嗎？」陳鷹遞筷子給她，看她小心翼翼又想吃快點的樣子，又想笑了，「別急，還有時間。」

米熙點頭，真的很辣，不過還算能接受。吸了吸鼻子，有點擔心自己辣出鼻水失態。

陳鷹掏面紙給她，「這裡有湯匙。」臉都要埋碗裡去了，從前他們將軍府裡是用臉吃麵的？

米熙手忙腳亂，以前家裡吃飯從不會用這種大碗公，都是小碗盛好，丫頭在旁邊伺候。她吃了一會兒，偷眼看看周圍，自己沒失態吧？

看看劉美芬，她正悄悄看陳鷹，沒空管她失不失態。再看吳浩，他正在看劉美芬，也沒管她失不失態。再看陳鷹，他正忙著偷偷加辣椒。等一下，這是往她碗裡偷加呢，她就說怎麼會越吃越辣？

用面紙捂著鼻子揉了揉，米熙瞪了陳鷹一眼。陳鷹哈哈大笑，「妳終於發現了，太遲鈍了！」

米熙完全不知道偷偷在人家碗裡加辣椒哪裡好笑，不過小女子寬宏大量，原諒叔了。原來劉姊看叔是因為叔在做壞事，原來吳叔看劉姊是因為劉姊發現了叔在做壞事。

寬宏大量的米熙在心裡嘆口氣，一桌子只有她認真在吃麵，他們這樣不好。

下午陳鷹去樓上開會，會議上的氣氛不太好。凌熙然的破事解決不了，太子爺居然又說因為電影操作的關係，要給羅雅琴做形象包裝，計畫是從現在開始直到電影上映半年內，這其實是要簽下羅雅琴的宣傳約。

這種事完全是吃力不討好，經紀企宣那邊沒有想法能怎麼做，吳浩沒發表意見，他上午剛過來吵完一架，現在沒頭緒的事他暫時低調。

「這事我們的利益在哪？」

「電影預算裡會有宣傳費用。」陳鷹答。

問這問題的企宣部經理頓時閉嘴，廢話，是有宣傳費用，可他們這公司又不是影視宣傳用的，他們做的是藝人，不稀罕賺一點點宣傳費。羅雅琴六十出頭了，對他們來說沒有價值。

「很多人都說羅雅琴很難搞。」所以她消失了很多年，沒有經紀人，沒有接演藝界的任何工作。換言之，就算他們願意屈就，人家也未必領情。

「讓她配合是我的工作，讓她光鮮亮麗在各大媒體曝光，直到電影宣傳跟上，是你們要做的，別跟我說做不到。」陳鷹語氣強硬，他的做派大家都知道，沒人敢有異議，起碼在面上。

那電影的事其實大家有聽到風聲，上頭在鬥爭，他們下面的人把事做好就好。

「Lisa，這事妳牽頭。羅雅琴的資料妳有，再調查這些年她的動向，看有沒有什麼補充的，她所有的負面消息報導我都要知道。能怎麼做，明天給我一份初步評估報告，我週三要見她，會

跟她談想法。我負責搞定她，簽合約，妳跟吳浩就接手。她一旦復出，舊帳會被翻出來，必須提前有應對計畫。所有的事，到時候你們跟她開會後再做詳細規畫。」

Lisa點點頭，吸了一口氣。她只是個組長，這場仗若不敗，她就能借太子爺的手上位。就算敗，也是所有人的預期之內，她不算丟臉。可企宣部經理黑著臉，他手上還有凌熙然的爛事，他不想接這事，但事情跳過他直接給下面的人做主，他也不爽。

吳浩撇撇嘴，知道自己已經被委以重任。Lisa職位低，最後執行起來不可能陳鷹事事批示，所以實際那個牽頭人是他吳浩，看來真的是洗牌的前奏了。

散會前，企宣經理問陳鷹，對凌熙然是不是有什麼打算？陳鷹搖頭，凌熙然不關他的事，他只是會擔心羅雅琴拿這個來問他「你們自己的藝人都沒做好，又怎麼能行銷我」這種問題。

「聽說今天二少帶了個很有潛力的女生來。」其實這是總監讓他代問的，他們好摸一摸老闆心思，看看公司是不是有新人人選了。

很有潛力？陳鷹又搖頭，「她不是。」一想到米熙那臉蛋，漂亮得不是有潛力，那叫有實力。只是那小古板，穿得密不透風，叫聲美人都不行。想起中午吃飯時的情形，他忍不住笑了笑，看了吳浩一眼，這傢伙還說什麼親愛的，米熙根本不懂。

吳浩被他看這一眼，頓時心裡發毛。老大，你這麼帥氣曖昧的笑容投射過來會出大事的，看看大夥兒的眼神，你要注意形象啊！

陳鷹根本不注意，帶著一臉溫柔的笑意走了。

吳浩也趕緊走人。有權有勢的男人笑亂一池春水，他泡在裡頭不合適。

從樓梯往下走，在廣告公司那層樓道口看到陳鷹靠著扶手在抽菸，他過去討了一根。陳鷹沒

在笑了，嚴肅地在想事。「時機不對。」他忽然說。

吳浩過了過腦子，明白過來。「王兵那事？現在好幾件事擠一起，你要炒出效果踢走他確實時機不對，熬到時機成熟恐怕來不及，合約會飛。」他想了想，「要不，你先簽約，後面再對他動手。」

陳鷹不說話，仰頭吐口煙。他大爺的，他就是不服這口氣！

但是這合約很重要，越來越重要了。

深夜，陳鷹坐在家裡的書房時還是在思索這幾件事，米熙在門口探頭。

「怎麼了？」陳鷹問。明明今晚的「餵水計畫表」裡的水他喝過了。

「很晚了。」米熙很認真。

「嗯，然後？」他腦子沒轉過彎來。他沒答應她什麼事，然後沒做吧？

「該睡了，明天要上班。」米熙顰著小眉頭提醒他。

陳鷹呆了呆，不是吧，他沒跟媽一起住啊！

米熙有些局促。她好像多管閒事了。「那我先睡了。」趕緊溜，下回叔的事她要忍住不去管。

陳鷹繼續呆了呆，這跑得也太快了，怎麼也不堅持一下呢？

他踱到米熙房門口，對裡面喊：「好了，我去睡了。」喊完就走，心道，真是小管家婆！

走了幾步，聽到身後有門開的動靜，轉過身來，看見米熙從她房間探出腦袋，眼睛笑得彎彎的，看起來很高興。

「晚安。」

「嗯，晚安。」陳鷹應了，看著她喜孜孜地又縮回去，關上房門。

屋子裡安靜下來，陳鷹忽然覺得不是那麼累了，其實當家長也挺好的。

第二天，米熙又跟著陳鷹去上班。她在那個環境不那麼緊張了，自在了許多。昨天她不太敢走出陳鷹的辦公室區域，今天她走過公共辦公區時，腳步敢放慢些了，也敢偷偷看大家在做什麼，覺得大家都和善親切許多。對她微笑的人多了，她也敢壯著膽子回個微笑。

這天陳鷹比昨天還忙，忙得午飯都沒法出去吃，米熙陪著他一起吃外賣。晚上陳鷹加班，忙羅雅琴那部電影的事，一直忙到晚上十點多才下班。晚餐又是吃外賣，他在會議室跟同事一起吃，米熙則是交給呂雅照顧，她在小會客室自己吃。當陳鷹終於可以下班時，看到米熙在小會客室直挺挺地坐著，小腦袋像雞啄米一樣地在打瞌睡。

陳鷹摸摸她的頭，她猛地驚醒，「你回來了，我沒睡著！」生怕自己沒撐住被嫌棄，以後又被放回家裡自己待著。

陳鷹沒拆穿她，他也累了，帶娃回家。

路上聲稱不累沒睡著的米熙又呼呼地睡著了。陳鷹開著車子多轉了兩圈，讓她多睡十分鐘。他知道他不是合格的家長，不過等他忙過這段時間應該就好了。不過，他雖然忙了些，但好歹沒讓米熙餓著凍著，沒讓她孤單。等家教來幫她上課，她就會充實些了。再等相親交了男朋友，就更充實了。到時候他功成身退，希望小傢伙有良心，不會忘了他這個叔。

第二天一早，米熙很高興，因為一到公司就收到了禮物。陳非叔叔答應的悠遊卡送來了，米熙有了屬於自己的第一張「銀票卡」，頓時抬頭挺胸，拿在手上就捨不得放，把其他人逗笑了。

呂雅教米熙怎麼用悠遊卡，米熙滿心期待，躍躍欲試，可是她不能單獨行動，而現在是上班時間，沒人能陪她去。米熙在心裡大大嘆一口氣，真想拖陳鷹叔叔去搭公車遛達。她能請客了，感覺真是太好了。

陳鷹這天卻是不怎麼順利，他約羅雅琴下午三點見面，呂雅提前打電話去做最後確認，但羅雅琴一直沒接電話。一整個上午過去，都沒聯絡到人。

陳鷹覺得事情不妙，他親自打電話，羅雅琴也沒接。五分鐘後，他卻接到了陳遠清的來電。

「剛才羅雅琴打電話給我，說她不想跟領域合作這部電影了。」陳遠清丟下了一枚重磅炸彈。陳鷹二話不說，上樓去了陳遠清的辦公室。

「剛才是指什麼時候？」

「她剛掛掉我就打給你了。」所以剛才真的就是剛才。

陳鷹有些茫然，「怎麼回事？」那羅雅琴是因為看到他的來電知道躲不過去了，所以乾脆跟陳遠清挑明？可是為什麼？這事明明是她比較急切，她是弱勢，她求著他們才對。

「我問了，她說覺得沒信心，不想做了。」陳遠清臉色也很難看，覺得像被打了一巴掌，而且還是自己把臉送上去的。

陳鷹來回走幾步，仍是不能理解，「耍我們嗎？」

「她拿劇本來的時候，我們談了快四個小時。她的創作理念、她的經歷、她的決心，她確實很想做。」陳遠清是老江湖了，自認不會看錯，不然他也不會費勁斡旋，最後卻被人甩了。

「我不接受。」陳鷹站定，「我不接受這種理由。沒信心是什麼意思？」

陳鷹現在一肚子的火，他上上下下壓著員工辛苦這兩天，就是為了今天準備的，她說沒信心？信心是個什麼狗屎？他陳鷹拿什麼臉去面對下面的人。

陳遠清也不能接受，「先別急，我找她再談談。」

「不，我找她談！」陳鷹語氣堅決，「她的沒信心是對自己沒信心，還是對我沒信心？你把我推到台前，她就忽然沒信心了？如果是她自己沒信心，那我給她信心，如果是對我沒信心，那我更有必要糾正她的錯誤觀念。」

陳遠清沉吟，這事很棘手，他還是覺得該自己出馬。羅雅琴怎麼都是前輩，也許不會買陳鷹這後生小輩的帳，就算他是自己的兒子。也許就是這步出錯，他低估了羅雅琴的自尊心，擔心她不受控，便擺出一副陳鷹會做主他不管的樣子，結果羅雅琴想歪了。

「讓我先約她，如果她願意談，我先摸摸她的意思。如果需要你出馬，我會告訴你。」陳鷹惱火起來，甩頭走了。

陳遠清打電話給羅雅琴，她沒接。陳遠清嘆氣，傳了條簡訊給她，說如果她有什麼困難就告訴他，可是羅雅琴沒有任何回覆。陳遠清心裡也很氣，他是好心還她人情，她卻擺了他一道。如今他仁至義盡，不會再有下次。

陳鷹大步走出陳遠清的辦公室，路過另一側辦公區時，李董從他的辦公室出來，看到陳鷹的臉色，對他一笑，「怎麼，二少，心情不好嗎？」

陳鷹咧嘴回他一笑，「好得很，謝謝李叔。」

兩個人擦身而過，臉上的笑容都消失。

陳鷹回到自己的辦公室，黑著張臉，吩咐呂雅不要轉電話進來，然後把自己關在辦公室裡，點著了一根菸。他需要思考，又需要放鬆腦子。這裡面有問題，而他要解決掉。

過了好一會兒，內線響了，陳鷹惱火地按通了罵：「不是說了別打擾嗎？」

「呃……我是想問，老闆你的中餐要吃什麼。」

陳鷹直接按斷，要是想吃什麼，他會再告訴她。不過這也提醒了他，他看了看錶，居然快一點了。他撥通內線，問呂雅：「米熙呢，有買飯給她吃嗎？」

呂雅壓低了聲音：「你進辦公室後，她就趴在你門口了。」

陳鷹皺了眉，那笨蛋又幹麼？他放下電話，快步走到門口拉開了門。

米熙抱著腿蹲在地上，耳朵貼在門板上，聽到聲音沒來得及躲，只及時穩住了身子沒栽倒。她抬起頭來，圓圓的眼睛滿是無辜和擔心，「用膳嗎？」

陳鷹低頭看著她的表情，又好氣又好笑。

「不高興，不想吃。」

米熙悄悄抿嘴，那怎麼辦？

「怎麼辦？」陳鷹問她。

米熙使勁想啊想，好半天擠出一句：「那……叔叔可想坐公車散心去？我請客。」

陳鷹沒說話，盯著她看。

米熙被盯得很緊張，還偷偷咬唇。

公車！陳鷹終於放鬆了嘴角，忍不住笑了。公車？這是怎麼想出來的？

「好。」他答。

米熙倏地精神一振，趕緊站起來，摸出她的寶貝「銀票悠遊卡」顯擺，「你看。」他上午太忙，沒來得及多看兩眼她的卡，她有些遺憾，「我能請客。」

「嗯。」陳鷹點頭，「那帶我去吧。」出去走走也好，反正下午的約會沒了。

米熙喜得眼睛笑成縫，趕緊衝回會客室背她的包包和手機。她現在也是有概念的，出門要背

包，手機錢包不能少。雖然她的錢包比錢包裡的錢貴多了，但好歹有鈔票零錢防身，能買吃的能坐車，這些都是陳鷹給她的。

米熙領著陳鷹出門，在去公車站之前說：「要不，先吃飯吧？」

「行。」陳鷹一口答應，看見米熙臉上的小得意，又忍不住笑了。先訂一個目標，在達成這個目標前順手完成另一個，很好，這娃不笨！

陳鷹帶著米熙走得稍遠些，去了一家高級日式餐廳。心情不好，要吃些貴的好吃的調劑一下。米熙沒吃過日式料理，看著那些精緻小盤小菜很有興趣，可壽司擺上來後她擻了眉頭。這是什麼？生的？等到生魚片船上桌，她睜大了眼睛，這種東西要怎麼吃？

陳鷹臉上一直掛著笑，看她臉上的表情幾秒換一個，太好笑了。

「生的。」米熙現在很猶豫這些怎麼放進嘴裡。陳鷹已經開始吃了，他示範給她看，倒醬油調匀芥末，夾個壽司沾一沾，放進嘴裡。然後他微瞇了眼，做了個太好吃的表情。

真的好吃？米熙看著，眉頭擠成一團，相當懷疑。

「快吃。」陳鷹催促她。米熙猶豫地照著學，塞下一大口壽司，結果進了嘴就僵住了。

「唔……」米熙瞪大眼睛，捂著嘴，拚命嗽嗽，一股辣勁直衝頭頂。沒聽說這裡面有毒啊！那快要壯烈犧牲的樣子把陳鷹嚇了一跳，他手忙腳亂找餐巾紙給她，「吐出來，吐出來！」

來不及了，鼻涕出來了，一臉淚。

米熙搶過好幾張餐巾紙，恨不得把臉全包住。那口壽司吐了出來，可是辛辣的味道還在嘴裡。鼻涕拚命擦，眼淚一直流，好半天才緩過勁來。她覺得非常尷尬，半張桌子全是她用過的餐巾紙，還包著一個她吐的飯，太丟臉了。

陳鷹哈哈大笑，笑到肚子痛。米熙兩眼紅紅地震驚看他，怎麼可以笑話她呢？她這樣，陳鷹更想笑，笑到她都要哭了，他才勉強忍住，「好了，不笑了，我也不是故意要笑的。」

米熙頭低低的，聲音悶悶的，「都笑完了。」

陳鷹用力咳，冤枉啊，他明明把後半段憋回去了！

米熙的小手摳著桌角，聲音裡全是委屈：「頭回用膳時如此失儀。」

嗯，陳鷹心想，真讓人高興！

「要說吃飯能吃哭了，說與我爹娘弟妹聽，他們定是不能信的。」米熙還在發牢騷，那聲音哀怨得……陳鷹想笑，可是不能笑，憋得很辛苦。

包廂裡安靜了好一會兒，米熙的臉還是沒抬起來。

陳鷹叫來服務生，點了一碗拉麵，「好了，不許喪氣了，就是吃到芥末而已，下回注意點就是。那東西辣，少沾點就行。」

米熙猛搖頭，「再不吃了。」

「好。」她不吃他就自己吃。陳鷹一點也不介意，沒口福的小丫頭！

陳鷹看著米熙垂著頭的樣子，還是很想笑。他用手機悄悄記錄，五月十五日，米熙吃芥末，犧牲了一回。

從餐廳裡出來，陳鷹的心情好了許多。他跟著米熙去坐公車，看到她刷卡成功時兩眼發光的樣子，彎了嘴角。公車上人不多，陳鷹與米熙一人一個座位，她趴在車窗上好奇地看著路邊的景況，而他安靜坐著，想著羅雅琴的事。他不會這樣就認輸，他會解決這個問題。

感覺到旁邊有人看他，陳鷹轉頭，那是米熙的目光。她關心他，眼睛裡全是關切。

「我沒事。」他說。這種話他很少說，因為沒必要說。米熙眨眨眼睛，對他笑了笑，然後再轉頭過去繼續看風景。他伸手摸摸她的頭，她又回頭看他一眼，然後繼續看風景。

陳鷹舒了口氣，伸長了腿，身體隨著公車的搖晃放鬆著，坐公車原來真的可以散心。

回程的時候，陳鷹已經想好要怎麼做，有心情想跟米熙聊幾句，卻發現她正偷偷看他斜後方。陳鷹轉身過去，捉住到一個年輕男孩的目光。居然偷看他家米熙，陳鷹頓時不悅。

「陳、陳總。」那男孩被捉個正著，有些緊張，結結巴巴地打招呼。

陳鷹皺了眉頭，是他們領域的？哪家公司？

「你是誰？」陳鷹問他。

「他是劉姊那組的習實生。」米熙小小聲提醒他。

「實習生，不是習實生。」陳鷹糾正她。米熙不好意思地抿嘴笑笑，好吧，反正實習生和習實生是什麼她也搞不明白，就知道是在公司上班的，但是陳鷹叔不認得自己手下的人，真丟人。

「我叫魏揚。」那男生漲紅了臉，偷偷再看一眼米熙的笑臉。從來沒有跟傳說中的二少這麼接近過，還是坐同一輛公車。

二少坐公車！

坐公車的陳二少現在正嚴肅地上下打量著他。

魏揚趕緊說：「今天國際展覽中心那邊有活動，我去幫忙，現在送證回來。呃，就是冰姊她們的工作證，明天她們……呃……」魏揚說著說著閉了嘴。陳鷹的表情告訴他，這些瑣事他沒興趣。魏揚很緊張，怕老闆誤會他上班摸魚偷跑出來玩，他只是想表示他是為公司辦事才出來的。

陳鷹「嗯」了一聲，沒說話，把頭轉回去。沒再被盯著，這讓魏揚舒了口氣，他忍不住又偷

看米熙。這女生真是漂亮，長長的頭髮，大大的眼睛，氣質很特別，跟其他女生都不一樣。他在公司遠遠見過她幾次，沒有說過話。

這時候的米熙在說話，魏揚忍不住認真聽。她小聲問陳鷹什麼是展覽中心。她的聲音很好聽，不過二少的態度有點冷淡，他沒認真答，說以後有機會妳就知道了。魏揚想代答，跟米熙說話，可惜他不敢。米熙又問陳鷹，路邊一個招牌上的字是什麼，陳鷹趁機笑話她字醜。米熙說她只是拿不慣這裡的筆，要是用毛筆，她的字寫得也是不錯的。

魏揚悄悄聽著她的話，跟著她的話題一起看車窗外，然後轉頭，發現老闆又看了他一眼。魏揚低下頭，覺得自己的心怦怦跳。跟老闆同一輛公車壓力真大，魏揚決定對這次偶遇保密。耳邊聽到那個好聽的女生聲音說：「我在公司見過他，我認人記性很不錯。」

她認得他？魏揚的心又怦怦跳，臉有些發熱。

八百年坐一回公車遇到公司職員的事，陳鷹沒有放在心上。他回到公司就打電話給羅雅琴，羅雅琴沒有接。陳鷹不氣餒，一邊工作一邊打電話，但羅雅琴始終回應。

到了隔天，陳遠清把陳鷹叫上去開父子會。他說李董那邊有問羅雅琴那事進展如何，陳遠清答交給陳鷹辦了，但陳遠清心裡知道事情遲早要有個交代，他問陳鷹是怎麼想的。他告訴陳鷹自己昨天跟羅雅琴聯繫了，但羅雅琴並沒有接電話，陳遠清覺得很沒面子，也覺得這事到了這步，沒什麼做下去的意思。

陳鷹沒說太多，「給我一個星期，之後我才好說究竟結果是怎樣。」

從陳遠清的辦公室下來，陳鷹又打電話給羅雅琴。呂雅有問是否需要她來聯絡，陳鷹拒絕了。

Kevin進來報告，他與永凱秦文易那邊的祕書側面打聽了一下，王兵與秦文易有遠房親戚的

關係，說近不近，說遠不遠，也是秦文易一步步提拔上來的。公司裡曾經有王兵挪用公款的傳聞，不過後來錢對上了，秦文易就沒再往下追查。陳鷹明白了，即是說，只要王兵沒有真正犯下挽不回的大錯，能補救回來，秦文易也不會太給他難看。

陳鷹看著郵箱裡吳浩剛發來的王兵的資料，他有醜聞，收賄、女色，可惜這些他暫時不能用。凌熙然的事現在越鬧越大，有點超出領域的預期，現階段陳鷹不能再讓領域兩個字跟任何麻煩沾上邊，要收拾這人，得等這陣風頭過去，可那份合約不能等。

陳鷹很不痛快，他還是無法說服自己低頭，他不想跟王兵簽約。陳鷹再撥了一次羅雅琴的電話，她仍然沒有接。陳鷹撇撇嘴，把手機丟到辦公桌上，大背椅一轉，面朝著窗外。藍天白雲，視野廣闊，可惜他做什麼事都不順。

「米熙。」陳鷹對辦公室外面大喊一聲。什麼都不順，找娃鬧一鬧，調劑一下心情。

米熙飛快地在辦公室門口出現，「怎麼了？」

「我今天的八杯水計畫喝到哪裡了？」

米熙眼睛一亮，對「餵水計畫」忽然得到重視很高興，「我去倒。」

陳鷹看著她砰砰地跑掉了，心裡盤算著等她倒水回來就考她算術，要不，玩玩找錢遊戲也行。呃……不知道讓她捶捶肩行不行，都來這世界好多天了，她應該知道這是長輩認真嚴肅的要求，不算調戲吧？

米熙興高采烈地去了茶水間，卻遇到了魏揚。她眨了眨眼，對他禮貌地笑了笑。

「妳好。」魏揚有些緊張。

「你好。」米熙應了。她要拿的裝枸杞的小罐子放在魏揚身後的櫃子裡，男女授受不親，她不想擠過去，在等魏揚倒完了水走開。

「那個……那邊的茶水間熱水沒燒開，我就到這邊來倒。」魏揚解釋著。

米熙點點頭，沒在意。這邊的茶水間雖然是為陳鷹叔叔辦公區設的，但他並沒有限制別的員工不可以來，所以偶爾她也會遇到那邊水沒開或是咖啡壺沒咖啡了跑過來的員工。

「我叫魏揚。」魏揚又說。

米熙笑了，「我知道啊，我們昨天在公車上遇到過。」這人的記憶真差，「我叫米熙。」陳鷹叔說過在這裡男女互通姓名是平常事，她有努力在適應。

「米熙，妳好。」魏揚拿著杯子，實在是再想不出什麼可以說的話了，而且他在這茶水間裡待太久了，也怕別人說他，「那我先去忙了。」

「好的。」米熙笑咪咪地盯著他身後的櫃子看，她要趕緊給泡菊花枸杞茶陳鷹叔叔呢！

「再見。」魏揚拿著杯子走出去，到門口轉頭看了米熙一眼，她正伸手開櫃子拿東西，踮著腳，仰著頭，烏黑的長直髮在腰背上垂晃著。魏揚看了看，走了。

米熙泡好茶，拿到陳鷹辦公室放下，然後在一旁站著，等著陳鷹喝上一口表達意見。通常他會誇好喝，或者對她說謝謝，她再出去繼續忙她的認字功課。

陳鷹喝了一口正微笑，還沒開口說話，手機響了。他拿起一看，是秦文易。

陳鷹揚揚眉，對米熙揮了揮手。米熙知道是讓她走的意思，她退了出去，幫陳鷹關上門，心想，這一定是非常重要的電話。

其實秦文易在電話裡沒說什麼，只是約陳鷹週六一起去打高爾夫球。陳鷹知道這是秦文易的禮數，他送他名酒，他還他一個臺階，而真正的重點，是見了面之後的話題。如果他再不識相

點，是不是這合約就沒了？

陳鷹掛電話之後想了一會兒，又撥了個電話給羅雅琴，她仍然沒接。

老人家真是沉得住氣，陳鷹有些失笑，換了別人怎麼都會回個電話罵幾句說「不合作就是不合作，不要再騷擾我」，或者直接掛斷，可是她都沒這麼做，這表示什麼？

陳鷹覺得這件事仍有希望，只是他還需要多一些耐心。

快下班的時候，呂雅拿了幾份家教的資料和課程表給陳鷹過目。這是她篩選出來的家教人選以及初步排定的時間。國語、數學、歷史、地理、生物、物理等學科，全是教常識和基礎課程。時間安排也很細心地頭兩週全是國語和數學，後面才加上別的科目。

陳鷹點頭同意，「下週一開始上課吧，老師來之前我見一見。讓他們不要教得太難太深，米熙不考試，只是讓她掌握生活技能，跟別人能對得上話，能理解世事就好。」

呂雅應下，出去通知家教們。陳鷹看向旁邊一臉興奮的米熙，「下週開始上課，怎麼樣？」

米熙用力點頭，「我一定好好聽夫子的。」

「老師。」

「我一定好好聽老師的。」

「嗯。」陳鷹滿意，孩子乖就是好帶，「妳過來。」

「做甚？」雖然問，但米熙還是乖乖站過去了。

「做什麼。」

「我什麼都沒做。」

「我是說，該問做什麼。」

「哦。」不過不用問了，她已經知道叔叔要幹麼了，他又摸她腦袋了。

米熙撇了小眉頭，忍不住皺了臉，忍著不跑。

「做什麼？」

「不用問了，我知道了。」

「是我問妳。」陳鷹沒好氣，伸指彈她額頭。摸摸頭就給他臉色看？

「我什麼也沒做啊！」她就是憋氣忍著沒動而已。

「哼哼。」陳鷹忽然想到，「週六我有事出門，妳到妳陳非叔叔那裡待一天怎麼樣？我辦完事回來就去接妳。」

米熙頓時僵住，「我可以自己在家裡看電視做功課。」

「會沒飯吃。」

「我可以吃麵包，我還會叫外賣了。」米熙不想被送走。雖然她覺得陳鷹不會丟下她不管，夫子都幫她找好了，可是被送走的感覺很不好，她下意識地抗拒。

「陳非叔叔不是外人。」

米熙沒說話，不外也沒內到哪兒去呀！

「他還送妳悠遊卡呢！」

這倒是，陳非叔叔對她很好。

「妳要多交朋友，跟不同的人接觸，學會跟人聊天。妳還記得妳到這裡來是要做什麼的嗎？」

米熙想了想，「不用自己待在家裡，能見到別的人，還能泡咖啡泡茶給叔叔。」

陳鷹換個坐姿，「我是說……來這個世界。」

「哦，那就是綁上紅線，找個好姻緣。」

「對，所以妳要多跟人接觸，要結交朋友，要學會看人。這樣等叔叔們幫妳介紹男朋友時，妳才能準備好，對吧？」

「男朋友是未來相公的意思嗎？」

「對。」陳鷹答完又覺得哪裡不對。男朋友是未來相公嗎？是就是吧。似乎有些是，所以這麼理解應該也不算錯。

「那我去陳非叔叔那裡要做什麼呢？」

「想做什麼就做什麼。」這答了跟沒答一樣。

「好吧。」米熙答應了。看來陳鷹叔叔也不知道能做什麼，她不該為難他。她可以自己解決「要做什麼」的問題，跟陳非叔叔好好相處。

稍晚，陳鷹打電話給陳非，通知他週六一早他把米熙送到他家去。陳非掙扎無效，就這麼定了。陳鷹很滿意，現在他所有的事情裡，只有米熙的事是順利的。

晚上，米熙在練認字寫字，陳鷹在看財經節目。節目結束時，他隨手又撥了羅雅琴的電話。

「喂。」

這次居然有人接了。

「羅姨妳好，我是陳鷹。」雖然驚訝，但陳鷹還是很快冷靜下來。

「我知道，你打了很多次電話。」

「是的。」

「《戲》那個劇本，我決定不合作了，已經跟你爸爸說了。」

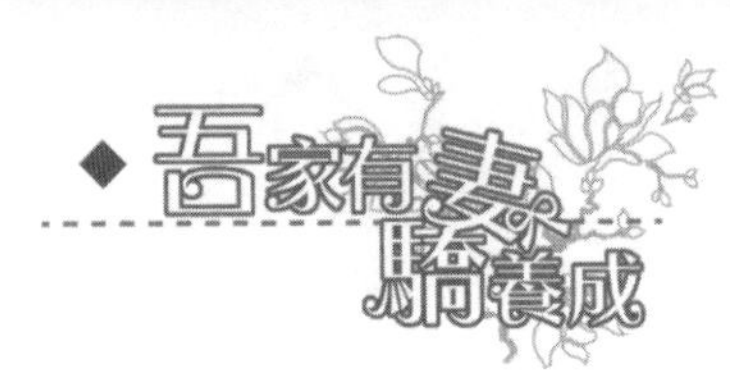

「他告訴我了。」

「那你還有什麼事呢？」

陳鷹靜默兩秒，然後說：「我想跟羅姨討論信心這件事。」他聽到電話那邊輕笑聲，聽不清情緒。是冷是暖是嘲是喜，他完全沒底。那輕笑聲過後，電話那邊一直安靜著。

陳鷹等著，他不著急。

「我接你這通電話，是因為你一直是自己打的，沒讓祕書代勞。」

「我很有誠意。」陳鷹說。

電話那頭繼續沉默。誠意跟信心是兩回事，陳鷹知道，他繼續等。

「你對我的這個劇本有什麼建議？」羅雅琴忽然問。

這回輪到陳鷹沉默，這個問題真是問得太好了，果然是老江湖。如果他沒有建議，那是不是就表示他根本沒上心好好研究過劇本？他有建議，又是不是表示他對她的劇本其實並不是百分百認同？無論有或沒有，無論建議是什麼，都容易被她反駁回來。

羅雅琴這招以退為進，還真是用得好。

「電話裡沒法長篇大論，我想最好我們可以見面聊。」陳鷹這樣答。

然後他又聽到了電話那頭的輕笑聲。一連被笑了兩次，陳鷹的情緒就不太好了，他乾脆直接說：「妳這個故事名字，我建議改掉。」

羅雅琴微愣，問：「改成什麼？」她這個劇本講人生，演藝人的人生。人生如戲，戲如人生，取的是這個意思，她不覺得能有比這個名字更能表達內涵的。

「開始。」陳鷹說了兩個字。

羅雅琴又愣了一下，開始什麼，開始要說了嗎？還是開始怎樣？等了等，陳鷹沒再說話，羅雅琴才反應過來，陳鷹的意思是劇名改成叫《開始》。

《開始》？羅雅琴忍不住又笑了。明明是想說他們這群人的結束，說他們人生的結果。開始！

羅雅琴笑不出來了，她六十三歲了，經歷過許多事，還能開始什麼？

「羅姨，妳想傳遞的是什麼，妳的觀眾就會看到什麼。」陳鷹又說。

羅雅琴久久沉默。

「同一件事，不同的人說出來有不同的效果。大雨天一個人騎車摔進泥坑，車子壞了，腿摔傷了。第一個人說這件事，痛到哭，他說結果我的車子沒了，腿還流了好多血，雨很大，我走了很遠才看到醫院，太倒楣了。第二人講這件事，他說然後我就爬起來啊，車子沒了，幸好腿沒斷，流著血還能走，我就開始走。走了很遠，他媽的太幸運了，我看到醫院了。」

羅雅琴繼續沉默，陳鷹也不再說話。

過了好一會兒，羅雅琴問：「你現在有空嗎？我們可以現在見面。」

「行。」陳鷹滿心興奮，語氣卻很平靜。

記下地址，掛掉電話，陳鷹轉身，看到米熙趴在沙發後面，忍不住嚇了一跳。難道他教育太成功了？他常常跟她強調說能躺不要坐，能坐不要站的「讓自己舒服最重要」的人生原則，但她走愛趴路線會不會怪了點？不對，這動詞是蹲。反正蹲他辦公室門口，蹲他沙發背後。

「怎麼了？」小丫頭的表情又讓人想摸她腦袋了。

「我覺得叔叔說得甚對。」

「什麼甚對？」他要去換衣服出門見人。

「就是，不要難過，總有轉機。」

「嗯。」陳鷹走進房間換衣服，大聲說：「妳小小年紀不要總想什麼難過不難過的，吃喝玩樂睡就對了，知道嗎？」

換好了衣服沒聽到米熙回答，走出來看到米熙站在客廳原地。「總歸還是要有計畫的，我好些事情是要做的呢。」其實聽陳鷹說完那些，她更有決心要好好過日了，不過現在不是說這些的時候，「叔叔要出門嗎？」

「對。」陳鷹沒帶公事包，拿了手機和車鑰匙，往大門去。換鞋之前指了指米熙，「我出門辦事，妳呢，執行吃喝玩樂睡的最後一項，知道嗎？」

「很晚了。」米熙有些擔心，她現在可是會看錶的。

「不晚，我沒事，妳別擔心。」按說現在快十點才是夜生活的開始，晚什麼晚？不對，是挺晚的了，「妳趕緊去睡覺。」

「那叔叔早點回來。」

依依惜別後，陳鷹終於上路了。哎呀，家裡有娃擔心自己的感覺挺不錯的，羅雅琴願意面對面談這事也讓人心情愉快。他就說嘛，他陳鷹不知道沒信心是什麼感覺，想養娃就能養好，想做生意就能做好。

陳鷹到了羅雅琴的住處，那是個舊公寓，沒有電梯。陳鷹從來沒有到過這地方，不過以羅雅琴的境況，住在這裡也不讓人意外。

陳鷹爬樓梯上了三樓，門敲了沒兩下，一個老婦人打開了房門。

陳鷹的母親宋林是羅雅琴的鐵桿粉絲，陳鷹從小跟著母親看過不少羅雅琴的電視劇和電影，前幾天看劇本開會時，他也看過羅雅琴的近期照片，但是現在見到本人，他也不由在心裡感嘆時光如刀，美人遲暮。

羅雅琴在等待陳鷹的時間特意打扮了一下自己，換了鮮豔的襯衫，畫了個淡妝。做這樣的事最近期還是她去見陳遠清的時候，她希望打扮起來能讓自己精神一點，談話感覺會更好一些。

羅雅琴把陳鷹請了進去，倒了水給他。見他打量著小屋，她自嘲地笑笑：「我先生死得早，他死後我什麼都不順，後來吸毒坐牢，敗光了所有的東西，最後只剩下他的這間屋子，他留給我的，還好他留了間屋子給我。」

陳鷹沒發表任何評論，兩個人對視片刻，陳鷹擺了擺手，示意女士優先。

羅雅琴笑笑，先開口：「二少這麼有誠意地聯絡我，是有意合作這部電影嗎？」

「當然。」

「二少為什麼對這部電影有興趣？」

「有眼光的人沒理由拒絕一部好電影和機會。」陳鷹說得自信滿滿，順便把自己誇了誇。

羅雅琴低頭看著面前的舊茶几，靜默了一會兒，說：「其實我知道很多人都想幫我，很多人都很好心，但他們不知道能做什麼，因為我也不知道我要做什麼。出獄後，我就一直待在這屋裡沒有出去，有時候不記得自己有沒有吃過飯。忽然有一天，我夢到我先生，他問我妳還記得嗎？那些很開心的事。我醒過來，努力回憶，想把開心的事記下來，然後我發現回憶原來也是件很奇怪的事。在回想之前，我覺得痛苦的事要比開心的事多，可是我一筆一筆記下來，原來我錯了。然後，我越寫越多，記下了很多事。」

陳鷹沒打斷她，靜靜地聽她說。

「我找了老朋友過來敘舊，我跟他們又聯絡上了，我們一起回憶，說起當年。這就是我這個劇本的由來。他們看了都說好，但他們說沒人會拍，因為買電影票的是年輕人，沒人願意去戲院看這樣的電影。」

羅雅琴頓了頓，看了陳鷹一眼，繼續說：「那天，我忽然想，我可以去找陳遠清。當年我幫過他，也許他會願意幫我一次。這裡面有許多我想珍惜記錄下來的事，我想讓它成為電影。」

「我和我爸爸都覺得這劇本值得拍成電影。」

「那為什麼是你來投資？影視公司那幾個人並不買帳，是吧？」

「對，那又怎樣呢？這世上不買帳的人多了，幹麼看他們臉色？」陳鷹揚揚眉，一臉自信，「我投資，我來做主，我能把妳的電影拍好。」

「你是能拍好這電影，還是能藉操作這個項目，名正言順在集團的影視公司裡占個高位？」

陳鷹笑了，「看來公司有人聯絡過妳，他告訴妳這事不成，別做夢嗎？我拍這部電影，自然就要在影視公司裡占個位置，不然不好拿到公司資源運作這事，這是很正常的流程。我不但要拿這電影進影視公司，我還要賺錢，還要用它拿獎，抬高我的名聲，豐富我的本錢，這也很正常，不是嗎？」

羅雅琴也笑了，這當然很正常，只是口氣太大了點，「這電影不賠錢就不錯了。」這也是她心虛的地方，她有她的自尊，她拿這事去找陳遠清就是明擺著去討人情，無論她有沒有提舊事，大家對此心知肚明。在商言商，誰願意賠錢？可是拿她這件事過橋獲取好處，而並非認真做好這電影，她又是不願意的。

「我沒有信心。」她再次說這個理由。她沒信心陳遠清的誠意有多少，她沒信心陳鷹這小輩的能力有多少，她沒信心就算陳家父子願意做這事，可是其他人都反對的情況下又能做成什麼樣。「答應」是很容易的，但是「做好」卻是另一件事，甚至做下去就沒結果了也是常有的事。還有，她對自己沒信心。她想自己主演，可她還會演戲嗎？觀眾不會喜歡她了。她越來越後悔她提出這樣大膽的要求，可若不是她演，這個故事對她就沒有任何意義。

「羅姨，妳現在的樣子，能對什麼事有信心？妳的妝化不勻，妳需要花衣服來幫妳襯臉色顯精神，但妳忘了妳現在不是在做宣傳，沒有美色可賣，太花哨的顏色會讓人分散注意力，對吸引別人認真聽妳談話不利。妳的屋子凌亂，妳不收拾，妳對生活現狀不滿意，妳連個像樣的衣櫃都沒有，我猜妳只有身上這件衣服熨過。」

羅雅琴漲紅了臉，頓覺難堪。

「妳說妳的朋友想幫妳不知道怎麼幫，其實妳很清楚，給妳錢會讓妳覺得是施捨，給妳工作妳無法勝任，所以怎麼幫？」

「所以我這個老太婆該有自知之明，認清現實了。」羅雅琴咬牙自嘲。

「現實是，妳的劇本我買了，電影我投資，今年建組開拍，明年上映，妳來主演。妳不必覺得我們父子拿妳這事占便宜，我要到影視那邊占位置用不著妳這劇本，多的是給我劇本求我拍的，我隨便拎兩個出來玩就夠了，但我一直沒這麼做。我有別的事忙，現在正好是時機，不是妳的劇本也會是別人的，沒差。妳也不用覺得妳占了便宜，我得提前說我脾氣不好，要求很高。妳必須同意簽份短期經紀宣傳約，我給妳配助理，配經紀人，妳需要做造型，需要健身，找回狀態，在妳能有模有樣之前，不能出現在公眾面前。妳出門穿什麼衣服戴什麼帽子說什麼話，都必

須聽我的。無論媒體炒作什麼報導什麼，我的人會來幫妳處理，妳不得擅自接受採訪發表言論。在商言商，我不想這片子賠錢，所以妳要做到我的要求。妳的劇本費用、演員報酬我都會按市價付，絕不壓價，但妳若違約沒有配合，我會換人，妳就只能是個編劇。」

陳鷹盯著羅雅琴一口氣說完，然後放軟了聲音：「羅姨，妳寫了個好故事，值得拍成好電影。妳是最優秀的女演員，妳應該重新開始。」

羅雅琴盯著他看，然後忽然抓了抓頭髮，站起來，來回走著。「我想抽根菸。」她說。

「給我也來一根。」陳鷹說。他的菸放車裡了。

一人一根菸，面對面吞雲吐霧起來。

「當年陳遠清來找我的時候，我根本看不上那個劇本，價也低。」羅雅琴說。

陳鷹哈哈笑，「我爸有時候就是很有狗屎運，要不，怎麼生了我？」

羅雅琴也哈哈笑：「他特別狡猾，他知道我那時跟我先生熱戀中，他說他想娶的女生特別喜歡我，所以他想請我演，太他媽聰明了。我一時腦子發熱，心想這男人真浪漫真深情，就答應了。」

陳鷹大笑，用狡猾來形容他爸真的一點都沒錯。羅雅琴吐口煙，又說：「我那時答應得好啊，看看，誰知道三十年後會發生什麼。」再吸一口菸，看著陳鷹，「《開始》這名字很好，你說的對。」

「若沒有做好準備，我怎麼會浪費時間打幾十通電話？」陳鷹對別人的誇獎沒有不好意思。

「那你跟我說說，我的劇本你具體有什麼建議。」羅雅琴坐直了。現在不是在電話裡，他們面對面，有的是時間長篇大論。

陳鷹開始說了，他覺得勝券在握。

等陳鷹回到家時已經凌晨四點多。他腦子很興奮，一點都不睏，很沒公德心地吹著響亮的口哨坐電梯，走到家門口才想起這樣不好，很擾民。輕手輕腳開鎖進了家門，他倒在沙發上，用手機發郵件給Kevin，讓他明天一早上班就把羅雅琴的合約快遞給她過目。

剛點了發送，眼角餘光看到白衣黑長髮的影子飄過。

「米熙！」陳鷹大喝一聲，這娃真是，嚇誰呢！把她錯認成鬼沒關係，認回來了還能摸摸頭，要是他習慣了，換個環境，把鬼錯認成她摸了頭，那才糟糕。

「你歸家甚晚。」米熙一直睡不安穩，聽到點動靜就趕緊爬起來了。看陳鷹那表情，心情似乎很不錯。

「米熙。」

「嗯。」白衣黑長髮向陳鷹靠近。

「我很高興，想慶祝慶祝。」

「叔叔不睡覺嗎？」

「不睏。」

「叔叔想如何慶祝？」米熙認真幫他想。

陳鷹也在想，應該來瓶酒，可是米熙未成年，能陪他喝嗎？而且跟米熙喝酒不過癮，不能抽菸說粗話。呃……這時候打電話給吳浩讓他過來不過分吧？

「要不……」米熙猶豫著要出主意。

「妳說。」

「我陪叔叔去跑步吧。」她會做的太有限了。一起打拳過招應該更過癮，不過叔叔不行。電視上說了跑步健身，那跑跑步也不錯。

陳鷹叔默然，他是被一個小丫頭片子歧視了嗎？

可陳鷹不知道自己中了什麼邪，真的換了衣服穿上跑鞋跟米熙去跑步了。

黑漆漆的街道，天沒有亮，路上幾乎沒人沒車，他跟米熙像兩個瘋子一樣跑著。事實上，陳鷹感覺自己更像瘋子，因為他拚了老命了。米熙跑得那個快，那個瀟灑，那個身輕如燕。媽的，開跑之前他有沒有警告過她不可以不尊老？他都沒有問過她是不是會什麼狗屁輕功之類的。如果她會，他要告訴她用輕功跟他一起跑步是可恥的，是作弊。

兩人跑啊跑，跑了幾條街，陳鷹快撐不住，正想不管面子叫停時，米熙停下了。

她站在河邊，轉身望向他，臉上是大大的笑容，在暖黃色路燈的映照下，美得出奇。她因為奔跑兩頰紅豔，泛著薄汗，微張著嘴喘氣，兩隻眼睛閃閃發亮。她對他大聲笑著，問他：「陳鷹，你累嗎？」

「不累！」回答之前，陳鷹暗自喘了好幾口氣平復氣息。哼，他體力完全沒問題，只是一時沒適應而已。他用手擦了擦臉上的汗，沒想到會跑那麼遠，忘了帶毛巾。

米熙大笑，長髮隨她轉頭時晃出一道弧線，然後嘆了口氣，「如此甚是歡喜。」她說。

陳鷹忍住敲她腦袋警告她下次要跑慢一點的衝動。米熙搖頭晃腦自己樂，忽然小聲道：「從前在家鄉時，我從未幹過如此出格的事呢！」

「什麼事？」

「出來瘋跑啊！失儀失禮，太出格了。」

「哦。」陳鷹應一聲，這有什麼出格的，愛跑就跑唄，不失禮，只是神經病。

米熙微瞇了眼睛，感覺風撫在臉上，非常舒服，「陳鷹，我有沒有告訴過你，從前家裡為我訂了一門親，結果最後那家公子跟府中丫環私奔了。」

說過吧？陳鷹沒說話，這話題不好接啊！

「是他母親房中的丫環，說是早發現他們互相有些情意，只是家中絕不會答應，通房丫頭都不成。那府上夫人要在我進門前，將那丫環許了人送走，斷了那公子的念想，結果……」米熙對著天上的星星眨了眨眼睛，「結果，他們就私奔了。」

陳鷹忍不住仔細看著她表情，難道她很愛那公子？

米熙沒看他，繼續說：「在我家鄉，這種事可是奇恥大辱，何況我們兩家都是權貴官家。聽說他家裡派了人去緝拿他們，若是捉了回來，要治罪的。我爹非常生氣，去鬧了一場，討要說法，我娘抱著我哭。後來大家都不敢提這事，委實丟臉。我爹那段日子臉一直是黑的，我娘和家中人都不敢出門，說是懼人指指點點。」

嗯，他能想像。陳鷹點點頭，不知道怎麼安慰她。過去就過去了，小小年紀糾結這些做什麼？

「我一直循規蹈矩，半點出格的事都沒做過。其實，我希望他們不要被抓到，他走這一步，想必也是鼓足了勇氣的。」

「那最後被抓回來了嗎？」

「至我死時應該還未有。」

「哦，那妳就別替人家擔心了。」忍住，不要戳她的眉頭。

「陳鷹，我告訴你一個祕密。」

哎呀，小女生的祕密啊！陳鷹的心停跳半拍。米熙咬著唇，一臉不好意思，聲音還小小的，應該是很刺激的秘密吧。陳鷹平復一下心情，清清喉嚨，也小聲回她：「妳說吧。」

「我、我……」米熙開口，似乎更不好意思了，頓了一頓，還是說了，「我在家鄉時，其實做過一件出格的事。」

「嗯。」陳鷹點點頭，不是才說自己循規蹈矩嗎？是有多出格，他好期待。

「我曾經……喜歡過爹爹的一個侍衛。」

「……」那是約私奔了？還是偷吃禁果了？陳鷹沒吱聲，只心想小丫頭膽子還真大，難怪她不想那對私奔的被抓回來。

「這事誰也不知道，他也不知道，我就偷偷藏在心裡了。」

等等，什麼也沒幹，就是暗戀了一下，叫出格？好吧，陳鷹決定收回剛才的想法，她的膽子一點都不大，膽子太小。

「後來家裡一直為我說親，我知道這樣喜歡他是不對的，便不敢再多想了。」

嗯，看來還是為期不長的夭折暗戀，這算個屁出格啊？可小丫頭居然還覺得自己很英勇？

「妳喜歡他什麼？」不過，他倒是可以根據她的喜好幫她物色人選。

「他很細心，辦事妥妥當當，對爹爹忠心耿耿。」

「……」姑娘，妳能再出息些嗎？

陳鷹無語。好吧，他得記得跟另兩位叔叔說說，男生要溫柔細心體貼。

「夜裡頭出來瘋跑，是我做過最出格的事了。」米熙看著陳鷹，「原來如此甚是讓人歡喜。」

「嗯，不過妳用不著跟人私奔，知道嗎？喜歡誰就跟我說，我來幫妳搞定。」

米熙紅了臉，抿著嘴偷偷笑，樣子又害羞又可愛。陳鷹摸摸她的頭。膽子這麼小，暗戀就覺得很了不起了，他想像不到她在這裡談起戀愛來會是什麼樣。剛要開口跟她說話，忽聽得身後有幾聲口哨，伴著起鬨調笑的吵鬧。

陳鷹身體僵了僵，戒備地轉過頭來，看個幾個小混混叼著菸拿著酒瓶正朝這邊晃過來。

「哎喲，好浪漫啊，黑燈瞎火的！」

「哇哇，大叔，你好帥！」一片哄笑聲。

陳鷹不動聲色地往米熙身前站，想把她擋在身後，同時認真掃了一眼。對方六個人，看著都不到二十歲。他們走近了，飄過來一股酒味。

「好漂亮的妞！」有人大叫，其他人也開始怪叫。陳鷹微側頭，看到米熙在他身後探出頭，路燈照在她小臉上，把她的容貌照得清清楚楚。

有人丟了菸頭叫「拉過來耍耍吧」，又有人叫「趕緊的，老子都硬了」。

陳鷹心裡罵了十萬句髒話，腦子什麼都來不及想，對方已經衝過來。一人要推開他，一人要把米熙拉出來。陳鷹一拳將推他的人打倒在地，又擰住拉米熙那人的手腕，用力把他甩開。

「快走！」他喊這話的同時，對方已經罵著髒話撲了過來。陳鷹聽到左邊有酒瓶破碎的聲音，應該是有人敲破瓶子當武器。陳鷹沒來得及看，面前已經有兩人衝過來，他的拳頭揮了出去，但沒感覺碰到人，卻看見那兩人被擊得飛起，跌落在三四公尺外。

左邊有飛撲而至的風聲，陳鷹本能轉頭，粉紅色的身影迎了過去，手臂一探，半截酒瓶子落在她手裡。也不知是怎麼招式，小混混的手臂被反轉壓制，對方痛叫一聲，被踩倒在地。

所有人都呆住，混混們不敢動，陳鷹沒有動。

米熙腳下踩著一個人，手上拿著酒瓶，顰著眉頭迎著路燈看了看，亮晶晶的玻璃渣口子，這是什麼兵器？

「米熙。」陳鷹忍不住提醒她，現在不是研究這個的時候好嗎？

他這一聲解穴一樣點動了所有人，米熙腳下的混混開始掙扎慘叫，另外五人擺好架勢圍成半圈，拿酒瓶拿小刀充當武器。

米熙一腳踢開那人，手腕一甩，酒瓶在她腳底碎成無數碎片。米熙板著臉，冷若冰霜，雙臂在身旁展開，手握成拳頭，微風撫著她的長髮，增加了她的凌厲氣勢。

這時候確實像個將軍府的千金了！陳鷹驚覺自己這種時候怎麼還會想到有的沒的。

「叔叔站我身後。」米熙開口，聲音又脆又冷，眼神如冰，盯著那六個混混，「你們找死！」

陳鷹沒有動，完全說不出話來。媽的，他覺得他的自尊心也像那酒瓶碎了一地。

「媽的！」混混們也在罵，一起衝了過來。

陳鷹咬牙，揮拳迎了過去。男人怎麼能站在小女生的身後？

可他誰也沒打著。他一衝過去，米熙就先把他面前的兩個對手打飛了，然後肩膀一頂，把他推到一邊，飛身旋踢掃倒兩人，再伸掌一拍，反手一拳，六個剛剛好，全都搞定。

陳鷹僵住，怪孩子不給他面子不合適吧？

混混們見勢不妙想逃跑，米熙不讓，飛來竄去，揮拳出腳，混混們哭爹喊娘。

「跪下！」米熙喝著。對方不是沒跪，是要爬起來才能跪。

「米熙。」陳鷹再次嘆氣。他錯了，大錯特錯，剛才是誰覺得這丫頭膽子小的？「別打了，我們報警。」

兩個警察來了，六個混混抱頭跪了一地。

其中一名警察問：「你們倆這麼晚，不，這麼早在街上做什麼？」

「跑步。」米熙答。

跑步！兩個警察互看一眼，還真是重視健康啊！

米熙把事情經過說了一遍。她跟叔叔正說話，然後這幾人來了，對他們動手動腳，然後他們就自衛，然後通知警察來抓人。米熙一邊說一邊看陳鷹，見陳鷹點頭，可見她的用詞說話都沒錯。

她會報警了呢，好厲害！

兩人跟警察回派出所做完筆錄就準備回家，這時候天已經亮了，陳鷹是真覺得累了，便招了輛計程車。米熙在路上就睡著了，睡著睡著，頭歪過來，靠在陳鷹的肩頭。正閉目休息的陳鷹這才發現米熙睡著了，他讓司機關了廣播，又把手機調成震動，結果路過某個餐廳時，米熙像是被鬧鐘叫醒了一樣，揉著眼睛指著那招牌，「包子。」

陳鷹愣了一下，然後哈哈大笑。

米熙還沒完全清醒，不知道他笑什麼。

陳鷹叫停了車，付了車資，帶她去餐廳。她終於醒了，也笑了。

這天陳鷹跟米熙下午才去公司。米熙補覺補到中午，陳鷹卻睡了兩小時就被電話吵醒，公司那邊有事找他。他看看錶，乾脆起來辦公，又跟陳遠清通了電話，報告他跟羅雅琴面談的情況。

陳鷹有事忙，倒不覺得睏了。中午叫了外賣回家，原想吃完了自己去公司，就讓米熙接著睡，醒了自己熱熱吃。結果他敲門跟米熙說這事，半分鐘後，米熙就穿好衣服站在他面前。她不要自己留下，她想跟他一起去公司。

小孩子這麼黏人不好啊！陳鷹這麼跟自己說，看來過一段時間得開始訓練米熙獨立了。可是她喜歡跟他，他卻是覺得高興。

下午兩點多，兩人進了公司。

陳鷹埋首公事，米熙攤開那張一天八杯水的計畫，準備去泡茶。

陳鷹忙著忙著，拿了文件出來跟Kevin說事，瞥到米熙跟一個小子從茶水間出來。陳鷹想了想，是那個實習生，叫什麼來著？他沒在意，繼續說事。看見米熙從他身邊經過，手上捧著他專用的馬克杯。他知道杯子裡是給他泡的茶，很自然地彎了彎嘴角。

下班的時候，呂雅抱著陳鷹簽好的文件出去。陳鷹轉了轉脖子，又看到那個小子。

他想起來了，他叫魏揚。這麼勤快跑這邊混臉熟嗎？陳鷹走了出去，看見魏揚在米熙面前有些緊張地說：「那個，就是過來跟妳說一下週末快樂。」

「多謝。」米熙認真答。她學過了，知道什麼叫週末。真是客氣，特意過來祝她週末快樂。

魏揚有點愣，這多謝是幾個意思？

陳鷹看不下去了，過去摸摸米熙的頭，「這種情況妳也應該答週末快樂。」

「啊？」米熙趕緊補救，「對不住，對不住，週末快樂。」

魏揚趕緊也答：「呃，週末快樂。陳總週末快樂，呂姊週末快樂。呃……我下班了，大家再見。」說完，紅著臉跑掉了。米熙看著他的背影捂嘴笑。

笑什麼笑，笨蛋！陳鷹忍住，沒戳她腦袋。

「他傻傻的。」米熙說。

妳才傻！陳鷹想。

等等，好像有什麼事。一時想不起來，陳鷹乾脆轉了話題：「明天早起，要送妳去陳非叔叔家，記得嗎？」

米熙點頭。

「妳有什麼特別想做的事嗎？我好[illegible]陳非叔叔說。」

米熙搖頭，她不知道能做什麼。

陳鷹想到了，火速回辦公室打[illegible]熙介紹男生的事，你準備得怎麼樣了？」

「才一星期。」什麼都沒[illegible]

「條件要加一項，溫柔[illegible]

「這是三項。」

陳鷹不說話，沉[illegible]在他話裡挑刺是想找死嗎？

「好吧。」陳[illegible]心的，我幫你通知阿翌。」看，他這哥哥多溫柔細心體貼，[illegible]

「明天[illegible]了。」

「嗯[illegible]。」

[illegible]鷹問。

「[illegible]要把孩子塞過來，然後擺一副捉姦的嘴臉好嗎？

「還[illegible]答。」

陳鷹皺眉頭，「那快點安排，不然我怎麼放心把孩子交給你？」

請不要放心，不交就最好了！陳非嘆氣，「要不，我找小寶過來陪她玩好了。」

「嗯，就知道你會這樣。」那他就放心了。

呸！陳非有點不自在了，什麼叫就知道他會這樣？說得好像他預謀什麼，借題發揮似的。他轉過頭去，看到旁邊祕書桌那邊魏小寶正看過來，她聽到了她的名字，正用眼神問他什麼事。

魏小寶，他的學妹，他的祕書，他的……呃，紅顏知己。

陳非掛了電話，想了想，跟魏小寶說：「我弟收養了個丫頭，十七歲了，不過是山裡出來的，對城裡的東西都不太懂。明天我弟有事，要把那丫頭暫時託我照看一天，妳有沒有什麼東西是可以陪女生玩的？」

「十七不小了，二少怎麼可能領養，不合法！」看到陳非的表情，「好吧，這不是重點。呃……我有少女漫畫，還有飛行棋、跳棋、撲克牌。」

「不錯，那我明天早上八點前去接妳。」

「行。」魏小寶早習慣「陳非學長的事就是我的事」這種事了。

陳非笑了笑，看著魏小寶低頭繼續忙，溫柔細心體貼這些美德他真的太懂了。

這晚，陳鷹沒再加班，看了看電視，陪米熙說了說話，把他的球桿從儲藏室拖了出來擦了一遍，然後兩人早早睡了，他需要清醒的頭腦和充沛的精神來應付明天的會談。

第二天一早，陳鷹開車把米熙送到陳非家。

魏小寶已經到了，正在做早飯。

「小寶姊好，我是米熙。」米熙按陳鷹教的打了招呼，還鞠了個躬。

陳非在一旁不動聲色，米熙還是很乖的，希望這一天順順利利，平平安安。陳鷹把米熙留下，跟陳非嘮叨了十分鐘照顧米熙的注意事項，最後看時間快來不及，這才走了。

陳鷹驅車來到郊外的天越高爾夫俱樂部，這是永凱旗下的產業。秦文易是個高爾夫球迷，在許多城市都買地建球場。天越是會員制，陳鷹在入口出示了會員卡，服務生便幫他泊車，抬出球桿箱，領著他去會所餐廳。秦文易已經到了，正在吃早餐。

「我已經熱了熱身，希望你不介意。」秦文易起身相迎，微笑著對陳鷹說。

陳鷹也回個笑，「秦總不介意的話，今天別讓我輸得太難看。」

秦文易哈哈大笑，擺了擺手，做個「請」的姿勢。兩人一起坐下，共進早餐。

早餐的話題是財經政治，沒什麼特別。陳鷹應對自如，也很耐心。秦文易不主動提合約，他也且等等。一頓早飯吃了很久，飯畢時，秦文易去洗手間，陳鷹掛念著米熙在陳非那裡習不習慣，趁這會兒功夫撥了電話給米熙。

電話響了好一會兒米熙才接，聲音小小的，但很興奮，「你不是去辦很重要很重要的事嗎？原來還可以打電話的。」

「嗯，怎麼了，妳想打給我嗎？」

「是的，我有問題想問，可是怕打擾你。」

「沒關係，妳可以撥過來，如果我不方便接就不會接，等我方便的時候就會打給妳了。」

「嗯。」米熙受教了。

「好了，妳有什麼問題？」什麼問題是陳非和魏小寶都不能解答，要留給他的呢？

「我想問問……」米熙的聲音拖得有點長，明顯不太好意思。

「妳問。」

「為何你們都不成親呢？」

陳鷹愣住，這問題有深度有難度，誰讓她想的？

「我跟你說哦，小寶姊做的早飯味道甚好。」怎麼又扯到早飯去了？陳鷹耐心聽，「她人也甚好，說話很是溫柔，笑起來很美。」

「嗯，然後呢？」陳鷹生了戒心，小丫頭不會發現自己愛上魏小寶了吧？

「然後我就忽然想到，陳鷹叔叔和陳非叔叔都甚好，可為何這般年數了都未成親？還有小寶姊、劉姊，還有公司裡的好多姑娘們，為何年數不小了，也未成親？」

米熙等了會兒，見陳鷹沒說話，又道：「成親可是人生大事，大家怎地不急呢？我原想問問小寶姊的，可我不敢，怕失了禮數，就想先問問你。」

對別人怕失了禮數，對他就無所顧忌嗎？這似乎是好事，可問題太難了，一時半刻說不清。

「米熙。」

「嗯。」

陳鷹看到秦文易回來了，「這裡跟妳家鄉好多事不一樣，妳可以跟小寶好好聊，問問她。女生跟女生說才會明白，我們男的也說不好女生怎麼想的，對吧？」

「可以問嗎？」

「可以。」

「好。」米熙答應了。

「那我要忙了。」陳鷹對回來坐下的秦文易笑了笑，跟電話裡的米熙說。

「好的。」

陳鷹掛了電話，秦文易問：「女朋友？」

「不是，一個遠房侄女。」

秦文易笑了笑，「沒戀愛嗎？你爸也不催催你。」

陳鷹很配合地哈哈笑，扯了幾句閒話，說說自己老爹對自己的抱怨，聽聽秦文易也抱怨抱怨自己的女兒。唉，還是跟米熙去跑步更有意思！

陳非覺得跟米熙在一起意思有點太大了，頗是招架不住。吃飽喝足了，小丫頭居然開始討論人生，這話題是不是有點大？而且居然問為什麼他不找對象，為什麼小寶不找對象。

他有充分的理由嚴重懷疑米熙是被派來做間諜的。

陳非捧著小寶泡的茶，坐在單人沙發裡，看著小寶拿飛行棋出來跟米熙玩，她一邊解答著米熙的問題，一邊擺著棋盤。

「因為生活還有很長的時間啊，還沒有到要談戀愛的那個階段。平常工作都很忙，也沒有時間考慮這些。」

是嗎？陳非和米熙一起顰起了眉頭。

「那要何時才是到時候呢？」那個階段的意思是到時候、到時機的意思吧？米熙問。

「呃……」魏小寶認真想了想，歪頭看了陳非一眼，他也正看著她。魏小寶把目光轉向米熙，「也許到時候的時候，就會知道了。」他都沒表示，那就應該是沒有到時候。或者，並不是時候的問題，只是人沒對。

「可婚事不是很重要的嗎？」米熙又問。

陳非從沒有像這刻覺得這話這麼對過，所以，小寶，妳真的不考慮考慮嗎？或者妳覺得還沒有遇到自己中意的男生？

「很多事都很重要啊，比如女生也要有工作，要經濟獨立，自己要夠努力才能爭取到公平的待遇，結婚是很複雜的事。」魏小寶不知道說什麼好，如果陳非不在這裡，她想她能發揮得好一些，可現在這些話怎麼說都不對，好像在抱怨女性的社會地位，「所以，事情一件一件來。好好工作，然後遇到合適的對象，再說感情的事。」

米熙沉默了，陳非也沉默。有多複雜？好吧，是挺複雜的，所以他也一直心裡沒底。小寶說遇到合適的對象再說，那是她還沒有遇到自己中意男生的意思？那是並不中意他的意思？

「你要不要玩？」陳非正看著魏小寶的側臉發呆，她突然轉臉過來笑著問，把他嚇了一跳。

「啊，好啊。」陳非把杯子放下了，他願意的。

✤ ✤ ✤

陳鷹這一天過得很充實，打球他是輸了，雖然自認球技還不錯，但比不過秦文易這高手，更何況他不是去贏球的，他是想要簽合約的。秦文易雖然贏了，但贏得並不輕鬆，他對這個對手很滿意，而且聊到高爾夫球這個話題，陳鷹能聊得起來，秦文易很高興。

「所以，那合約究竟是什麼問題？」秦文易話鋒突然一轉，轉到了陳鷹期待已久的話題上，「我還是第一次遇到做乙方做得像你這樣的，送錢的合約，你居然會卡住不接。」

「當然想接。」陳鷹順竿而上，但他猶豫兩秒，雖然已經決定險中求財，但他仍過了一下腦

子，現在有機會說些安全的理由，什麼重做更好的方案需要時間等等，最後他決定順著自己的心，「我只是不想簽給王副總。」

秦文易的腳步頓住。他聽了報告後便覺得問題出在王兵身上，他也知道王兵這人有些貪，有些小動作，但不影響大局。「王副總不會成為問題，二少可以放心。」他給陳鷹掛保證。

「不是放心的問題。」陳鷹回秦文易一笑，「開門做生意，我是很想賺錢，只是若不能保證我的員工的安全和尊嚴，我這老闆也未免當得太窩囊了。」

秦文易不動聲色。陳鷹又笑了笑，「若簽不下這份合約，我很難對自己和公司其他人交代。這段時間在拖，說實話也是在想對策，但沒有找到好辦法。剛才回話我也在想是不是不該這麼說，但我覺得必須說。這份合約必須是王副總被調離目前負責職位的前提下簽，領域不願與他合作。」

秦文易盯著陳鷹看，陳鷹回視他。

好半晌，秦文易才說：「你提的這個要求，是要求我對公司的高級幹部進行處罰。你說你要保護你的員工，難道我不是？」

「我確實是在要求秦總處理公司內部有問題的人員，我甚至為秦總準備好了處理的理由，但我得到的消息是，也許秦總並不在乎這些。正如秦總所說，他對秦總而言，不會成為問題，但對我而言，他很有問題。所以，我也只能拚拚看。我是一個很好的合作方，過去幾年領域對永凱的服務秦總是知道的，領域的資源整合給永凱省了多少錢，秦總也心裡有數，所以這次續約才會擴大了合作範圍和增加合作金額。別的公司也有不錯的，但沒我好。」

秦文易哈哈大笑，「有沒有人跟你說過，年輕人還是不要太狂妄的好。」

「有。」陳鷹回了個笑，「說過這話的人，最後分清狂妄和自信的區別後，就不再說了。」

這話讓秦文易笑得更大聲，笑完了，他說：「每個公司都會有不盡如人意的地方，特別是公司越大，人就越難管理。你和你爸爸一定清楚，公司裡有一兩個有問題的人在所難免，不是有一點問題就得處理。動一動，可能會傷到別處。公司裡一定要有不同的派別互相牽制，有不同的聲音才能平衡。」

陳鷹不說話，只是看著秦文易。秦文易也在看他，他觀察著他的表情，然後繼續笑：「你說的對，王兵的小動作我略知一二，但他膽子沒那麼大，不敢做得太過分。只要不過分，我也不想動他。」他頓了一頓，又問：「你確定我必須處理他，你才接受這份合約嗎？」

「我確定。」陳鷹答。都走到這步了，他更確定了。若是秦文易願意對王兵睜一隻眼閉一隻眼，那以後王兵在合約執行上卡著他們，他們領域的人還要不要做事？天天被挑刺就夠了。有這功夫被折磨，不如省下力氣賺別的錢。他把這理由說了，秦文易再次哈哈大笑。

「你說的對，我不需要你提供理由給我處理王兵，如果我要處理他，我能找到理由。」秦文易這麼說，陳鷹點頭笑道：「我後來想到了。」

所以，這事的結果是什麼？

秦文易沒說。他領頭走回會所，按摩、吃飯。陳鷹陪著，好像之前的對話未曾有過，好像他們就是默契的合作方，話題不斷，談笑風聲，甚至就某個商業案例小小爭執了一下。

吃下午茶兼晚飯的時候，秦文易忽然說：「下週末我們永凱有個小型的慈善音樂會，我女兒會上臺演奏募款，你和你爸賞光來玩玩如何？」

「好。」陳鷹心裡動了一下，有些明白秦文易的意思了，但他沒猶豫不決，也沒推拒，「只

是我合約沒簽著，錢也沒賺著，就要先付出去一筆，容我心疼一下。」

秦文易被逗得又笑了起來，手指了指陳鷹。陳鷹攤開雙手，一臉認真無辜，「真的。」

秦文易笑得更大聲，陳鷹也笑了，「那我等秦總的請柬。」

回程的時候，陳鷹的心情還不錯。雖然秦文易沒有直接答應，但最後那邀請的舉動，還有與他女兒相親的暗示，讓他覺得這合約勝算很大。只是，這件事挺有意思，這破合約金貴啊，不是劉美芬賣身，就是他這當老闆的「賣身」嗎？

陳鷹對相親不在意，事實上，他們這些二代，到了適婚年齡就相親當吃飯，他早習慣了，相信對方那位秦家千金也習慣了。吃完飯大家說再見，要是碰上真來約的，就說沒空，很好搞定。

陳鷹趁著紅燈空檔看了看錶，已經下午五點了，也不知道米熙是個什麼情況。她沒有打電話過來，而他要專心應付秦文易，也沒顧上打電話問問。現在他撥了個電話過去，米熙過了好一會才接，聲音很大聲，還很興奮：「陳鷹！」

「妳在哪裡？」他已經聽到那邊吵鬧的聲音，像是在百貨公司之類的地方。

果然是在百貨公司，米熙報了地址，然後很興奮地說：「陳非叔叔請我吃甜筒！」

死小孩，有甜筒就「感情出軌」了！

陳鷹對電話齜牙，「聽起來不需要我去接妳了，妳跟陳非叔叔走吧。」

電話那頭米熙呆住了，她沒聽錯吧？

陳鷹等了半天沒等到米熙的反應，不由皺了眉頭，「幹麼，妳不會以為是真的吧？」

米熙許久才反應過來，「不是嗎？」

「當然不是，我開玩笑的。」

「何處好笑？」米熙問。

陳鷹搔搔頭，不好笑嗎？一般人都會笑吧？正常小女生的反應不是應該撒嬌說「不要，討厭，你快點來」嗎？等一下，他會以為米熙會有這樣的反應是哪裡不對？沒不對啊，一般女生是會跟家長撒嬌的吧？算了算了，不能糾結這個問題。

「我現在過去接妳。」陳鷹想了想，又補充一句：「見我的時候，不許給我臉色看，知道嗎？這笑話明明很好笑。」

第五章

丫頭不受教，當叔真煩惱

好笑？

才怪！

米熙見到陳鷹的時候，臉上明明白白掛著這兩字。「我問了陳非叔叔和小寶姊，他們都沒笑。」小丫頭覺得很受傷。

小氣鬼！陳鷹心裡嘀咕。距離他失敗的笑話講完已經過了快一小時，他一路塞車回來接她，她還記著什麼笑不笑的。他垮臉給米熙看，米熙撇撇嘴，又問他：「今日可順利？」

「還行。」

「好吧。」米熙抿嘴笑了，順利就好。

小孩子就是小孩子！陳鷹伸手摸她腦袋。陳非沒臉看他們，這弟弟到底是什麼情況？

「一起吃飯嗎？」陳非客氣地意思問一下。其實他想著最好不要一起，陳鷹把米熙帶走，他跟小寶單獨吃，這種安排剛剛好。

「好啊！」結果陳鷹完全無視哥哥的眼神暗示，一口答應。其實他很飽，讓米熙一個人吃飯有點可憐，大家一起會熱鬧一點，「米熙快謝陳非叔叔，他請客。」能賺一頓是一頓。

陳非推了推眼鏡。好吧，客氣真的不是什麼好事，他總提醒自己要改，但總改不過來。

這頓飯吃了很久，四人邊吃邊聊，米熙向陳鷹報告自己這一天做的事，說小寶姊和陳非叔叔教了她許多事，她學會玩飛行棋和跳棋，撲克有點難她還不太會，小寶姊還教她玩手機遊戲，陳非叔叔教她玩電腦遊戲。

陳鷹非常滿意，看來第一次託管放養很成功。他看著陳非和小寶笑，這次米熙的社交活動課主題是：去別人家作客，當個閃亮的小電燈泡。

兩人回家後，米熙摸摸肚子，覺得吃太飽，「從前在家鄉用膳時，爹爹不讓多言，大家須得認真進食。如今在這處人人說話，聊得太開心，未曾留意吃食，不知不覺吃多了。」

「嗯。」陳鷹好笑地看她一眼，很想告訴她「妳認真進食的話能吃更多」。

「你今日心情當真是好，事情很順利吧？」

「是不錯。」陳鷹想到秦文易對自己的欣賞，有些得意。無論如何，被別人相中這件事很能滿足虛榮心。他撥撥頭髮，好像有些長了，站起來就近到客廳的鏡子照一照，順便捋捋衣服。

「今日我還學了個新詞。」

「是什麼？」陳鷹湊近鏡子看看自己的下巴，早上刮鬍子時有點疼，是不是上火了？

「臭美。」

陳鷹僵住。小丫頭才來幾天就學會罵人了，罵的還是他！

陳鷹轉過身來，米熙坐在沙發上正看著他，表情很無辜，有些小害羞，不像諷刺人。

「米熙。」他要嘆氣了，難道她是想誇他嗎？

「電視上有個小姑娘梳頭挑衣服，她母親便誇她臭美。」小丫頭還真是想誇俊俏的，不過不太好意思，便假意說個新詞。

「……」那演員演技一定不行，怎麼能讓觀眾覺得是誇獎呢？

「那是諷刺人的。」陳鷹決定告訴米熙真相。

米熙大吃一驚，睜大眼，「可今日在百貨公司，小寶姊幫陳非叔叔挑領帶，陳非叔叔說太臭美，然後買了。他是在諷刺小寶姊嗎？」

「……」他哥這老男人的日常對話用詞為什麼會這麼騷呢？

「這個詞平常用來諷刺人，有些時候用來調侃。」看米熙的表情，再接再厲解釋：「就是熟人之間，可以親暱地笑話對方太愛漂亮和自以為能幹。啊，對了，就跟我今天說那話一樣。我說妳跟陳非叔叔走吧，按字面解釋是讓妳跟他走，但在那種情況下是我說的笑話。」

米熙茫然，本來有點懂，他舉例後她又不太懂了。那個真的不好笑啊，怎麼會是笑話？

陳鷹覺得要是換了個老師一定會被米熙的表情氣哭，幸好他心臟夠堅強，幸好週一老師就來了，換人教她。陳鷹剛要說話，手機響了，一看，是羅雅琴打來的。

羅雅琴跟陳鷹說合約都看過了，沒什麼問題，但有些細節希望能再調整一下。陳鷹進了書房，打開電腦調出合約跟她討論起來。分歧不大，事情很快搞定，陳鷹跟羅雅琴約好週一簽約。

米熙送花茶來給陳鷹，看他很有精神地講電話，她有些心癢。今天與小寶姊聊了不少，原來在這裡女人能做的事很多，她們不用夫家養著，她們跟男子一般能幹，所以很多姑娘不急著嫁。

米熙不知道這樣對不對，依她看來，還是嫁人生子是正途，但她也不反對工作，甚至以她目前的狀況，她很想快點有個工作。她欠下巨債，該早點打算才好。日後嫁了人，有份工作，也好補貼家用。

其實她已經有了些想法，她需要找個時機跟陳鷹叔叔好好討論一下。

第二天，陳鷹在家休息半天，下午又帶米熙出門了。

依舊是百貨公司。做家長的一項重要工作就是帶娃購物吃美食，這次陳鷹主要想買文具給米熙，週一開始上課了。會發出香味的筆和筆記本、能擦掉筆跡的橡皮擦，這些都是米熙沒見過的。她看來看去，掙扎了很久，還沒決定要買什麼。

「好吧，以後買東西的流程是這樣的。」陳鷹一邊拿商品一邊說：「妳只管看和摸，增長見

識，我來替妳決定買什麼。」

米熙抿嘴，趁陳鷹不注意，把一枝毛筆偷偷放購物籃裡。陳鷹發現了，把毛筆放回去。

「我才不會亂寵妳。」叔叔大人宣告：「我會滿足妳的一切必需品，妳呢，妳要儘快適應這裡的生活，不要總想著家鄉。要學鉛筆鋼筆簽字筆，就是不要惦記毛筆。」

米熙戀戀不捨地看毛筆一眼，忍痛點頭。

真乖！陳鷹叔很滿意，忍不住買了好幾樣米熙愛吃的零食。當了家長才知道，看到自家娃吃東西很開心的樣子，心情會很好。

叔侄二人組繼續逛，米熙看到保全，決定現在是跟陳鷹叔商量的好時機。

「我昨日，學到許多東西。」

「嗯，很好。」陳鷹腦子裡轉著工作，不知道曾導有沒有檔期，或許晚上可以聯絡一下。

「我覺得，我也可以像小寶姊、呂姊、劉姊那樣，找份工作，掙錢養活自己。」

「啊？」陳鷹有些愣，他家這什麼也不懂的米熙要工作？

米熙抿著嘴，有些不好意思，「當然，我是不能有她們那般的本事，做不來像她們那樣的。我認真盤算了下，好像我能做的，唯有保全了。」

「啊？」陳鷹繼續愣。保全這種職業是怎麼跟他家美貌乖巧的米熙連結上的？

「不行嗎？」米熙繼續說：「我原先還想著，要是不行的話，我可以閒時到辦公大樓下賣藝糊口。樓下有個小花園，人很多，可小寶姊說不能賣藝，警察不許。」

到辦公大樓下賣藝？晴天霹靂！陳鷹覺得這個話題他們應該坐下來聊，刺激太大，他站不住。領域太子爺家的米熙小姑娘沒錢吃飯，要到街頭賣藝，還選在領域大樓樓下？

「昨日我們到百貨公司，停車時，我看到有保全到處巡察，便問了問陳非叔叔。陳非叔叔說，那些人叫保全，跟警察不一樣，但也是保衛大家財務和人身安全的。保全你知道吧？」

陳鷹點頭，他太他媽的知道了。火速把手機掏出來發簡訊給陳非：「你對我家米熙做了什麼？為什麼她會立志當保全？」

米熙還在說：「我仔細看了，保全就是看著車，不讓別人偷，還有車子出去的時候要收錢。有刷銀票卡的，有給銀票的，我覺得我應該能做這個。」鈔票她是認識的，銀票卡一刷就過去了，很簡單，「而且我會武，若真是有偷子，我定能將他們打得落花流水。」

女孩子這麼暴力不好啊！陳鷹對上米熙自信滿滿的表情，還沒說話，手機響了，收到陳非回覆：「有志向是好的，你好好勸勸她。」

靠！來不及勸米熙，先罵死這個教壞米熙的。

「才交給你一天，才一天啊！」親情何在？罵他都找不著詞了。

米熙擔心地看著陳鷹。陳鷹按手機的表情有些猙獰，也不知對方是誰，一定做了很不好的事，把他氣著了。

陳非那頭看著簡訊，很想回覆：「那下回千萬別放我這了。」可想了想，還是不刺激他了。惹毛了他家這脾氣暴躁的弟弟，是很麻煩的。

陳鷹等了等，沒回覆，心裡暗罵一聲這沒膽的！轉頭一看，米熙正等著他回話。

「你覺得如何？」

他能覺得如何？他覺得很見鬼好嗎？他必須勸住她。

「米熙。」

「嗯。」

「妳當不了保全。」

「為何？」小臉顯出憂心了，好不容易想到一個自己能做的，高興了好久。

「妳不滿十八歲啊，在這裡得十八歲才能工作。妳別想這些了，好好念書，談談戀愛。」

「不耽誤念書的。」米熙趕緊說：「我想過了，可以白日裡工作，晚上回家念書。」戀愛是什麼還沒搞清，可以先不管。

陳鷹忙道：「年齡不夠，人家不會收妳的。」

是這樣嗎？米熙覺得甚是可惜，不過她很快振作起來，「那也無妨，還有大半年的功夫，我可以先好好念書，學習保全需要的技能，到時年歲到了，再去報考。這是要報考的吧？」

居然不死心？陳鷹不服。不行，一定要滅了她心中的希望小火苗。

「米熙。」

「嗯。」

「保全的薪水很少。」一個月收入還不夠買妳身上這套衣服。想了想，這話不能說，這不是太打擊她了嗎？讓她覺得欠了很多錢，壓力太大怎麼辦？

「少也無妨，總比我分文沒有的強。我可以先做著，待日後我長了本事，再尋旁的路子。」

「可是保全不要女的。」急中生智，終於想到了很有說服力的理由。

「啊？」米熙的臉上顯了失望，然後，她突然眼睛一亮，興奮地拉著陳鷹看向一邊。

一個女保全穿著制服在百貨公司裡晃。

靠！靠！靠！

為什麼百貨公司裡會有女保全？

女保全能做什麼？跑得快能捉賊嗎？武力好能打匪嗎？這百貨公司的人事部真是太不專業了，太不給面子了！

米熙很興奮，為確定了一件自己有能力做的工作而開心。能掙到錢，能養活自己了。

陳鷹看她已經笑彎了眼睛，很是無語，這話題確實不能再繼續下去了。為了轉移她的注意力，趕緊拉她去購物。花錢去，消滅她那顆想掙錢的心。

百貨公司很大，新奇的東西相當多，米熙眼睛看不過來。陳鷹這頭又有電話進來，陳遠清跟他商量幾句公事。陳鷹發揮了他散養型帶孩子的策略，讓米熙自己看自己玩，有疑問就找店員。米熙逛了好一會兒，問跑了十個店員。實在回答不出來，只能逃跑了。

陳鷹一邊講電話一邊留意，對米熙的適應能力很滿意，只要她不想當保全就是個完美的好孩子。他提醒自己要在手機上記下五月十九日米熙逛百貨公司問倒店員，要滅殺她的保全夢。

陳鷹又講了會兒電話，掛斷之後，轉頭不見了米熙，最後在一個出口處找到她。她站在一個保全旁邊，學著他的樣子，跟著他一起觀察周圍。

陳鷹嚇了一跳，趕緊過去，聽到米熙還在跟人家聊天：「這般就成了嗎？看看有沒有賊？有賊便把他擒住，對吧？」保全笑著應「對」，顯然很喜歡米熙。

「米熙！」能分辨表情嗎？看得出來你陳鷹叔叔要抓狂了嗎？陳鷹大步走過去。

「我叔叔來了，我得走了，多謝大哥，下回再來跟大哥學習。」米熙很豪氣地跟保全揮手告別，保全也笑著揮手。

他媽的，還有下回？陳鷹真想拎著米熙趕緊在這保全面前消失，可是不敢拎，米熙會打人。

滿腔怨氣無法訴，只好忿忿發簡訊給陳非：「你怎麼不教你家閨女當保全呢？你等著！」

陳非這次很快回覆：「不是我教米熙的。」是她聰明機智勇敢自己確立目標的，這句話能說嗎？為了他未來閨女的安全，還是不要說了。嗯，他也想快點結婚的，可惜還沒有機會。

陳非不管陳鷹的簡訊了，他打電話給魏小寶。

「陳鷹抓狂了，米熙今天跟他說了想當保全。」

「她真這麼想嗎？我以為她只是開玩笑。」

「她很認真啊，所以陳鷹快瘋了，剛才還跟我說怎麼不教我家閨女當保全。」

電話那頭傳來輕笑聲，陳非聽得心裡有些癢，忍不住彎了嘴角，她是怎麼想的呢？

「我想起來我以前買了好多少女漫畫和言情小說，也許米熙會喜歡，我翻出來給她好了。」

陳非推了推眼鏡，怎麼扯到少女漫畫和言情小說了？不是在說他的孩子嗎？不是應該說他還沒交女朋友哪來的老婆，沒有老婆哪來的孩子嗎？

「嗯，好啊，讓她做點正常十七歲女生會做的事，忘了保全吧。」

魏小寶又笑了。掛斷電話，她去書房翻找她的漫畫和小說。田敏華走過來，問女兒找什麼。

「媽，妳記不記得我以前的漫畫都放哪了？」

「怎麼了？」

「陳鷹的遠房小侄女，我想把那些漫畫給她看。」

田敏華眼睛一亮，趕緊動手幫她找，「妳終於開竅了？我就說啊，找對象一定要找個條件好的，女生就別想什麼獨立自主奮鬥賺錢什麼的，找個金貴的老公，一切搞定。妳明明身邊環境這麼好，擺著條件這麼優的，怎麼這麼多年沒動靜？哥哥不行，現在換弟弟也是可以的啊，女生主動一點不怕的。」

魏小寶心裡嘆氣，頓時不想找漫畫給米熙了。好好的一件事，到了她媽那裡怎麼就變調了？

「來來，在這呢，找到了，這箱子裡全是。」田敏華喜孜孜地把箱子拖出來，太沉了，魏小寶忙過去搭把手。田敏華趕緊又說：「小寶啊，聽媽的，好男人稍縱即逝，妳一定要抓緊。這不是什麼虛榮市儈，這是道理。妳別總是不著急，等妳年紀再大點，沒了機會，妳會知道媽說的沒錯，到時妳會後悔的。」

魏小寶沒說話，從箱子裡抱出兩捆漫畫回房間去了。

魏小寶還記得當初大學時學長陳非和程江翌創業開公司，她利用課餘閒時去幫他們的忙，這事被田敏華知道了，特意去當時陳非他們那租的破辦公室找女兒。她覺得女兒的時間應該花在學業上，學業之餘，應該趁著大學時找個條件好的合適男友，而不是跟著一群小夥子創什麼業。女生不需要事業，女生需要的是家庭——條件好能過好日子的家庭。

當時魏小寶很難堪，當著大家的面被母親訓斥不務正業，賠了精力不落好，可她沒有放棄，她還是悄悄去幫忙。沒過幾天，田敏華察覺了，又去辦公室找女兒，這次她正巧聽到辦公室裡幾個人在談論公司資金的問題。那些人說不用愁，陳非是領域大少爺，什麼公司玩不起，公司營運資金一定沒問題。

田敏華頓時留了心眼，她把魏小寶叫了出來，問陳非的身分。確認後很高興，說女兒很聰明，她錯怪她了。她讓魏小寶好好做，拿下陳非的心，能做陳家大少奶奶的話就太好了。

田敏華走後，魏小寶轉身，卻發現陳非剛離開的背影。魏小寶羞愧難堪，比上一次當眾被斥更難受。陳非一定聽到她媽媽的話了，她曾想找機會解釋，說自己並沒有這意思，她來幫他們，

也不是出於這個目的，她不是拜金的女生，可她一直沒勇氣，也覺得這樣好像很刻意，再加上陳非從來沒說過什麼，甚至待她比從前更好。

魏小寶想，也許他並沒有聽到。他覺得她媽媽這樣數次反對，她還堅持留下幫他們，他心裡覺得過意不去，所以才對她更好，也許真是這樣。

總之，這件事就這樣被魏小寶埋在記憶裡。田敏華這些年催了好幾次，魏小寶都說她與陳非不是這樣的關係，他們只是很正常的老闆和祕書。田敏華也抱怨過，但說多了女兒會生氣。她也曾建議說如果陳大少沒這個意思，那公司裡精英男也很多，可以換個目標。

但魏小寶誰都沒攻略，她畢業就去了陳非的公司做他的祕書，一做就是好幾年。工作沒換過，職位沒變過，感情也沒變化。

一直是祕書，一直單身。

而陳非，一直是老闆，一直單身。

✤ ✤ ✤

陳鷹又在到處找米熙，剛發幾條簡訊，接個電話而已，怎麼小丫頭又不見了？好不容易找到米熙，卻發現她跟在一個保全身邊晃悠，呃……應該叫巡視？為什麼這百貨公司裡的保全這麼多？他從前怎麼不知道原來百貨公司這麼重視安全？

「米熙，回來！」真是太不讓人省心了。

「怎麼？」電話是吳浩打來的，才講個開頭就聽見陳鷹喊「米熙回來」。

「沒事，你繼續。」陳鷹看著米熙興奮得臉蛋紅撲撲地回來，心裡五味雜陳。

「剛和經紀公司那邊開完會，明天召開凌熙然的致歉記者會。現在開始通知各媒體，明天上午十點在領域大廈十樓會客廳。你稍晚些應該會收到郵件通知，我給你電話是要提醒你帶著米熙錯開這個時間點到公司。這種時候能低調就低調，以免有記者騷擾。」

「好。」陳鷹看著電話裡的行事曆，「我明天要跟羅雅琴簽約，你應該沒時間跟我一起吧。」

「明天不行，我最早週三可以。」

「那就週三，在對羅雅琴做安排之前，我希望你先跟她聊過一次。」

「好。我這兩天讓他們收集了資料，Lisa也很上心，還主動找我談。羅雅琴那邊，你記得提醒她，能多低調就多低調，直到我們談過做好規畫之後，才會安排她曝光。」

「行。」陳鷹心想羅雅琴那邊應該沒問題，她現在是再低調沒有了。雖然如此，他還是打了電話給羅雅琴，跟她確認明天簽約的事，然後囑咐她這段日子不要接受採訪。羅雅琴在電話裡笑，「怎麼可能會有採訪？大家早把我這老太婆忘掉了。」

陳鷹掛了電話，看見米熙在一旁沒亂跑，覺得很滿意。最近的事情一件件在朝好方向發展，米熙的事也一定會順利。月老真是有眼光，把她交給了他。他一定也能幫米熙找到合適的對象。

✤ ✤ ✤

凌熙然的記者會算是娛樂圈裡重要的新聞，陳鷹有上網關注相關的消息，等這件事平安過去，風頭下來，他們接下來操作羅雅琴的空間就會大些。

週一早上陳鷹就相當忙碌。米熙的老師來了，陳鷹見過之後，米熙開始上課，他開電腦忙公事。明明週末沒閒著，但郵箱裡又躺了好幾封郵件。記者會還沒開始，網頁上已經鋪天蓋地的凌熙然，呂祕書又進來報說羅雅琴電話關機。

「我昨天跟她通過電話，她應該不會再搞什麼烏龍出來，中午再聯絡一下好了。」陳鷹道。

陳鷹拿起桌上的咖啡喝一口，這是米熙在上課前急忙幫他泡的。明明見了老師很緊張，手都不知該怎麼擺，還記得上課前先幫他把咖啡泡好，陳鷹對自己這樣受到重視很高興。探頭看了一眼，會客室裡，老師正給米熙上課。米熙小臉板正，嚴肅認真。陳鷹看了她一會兒，這種氣質氣勢的女孩，說是山裡來的，誰會信？好吧，這謊是他編的，不這樣說又能怎樣？完全沒法解釋這麼漂亮又有氣質的女生是個文盲的事實。

樓下的記者會開始了，陳鷹掃了兩眼圖文直播，在照片裡看到穿著淺藍色衣裙的凌熙然，她右邊坐著經紀人餅哥，左邊是領域經紀的總監，再過去是吳浩。大家都很嚴肅，凌熙然低著頭，楚楚可憐的樣子。

吳浩做事相當靠譜，相信這記者會他已經做足了準備，凌熙然穿什麼衣服、化什麼妝、說什麼話應該都定好了，接下來就看運氣。陳鷹覺得凌熙然的運氣一直不錯，所以這兩年大紅大紫，觀眾緣好到爆。就他看來，凌熙然的這種美貌算不上漂亮，要說美貌，他家米熙姿色比凌熙然順眼十倍。

探頭再看看米熙，她正很認真地捧著課本跟著老師念，那正經樣子真好笑。陳鷹忍不住笑。目光回到文件上沒一會兒，手機響了，是簡訊，拿起一看，竟然是吳浩發的。

簡訊只有五個字：「快看記者會。」

記者會怎麼了？陳鷹皺眉看向網頁，記者會上凌熙然道歉後含淚低首，由經紀人陪同回答記者的提問。頭兩個問題都指向凌熙然，質問她的道歉並沒有細說她泡夜店糜爛生活的真相，也沒有回應網上那些指責是否屬實，這道歉的誠意有多少。

這問題在經紀公司的預料之中，所以早打好了稿子。總監毛文昌說，開記者會專門道歉，直面各種負面消息，這本身有多大的誠意不言而喻，泡夜店則是一種主觀臆測的無理指責。凌熙然的交友被放大抹黑，明眼人也能看出是怎麼回事。領域保留法律追訴權。然後凌熙然說她作為一個普通人，有缺點有錯誤，她看到不利報導也做過撒謊掩蓋的蠢事。身為公眾人物，她有跟普通二十歲女生相比不同的責任，所以由她而引起的風波她很羞愧並表示抱歉。

陳鷹看了覺得沒什麼問題，避重就輕，一個勁兒地道歉轉移大家對她被爆出的黑料的關注，這確是慣常手法。這開頭應對得不錯，接下來就是控制時間，見好就收。

有記者向毛總監提問，凌熙然這段時間沉澱反省暫時不接工作，是否是公司為運作羅雅琴鋪路？據可靠消息稱，領域將與羅雅琴合作，簽下她的經紀約，有這回事嗎？

陳鷹微愣，怎麼會扯上羅雅琴？

網頁上已有許多人問：「羅雅琴是誰？」然後下面有人回覆羅雅琴是誰誰誰，發生過什麼事。

領域這邊的人也已經呆了。他們為回答關於凌熙然和其他旗下藝人的事做了許多準備，但沒有準備羅雅琴的，但羅雅琴是娛樂圈名人，很有名，臭名。

相比之下，凌熙然的這點經歷算什麼？而領域竟然要簽羅雅琴？這是沒人了嗎？

「我們經紀公司與羅雅琴並無接觸。」毛文昌很快反應過來。他說了實話，也留了日後的餘

地。確實不是他們經紀公司談的，但二少那頭的專案他知道，他也不敢說領域跟羅雅琴沒關係，於是強調經紀公司。

「領域集團不是在積極與羅雅琴洽談合作嗎？羅雅琴自己說的。」另一個記者語出驚人。

羅雅琴自己說的？陳鷹撥電話給羅雅琴，可是電話關機中。

陳鷹在心裡罵了句髒話，在凌熙然記者會上問羅雅琴，顯然這幾個記者是有備而來。

陳鷹發簡訊給吳浩：「記住那幾個記者。」

吳浩很快回覆：「那當然。」

「會後來找我。」陳鷹又交代。

可沒等吳浩來他辦公室，陳鷹已經在網路上看到了報導。

五月二十日凌晨兩點，昔日巨星羅雅琴醉酒大鬧小吃店，稱將簽約領域集團，很快東山再起。報導裡還配了許多照片，照片中羅雅琴衣服又皺又舊，頭髮凌亂，一臉皺紋，老態畢顯。酒醉歪傾，正斜眼手指攝影者。報導稱記者去某小吃店，碰上羅雅琴醉酒大鬧，還打傷記者，記者只得報警，羅雅琴最後被警方帶走。

陳鷹傻眼。這就是能有多低調就有多低調？他真是完全錯估了羅雅琴。

陳鷹將報導網址發到吳浩的手機上，然後再次撥了羅雅琴的手機，對方依然關機。她現在不會還在警局吧？陳鷹咬牙，打了電話給陳遠清說了此事。

這下可好，非常好。合約還沒有簽，而羅雅琴以身撲火，救了凌熙然一次。

真好，真是好，皆大歡喜！

陳鷹怒得把手機甩桌上，發出「啪」的很大一聲。

樓上影視公司的李展龍接到了餅哥的電話。

「李董，這次多謝了。」

「客氣什麼，熙然可是我們領域的搖錢樹，我的電影還指望她做女主角，我不幫她誰幫她？再說了，有些年輕人也該受些教訓，年輕只靠氣盛沒什麼了不起，薑還是老的辣。」

陳鷹起身關了辦公室的門，點了根菸站在窗前抽了起來。

抽完一根，他覺得自己冷靜下來了，正打算點第二根的時候，吳浩的電話撥了進來。

「我的人找到羅雅琴了，她還在警察局，你打算怎樣？」

「先把她弄出來，讓事態平息下來再說。」

「好。」吳浩明白了。不以領域的名義出面，先將人安頓好，晾那些媒體幾天，之後再處理。

「給她準備新的手機號碼，讓她不要出門，不要接受採訪，我會找她的。」

吳浩答應了，安排人去辦。

陳鷹又抽了一根菸，站了一會兒，看了看時間，居然已經過了十二點。他想了想，快步走到門口把門打開，米熙果然又趴在門口偷聽。被他逮到了，她皺著小臉，很無辜很擔心的樣子。

「走，去吃飯。」這次陳鷹先開了口。

米熙跳起來，像尾巴似的跟在陳鷹身後。肯吃飯就好，這樣放了一半的心。

陳鷹開車出去的時候，看到有記者守在大樓出口。陳鷹沒管他們，徑直開車走了。開出一段路後，發現有車子跟在身後，陳鷹抿抿嘴，換了車道，調整了速度，在路口處搶黃燈衝過去。左拐右繞，確認後面沒人跟蹤，才把速度放慢。

米熙很憂心，忍了半天，忍不住問：「是否有了麻煩？」

「還好。」不算麻煩，只是事情有些波折。

「會不會……」米熙猶豫了一下，最後還是閉了嘴。

陳鷹看她一眼，「會不會什麼？」

「我只是想到爹爹，當初他也說無事，可最後他上朝一去不返，官兵們圍剿了我們的宅子。」

陳鷹失笑，「如果我也那樣，妳怎麼辦？」

米熙看了陳鷹一眼，他笑什麼，一點都不好笑，她是認真的，「我沒本事，可我拚了這條命也不會讓惡人欺我家人。」正握著小拳頭表決心，腦門卻被陳鷹彈了一記。

「小小年紀想太多。這裡跟妳家鄉不一樣，這裡是講法治的，大家都得遵紀守法，不能想抄誰家就抄誰家，不能想殺誰就殺誰，沒有皇帝，知道嗎？用不著妳拚命，妳也沒處拚命去，妳說的事情不會發生。有了麻煩，先自保，然後找機會報警，上回教過妳的，記得嗎？」

記得。米熙撇了撇眉頭，腦門被彈得好痛，她能不能告訴他這種行為輕浮又失禮，下回斷不可再犯？偷偷瞅他一眼，他正專心開車。好吧，她還是忍著，他煩心事很多，這次先原諒他。

陳鷹帶米熙去了一家叫「唐風館」的私人會所吃飯。會所裝潢得極華麗，古色古香，走唐朝皇家風範路線。進了包廂，裡頭還有各種工藝擺件，米熙看著，非常開心。「這處是極好的。」她笑得眼睛彎彎，「太美了。」

就知道她會喜歡。陳鷹放鬆地叫米熙過來點菜。其實是不指望她的，只是想看她看到菜單時那沒見識的驚訝表情，和選擇困難症發作時皺眉頭咬唇的樣子。他現在需要轉換心情。

米熙果然不負他所望，又是嘟圓嘴，又是笑彎眼，還時不時傻笑，指著照片問他那是什麼。服務生很耐心地解釋，稱他家是宮廷菜，米熙抿嘴不說話，最後陳鷹把菜點完，服務生退

下，米熙神秘兮兮地跟陳鷹道：「他是不知，我可是有見識的，宮廷菜我吃過呢，可不是這般的，他想唬我可不成。」

嗯嗯，她是有見識的！陳鷹哈哈大笑，被米熙瞅了好幾眼。

陳鷹叔叔覺得好笑的地方總是很怪，她都不明白他在笑什麼。不過他笑了，她就放心了。

一頓飯吃了很久，陳鷹覺得越是遇到麻煩就越要吃好一點貴一點，這樣才有動力繼續奮鬥，而米熙是有好吃的就滿足了，可是她還惦記著下午上課，吃一會兒看一下錶。兩點要上課，現在都一點半了，飯沒吃完，還來得及嗎？

「沒事，下午的課取消了。」

「何時取消的？」米熙驚訝，她怎麼不知道？

「我下午有事需要妳幫忙，就讓呂祕書另外安排了。」陳鷹一邊說一邊發簡訊給呂雅，讓她通知老師下午的課取消。

米熙精神一振，陳鷹叔叔有事讓她幫忙，她頓時覺得自己有用起來，「何事需要我幫忙？」

「先吃飯。」陳鷹對她笑。煩心事太多，也就這小丫頭他看得好。有她解悶，挺好的。

過了一會兒，吳浩打電話給他，說事情辦好了。原本是想將羅雅琴送到朋友那裡暫避幾天，可她無處可去，只得將她送回家。又為她買齊了生活用品和食物，讓她這兩天先不要出門。有記者在她家附近蹲守，他們派人引開了，把羅雅琴順利送進家門。

「她態度很糟，精神狀況很差，我想她未必會聽話，不過她累了，所以現在也乖乖在家待著。我派人在她家樓下看著了，若是有動靜會通知我。」吳浩說道：「她的新號碼我發你手機上，回頭有什麼安排你再找我。」

「好。」陳鷹揉揉眉心，他還沒想好羅雅琴這事怎麼辦。合約還簽嗎？什麼都還沒開始做她就鬧了一場，這人確實太難控制。簽約之後她再鬧，那拍不成電影事小，他的損失也不算什麼，他爸的面子丟了，他在影視公司那裡站不穩腳，被人恥笑，這才糟糕。

「凌熙然那邊的問題不大，該做的場面做足，羅雅琴又轉移了焦點，分散了媒體和大眾注意力。現在關於凌熙然的話題風向我們也控制住了，等風頭過去就好。記者會上問羅雅琴的記者和網上爆料的記者我都查好了，已經發給你。」

「好。羅雅琴的事只有公司內部知道，這次消息放出來，跟領域的人一定有關係。」

「我會查的。」吳浩答應下來。

掛了電話，陳鷹認真想這事，這次受益最大的就是凌熙然那邊。餅哥跟李董的關係一向不錯，而李董很不想做羅雅琴這部電影。其實事情明擺著的，內鬼這種事哪裡都有。

陳鷹冷笑，這會兒又想抽菸了。這招真是好啊，他被人抽了一巴掌卻做不了任何回應。

剛摸口袋，抬眼看到米熙在看他。

好吧，不讓別人抽二手菸這種公德心他還是有的，何況小丫頭目光炯炯，他這菸抽得會很不專心。陳鷹嘆氣，沒有菸他不好思考。他說他要去洗手間，然後偷偷拿了菸去了。

米熙看著他離開。陳鷹叔叔電話真多，真讓人憂心。

陳鷹在洗手間裡吞雲吐霧，想著自己竟然也會有被逼到廁所抽菸的一天。這是小事，自己背後被人捅刀子，這才是大事。這種感覺有點像他剛來公司時，元老們嘴裡喊著「二少」、「賢侄」，卻拖延或否定他的每一個專案。當時他剛入行都熬過來，現在怕什麼？

李董手裡有領域百分之三十的股份，是在他老爸陳遠清之外持股最高的個人。這兩年領域的

影視發展太快，李展龍威風八面，他確實太托大了，什麼都是他的，他要說了算。

陳鷹吐口煙，他老爸身體不好，想退休卻不能退，他一退，公司裡沒人壓得住李展龍，這是他老爸要把他弄進影視公司的目的。集團其他公司都好說，影視是領域的核心業務，其他許多業務都是由這塊牽制拉動，所以，必須把影視的業務控制權拿在手裡。

這時候電話響了，看了眼來電顯示，是陳非，陳鷹接了。

「你不在公司？」魏小寶想送漫畫和小說給米熙，呂祕書告訴她，陳鷹帶米熙外出未歸，還取消了下午的課程，於是這事陳非也知道了。

「嗯。」突然這麼關心他，真是滿溢著溫暖啊！陳鷹吸口菸，知道陳非的重點不是這個。

「米熙才剛來沒多久，你就教她蹺課，這樣合適嗎？」

「挺好的，她應該要懂得變通，不能被條條框框束縛住了。人生苦短，及時行樂。」

「……」

「你這麼擔心我教壞她，不如你接過去吧。」陳鷹嘻嘻笑，調戲哥哥也是一種抒壓的方式。又來這套？陳非推了推眼鏡，每次都說一樣的話，一點新意都沒有，「這樣吧，我跟媽說說，她一直遺憾沒生女兒，身邊沒孩子陪她。米熙也來一段日子了，品行還不錯吧？對這裡應該也有初步的認識了，我跟媽說說，讓她領養米熙好了。」

「……」

「我一會兒就打電話給媽，你也不用嗷嗷叫煩人，今晚我就把米熙接走，行了吧？」

行個鬼！陳鷹按滅菸頭，他養孩子剛養出些趣味來，居然就想搶人？親情何在？

「等我把米熙教好了再麻煩你。」

「剛才還說讓我接走。」

「你聽錯了。」

「我耳朵很好。」

「不是耳朵的問題，是腦子。」陳鷹照照鏡子，確認儀容良好，走出洗手間，「你這麼閒，我帶米熙去你那裡坐坐吧。」

「我很忙。」但是陳鷹這麼閒就真是太讓人驚訝了，「你怎麼了？」

「我很好。你找我有什麼事？」

陳非把魏小寶借書的事說了。

「太好了，小寶果然善解人意，我怎麼就沒想到可以用漫畫和小說來啟發米熙的戀愛觀呢？這樣好，我一會兒帶米熙過去，你讓小寶別讓人送了，我們自己去拿。」

陳非愣了愣，還真要過來？他到處亂跑不辦公，真的沒問題嗎？

陳鷹掛了電話，回包廂找米熙。一開門，裡面沒人。出去看了一圈，正抓著個服務生要問，卻見米熙回來了。小臉通紅，快步急走，看見了陳鷹，更是小跑步奔過來。

她的身後有個年輕男人，陳鷹認得他。顧英傑，華德的小開。

顧英傑看到陳鷹，又看到米熙跑到陳鷹身邊，揚了揚眉，過來打招呼。

「嗨，King。」

「好久不見，James。」陳鷹回應。國內鮮少人叫他英文名字，顧英傑算是他在國外讀書時的校友，是少數執著叫他英文名字的人。

「你女朋友？」顧英傑看著米熙笑笑。

「遠房侄女。」

「她很害羞啊！」

「她只是比較自制。」陳鷹也禮貌地笑。他知道是怎麼回事了，他家米熙被搭訕了，不過看起來她很乖，沒打人。

「是嗎？」顧英傑再看米熙一眼，米熙躲到陳鷹身後沒理他。顧英傑笑笑，「這麼巧碰上了，一起坐坐？我在長安殿，跟兩個朋友一起，也做投資，正好介紹給你認識。」

陳鷹還沒回話，後背上的肉便覺一緊，被掐了。熊孩子居然敢對叔下手！

「不了，米熙害羞。」

這次後腰被掐了。說害羞也不行嗎？

「我還約了我哥，要帶米熙過去。」

後背沒再受到攻擊。

「那好，改天吧。」顧英傑也不糾纏，反正都認得，日後有機會，「回頭我請你和米熙吃飯。」原來叫米熙，名字還挺特別。顧英傑想對小美女再笑笑，可惜美女被陳鷹身體擋住了。

陳鷹客套笑笑，兩人握手告別。轉過身，米熙已經一馬當先直奔兩人的包廂。

陳鷹慢吞吞地走回去，吾家有女初長成啊，都有男人搭訕了，幸好今天有他在。

「我一直等不到你，我也想去洗手間，便自己找去，然後就碰到他，他突然過來與我說話。」

「嗯。」陳鷹點頭，看見漂亮女生過去說說話是男人常幹的事。

「此乃登徒子所為。」

這麼說多不合適，想他年輕時也幹過這事，現在忙碌了，沒空搭訕了。

米熙橫著眼看他，那表情似在說：「難道你也這樣？」

「搭訕有時候是唐突一點，妳不想理就不要理好了。」正直的叔叔趕緊表明立場，「很多人還是很識趣的，碰釘子就放棄了。如果遇到妳不理還死纏爛打的，妳可以罵他。要是碰到很不禮貌或動手腳的，妳就可以揍他。」

「揍的時候輕著點，打跑就行。警察來了就跑，不用想著跟官府回去交代。要是打不過也跑，不用想著決一勝負，明白嗎？」補充說明得多好，他教孩子真是太機智了。

米熙板著臉點頭，「可是……」

「可是什麼？」

「我不理他，他還問我名字，還說他叫奸毋死，這著實是欺人太甚，能揍嗎？」

「……」所以她剛才滿臉通紅真的不是害羞，是氣的？奸毋死是什麼鬼翻譯？幸好他叫King。

「他只是起的名字難聽點，不怪他。他問妳名字也是屬於第一種情況，妳不理他就好。」

「果真有奸毋死這名字？」米熙大驚，而後緊皺眉頭，「官府不處置嗎？」

「不是這名字，妳聽錯了。」

米熙認真想想，他確實是說這名字的。算了，叔叔說不是，且當不是好了。

「那還有……」

「還有什麼？」

「我不太會這裡罵人的話，可以略過嗎？」

「……」打算二話不說給人一拳嗎？陳鷹觀察小ㄚ頭的表情，認真又嚴肅，「忍無可忍就揍吧，揍完了打電話給我，我來處理。」

「好。」米熙心裡踏實了，重重點頭。

「呃……能忍就忍啊！」他現在對米熙的忍耐力還不太了解，還是勸導為主。不過話說搭訕什麼的，真的討厭，沒地方認識女人了嗎？居然敢搭訕米熙！

兩人來到陳非的公司，員工大多是男生，米熙走過辦公區時，陳鷹看到男生們眼睛發亮。

宅男們，請克制一下，小美女這種生物跟你們沒關係！

陳鷹把米熙丟給魏小寶，自己跑到陳非辦公室培養親情去了。

「……你說，是不是挺讓人擔心的？她完全沒概念，把人揍了還算好的，要是被人騙了，那就糟了。啊，這麼說起來，我還教錯了，我只告訴她不想理的情況，我應該強調知人知面不知心，別看有些人溫柔帥氣像個好人，她一定要打起十二分戒心，想理的時候可千萬要努力克制，比揍人的那種克制更要克制。」

陳非皺著眉頭聽陳鷹嘮叨，原以為他一臉愁容是為公事，他擺出一副哥哥的姿態準備陪他商量，結果人家開口說的是米熙被搭訕了。這麼有營養的話題他真的沒興趣，可以讓他滾嗎？

「要不，你就再給她請個禮儀老師？」既然不能趕人，就只好裝裝樣子出主意。

「不行。」陳鷹否決，「我雖不會亂寵她，可也不打算讓她不好過，禮儀是什麼鬼玩意兒？」

「禮儀是在人際交往中，以一定的、約定俗成的方式來表現的律己敬人過程，涉及穿著、交往、溝通、情商等內容。」當哥的立刻上網查禮儀是什麼玩意兒念給他聽。

陳鷹白他一眼，「我家米熙很懂禮儀好嗎？這還用學？是那些男生不懂。這麼主動做什麼，米熙會很有壓力的。」說到這，沒來由地想起公司那個叫魏揚的，他是不是也是對米熙很殷勤？

不主動追個屁的女生啊？陳非沒說這話，他心虛。推了推眼鏡，看了魏小寶一眼，她正跟米熙在聊天，似乎感應到他的目光，轉頭看了他一眼，又轉開，繼續跟米熙聊。

嗯，很多時候男生也是很含蓄的。

「所以，還是得我們介紹男生比較穩妥，起碼知根知底。」陳鷹摸摸下巴，其實魏揚和顧英傑他也是知根知底的，不過他不喜歡就是了，「起碼是我們過濾過，認同的。」

陳非不說話，現在到底是哪裡不認同？顧英傑他是知道的，名聲還好，聽說人不錯。

「總之，你跟程江翌要趕緊物色人選，米熙都開始上課了，你們的相親大業準備得怎樣？」

陳非很想回說不急，反正米熙蹺課了，不過還是不要惹麻煩比較好，「既然來了，你自己到處轉轉，相中哪個漢子打量拖回去，別客氣。」這麼配合總行吧？

結果被瞪了。

「不管怎樣，按原定計畫，過了六一就準備安排米熙相親。你們提前把人選備好，我們一起審核。」陳二少如是說完，然後帶著他家米熙打道回公司。

公司裡雜事一堆，很多人在等他。Lisa想問羅雅琴的事怎麼辦，鬧成這樣再簽約不好吧？陳鷹知道這裡面的利害關係，他不想這麼快做決定，他要再想想。

廣告公司的副總劉立旬問他永凱的合約怎麼樣，週六他都跟秦文易打球去了，結果如何，要不要再行動起來？陳鷹週末的時候原本想好了跟他說再等等，他這週末還有一個會要參加，而且也要等永凱那邊的動作，看合作窗口有沒有變動。他原本信心滿滿，現在被羅雅琴一攪和，卻覺得這邊也不確定起來。

吳浩找他說記者那邊問了，說是有人爆料，但爆料人不知道，只是收到了郵件和簡訊。陳鷹

心裡有數可能是誰幹的，但眼下發作不得，簡直是四面楚歌。

陳鷹回到公司什麼也沒做成，陳遠清叫他上樓，囑咐他羅雅琴的合作就算了。他們仁至義盡，羅雅琴自己不珍惜，那也是沒辦法的事。陳鷹沒說什麼，越想越悶，事事沒結果。他心情煩亂，無心辦公，乾脆帶著娃下班了。反正都蹺課了，多一項早退也沒什麼。

開車帶著米熙兜風，開著開著乾脆開到鄰市，去了家很有名的農家飯館，吃山貨土鮮。

米熙原本還覺得挺新鮮的，可她玩了一會兒，發現陳鷹似乎做什麼都提不起勁頭。她不敢問，見他坐在河邊發呆，她也呆著。

「米熙。」

「嗯。」

「妳會釣魚嗎？」

「不會。」可她挺會吃魚的，她家廚子做的魚味道一流，還會好幾種做法。

「那妳怎麼不問我呢？」讓他顯顯家長威風，顯示一下博才多學。

米熙愣了愣。陳鷹叔叔希望她問？想教她？

「可你一條都沒釣上來。」她要是問了，會不會讓陳鷹叔叔沒面子？

「……」陳鷹轉頭看她。能不說實話嗎？

「米熙。」

「嗯。」

「說個笑話來聽聽。」給家長解悶是做孩子的責任和義務。

「嗯……啊！」米熙正認真想，突然大叫一聲。她的魚竿動了，當下大力一甩，一條大魚被

甩到了草地上，她釣到了。

陳鷹盯著那條魚。這不叫笑話，這叫拆臺。

他今天已經被人拆過臺了，心情真不好。陳鷹決定不釣了，吃飯去。

米熙拎著魚趕緊跟上。

陳鷹回到飯館裡，讓服務生把魚拿去煮。又讓米熙自己坐著，他出去抽根菸。米熙趴在窗邊看他，陳鷹吐口煙，轉過頭來，對上米熙的目光。他看了她一會兒，她也看著他。

然後，她對他笑笑，似乎是想鼓勵他，給他打氣。

她的笑很甜，竟然讓他覺得心情好了些，比笑話管用。

「米熙。」

「嗯。」

「我們晚上去跑步吧。」

陳鷹叔叔真是想一齣是一齣，年紀大的人這麼任性不好吧？不過米熙不介意，她都聽他的。

晚上陳鷹真的又帶米熙去跑步了，這次他做了充分的準備，換了運動服、慢跑鞋，帶了毛巾和礦泉水。米熙也裝備齊全，又要做出格的事了，她有些興奮。

他們是十點出發的，晚餐消化得差不多，路上人車也少了，這才出門。

「跑慢一點，這樣可以跑遠一點。」陳鷹把話先說了，省得米熙像脫韁野馬瘋跑，這樣很快會沒力氣，不過癮。

這次確實跑得遠了，一口氣跑了好幾條街，比上次還多幾條。陳鷹直跑得大汗淋漓，這才痛快了。米熙一直跟在身邊，完全不亞於他的速度，甚至停下來的時候喘氣也比他輕鬆。

陳鷹哈哈大笑，揉她腦袋。這種時候有人陪著瘋跑，感覺真好。笑完了，他靠在路邊喝水，看著街燈發呆，米熙跟著一起發呆。

「米熙，有件事大家都覺得不該做，但我還是想做。」

「大家為何覺得不該做？不對嗎？」

「不是不對，是不值得。」

「那你為何想做？」

是啊，他為什麼想做？陳鷹想了一想，「也許是我不想輸吧。」是有別的項目可以取代這個，是有別的好劇本會出現，要進影視公司不是非拿這項目才能說事，但這些都不能掩蓋這項目無始而終的結局，在他手上無始而終。

他不甘心，被別人擺了一道就認輸了？

「不想輸便做好了。」

「為什麼？」

「不做就一定輸對吧？可值得不值得這事，還是有待商榷的。如我當初的婚事，有媒婆與我娘道，其實與人共侍一夫也是不錯，反正我是將軍之女，定是居大，夫君有侍妾也是正常。為這個卡著不允婚，嫁不出去，不值當。可那是她覺得不值當，嫁的又不是她，我便是覺得為了這個不允婚，挺值當。雖然最後我真的是至死沒嫁出去，我也覺得挺值當。不過後來那門親錯過了，我娘挺後悔，直說當初不該猶豫。」

「哼！」小丫頭是有多想嫁，聊什麼舉例子都能舉到她的婚事上，「妳放心，這回是我幫妳操辦，一定會把妳嫁掉。」

米熙有些害羞地笑笑，她又不是這個意思。不過找個好相公這事，她是願意的。

米熙因為先前的奔跑臉有些紅，路燈的光輝淺淺又溫暖，映得她的小臉分外美麗。那彎了的大眼睛配上甜甜的笑，讓陳鷹的心撲通跳了一下。哼哼，小丫頭真是一點戒心也沒有。大晚上的，黑燈瞎火的馬路上，對著男人這麼笑多危險。

幸好那男人是他，他有顆正直的心。

「好，那我們去吧。」正直的心號令他趕緊轉移注意力，回到正事上。

「去哪裡？」

「去做那件我很想做，但是也許不應該做的事。」陳鷹招手攔下一輛計程車，既然想做，就趁熱打鐵。兩人坐上計程車，來到羅雅琴的舊公寓外面。

在離公寓還有一段路的時候，陳鷹讓車子停下，撥通了羅雅琴的電話。

電話響了很久羅雅琴才接，接起的時候粗聲粗氣。

「喂。」

「羅姨，我是陳鷹。」

「哈，陳二少啊，有何貴幹？」

「我想我們應該見面再談一談。」

「談什麼？談你們領域威風八面，利用我這老太婆為你們那純情玉女大明星解圍的事嗎？要當面感謝我嗎？」羅雅琴大笑，「好啊，你來啊，當面謝我！」說完就把電話掛了。

陳鷹皺眉。羅雅琴居然會這麼想？不過也不奇怪，所有的事就這麼巧，換了別人也會疑心，但是沒羅雅琴自己的「大力配合」，這事情也不至於如此，所以，她還怪別人，憑什麼？

陳鷹自認是講道理的人，他絕不允許自己和領域如此「憋屈」。

看來他來對了，這事情就算最後真的做不了，他也要明明白白讓羅雅琴知道問題在哪裡。

陳鷹帶著米熙下車，遠遠觀察了一下，並沒有大批媒體駐守，公寓對面停了幾輛車，樓下也有，看不清車上的情況，也許會有記者。這時又看到不遠處有人正慢慢朝公寓的方向走，陳鷹交代米熙：「跟著那人，裝成是一路的，進那棟公寓。」他倆現在的穿著跟平常不一樣，也不像是來探訪人的打扮，應該不會引起媒體的注意。

米熙用力點頭，小臉仍舊紅撲撲的。這喬裝打扮偷偷摸摸幹壞事似的，她覺得頗是刺激。

兩人跟著那人一起走了，走近公寓時，陳鷹飛快掃了一眼。樓下一輛車上坐著兩個人，那應該是記者。陳鷹揀著路燈暗處走，帶著米熙偷偷進了公寓，沒引起任何人注意。

到了樓上，敲門前陳鷹告訴米熙，他來找人談個事，讓她一會兒只要在旁邊聽，不要插嘴。

敲了很久，羅雅琴才開門。她頭髮凌亂，穿著睡衣，拿著一瓶酒。看到陳鷹，怪笑一聲，「哈，我喝醉了嗎？剛才是接了電話嗎？還是那電話已經過了很久了？真的要當面謝我？真是多禮了，這麼有心，我真感動！」

「我們可以進去嗎？」陳鷹無視她的態度，冷靜地問。

羅雅琴沉下臉，看著他，又看了看他身後的米熙，「她是誰？」看起來年紀很小，不太像記者或是領域的職員，「你們領域的新一代玉女新星？怎麼，是帶出來亮亮相，讓我老太婆看看，商量商量怎麼也捧她一把嗎？」

「我們可以進去嗎？」陳鷹再問。

「沒有記者嗎？那你不是白來了一趟？」羅雅琴繼續嘲諷。

陳鷹不說話，只是看著她。米熙不知道眼前是什麼事，只覺得這個婆婆挺凶悍，陳鷹叔叔討不著什麼好。她站在陳鷹身邊，想著若是有什麼突發狀況，她得護著陳鷹。

羅雅琴看了看他們，再看看他們身後，終於側了側身子，讓人進去。

進了屋，陳鷹也不坐，左右打量了一番屋子裡的狀況，東西亂七八糟，像是被人甩過砸過。桌子邊的地上有兩大袋食品，袋子開了，露出裡面的東西，包裝被摔破了。

「二少坐啊！」羅雅琴鎖了門跟著進來，冷笑地把酒瓶放在桌上，又從椅子上堆得亂七八糟的雜物裡摸出一包香菸，點了一根抽上了。

「這屋裡有不抽菸的。」陳鷹提醒她。

「怎樣？」羅雅琴揮了揮手上的菸，很故意地對著米熙的方向吐了一口煙。

陳鷹讓米熙站遠點。米熙搖頭，她就守著陳鷹叔，萬一這老婆婆發起狠來動手，她得擋著。

羅雅琴又冷笑，「二少憐香惜玉，我卻是不識好歹的。」

「妳這樣真的很難看。」陳鷹黑著臉。

「我倒是想好看，可惜別人不讓。」

「昨晚為什麼要出去？」

「心裡高興，出去吃宵夜，出去喝酒，難道不是很正常的事？」羅雅琴看看陳鷹的裝束，「我是沒什麼防備，這些年從沒有記者關注過我，我哪裡會想到要像二少這樣換過衣服裝成慢跑運動的樣子外出呢？」

陳鷹冷冷地道：「只是吃宵夜喝點酒並沒有上新聞的價值。」

「沒錯。」羅雅琴手指著陳鷹的臉，怒氣一下子起來了，「你說的一點都沒錯，所以你們早早派了記者守在我家樓下，讓他裝成粉絲在小吃店跟我搭訕喝酒，套我的話，刺激我，惹怒我，然後報警鬧大，這樣好轉移視線，救你們家那個凌熙然！第二天記者會呢，真是好安排！記者會後簽約呢，時間安排得真好，記者會後還用簽約嗎？當然不用。利用完了，簽個屁的約，直接說我又爆出醜聞，不可能跟我合作就行了，真是高招，太高招了，哈哈哈哈……我呸！無恥！合約拿上來不過就是讓我以為這事已經確定，讓我高興一場，讓我有八卦可爆！你們厲害，你們領域厲害，一唱一和，步步為營，每一步都算計好了，你們真厲害！」

羅雅琴越說越激動，拿酒瓶灌一口，灌得急嗆到，又是咳又是笑。這下好了，她更沒指望了。

陳鷹不理她的發瘋，他聽到一半就已經知道是怎麼回事了。他找了張乾淨的椅子給米熙，又拖了另一張椅子，把上面的衣服雜物揮到地上，然後自己坐下。

羅雅琴一手菸一手酒，盯著他看。

「難道不是妳不聽勸，擅自出門的錯嗎？妳出門就算了，被別人捧了幾句就飄飄然忘乎所以，自鳴得意。酗酒、罵人、破壞他人財物、擾亂公共秩序，是領域讓妳這麼做的嗎？是我讓妳這麼幹的嗎？妳在電話裡答應過我什麼？低調，等我的安排，結果呢？」

「聽你的安排？我呸！老娘是誰，你是誰？我告訴你，陳鷹，你真當自己是二少？在老娘這裡，你就是個毛頭小子！二少？哈哈哈，別自以為是，就連你爸也得求著我，求著我知道嗎？要不是老娘我一時心善，你們領域能有今天？忘恩負義！我操，去你媽的！」羅雅琴開始罵髒話，一句接著一句，指著陳鷹，目露凶光，恨不得撕了他似的。

陳鷹看著她，沒有動。米熙卻是坐不住了，站到陳鷹身邊護著。

「你爸都得求我，你應該看看你爸當初的嘴臉。是他求我，是我讓你們領域一炮而紅，是我讓你們領域這麼快賺到了錢，是我！是我King姊！你去看看，誰不尊我一聲King姊，誰不認識我，誰不捧著我！」陳鷹的冷靜與無動於衷讓羅雅琴怒不可遏，「是我，你們才有今天！」她一邊罵一邊將酒瓶砸了過來。

陳鷹一直防備著，羅雅琴一有動手的跡象，他就做好準備要躲了，可他還沒來得及動，酒瓶被旁邊伸過來的一隻小手穩穩抓住。米熙表情冰冷，把酒瓶隨手放到桌上。

「別動手。」她輕聲對羅雅琴說：「妳不是對手。」

羅雅琴驚得愣住，酒一下子醒了。她看著米熙慢慢踱回陳鷹身邊站好，一臉嚴肅地盯著她。那氣勢，真不是一般女生。

羅雅琴想笑，想再諷刺陳鷹幾句，嘲笑他一個大男人怎麼找個小丫頭當打手？可她笑不出來，她覺得眼眶發熱。她是King姊，可她身邊沒有照顧她的人，連個孩子都沒有。

陳鷹對米熙說：「去坐著。」米熙搖頭。陳鷹不高興地看她，她也不高興地回視他。好吧，不坐就不坐。陳鷹不理她，轉向羅雅琴，看到她似乎冷靜了不少。

「羅姨，當年妳是King姐，如今卻是我是King哥了，不過大家都叫我二少。讓我告訴妳如果我要算計妳會怎麼做。我會先哄妳簽約，妳酗酒鬧事無可避免，我安排記者大肆炒作，然後凌熙然的道歉記者會會成為羅雅琴高調復出的發布會，一復出就鬧上警局的事情會把凌熙然的報導壓下去，領域再出面，根據合約規定，羅雅琴的違法舉動已然造成解約事實，而電影劇本所有權歸屬領域。妳一定會大鬧，記者蜂擁而至，事情沸沸揚揚，持續很長時間。劇本火了，這電影成為熱門話題，誰演都沒問題，拷貝大賣，領域大賺。」

羅雅琴開始發顫，直勾勾地盯著陳鷹。

「所以，妳猜錯了，現在的效果這麼不好，怎麼會是我安排的？費時費力不討好，一點好處都沒有。為了凌熙然？我陳二少要是願意，想捧幾個凌熙然就能捧幾個，用不著借妳搭橋。」

羅雅琴沉默，過了好半天，看了米熙一眼。小臉大眼睛，烏黑的長髮，精緻的五官，一身古典又清新的氣質，身手敏捷，長相甜美，這絕對是個好苗子，拍什麼戲都不是問題。果然是不缺捧的人，他特意帶這小女生來是想說這個？

羅雅琴笑了，笑得很難看。

「所以呢？」她問：「二少跑這一趟，就是想告訴我這個。領域什麼都不愁，是嗎？」

「不。」陳鷹看著她，「我過來是想跟妳說，我不想妳輸，妳輸了，我就輸了，我陳鷹字典裡絕對沒有認輸這個詞。」

羅雅琴咬牙。誰字典裡有？誰願意？但輸了就是輸了。

「然後呢？」她問。不服輸又能怎樣？

「妳該去看心理醫生。」陳鷹答：「我可以幫妳介紹一個跟領域和娛樂圈沒有任何關係的心理醫生，只要妳自己不出差錯，這件事不會有人知道。妳調整好自己，能夠控制情緒，冷靜又有條理地應對處理事情了，我們再簽約。」

「簽約？」羅雅琴瞪著陳鷹。

「或許妳想放棄自己？那也沒問題。我不想輸，但我也是能屈能伸的。也許一開始會有些風言風語讓我不舒服，但說實話，妳這項目不做我另外找一個，最後也能達成我的目標。妳很清楚，妳的損失比我更大。我只是丟了面子，而妳早就沒了面子，現在更丟了重新開始的機會。」

陳鷹盯著羅雅琴，一字一句地說：「只有我才能給妳這個機會。別人要麼沒意願，要麼沒能力。說這個不是要脅或是讓妳感激，而是事實，妳很清楚。」

羅雅琴不說話，她的酒已經全醒了，但腦子還有些木。她明白，但不知道要怎麼反應。《開始》，她是喜歡上了這個電影的新名字。她看到了合約，欣喜若狂，洋洋得意，所以犯了錯，給了對方機會。那假粉絲先捧後踩，譏諷得她失去理智。她跟他聊時就被哄得喝多了，她砸瓶子破口大罵，她看到了鎂光燈和攝影機，她不記得她罵了誰打了誰，最後印象最深的就是警察衝進來把她壓制住了。

她在警局住了一夜，直到一個自稱是陳鷹派來的人把她帶出來，他們費了一番周折才回到家。她一開始還有些糊塗，直到她看到娛樂新聞，領域的當家玉女凌熙然道歉發布會，才知道是被人擺了一道。可現在陳鷹就站在她面前，他說的卻跟她想的不一樣。

羅雅琴站起來，走去旁邊倒了一杯水。她需要冷靜，但她腦子空空的。

陳鷹說的對，如果她簽了約，她會更慘，會被扒得皮都不剩。她的心血可能是她一生中最後的心血，滿懷對丈夫情意的劇本，就這樣沒有了，不再是她的。她一定會大鬧，甚至會跟他們拚命，然後這電影就真的紅了。而她除了那點劇本的錢，什麼都不會得到。

羅雅琴驚出了一身冷汗，看向陳鷹。陳鷹沒在看她，他正用眼神跟他旁邊的那個小丫頭較勁，好像在趕她到一邊去坐。那小丫頭微嘟著嘴，就是不願意，兩人正互相瞪著。

很美的畫面！羅雅琴看著，俊男美女，她甚至都能想出一個故事來。

羅雅琴的眼眶熱了。她愛電影，她愛這個職業，她為之奉獻了一生，她也不甘心認輸，但她能夠相信誰？她的生活沒有了，開了門似乎就會遇到豺狼虎豹。過去的幾天就像是在坐雲霄飛車，一會兒在希望的高峰，一會兒在絕望的低谷，現在擺在面前的會是希望嗎？

陳鷹已經跟米熙較完勁了，他看羅雅琴在發呆，表情變幻莫測。他也知道適可而止，見好就收的道理。他拿出手機，發了一條簡訊到羅雅琴的手機裡。

「這是那個心理醫生的電話，她叫蘇小培。妳找她，就說是我介紹的，我會先跟她打聲招呼。等妳看過醫生，狀態好了，還願意合作的話，就給我電話。」

陳鷹瀟灑說完，很有氣勢地帶著米熙退場。回頭看了羅雅琴一眼，她正看著手機發呆。

陳鷹帶著米熙悄悄下樓走遠，轉頭想使喚那個不聽話的小丫頭招計程車，結果就看到米熙對他笑，「陳鷹，你真能幹。」

「哈！」陳鷹被誇得咧嘴笑，雖然她用詞含蓄了些，但被誇還是會飄飄然的，「怎麼能幹？」

「不認輸啊！」小丫頭其實沒搞清楚怎麼輸的，反正不認就對了，「我也是這般的。」

陳鷹的笑僵了一僵，她是在誇他，還是在誇自己？

「想當初在家鄉時，我的婚事……」

「好了好了，我一定把妳嫁出去。」她是想說她一直嫁不掉，然後不認輸，還跑來現代繼續求嫁嗎？小丫頭，妳好煩啊，不要總提妳的婚事好不好？

「哦。」米熙把話嚥回去，又說：「那婆婆好凶啊，你都不怕她。」

陳鷹點頭，有什麼好怕的，真打起來他還會怕個老太婆不成？

「不過有我在。」米熙繼續說：「你確實不必怕她。」

「……」陳鷹忍不住多看米熙幾眼，她笑得很開心。這關她什麼事，她興奮個什麼勁兒？這丫頭一興奮就愛擠兌人兼自誇嗎？

「陳鷹，今後若是有像這般危險的事，你都帶上我吧。我保准小心提防，保你平安，這般我覺得自個兒甚是有用處。」

是嗎？這是危險的事？他怎麼沒覺得？陳鷹撓撓額角，計程車怎麼還不來。不過，讓米熙有成就感是好事，總覺得自己沒用會自卑的，「好，都帶上妳。」先答應好了，反正不吃虧。

「太好了，如此我就能提前練練當保全。防賊防盜防客人被劫，保一方平安。」

「……」現在把剛才答應帶她的話收回還來得及吧？

馬路上終於出現計程車的影子，陳鷹趕緊攔下，帶米熙上車。在車上他打了電話給蘇小培，告訴她他介紹一個病人給她，那人叫羅雅琴，是個六十來歲的老太太，讓蘇小培收到她的電話後幫忙診斷和治療。

「她做了什麼事？犯的都是什麼案子？」蘇小培問。

「她不是罪犯，只是個……呃，怎麼說，有心靈創傷的老人家。」

蘇小培沉默幾秒，「我是研究犯罪心理的，你知道吧？我不做心理諮詢。」

「兼任一下沒關係。」陳鷹很不要臉地討人情，「米熙妳都諮詢了，不差這一個。這人是我一個很重要的合作對象，用別的心理醫生我不放心，嘴不嚴本事不夠，沒處理好還會被狗仔打擾，要是妳能接就最好。她是個很大牌的明星，會難搞一點，交給妳我比較放心。」

「不認識，沒聽過，在我這裡沒有大牌的人。」蘇小培對明星不感興趣，再大牌也沒放眼裡。

所以說，女人成了專家後比明星還難搞。陳鷹覺得程江翌愛上蘇小培真是有勇氣，不過沒關係，他陳鷹還有王牌在手，「我照顧好米熙，妳幫我照顧好羅雅琴，怎麼樣？」蘇小培不接這個委託，他就「虐待」米熙給她瞧瞧。

蘇小培沉默幾秒，答應了：「好吧，如果她聯絡我，我會安排的。」

陳鷹道謝，掛電話。其實他沒把握羅雅琴會不會聯繫蘇小培，但如果她不能穩定情緒，之後也沒法合作。他不是只看眼前利益的，簽約從來都只是第一步，後續的執行才是難度最大的。

「是蘇嬸嬸？」米熙問。

「對。」

「有嬸嬸幫忙，你便不會輸嗎？」

陳鷹想了想，小丫頭這麼在意輸贏的問題，太過鑽牛角尖不好，這樣心理很不健康。「其實輸贏這種事，到了最後都不重要，重要的是過程。」陳鷹看看米熙，她眨巴著眼睛一臉茫然，「比如說我們喜歡爬山，爬到山頂算是成功了，但其實妳上去了還得下來回家，那個成功只是一個時間點，並不是最後的結果，所以重要的是過程，妳辛苦爬山，堅持到底的過程。」

米熙苦著小臉，陳鷹敲她腦袋，「有這麼悶嗎？明明我說得深入淺出，非常好懂。」

米熙振作精神，翻譯一下：「其實你的意思就是像我一直嫁不掉沒關係，這個不重要，重要的是我家給說了幾門親，是嗎？最後我沒嫁成沒關係，重新開始接著來，是吧？是鼓勵我這個？」

陳鷹微張著嘴，然後閉上。又繞回嫁人上，她真厲害。「我輸了，這話題到此結束。」

「可你說輸沒關係，重要的是過程，所以我們說話的過程比較重要，可是重要在何處？」

「米熙。」

「嗯。」

「閉嘴。」

米熙閉嘴了，可臉上還顯示出不服氣，說話沒說清楚真的是難受的。

陳鷹不理她，一抬眼，看到計程車司機從後視鏡裡看他們，這十來歲的小ㄚ頭說什麼嫁不出去是有點古怪。他皮笑肉不笑地對司機說：「不好意思，我們在背劇本臺詞。」

司機露出恍然大悟的表情。陳鷹接收到米熙「你說謊了」的表情，他也回她一個。正直的心偶爾要來點善意的謊言，不然告訴人家這車上有個穿越來的小姑娘，死都嫁不出去嗎？看來對米熙的教育範圍要擴大些，得讓她知道承諾是放屁，說謊像吃飯的社會風格了。

回到家裡，陳鷹把這句話告訴米熙，米熙想了半天，「哦」了一聲，然後說她告退回房。

死小孩，這麼不上心！不懂這社會的遊戲規則，妳會吃虧的知道嗎？陳鷹看著米熙的背影，腳底打拍子。算了算了，有他護著，她能吃什麼虧，隨她吧。

第二天，上班的生活一成不變。忙碌、八杯水、上課，但也有些令人不愉快的小插曲，比如魏揚送了毛筆、硯臺、墨水和宣紙給米熙。

這小子是在上班前偷偷放在米熙專用的小會客室，還留了字條，說那天在公車上聽到米熙說很會寫毛筆字，他週末跟同學逛書店，看到了就順手買了，喜歡米熙喜歡。

米熙當然喜歡，她看到毛筆，抿嘴甜笑的表情刺了陳鷹的眼，魏揚留的字條更是讓他心裡相當不舒服。哼，順手買了？怎麼不見他順手買點什麼孝敬他這個老闆？年輕人這麼殷勤真是討厭！

「我可以收下嗎？可以嗎？」米熙問他。

陳鷹很想說不可以，想要我買給妳，可是一想她說想要說了好幾次，他都沒買。他是想鼓勵

她多用現代的東西，結果被個討厭的小子鑽了空。米熙現在笑得這麼開心，他真不忍心說不行。

「也不是不能要，但是無端收人禮物不合適。」陳鷹說。

米熙用力點頭，她就是覺得好像拿了人家的東西不合適才問的。

「妳把東西收下，錢還給人家。」陳鷹拿皮夾掏鈔票，也不知道多少錢，他就按原來在百貨公司裡看到的價格算。米熙接了錢，喜孜孜地找魏揚去了。

陳鷹遠遠看著米熙跟魏揚說著什麼，然後客氣地雙手捧錢遞了過去。魏揚漲紅了臉，連連擺手，最後轉頭看了這邊一眼，見陳鷹在看，就把錢收下了。

米熙又說了什麼，魏揚紅著臉笑了。陳鷹微瞇了眼，心裡警覺。魏揚是什麼心思，他想他是知道了。他看到米熙跟魏揚兩人相視一笑，心裡那警鈴更是敲得響。

「把魏揚的入職資料調出來讓我看看。」他回辦公室，囑咐呂雅。

呂雅效率很高，不一會兒便把魏揚的資料放到他辦公桌上。A大市場行銷系大四應屆生，二十二歲，各學科成績優等。資料第一頁貼著魏揚端正帥氣的證件照，陳鷹得承認這小子長得很不錯，真人比照片更帥氣，很有泡妞的本錢。陳鷹繼續翻，家庭情況，父親是公務員，母親是家庭主婦，魏揚是獨生子。

陳鷹把資料合上，不合格，這魏揚跟米熙太不配了。

他走出辦公室看了看，米熙已經回來了，老師也到了，他們正在小會客室上課。陳鷹又踱到公共辦公區看了看，魏揚不在座位上，他在劉美芬那裡。劉美芬正跟他說事，可能是交代工作，魏揚聽得很認真，時不時點頭。劉美芬似乎感應到陳鷹的目光，轉頭一看，正碰上陳鷹的視線。陳鷹別開頭，走回辦公室。

米熙在這個世界就是一張白紙，不識人間煙火的小笨蛋。她需要的是一個有一定經濟基礎，能照顧她生活，讓她衣食無憂的男人。有房子是必須的，有車子也很應該，不必米熙出去工作當保全，不愁家用花銷。她對什麼都好奇，所以還得有錢滿足她的好奇心。

就經濟基礎這項，魏揚就很不合適。

陳鷹再看一眼認真上課的米熙，他得好好幫她把關。這事要不要跟米熙談談呢？

中午的時候，陳鷹決定暫時不談，因為米熙送了他一份禮物。

她用魏揚買的紙墨筆硯，寫了一幅大字給他：鷹擊長空。

字非常漂亮，端正秀氣，雖然配上這四個字顯得氣勢不足，但陳鷹非常高興，心裡暗爽。真是沒白養她這麼久，心裡還是向著他的。看，收到禮物後，第一個用在了他身上。鷹擊長空，多好的話啊，她是在給他打氣呢，他知道。

陳鷹囑咐呂雅找人把這幅字裱起來，他要掛在辦公室裡。這個決定也讓米熙很高興，小臉一直掛著笑。氣氛這麼融洽美好，陳鷹就把魏揚丟到腦後去了。

第二天，好事來了。

陳鷹收到秦文易的請柬，週五晚上永凱慈善音樂會的邀請函，另外，附贈一個消息，領域廣告與永凱合作，永凱的窗口更換，王兵被調離，換了一位姓葉的副總負責。那位葉副總親自打電話給陳鷹，表明自己的身分及繼續洽談合作的意願，陳鷹讓劉副總與其接洽。當天劉立句便來報告，這位葉副總很好說話，對合約沒什麼挑剔的地方，基本已經溝通好，他明天會帶業務部的人去永凱再面談。

陳鷹心裡有數，其實條件是雙方早就談好的，之前全是王兵從中作梗，現在換了窗口，自然事情就順利了。陳鷹對這個結果非常滿意，督促劉立旬儘快簽約。

這天對米熙來說也有好消息，呂雅告訴她，她家人的牌位和供桌已經做好，對方還看了三個好日子，讓米熙看看哪天把牌位請回家。

「還要挑日子？」陳鷹對這種事完全不在行，覺得很新奇。他看了看，挑了週日那天。那天他們在家，比較方便。米熙沒意見，一想到週日就能擺上父母弟妹的牌位，讓他們陪在身邊，小丫頭還抹了眼淚。

「喲，這出息！」陳鷹趁機地戳了戳米熙的腦門，看她只顧抹眼淚沒反抗，趕緊多戳幾下。突然想到，週五晚上的慈善音樂會應該帶米熙去，一來讓她見識見識，聽聽現代的音樂，二來那種場合會有許多優秀青年才俊，看看那些人，再對比魏揚，米熙就不那麼容易被迷惑了，這叫什麼，曲線救姻緣？

陳鷹把米熙叫進辦公室，想跟她說說這事，還沒開口，電話響了，拿起一看，居然是羅雅琴。

「陳鷹，我想好了，我們簽約吧。」羅雅琴完全沒廢話，直接進入正題。

她的聲音冷靜，陳鷹卻不能肯定。她還沒有找蘇小培，這個他知道，如果她找了，蘇小培會告訴他，所以，突然說簽約又是哪招？

「我想過了，有時候人不到絕境就不能逼自己走下去，我簽約。我知道一旦我再出狀況就會被踢出局，就會什麼都沒有了，我想這樣我就可以警告自己，我能完成工作。」羅雅琴深吸一口氣，「我會戒酒，我也會克制情緒，我想要拍這部電影。」

陳鷹沉默一會兒，他有些心動，簽約了就能揚眉吐氣，簽約了確實就把羅雅琴拿在手裡，他

怎麼都不虧。這誘惑很大，他沉默著，他在思考。

「羅姨，我想，妳還是先去看心理醫生，打電話給那位蘇小培吧，讓她幫幫妳。合約是張紙，不是心，如果妳想靠一張紙來約束自己，那妳就還是沒有準備好。我拿到了合約，卻拿不到一個穩定的合作者，也不算贏。我不想簽約之後一直花時間精力與妳周旋，妳違了約，我拿到好處卻要處理妳三天兩頭的吵鬧，我也不願意。我有這時間精力，我同樣能做別的項目賺到更多的錢，妳明白我的意思嗎？妳想拍這部電影，就先見見心理醫生，我等著妳。」

電話那頭沒了聲音，而後是羅雅琴的嚎啕大哭。她哭了好一會兒，聲音小了，陳鷹問：「羅姨，妳現在又想喝酒了嗎？」

羅雅琴咬牙，她確實非常激動，她又想喝酒了。

「在妳拿酒瓶前，先打電話給蘇小培好嗎？我跟她說好了，她知道該怎麼幫妳。」

羅雅琴繼續抽泣，說了一句什麼陳鷹沒聽清楚，然後羅雅琴掛斷電話。陳鷹看了看手機，嘆口氣。這年頭想做點事賺點錢，怎麼就這麼難呢？他抬頭看，米熙還站在他桌前等他的話呢。

她眼睛亮閃閃的，小臉散發著光采，彎起的嘴角帶著的笑，讓他覺得她真是可愛。那目光熱烈得……讓他覺得她欣賞和仰慕他。

咳咳，陳鷹清了清喉嚨，米熙的表情太豐富，會給人錯覺。嗯，對，這件事也要好好教育她，不可以對著男人亂看，這樣會讓人家誤以為她有帶著情意的意思。

「陳鷹，你真是好人，俠義之士。」米熙豎起大拇指。她聽出來電話是那個凶凶的婆婆打來的，陳鷹這樣對待別人，讓她覺得陳鷹真是再好也沒有的人了，難怪月老先生要把她託付給陳鷹，月老先生看人看得真準。

陳鷹臉有些熱，今天米熙連誇人的詞都熱烈不少。她在他辦公室做什麼？啊，對了，是他叫她進來的。他想讓她做什麼來著……對了，他要帶她去參加音樂會和晚宴。

「嗯，我週末要帶妳去一個地方玩，那裡有好吃的，還有音樂聽，妳可以認識一些朋友。」

「好。」米熙一口答應。

「妳也不用做什麼，我會讓呂祕書幫妳準備禮服……」

等等，陳鷹忽然想到一件大事，小禮服有全身包得嚴實的嗎？

陳鷹沒料到衣服這件小事，有一天會成為讓他頭疼的難題。

這事呂祕書應該是搞不定了，他讓呂祕書找來領域經紀的造型師。造型師很專業，問清楚了要出席的場合，看看米熙的容貌身型氣質，量了尺碼，跟陳鷹確認了服飾要求，然後回去準備。

其實陳鷹想像不到有什麼款式的禮服能滿足米熙那死板的要求，但衣服這事先這樣，他又想到了件需要解決的問題。秦文易邀請他去見自家女兒，他帶個拖油瓶小美女過去不太合適，他打了電話給吳浩，通知他把週五晚上的時間空出來。

「做什麼？」

「永凱的慈善音樂會和晚宴，你當米熙的男伴，一起去。」

吳浩在電話那頭頓了一頓，這麼複雜的問題啊，他得上來面談。

吳浩上來了，跟陳鷹關在辦公室裡偷偷抽菸，「是什麼原因讓你決定要帶米熙去參加這種社交活動？」明明他交代過這位少爺米熙小朋友的動靜最好能低調是吧？這種社交活動會有媒體記者的。少爺，你能不能把低調兩個字聽進去？

「想讓米熙開拓眼界。」看看高富帥，把自己的擇偶條件抬高一些。

「這個開拓眼界的必要性是……」吳浩拖了尾音，難道要讓米熙投身做藝人當搖錢樹了？米熙的條件是不錯，但如果沒有準備好就貿然出現在公眾視野，實在不是什麼明智之舉。

「想給她找個合適的對象。」

吳浩的下巴差點掉下來，「米熙多大了？」不會是三十來歲，但長得一副童顏吧？

陳鷹瞪他一眼，「十七。但她們山裡婚配早，講究這個。她家人將她託付給我的時候，就囑咐了要給她早早找個好對象。」

吳浩呆了呆，閉上因震驚而張大的嘴，然後正經道：「哪用這麼費事，這好辦。」

「是嗎？」陳鷹才不信，「別跟我說什麼徵婚網站、相親大會這種事。」

「哪能啊！」

「那怎麼好辦？」

「我啊！」吳浩一臉嚴肅，「老大，你看看我，適婚年紀，為人正派，收入不錯，有房有車，五官端正，身體健康。最重要的是，對你忠心耿耿。你發愁怎麼幫米熙找對象，我來為你解決。米熙跟我認識，感情不錯，相處良好，我願意獻身，做老大你的侄女婿。」

「啪」的一下，臺詞剛念完，就被陳鷹拿筆砸中。

「你想死嗎？」

不想！吳浩揉揉被砸的胸膛，老大太沒有幽默感了。這種情況應該接下去商量聘禮什麼的，然後談不攏再翻臉嘛！

「好吧，我做米熙的男伴，注意事項是什麼？」

「別讓她孤單，別讓別人欺負她，過濾一下找她搭訕的人，讓她看看城裡的青年才俊都是什

麼樣的，培養正確的擇偶觀。」

吳浩揪眉頭，聽起來很有難度。前幾項就算了，後面那個培養正確擇偶觀是個什麼鬼？看了看陳鷹的表情，嗯，還是不要問了。老大很認真，恐怕越問下去要求會越多。

「我知道了。」反正答應就對了。其實他就是個陪護，哪來這麼多事？「捐多少？」這種活動都得帶著捐款支票過去，吳浩也是熟門熟路了，反正是以公司名義捐，他也不心痛。

「找會計算算稅，要我幫你算？」

「哦，不用不用，當然不必老大出馬。」太子爺心情這麼快就不好了，吳浩撓頭。

「那個劉並其跟李董走得很近是吧？」陳二少轉話題的速度跟轉心情的速度一樣快。

不過吳浩相當適應，「對，他們是老相識了，而且餅哥帶凌熙然嘛，李董手上幾部片子都是凌熙然主演，聽說下一部也已經確定是凌熙然了。」

陳鷹吸了口菸，點點頭，「你去把凌熙然的那事再炒起來。」

「啊？」吳浩一愣，這個比不讓他跟米熙戀愛更教人驚訝，自己公司的利益不要了嗎？

「話題的方向在劉並其身上，這幾年凌熙然出錯的地方，都讓他來買單。一個連藝人都管不好照顧不好的經紀人，要來做什麼？」因為手上有凌熙然，所以餅哥在公司裡也是個作威作福的。

吳浩明白了，向餅哥動刀，但也進一步洗白了凌熙然，又問：「羅雅琴那邊什麼情況？」

「我還在等，但無論什麼情況，該動手了。一口吃不成胖子，總得一步一步來。李董生怕我擠到樓上去，其實我不上樓也要砍掉他的那些嫡系勢力。」

吳浩點頭，「我知道該怎麼做了。兩週之內，我會讓你有話題可發揮的。」

「好了，你下去吧，我會把你的名字報過去，週五晚上六點半一起從公司出發。」陳鷹的話題又亂跳，吳浩覺得自己的反應真是一極棒。

吳浩按滅菸頭，問：「米熙穿什麼衣服？」

「還沒定，你穿西裝就好，米熙穿什麼不影響。」

「總得配一配款式顏色。」吳浩挑挑眉，情侶裝什麼的，一起出席才過癮。

陳鷹瞪著他不說話。

「好了，我走了。」吳浩打開辦公室的門，還要嘴賤試探一下，「老大，要是米熙不小心真的愛上我了，你千萬不要阻撓我們的愛情。」

「啪」的一下，這次陳鷹甩過來的是份資料夾。

吳浩火速閃開，把資料夾擋在門後。左右看看，會客室裡米熙正抬頭看這邊，吳浩對她溫柔一笑，米熙對他點點頭算回禮，然後很冷靜地低頭繼續寫字。

哎，這孩子！吳浩吹著口哨走了。是得給這孩子培養正確擇偶觀了，對他條件這麼好的成熟男人不說有好感愛上，起碼的欣賞要有吧？居然這麼冷漠，太不應該了！他特意繞道走過劉美芬的位置，劉美女眼睛都不抬，這個更狠。吳浩捧著傷碎的心下樓去了。

這天晚上，陳鷹帶米熙跟父母吃了頓飯。

陳遠清也收到請柬，他要帶妻子一起出席。陳鷹為免到時活動裡他們遇到米熙不認識，引起什麼小動靜，所以趕緊提前安排見面，先一起吃飯熟悉一下。為免場面有點怪，又把陳非叫來。當初事情是他鬧起來的，現在遇到需要解釋的局面也得讓陳非出馬。

陳非沒敢拒絕，當初腦子一熱偷了戶口名簿的後果，必須得承擔啊！

宋林到了飯店，捂著胸口感慨：「唉，八百年見不到兒子一面，現在終於見上了。」

「媽！」陳非和陳鷹一起叫她。不阻止的話，母親大人會繼續演下去。

米熙很緊張，按陳鷹教的，叫了聲爺爺奶奶後，就不知道該怎麼辦了。

宋林笑咪咪地看了她一分鐘，然後招呼大家吃菜。

米熙也不知自己怎麼了，在宋林和陳遠清面前比在陳鷹面前緊張十倍。啊，不對，她現在在陳鷹叔叔面前已經不緊張了，但此刻她生怕做出半點失儀的事來。菜也不敢多夾，飯小口小口地吃。大家在飯桌上聊的話題她聽不懂，筷子也不敢伸，於是又呆又啞。

陳鷹一邊聊天一邊留意她的糗樣，時不時幫她夾菜，嗖嗖地夾滿一小碗，「快吃。」

宋林看著，笑咪咪的，也夾菜給米熙，「快吃。」夾的是米熙完全沒碰過的生魚片，還幫她放到了她面前的醬油芥末盤子裡。

「謝謝奶奶。」米熙看著生魚片就頭皮發麻，但她不敢不吃，正打算咬牙塞進嘴裡的時候，生魚片被陳鷹夾走了。

「她不吃這個的。」陳鷹若無其事地把生魚片放進自己嘴裡嚥下，「上次帶她去吃生魚片，她眼淚鼻水橫飛，淹了一桌子。」

其他人都笑了，米熙震驚地看向陳鷹，他怎麼能當眾說她的醜事，而且眼淚鼻水橫飛這個聽起來非常不雅。這真的是……太失禮了！

「好了，看什麼看，笨死了，快點吃！」陳鷹把她的頭轉回去，又夾菜給她，嘴裡又跟陳遠清說起公司裡的事。

米熙臉都不敢抬，恨不得埋進碗裡去。好丟人，陳鷹叔叔真討厭！她漲紅了臉，偷偷看了宋林一眼，很擔心自己在奶奶心裡留下不好的印象。結果宋林對她笑笑，又夾了菜給她。

那應該……不是討厭她的意思吧？

回家時，米熙撐壞了，要不是顧著禮儀，她真想抱著肚子滾倒在椅子上。陳鷹一邊開車一邊分神看她，過了一會兒，趁著等綠燈的時間，幫她把椅子放倒，「吃不下就不要塞。」

米熙心裡委屈，明明是他一直不停夾菜，奶奶也一直不停夾菜。

「以後熟了就好了。」陳鷹安慰她，「現在插不上嘴妳就吃。」教她應酬的辦法，「週五晚上那個音樂會會有個自助餐的晚宴，我可能沒那麼多時間陪妳，妳跟旁邊人聊不來，或者不想理，妳就吃東西喝飲料，忙起來就好了。」

「哦。」米熙恍然，原來是這樣，今天是先練習啊！

「那天吳浩叔叔會一直陪著妳，妳不用緊張。」

「我不緊張。」換米熙安慰他，「叔叔放心吧，我也是見過大場面的。當初在家鄉時，爹爹帶我進宮見過皇上，參加過皇宴呢！」

她不說還好，她一說，陳鷹倒真的緊張了。這年頭皇上是個什麼鬼，小丫頭不要太沉迷過去。剛想說什麼，電話響了，是蘇小培打來的，她說羅雅琴已經跟她聯絡，她們約好了明天見面。陳鷹頓時把皇上拋到腦後，鬆了一口氣。羅雅琴終於邁出了這步，太不容易了。

蘇小培說她在網路上已經查過資料，明天的見面她會對羅雅琴目前的心理狀況做一番評估。

掛了電話，陳鷹沒再說話，腦子裡一直轉著羅雅琴這件事。他希望評估的結果是好的，他想做這件事回敬李展龍。大家越是覺得他做不了的事，他就越想做好給他們看。沒辦法，他陳鷹的叛逆期比較長。

車子開到家，一轉頭，發現米熙已經睡著了。陳鷹失笑，看來真的是吃太飽。仔細看她，小臉好像比剛來時圓了些，皮膚真是好，又白淨又水靈，眉毛彎彎的，小鼻子挺直，唇瓣粉嫩。

手機鈴響突然響起，打斷陳鷹的凝視。他嚇了一跳，手忙腳亂地把手機調靜音。糟糕，他剛才看太久了，美色這東西果然危險。回頭得說說這笨蛋，怎麼能說睡就睡。幸虧她身邊的男人是他，換了別人她多危險。看他定力多好，給自己點個讚，真是正直又英俊。

正直又英俊的叔叔下了車接電話，電話是母親大人打來的。

「怎麼這麼久才接？」

「在停車。」陳鷹清了清喉嚨，有些心虛。

「嗯，我給你一次坦白的機會。」宋林沒廢話，直接入正題，「米熙跟你是什麼關係？」

哎呀，這問法真是……陳鷹心跳慢半拍，很快恢復過來，「剛才吃飯的時候不是跟你們說了嗎？是我當初探險爬山時認得的一個生死之交的遺孤。他們山裡出了事，小ㄚ頭無依無靠，就來投靠我了。我們對外都說是遠房親戚的孩子，媽，妳到時別穿幫了。」

「是嗎？你擔心我穿幫？」宋林慢條斯理，「當初你哥跟你爸說是他朋友的遺孤，他沒辦法照顧就託給你了。」

啊，對，一開始好像是這麼說的，他把他哥給忘了，「哥是想幫我吧，畢竟我一個大男人照顧一個十來歲的小ㄚ頭不太合適，他大概怕你們知道了罵我，就幫我掩飾了一下。」

「你們兄弟情深，為娘真的好感動。」宋林用誇張的語氣說著。陳鷹在電話裡聽到他老爹在一旁的笑聲。這夫妻倆吃飽了閒著，拿兒子取樂嗎？

「兄弟情深是應該的，娘，妳冷靜。」陳鷹心想這電話一結束就馬上打電話給陳非對口供。

「所以米熙真的不是你的什麼小女朋友，因為未成年，你不敢告訴我們，才藏著掖著的？」

「怎麼可能？」陳鷹覺得熱氣一下衝到臉上，「我有什麼不敢的？有女朋友又不是什麼壞事，再說十七又不是七歲，有什麼不合適的？我們也沒差多少歲，有什麼不合適的？她再半年就十八了……」等一下，說這些做什麼？冷靜，重新來過，「她不是我女朋友。如果是，我一定說。再說，我當初蹺課休學打架這些事我都敢說，交女朋友怎麼會不敢說？我要藏著掖著，幹麼還帶她去見你們？啊，對了，週五帶她參加晚宴，也是想幫她物色個合適的對象，他們山裡講究這個，婚配得早，我答應她家人了，所以得趕緊幫她找一個。」

「哦。」宋林聽了半天，最後發出一個音。

哦什麼哦，哦得他好心虛，可是除了隱瞞米熙的來歷之外，其他的事他真的沒說謊。「要是媽有合適的對象，也幫米熙看看吧。」這麼說總該信了吧？

「好。」宋林完全不拒絕。陳鷹頓時有些後悔，如果娘親大人摻和進來，得有多麻煩？

「你爸說秦總打電話給他了，說音樂會結束後，要介紹他女兒給你認識。」

「哦。」換他發單音節了。

「你爸讓我提醒你注意禮貌。」這暗示太明顯了。

「哦。」

「再哦一個試試？」

「放心吧，我最會做人了。」不哦就不哦，他真是孝心滿溢的好兒子。

「如果合適，就相處看看。你們兩兄弟這把年紀都沒銷出去，我這當媽的多沒面子。」

陳鷹不說話，老媽，妳的面子支撐點還挺怪異的。

「怎麼不說話？」宋林等了等，問。

「嗯，不敢說。」

「什麼不敢說，你剛才不是說你很敢嗎？我現在也沒催你結婚，就是遇到合適的就趕緊談個戀愛。我和你爸比很多父母都開明，你們也差不多一點。」

「嗯，我不敢說，我想去廁所，所以要掛電話了。」

米熙揉著眼睛跟陳鷹坐上電梯，看陳鷹一臉愁苦，心裡很內疚。她是不小心睡著了，耽誤了陳鷹叔叔的時間。陳鷹看她一眼，心裡又嘆氣。得，他們這對組合真有趣。一個結婚狂，一個單身狂。一個未成年，一個適婚男。

第六章

這打人的丫頭是我家的

慈善晚會逼近，陳鷹有個問題沒法解決，那就是米熙的小禮服。

造型師很有效率，接下任務的第二天就拿了好幾件禮服來給米熙試穿。全都沒有露背，但七分袖V字領，或者長裙露臂，要不就是無袖齊膝小短裙。料子輕軟舒服，沒有透視暴露的效果。

陳鷹看著，知道按宴會禮服來說，這真的算是不裸露，款式和顏色也好看，但他知道某個從古代跳過來的妞肯定不喜歡。

米熙瞪著那幾件衣服，一臉震驚。她看看陳鷹，再看看衣服，再看看陳鷹，再看看衣服。

造型師在一旁忙著，擺出幾雙高跟鞋，放在掛著的衣服下面，這些是搭配好的。

米熙張了張嘴，又閉上。人家辛苦幫她找衣服，她能說什麼？

「想試試哪件？尺寸應該都合適，但要上身看看效果，如果有要調整的，下午我來弄好。髮型我也有準備。」造型師拿平板電腦，調出髮型圖，「也可以先看看，但主要是要確定衣服，髮型和妝容明天再調整都來得及。」

不說話是不行的，米熙又張了張嘴，最後艱難擠出一句：「這怎麼穿？」幾件衣服都好薄，領子也很低，內衣會露吧？

造型師看了看米熙盯著的地方，急忙解釋：「哦，這內衣我也準備了，上身是胸貼，下身得穿無痕丁字褲。」她做這個工作見得多了，不覺得在陳鷹這個男士面前說這些有什麼不好意思。

米熙快哭了。什麼叫胸貼？什麼叫無痕丁字褲？

雖然不知道那兩樣是什麼，但米熙的臉已經漲紅了，她完全不敢看陳鷹。

造型師這時發現米熙的反應有點太不對勁，陳鷹在一旁清清喉嚨：「Emma，我跟米熙先聊聊，妳在外頭等一會兒。」

造型師點頭出去。

「她的名字叫愛媽嗎？」怎地這世界的名字都這般怪，而且總跟母親扯上關係。

咳咳。陳鷹再清清喉嚨，這是重點嗎？

好吧，人家叫什麼名字確實沒關係。米熙頭垂得低低的，她不想穿，打死都不能穿。

「米熙。」

「嗯……」

陳鷹差點沒嗆到，不是精神抖擻的「嗯」就算了，還帶轉彎的尾音小小聲「嗯」，這樣裝可憐太犯規了，陳鷹差點要摸摸自己那顆正直的心都軟成什麼樣了。

「其實呢，這衣服……」

話沒說完，米熙抬頭了，淚汪汪的大眼睛配著粉紅臉蛋，陳鷹後半句「挺正常」的頓時嚥了回去，「不穿也行。」

米熙眨了眨眼睛，不穿也行嗎？

媽的！陳鷹心裡罵髒話，眼睛這麼水靈，騙人家要哭，這樣真的是犯規好嗎？

「那……穿身上這樣的去行嗎？」

「不行。」

米熙的小臉垮了下來，絞著手指，「那是不是不穿也行，只是不能去了？」雖然不知道那是什麼地方，不過陳鷹叔叔這麼重視，還讓她提前練習，她因為不穿這些衣服不去，太辜負他了。

陳鷹不說話，他討厭定好了計畫不能執行，說好了去當然就要去，只是衣服這事，他再想想。

其實他很喜歡第二件，無袖V領齊膝小短裙，粉嫩的鵝黃色，很襯米熙的膚色。挽起頭髮，戴上水晶簪花，穿上高跟鞋，一定很美。而且這衣服走俏皮甜美風，不需要大乳溝襯托身形，米熙這種胸部大小剛剛好，貼上胸貼……

等一下，陳鷹忽然發現身體有些反應。身為熟悉時尚穿著的男人，對女性流行頗為知曉的壞處就在於……太有想像力了。米熙就站在他面前，無辜的表情、單純的眼神，而他的腦子卻已經幫她換完衣服了。

陳鷹有些尷尬地咳了咳，「呃，我去跟Emma說一說。」說完，落荒而逃。

米熙看著那幾件衣服，有些難過，她知道這裡的人這樣穿都不介意，他們甚至不介意穿得更少，那次在社區會所裡她就看到了，後來她在電視裡又看到了。他們真的不介意，但她介意。

陳鷹叔叔一定對她很失望，她這麼不識好歹。剛才他看著她的樣子就很奇怪，她讓他不高興了。米熙走近那鵝黃色的短裙，伸手摸了摸。這顏色甚美，布料輕薄細軟，摸著甚是舒服，在家鄉那邊可做不出來這般的，可是樣式太醜了，為什麼這般醜他們卻都覺得喜歡呢？

米熙內心掙扎，要不，入鄉隨俗，別人能穿，她也穿？米熙咬咬唇，想像了一下自己穿這裙子，猛地搖頭，不行不行，太傷風敗俗了。

陳鷹走進來的時候就看到米熙站在那裙子前，陽光灑在她與它的身上，景致美好。他不由得停下腳步，心又跳快兩拍。

米熙聽到動靜回轉身，表情可憐兮兮的。

「好了，我跟Emma說好了，她會去準備別的衣服過來。」陳鷹宣布。

Emma跟在他後頭進來，「陳總想試試別的風格，別擔心，我會把妳打扮得超級漂亮。」

的，不露胳膊不露腿。」

陳鷹聽得暗自撇嘴，切，這話說得……他家米熙本來就超級漂亮，還用靠她打扮嗎？

米熙看看陳鷹，陳鷹走過去，在她耳邊小聲說：「放心，這次我跟她說明白了，全都能遮住

是嗎？有這樣的？米熙驚喜，眼睛閃亮，嘴角含笑。

陳鷹被她的笑容閃了一下眼，趕緊對她說：「好了，沒問題了，去幫我泡杯咖啡來。」

「好。」米熙心裡高興，樂顛顛地出去了。

「這條裙子留下，其他拿走吧。」陳鷹對Emma說，再看看那鵝黃色短裙，他真的很喜歡。

這天剩下的時間裡再沒什麼特別的事。米熙安心上課，陳鷹叔叔說可以全擋住就一定可以全擋住，她不擔心。陳鷹忙碌工作，偶爾走走神。哎呀，不知道米熙有沒有穿那條裙子試試看的機會，他真想看看她穿上會是什麼樣子。

快下班的時候，Emma打來電話，說衣服找到了，她的助理正去拿，但因為交通關係，加上配飾和鞋子也要準備，試衣得晚上了。陳鷹想了想，明天上午試怕來不及，如果樣式搭配不合適就還得再找，那也需要時間，於是他讓Emma晚上把東西拿到他住處。

掛了電話，又接進一個。這次是蘇小培。她在研究所，剛送走羅雅琴，她對羅雅琴的評估結果是需要長期治療和諮詢。

「長期是多長期？」

「就是長期，終生。」

陳鷹愣住。

「她有初期躁鬱症的症狀，我讓她週一再來找我。今天我們只是首次治療，初步了解她過去

的經歷和她的生活狀況、她的想法。你得知道，她情緒不穩，時而抑鬱時而狂躁，自私、懶惰、疑心重，有時候自信滿滿，自以為是，有時候完全沒有信心，情緒控制差、不謹慎、胡亂做決定。不過我覺得情況還不算太嚴重，但我需要長期觀察。她初期一週得來見我兩次，這次我沒建議她服藥，只給她做了些心理療法，給她留了功課。還有，她需要做日誌記錄，下次再來見我，我再看看她的狀況怎樣。」

陳鷹沒料到羅雅琴的情況居然這麼嚴重，「所以她沒辦法工作嗎？」

「倒不是這樣說。避免太大的刺激和壓力是絕對必要的，但工作有時能帶來的是充實和成就感，也能有助治療，總之是各有風險。還有，她沒有可傾訴的親友，沒人陪伴幫助她，這對她的病情不利。她跟我說了你們要合作的電影，也同意我將她的狀況與你溝通，她說她想拍這電影。」

「那妳怎麼看呢？她能完成這樣的工作嗎？」

蘇小培沉默幾秒，「她也問了我同樣的問題，但我只能說，她得先治療一段時間再考慮，而且你和她必須知道，要有信心，心理疾病是可以治療的，不必害怕和恐慌，只是需要她自己多努力。」

「妳覺得她會努力嗎？」

「從今天的情況來看，陳鷹，她很努力地想好好生活下去，只是她病了，她需要幫助。」

陳鷹聽得也不知心裡是什麼滋味，他謝過蘇小培，讓她把帳單算到他這邊。

「她付不起，當然是你付。」

陳鷹笑笑，「我會從她的片酬裡扣的。」

「嗯，希望你能扣上。」能扣上，就表示羅雅琴能工作，這是好事。

掛了電話，陳鷹關門抽了根菸，然後打了個電話給羅雅琴。羅雅琴正在回家的路上，坐的是計程車，接到電話的第一句話是：「別擔心，我心裡有數，出入會留心狗仔的。」

「嗯，那就好。」陳鷹也不說客套話了，直接進入正題：「蘇小培聯繫我了，其他的我不多說，打這個電話只是想告訴妳，羅姨，這電影我等著妳。」

羅雅琴鼻子一酸，眼淚掉了下來，「你有什麼好處呢？陳鷹，你為什麼沒放棄？」

「好處？好處就是別人以為我做不到我就要做到，這樣心裡才爽。」

羅雅琴一邊抹眼淚一邊笑，「我覺得可以簽約了，我看了醫生，我準備好了。」

陳鷹不接她這話，問她：「聽說蘇小培給妳安排了功課？」

「是啊，挺多的，列了好幾張紙，她是個好醫生。」

「哈，她很厲害的，不過她已經不接心理諮詢好幾年了，現在在研究所專攻犯罪心理，希望這個沒削弱妳對她的信心。」

「不會。」這樣也確實避免了狗仔的注意，她覺得挺好。

「錢妳不必擔心，我會先幫妳墊上，之後會從妳的版權費和片酬裡扣。妳要堅持治療。週一妳會去的，是不是？」

羅雅琴頓了一頓，她確實是想過週一還要不要去，她也考慮過錢的問題。雖然蘇小培完全沒提，但之後一次又一次去肯定是有費用的。陳鷹說他幫她墊？羅雅琴想了又想，長舒一口氣，「週一我會去。」

「很好，那有什麼情況妳隨時聯繫我。」

「好。」羅雅琴猶豫了一下才答。

陳鷹覺得這事終於有了進展，真是不錯。

晚上，辛苦奔波一天的Emma帶著助手來到陳鷹住處，這次只帶了兩套衣服。

襯衫、長褲、低跟皮鞋。

一件白色的，公主袖束到手腕處，大荷花領，鑽石裝飾扣在頸際，胸前是華麗的花邊。粉嫩的藕荷色雖淺卻相當亮眼，從胸前左右散開到腰際，收腰，散開的衣襬有幾分瀟脫的味道。下面配的是寬鬆的同色系深色長褲、白色皮鞋。

「我是覺得這套很不錯，但這衣服挑人，不容易穿出效果來，所以準備了另一套備選的。」Emma解釋著，她從來沒有找禮服這麼辛苦過，這套衣服還是賣了許多人情才拿到手，可是這造型太講身形樣貌。脖子稍短、脖圍稍粗、腰圍稍粗、腿稍短都會穿得難看，她心裡沒底，但也實在沒辦法了。從來沒聽說過參加晚宴要包得嚴嚴實實的，老闆，她想要求加薪。

陳鷹掃了備選的一眼就完全不想再看，「就這套吧，挺好的。」又看向在旁邊好奇張望的米熙，招手叫她過來，「去試穿一下。」

Emma和助理趕緊把衣服褲子從衣架上取下，打算幫米熙換裝。米熙看著朝她逼近的兩人就害怕，一邊後退一邊擺手，「那個，妳們不用來。」Emma微愣，衣服已經被米熙搶走。

下一秒，米熙連人帶衣服消失在大家面前，房門「砰」的一聲關上了。

Emma又愣住，這行動速度好快啊！偷眼看了看太子爺，陳鷹正經道：「她害羞，隨她吧。」

「哦。」Emma當然沒意見，只是做她這行很久沒見過害羞的女生了。

米熙自己換衣服換得很慢，因為這衣服對她來說很難穿。好不容易穿上了，卻發現不好穿褲

子，只得又脫下，先穿了褲子，再把衣服穿一遍。看看鏡子裡的自己，這樣算弄好了吧？把腳踩進皮鞋裡，有一點不習慣，不過沒關係，這都是小問題。

米熙再在鏡子裡看著自己。好吧，要出去了。她覺得沒家鄉時的衣裳美，不過陳鷹叔叔向來不在意她喜歡的美醜，她的看法總跟別人不一樣。米熙又猶豫幾秒，終於抬頭挺胸出去。

Emma一看到她，眼睛一亮，真是太合適了，她真是太有眼光了，非常漂亮。只是衣服沒穿好，還需要調整一下。Emma想到就做，伸手幫米熙調整那些繁雜的鑽石裝飾扣，胸前花邊衣襬的細節每樣都整理好。米熙看她伸手過來，下意識就想躲，最後忍住了。轉頭看一眼陳鷹叔叔，他對她鼓勵地笑笑，她就硬著頭皮讓對方她擺弄。

Emma圍著她轉了一個圈，還覺得有點不好，她從盒子裡拿出一個加厚的胸衣遞給米熙，「換上這個，這件衣服胸前裝飾多，撐起來會更好看。」

米熙的臉一下子紅了，居然在陳鷹叔叔面前說這個。推拒不合適，拉拉扯扯更丟臉，米熙拿了胸衣躲到房間去，這次躲了十分鐘。陳鷹若無其事地讓Emma她們自己去冰箱拿飲料喝，又親自挑了配飾。這衣服包得嚴實，附了許多鑽石飾扣，所以手鏈和項鍊都不需要，主要就是頭上要用的。

等陳鷹和Emma確定髮飾，米熙也出來了。她的小臉還是紅的，這次衣服沒亂，上身效果非常好，胸部也撐起來了。

米熙直視前方，告訴自己不要覺得這些人都在盯她的胸部，沒人注意她，沒人注意她。確實沒人注意她的胸部。Emma與助理讓米熙坐下，幫她弄髮型，戴好髮飾，又上了妝。

陳鷹點頭，非常滿意。他家米熙這麼漂亮，怎麼打扮都好看，就是臉太紅了，破壞這妝，而且她彆彆扭扭的，一看就知道是在意胸部，這小笨蛋！

「好了，沒關係。」陳鷹安慰她，「妳年紀還小嘛，以後肯定還會長大的。」

米熙頓時僵住。叔，你說啥？

Emma的動作也頓住，因為她看到米熙的臉更紅了，簡直是在發燒。

老闆，不是你自己說米熙害羞嗎？你說這話過腦子沒？

陳鷹終於反應過來，正直的心狠狠踹他兩腳，「亂說話，人家胸部長不長大關你什麼事！」

陳鷹乾咳兩聲，摸摸鼻子，走去冰箱拿水喝。「你們繼續。」他要冰水冷靜一下。

米熙胸部是與他無關，可是跟別的男人有關，這真的是件讓人生氣的事啊！

陳鷹拿礦泉水出來灌了一口，自我反省。當家長太投入了真不行，壓力好大。反正呢，對米熙的另一半要高標準嚴要求，絕不能放鬆。希望明天晚宴爭口氣，送幾個優秀男人來瞧瞧。

第二天，時間過得飛快。下午陳鷹讓米熙吃了下午茶，這類應酬就是餓肚子的，他太有經驗了，然後帶米熙去樓上的化妝室。

Emma要米熙先洗澡，再幫她做頭髮護理，臉部、頸部也要補水美白。這次穿的皮鞋不露趾，腳的護理和美甲可以略過，但手必須要做，會搭配她的衣服和臉上的妝上指甲油。頭髮也要修一修，挑染個顏色。

米熙瞪圓了眼睛，完全沒聽懂，只知道讓她去洗澡，出來就要動她的頭髮。

她的頭髮不能動！她不要變妖怪！

米熙緊緊拉住陳鷹的衣襬，往他身邊縮。

「沒事，就是把妳打扮得漂亮一點。」

「我原本也沒多醜。」

「是，妳不醜，就是更漂亮一點。」陳鷹放柔聲音哄她。

「別讓她們動我的頭髮，行嗎？」這回米熙拉上了他的袖口，聲音比他柔十倍，可憐百倍。

陳鷹胸口中箭。

「那就不挑染好了。」他心想著不能寵她，應該教她聽話，可說出來的卻是妥協的話。

米熙的頭髮又亮又黑又軟，挑染了他也不愛。

Emma在一旁看著，提建議：「那也要修一修，型會更好。」

「修一修是何意？」米熙小小聲問陳鷹。

「就是剪一剪髮尾，讓髮型漂亮些。」

「動剪子？」米熙眉頭皺起來。

不行，這樣絕對不行！陳鷹也皺眉頭。不能被她拉著走，他得教她，而不是讓她這麼任性不聽話。「就這麼定，快去洗澡，出來Emma幫妳弄頭髮，還要換衣服化妝，時間來不及了。」

米熙的眉頭繼續皺，小聲對他說：「我昨晚洗過，很乾淨。」這是在外面，又不是在家裡，讓她脫光了洗澡，她真的不習慣，就算沒人看到也不習慣。

陳鷹不說話，看著她。米熙抿嘴，也不說話，睜著大眼睛回視他。

她一定是練過的！陳鷹心裡在拍桌子，她肯定天天晚上對著鏡子練裝可憐神功！

「咳咳。」陳鷹試圖找回氣勢。

「那就直接弄頭髮吧，先來洗個頭，然後修一修髮尾，完全看不出來的。」Emma打圓場。

「完全看不出來為何還要修？」米熙問。

「米熙！」陳鷹沒法忍了，這孩子問題怎麼這麼多？這麼多人圍著她一個轉，換了別的女生都得感動哭了好嗎？

米熙也在看著他，陳鷹忽然想著米熙說她見過皇上什麼的。行，她厲害，堂堂將軍府千金，她是見慣了一堆人圍著她伺候的場面了，不稀罕是吧？陳鷹有些不服氣，覺得自己輸了一截似的。

米熙抿抿嘴，還是乖乖跟著Emma走了。陳鷹叔叔不高興了，她不敢問了，雖然她很不贊同。

Emma的助理要幫米熙洗頭，帶她進了洗浴間讓她躺到洗頭床上，米熙忽然奔出來，看陳鷹還在，一把拉住他的袖子，「陳鷹，你不會走吧？」

「不走。」他是想走來著，但看她這麼不乖，他怕留下她惹麻煩。

「嗯。」米熙用力點頭，踮了腳，小小聲在陳鷹耳邊說：「那你幫我監視她們，只讓剪一點點髮尾，要完全看不出來的。」有叔監督著，她才會安心。

米熙進去了，陳鷹黑著張臉打電話讓呂雅把他桌上的筆記型電腦拿上來，他要在這裡辦公。所以說小女生就是麻煩，什麼都不懂的小女生最麻煩，是誰這麼笨，想出來要帶她去什麼慈善晚宴？對了，一定要交代好吳浩，把米熙看好了，確保她今晚不會闖禍。

Emma帶著兩個助理一起忙，米熙像木頭人似的任她們擺布。自己被弄成什麼樣了不敢看，但時不時會瞄陳鷹兩眼，他一直在，她安心了。

呂雅讓助理送來點心和優酪乳，讓陳鷹墊墊肚子，一起上來的還有吳浩。吳浩一進來就嬉皮笑臉地招呼：「美女們，大家辛苦了。」被稱作「美女們」的眾人都笑著應了，只有米熙顰著眉

頭看他，這樣輕浮真的沒問題嗎？可大家都在笑，委實奇怪。

「老大，你也辛苦了，一個人吃這麼多吃不完吧？呂姊真是越來越細心體貼了。」眾目睽睽之下，吳浩放棄跟瞪著他的米熙講道理，去調戲陳鷹，一邊說一邊搶點心吃。他是上來打扮換裝的，順便聽聽老大有沒有什麼囑咐教誨。

陳鷹也要換裝打扮，現在沒空教誨他，而且有些話當著大家的面不好說，不能讓米熙沒面子。吳浩吃完了點心，自己倒了咖啡喝，然後吹著口哨去後面的浴室洗澡。米熙用眼角餘光盯著他看，見他進了浴室，瞪大眼，幸好剛才她沒洗，不然就是跟陌生男子共用一間浴室了。

正努力歪頭看，一個身影擋住她的視線，陳鷹拿了瓶優酪乳杵她面前，「要不要喝？」

優酪乳她嘗過，很好喝，可是她現在手上覆著層東西，Emma說是蠟，一會兒才能弄掉。正猶豫著，陳鷹已經把瓶子插好吸管遞到她嘴邊，這孩子就差在額頭上刻「好想喝」三個字。

米熙一張嘴，吸管塞進她嘴裡。好甜好香真好喝！米熙彎了眼睛，用表情跟陳鷹道謝。

吳浩洗完頭髮出來看到的就是這情景。穿著白襯衫的高大男人守在少女身邊，手裡拿著瓶優酪乳在餵食，老大，你當你在拍偶像劇嗎？

這心聲難道漏出來了？陳鷹掃了一眼過來。吳浩忙撥撥他的濕髮，假裝沒看到，招呼一旁他約好的造型師去幫他吹頭弄造型。

米熙手上的蠟膜終於弄掉了，頭也可以轉了。她看了吳浩好幾眼，忍不住跟陳鷹確認一下：「這個就可以叫臭美了，對吧？」

陳鷹搖搖優酪乳，確認她喝完便把空瓶丟掉，「不是告訴過妳，這個詞不是用來誇人的嗎？」

「我知道啊，沒誇。」

「……」所以妳是擺明在嘲諷妳吳浩叔叔？陳鷹轉頭看向吳浩，他正在吹頭髮修指甲。這很正常啊，參加社交活動打理好自己的外貌是基本禮儀，頭髮沒型，臉上有油，指甲不乾淨，很丟臉。只是他們領域有條件，所以大家就更講究臭美……一點。

低頭看看米熙的小臉，丫頭片子很土氣，還敢亂評價。「妳才臭美！」陳鷹戳她額頭一下。

「二少，你要快一點囉！」Emma提醒陳鷹，他還沒有去洗頭，時間差不多了。

「我啊……」陳鷹偷偷看米熙，她正跟著Emma的助理弄衣服上的水晶扣，「我沒關係，稍微整理一下就行。」他每天洗頭髮，髮型也很好，指甲很乾淨，嗯，他不需要太臭美。

吳浩聽到這話看了過來，老大今天吃錯藥了？話都沒說，就被陳鷹瞪了。

男人的打扮時間比女生快很多，等米熙弄好，吳浩跟陳鷹也好了。

吳浩一看米熙的衣服，有點愣，挨近陳鷹悄悄問：「穿這樣？」

「這樣哪裡不好？」

吳浩又被瞪。沒哪裡不好，很漂亮，但是哪有參加晚宴穿褲子的，又不是要出櫃。看了眼陳鷹的表情，忍下了這話沒有問。二少今天吃了火藥，他還是識相一點好。

「我樓下有白色的禮服，我下去拿，也換白的好了。」全力配合米熙，別讓她太丟人，這樣討好，老大會感激吧？

結果又被瞪了。

「哦，白的那套上次弄髒沒送洗，我剛想起來。」

果然討好男人比討好女人難。吳浩擦擦額角不存在的汗，看來今晚得打起十二分小心來。

三個人坐電梯下樓，分兩輛車走。按理，女伴應該坐男伴的車，不過陳鷹沒提，米熙不懂，

吳浩裝不知道。車子到了酒店外頭，車童過來為客人拉開門，吳浩邁出來，去後面陳鷹的車子那裡接他的女伴。

旁邊有人在看，吳浩撇撇眉頭，雖然場面有點像他去搶別人的女人，不過陳鷹才是搶輸的那個，他吳浩不算丟人。

走過去正聽到陳鷹還在教育孩子：「今晚我不能陪著妳，妳就跟著吳浩叔叔，該吃吃，該喝喝，想做什麼讓妳吳浩叔叔幫妳。不要弄出大動靜，跟著人群做事，大家聽音樂妳也聽著，大家聊天講笑話妳就找吳浩叔叔聊。有男人搭訕妳就站吳浩叔叔身邊，吳浩叔叔會幫妳處理。」

聽起來這「吳浩叔叔」真是慘啊！

吳浩保持微笑，對米熙說：「走吧，跟著妳吳浩叔叔。」唉，他明明是哥來著！

陳鷹走在前面，旁邊有別的賓客與他打招呼。吳浩帶著米熙走在後面。吳浩彎了臂膀遞給米熙，結果米熙目不斜視，抬頭挺胸認真走路，壓根兒沒看到他的動作。吳浩那臂彎淒涼又尷尬地收了回去，看米熙穿著褲裝還一派從容淡定，以雍容華貴之姿走了進去，他真是一口氣差點沒提上來。女伴，麻煩妳回頭找一找妳的男伴好嗎？他是男伴，不是隨從好嗎？

順利上了樓走進會場，宴會廳分成了兩個部分，一邊是小舞臺，舞臺下面是好幾排散開的座位，另一邊是小桌椅擺出來的隨意席位，另有自助餐飲區。大家進場後各種寒暄客套，吳浩看到許多熟人，老爺子陳遠清和宋林也到了，特意過來看了看米熙。吳浩一陣緊張，不會這父子倆都要檢查他的看護工作吧？

好在米熙很乖，不多話不亂跑，只悄悄到處打量觀察。很多人都過來跟吳浩打招呼，問米熙是誰，是不是領域的新秀。吳浩每個都得解釋，而米熙全程微笑，表現得體，把話語權完全交給吳浩。

有服務生拿著飲料走過，吳浩拿了兩杯，轉身要給米熙，卻看到米熙正看著某處。他看過去，那處卻是陳鷹。陳鷹也正看過來，與米熙相視一笑。笑完了，陳鷹看向吳浩，那表情嚴肅起來。吳浩撇撇嘴，知道了，要照顧好米熙小朋友嘛！看，他不是拿了飲料嗎？一點都沒虧待她。

不久，音樂會開始了。身為主辦人，秦文易帶著女兒秦雨飛先上臺致詞。永凱為窮困山區的孩子們建校舍，讓他們能夠坐在安全牢固溫暖的教室裡上課而成立了慈善基金。此次音樂會為募款，上臺表演的有各企業的子弟及專業音樂團體，希望大家踴躍捐款，幫助那些孩子。

之後表演開始了，室內音樂米熙聽不太懂，交響樂和西洋樂器獨奏她都欣賞不來。聽了好一陣之後，她下意識朝陳鷹看。陳鷹正擔心她會悶，也轉頭看她。兩個人目光一碰，互相微笑。吳浩看到，沒好氣，這麼不放心就自己帶過去啊！

又過了一會兒，表演變成了中國樂器演奏，米熙看著，精神一振。這個她知道，她也會。好不容易看到熟悉的東西，米熙有些激動，想拉旁邊的人指指臺上。一看旁邊是吳浩叔叔，不好拉，下意識又去看陳鷹。陳鷹看到臺上的表演，也想說不定米熙知道，就轉頭看了過來。米熙咬著唇掩飾興奮，指指臺上。陳鷹笑笑，點點頭。

吳浩若無其事地撓撓額頭，你們兩個真是夠了！

表演接近尾聲，永凱基金會的工作人員拿出募款箱，一會兒來賓的捐款就都就近投到箱子裡。米熙看到那箱子，實在好奇。她看到有人走過去往裡頭丟了一張紙，就問吳浩那是在做什麼。吳浩跟她解釋捐款和款項的用處，米熙點點頭。

吳浩也拿出了支票，他是以領域公關的名義做捐款。他走過去，把支票放了進去。手剛拿

開，旁邊有人也跟著他把錢投進了捐款箱。

等等，一張百元鈔？

吳浩頓時有不祥的預感，轉頭一看，果然是米熙。

一身名牌的大小姐從她那鑲鑽手提包裡摸出百元鈔來捐，而且是眾目睽睽，然後還對他笑。

大姊啊，妳拔一顆衣服上的鑽石丟進去也好，要不，妳手提包上面亮閃閃的妳隨便挖一挖丟進去也行。一百元？妳跟我有仇嗎？

米熙很不好意思地靠近他小聲道：「這是我身上最大張的了，我也想捐點，表表心意。」

吳浩擠出笑臉，老大，你家都窮成這樣了？身上最大面額的鈔票只有一百元，是幾個意思？這看管少女的工作他不幹了行嗎？

「哈哈，妳又調皮搗蛋了，一會兒人家會笑話妳。」在把少女丟回給家長前，急中生智是必須的。他吳浩是什麼人，危機處理高手，這種算小事。

米熙愣了愣，她沒有調皮搗蛋啊，她很認真的，「雖然少些，但總是一番心意。」她解釋。

「好了，知道妳是想說積少成多，大家都別客氣的意思。」這種時候就別說話了，少女，妳讓叔叔怎麼辦？吳浩繼續笑著，把米熙帶開是眼下最緊急的事，「走，我看到妳最喜歡的布丁了。」說著，伸手去拉她手腕。碰到的瞬間，忽然想起陳鷹說過別碰她，她會打人。

但收手已經來不及了，他沒敢用力，只是輕輕碰到她的衣袖，不會這樣就給他一個過肩摔吧？

米熙僵了僵，但沒躲沒推，而是若無其事地抽出手，「好，我們過去吧。」

聽話地跟著吳浩走到放食物的長餐桌，見他停了腳步，這才小聲問：「我剛才闖禍了？」她不明白，她真的只是想表表心意，幫助受苦的小孩子。

吳浩還沒想好該怎麼說，闖禍算不上，丟臉而已。但在這樣的場合，丟臉是很嚴重的事。捐多捐少本來沒關係，確實只是心意，但在某些場合，不夠「分量」的心意會被人看輕。他們山裡人單純，不講究這個，大概不好說得通。

「也沒什麼，就是大家不捐現鈔的。妳也看到了，都是寫好了支票。」吳浩覺得，還是留給陳鷹來教育吧。

米熙看了看那些捐款箱，箱子做得小巧精緻，金底托盤水晶罩面，剛才她投百元鈔的那個箱子，已經看不到她的錢了。米熙眨了眨眼，也許是被後面投的什麼票壓住了，又也許被拿出來了？

米熙轉頭再看吳浩，看他臉上的表情，再想想剛才他的反應和表現，她有些明白了。在家鄉時，她也是樂善好施之人，曾有一段時日她總在府前給無家可歸的乞丐和窮苦人家贈些稀粥和饅頭，但後來娘親不許了。她問為何，娘親說因為公主也在福源寺前施善，她在府前施善是撞了公主的臉面。她贈十鍋粥，公主得贈二十鍋，她贈二百個饅頭，公主得贈五百個。要贈得多不算，還像是被她逼著贈的，太不合適。

從那時起，她便不能在府前施善了。其實她有點明白，又不是太明白。如今她捐這一百元，事情雖與當初不同，她卻覺得是一樣的道理。說不出的道理，教她不甚歡喜。

「米熙，妳喜歡吃布丁？」一個男子聲音在旁邊響起，米熙轉頭看，嚇了一跳，趕緊往吳浩身邊躲。陳鷹叔叔不在，吳浩叔叔將就用一下。

吳浩受寵若驚，這是怎麼了？眼前這人他認識，顧英傑，華德的太子爺，這酒店還是華德旗

下的產業，他認識米熙？

「我特意拿給妳的，不吃嗎？」顧英傑看見米熙小鹿一樣地躲就有些失笑。第二次見面了，她真是又漂亮又可愛。這髮型衣服很配她，不過居然穿褲裝來參加晚宴，真是標新立異。

吳浩替米熙接過，把布丁遞給她，「快謝謝顧先生。」

「謝謝。」米熙不想說，但周圍有別人，而且剛才她給吳浩丟臉了，現在她想表現好一點。

顧英傑聽得那聲軟軟的謝謝，心裡很舒服，正想再說點什麼，後面有人叫他。他循聲去看，對那人招了招手，再轉頭來對吳浩和米熙說：「不好意思，我先離開一下，回頭再聊。」

吳浩客套回應，看顧英傑走了還回頭看米熙一眼，可米熙早背轉身看別處去了。

「怎麼了？」吳浩問她。米熙搖搖頭，把手上的布丁遞給吳浩。

看起來很好吃，居然不吃。吳浩接過來，自己吃。「怎麼認識他的？」他很好奇。

「那天陳鷹帶我去吃飯，遇到他。」

「我也認識他，人還不錯，妳幹麼躲？」

「人怎麼會不錯？」米熙瞪大眼睛，不敢相信，「他起了個大逆不道的名字。」還攔著不認識的姑娘說話，還特意說他那有悖倫常十惡不赦的名字，這是何意？

「大逆不道的名字？」吳浩吞下一口布丁，完全不能理解，顧英傑這名字很正常啊！

「他他他……叫奸、奸母死。」米熙覺得難以啟齒，但事實真相一定要告訴吳浩叔叔。

「噗……」吳浩一個把持不住，嗆到了。噴出的布丁渣禍及旁邊一個服務生，離得近的兩位淑女大驚失色地跳得遠遠的。

吳浩很想鑽到地底下去，米熙啊米熙，吳浩叔叔跟妳沒有仇啊！服務生很有眼力地趕緊遞了餐巾紙過去，又跪下火速用抹布擦了地板。

吳浩丟臉丟到太平洋，簡直比那百元鈔的效果還好。

一抬頭，陳鷹正站他面前，瞪著他看。

「老大……」這個時候抱著老闆哭訴可以嗎？他實在幹不下去了，這重任託付給別人成嗎？

「你搞什麼鬼？穩重一點，不然米熙站你旁邊會很丟臉。」陳鷹丟下這句，轉頭囑咐米熙多吃多喝，好好玩。

吳浩那顆想哭訴的心頓時死了。嗚嗚，果然資本家都是冷血的。到底是誰害誰丟臉的，米熙，妳快告訴老大啊！

米熙在一旁還真的說了。她說她捐了一百元，陳鷹誇她有愛心，回家就會在她身上多放錢。她說她又看到那個奸母死了，陳鷹說不能因為人家名字沒起好就歧視人家。這對話全程從容淡定，陳鷹拿著的酒杯都沒晃一下。

吳浩看得氣極，太不公平了。哼，一定是冷血造就的冷靜，也沒什麼值得驕傲的！

接著陳鷹讓米熙去拿東西吃，米熙去了。陳鷹轉頭面對吳浩時，已經換了一副後爹面孔，「我得去應酬了，你要好好看著她。她不懂事，你得多照應，別顧著看美女。搭訕什麼的，留著以後多的是機會。」

吳浩也擺出苦大仇深的模樣，拜米熙所賜，他丟人成這樣，還搭訕美女？他沒這個臉了。

「我沒看到什麼特別出眾的男生，如果有人來搭訕米熙，你得過濾一下。不許留電話，不許定約會，讓他們有什麼想法先聯絡我。」

沒看到？老闆，你眼睛一定是瞎了，他怎麼看到了好幾個？再說，搭訕不留電話搭個屁啊！

有泡妞的想法又不是有投資的想法，聯絡老闆你是不是太大材小用了？

吳浩這一晚經歷了太多，心傷透了，所以很聰明地不多話。資本家說什麼都是對的，他這勞動人民熬過這一晚就行。

這時米熙回來了，拿著個盤子皺著小臉。

「怎麼了？」陳鷹得走了，臨走前問一下。

「他們當眾摟在一起。」此時表演已經結束，樂隊在演奏舞曲，賓客們一對對在起舞。米熙看到了，一臉不認同，怎麼可以這樣呢？

她的嫌棄之意實在是太明顯，吳浩不想今晚不好過，只好附和著：「嗯，這樣不好，米熙妳不要學。」山裡人真是純樸啊，跳個舞而已，這有什麼？

話說完被瞪了，吳浩莫名其妙。老大，你眼睛有神又帥氣，不需要這樣證明。

米熙沒注意陳鷹瞪眼，聽得吳浩說這樣不好，她很是贊同地點了頭。陳鷹忍不住又瞪吳浩一眼，他剛答應了一會兒跟秦雨飛跳舞的。吳浩聳聳肩，算了，愛瞪就瞪去吧。

「米熙，走，帶吳浩叔叔吃東西去。」惹不起，他總能躲吧？「妳陳鷹叔叔要去應酬了，咱們不理他。」

米熙對陳鷹笑笑，小聲說：「別太累喔！」然後跟著吳浩走了。

這軟軟的聲音，弄得陳鷹有些不自在。他要去跟一個女人當眾摟在一起了，然後別太累喔。完了，他被洗腦了嗎？怎麼覺得跳舞真的是件齷齪的事？

走到另一邊，秦文易帶著妻子和女兒秦雨飛正和陳遠清、宋林相談甚歡，陳鷹加入，正聽到秦文易在抱怨自己生的是女兒，貪玩，不愛繼承家業，比不上陳遠清有兩個兒子，個個商業精英。秦雨飛在一旁落落大方地笑，對老爸寵愛的吐槽既不撒嬌也不反駁，還幫老人家拿酒拿點心，一副聽得很高興的樣。陳遠清當然要意思意思說兒子哪哪不好，還是女兒貼心。陳鷹也笑著，雖然對這些套話都能背出不下十套來，但也要裝作聽得很高興。

沒一會兒，老人家催促年輕人去跳舞。陳鷹對秦雨飛禮貌地伸手，兩個人一起離開了。舞池裡跳舞的人不算多，陳鷹看了米熙的方向一眼，她正專心研究桌上的食物。「要不，我們到外面跳，順便透透氣。」外面是個空中花園，景致很好。

「好。」秦雨飛一口答應了。

到了花園裡，音樂聲小了許多，但氣氛更好，也有兩對在跳舞，更多的是坐在花叢中的椅子上說話聊天的年輕人。

陳鷹和秦雨飛跳著舞，說些著社交圈子裡的話題，透過落地窗，還看到兩家的父母在看著他們，見他們看過去，揮手笑笑。

「你一定也很煩這個。」秦雨飛突然說。

「什麼？」陳鷹有點接不上她的話題。

「就是相親啊！」秦雨飛隨著音樂轉了一個圈，繼續說：「我打聽過你，你原來沒在領域，後來你爸病了，你才回去的。今天那個穿褲裝的小女生，我還以為是你帶過來要給老人家看的，暗示一下，但人家有別的男伴，這暗示又太隱晦了些。」

「嗄？暗示？我不玩暗示那一套。」要是他有女朋友了，一定會大方告訴其他人。丟下自己女友跟別的女人跳舞討歡心求合約，他還不至於這麼沒品。

秦雨飛哈哈笑，「我看她穿褲裝嘛，以為你是想表示出櫃來著，因為不好太明顯，所以算出

一半的櫃也行。」

陳鷹愣了愣，他只想著滿足米熙把自己包得嚴嚴實實的要求，還真沒往什麼出櫃這方面去想。這麼一說，還真是。陳鷹大笑，「妳觀察力好，想像力豐富，八卦精神可佳。」

「謝謝。」秦雨飛很大方地收下這誇獎，轉了一圈，又道：「老實說，我現在對工作對戀愛結婚還沒什麼想法。」

「我對工作倒是很愛。」戀愛那一項沒提，意思就是他也一樣。

秦雨飛笑道：「那就太好了。」

「放心。」他沒打算跳完這支舞就巴著她不放，她雖然家世好外貌佳，但他真沒被她驚豔。

「鷹拓戶外跟你有關係，是嗎？」秦雨飛又接著問。

「對。」那是他跟朋友一起開的戶外探險公司，他回領域後，在鷹拓就只占股，沒管營運了。

「你會潛水嗎？」

「會。」

「我猜也是。」秦雨飛眼睛很亮，陳鷹猜不到她的意思。

「我約了朋友明天一起去學潛水，就在鷹拓，可我爸媽非說潛水太危險不讓我去。你明天有沒有空，跟我們一起吧。你是行家，又是鷹拓的老闆，你如果一起去，我爸媽一定會同意。」

「哈。」陳鷹笑了，她還真是愛玩，跟他當年很像。

「別哈，快說願不願意，你點了頭我就趕緊進去搞定我爸媽。我想學潛水很久了，一直沒機會。這次找了幾個朋友，以為有人陪就行了，結果我爸媽還是太古板了，說沒人會的，去了多危險。拜託，又不是沒教練，有什麼危險的？」

她嘮嘮叨叨地抱怨，陳鷹想起自己當年熱愛探險，他爸媽也是嘮叨個沒完，而且鷹拓的那幫老朋友，他也好久沒見面了。上個月通過電話，還說著找機會要見一見的。既然這樣，那明天應該就是機會吧。

「好。」陳鷹答應了，「正好我也很久沒有活動筋骨了，就去運動運動吧。」

「耶！」秦雨飛高興壞了，立刻丟下陳鷹，飛奔回去找父母實施勸說大計。

陳鷹失笑，他掏了電話出來，打了個電話給他的合夥人高拓。明天確實有個為期兩天的潛水體驗班，高拓聽說陳鷹要去，大喜，連說你快來，泳褲帶條性感的，站在公司招牌旁邊招徠下生意。兩個人在電話裡笑鬧了幾句，約好了明天見。

陳鷹看向宴會廳裡面，秦雨飛正抱著秦文易的肩膀撒嬌，還指了指他這邊。從秦文易的表情看，他應該是答應了。陳鷹再多掃兩眼，從他這方向看不到米熙和吳浩，他撥了電話給程江翌。

「我明天要去T市一趟，週日晚上回來，米熙放你那兩天。記得嗎？每週一次輪班託管。」

程江翌一口答應：「你等著，我必須讓米熙流連忘返，一對比就知道你這人是有多糟糕。」

「哈，醒著都能做夢，快讓你老婆給你開點藥。」

電話裡瞎貧了幾句，約好了明早八九點左右把米熙送過去。

米熙在餐桌旁認真吃東西，每個盤子一點點，她一樣吃兩口。吃著吃著，把吳浩叔叔給忘了，等她想起來時，吳浩叔叔已經在長桌的另一頭跟兩個男人說話，原來她吃完一輪了。米熙很有成就感，拿起旁邊的杯子喝兩口。這種透明的飲料挺好喝的，有點甜。

旁邊有三個女生在嬉笑，米熙聽了一會兒，沒聽懂哪裡好笑。她們在說某某人居然買了塊打

折的錶，「天啊，居然等打折才買！」其中一人反應很誇張，其他人就笑了。

到底好笑在何處呢？米熙努力想著，沒注意有兩個人靠近了她。

「嗨，米熙，我們又見面了。」

聲音有點熟，米熙轉過頭來，看到了顧英傑那張臉。

米熙趕緊左右看看，陳鷹叔叔不在，吳浩叔叔也不在。

「東西合胃口嗎？」顧英傑問。

「嗯，挺好的。」米熙心裡默念著名字難聽不是他的錯，不是他的錯，然後她轉頭想走了。

「哎。」顧英傑急忙轉到她面前攔她，好不容易碰到她獨自一人，「我給妳介紹一下，這是我朋友，Jason。」特意拉一個朋友過來就是想讓她別太害羞，人多好說話。

賊生？米熙震驚。這裡人的名字都怎麼了？

「嗯，你好，再見。」米熙低了頭想走，名字不好不是他的錯，可她真的不習慣跟陌生男子搭話，而且眾目睽睽之下，他們這般擋她的路委實失禮。

「妳還想吃什麼嗎？或者喝點什麼？」顧英傑努力找話題。

「不用，謝謝，再見。」米熙轉到另一邊要走。那個Jason卻是不高興了，特意過來搭個話，又沒說什麼，小丫頭片子裝什麼裝，還給臉色看，以為自己是誰啊？James就是太客氣，被人家踩到頭上來。

「等一下。」Jason伸手攔米熙，「我們還沒說完話。」

米熙忍耐著，周圍人在看他們，她覺得很丟臉。她被當眾調戲了，臉上似火在燒。

吳浩這時終於注意到這邊的情況。媽呀，她吃東西吃得好好的，還真招來搭訕的了。

「妳叫什麼名字？跟誰來的？」Jason說話的語氣可不是像顧英傑那樣客氣，米熙也不客氣，「走開！」她壓低了聲音，小臉冰冷。

「她是領域的。」顧英傑看情形不對，趕緊解釋，想幫米熙解圍。唉，他不該拉Jason過來，他多喝了兩杯，脾氣又不太好。他只想多個人一起，沒想到兩邊都弄得不好看。

「領域很牛逼嗎？」Jason被米熙氣到了，那種看不起他的眼神是怎麼回事？「呸！老子才不怕領域！」

米熙的表情更冷，是說她陳鷹叔叔不好嗎？可是場合不對，她得忍。米熙再次轉頭要走，顧英傑正小聲說：「不好意思，我朋友……」他沒說完，Jason已經一把抓住米熙的手腕，「我話還沒說完。」

話音剛落，卻覺手腕一緊，肩膀一痛，接著天旋地轉，胸前似砸到了什麼，一陣劇痛，然後是「砰」的一聲巨響。

吳浩緊趕慢趕，趕到的時候卻已來不及，眼睜睜看著「美豔冷酷狂霸跩的功夫少女」轉身旋腕壓肘一氣呵成，俐落地把天旗集團的太子爺壓在了餐桌上，然後餐桌上的桌布被扯倒了。

「米熙！」

「Jason！」

吳浩和顧英傑都被嚇到了，吳浩拉開米熙，而顧英傑趕緊去扶Jason。

米熙冷著臉，毫無悔意地盯著那個「賊生」看，她問吳浩：「叔叔，牛逼是何意？」

「啊？」吳浩愣了愣，「就是很厲害的意思。」

米熙點點頭，逼前一步，語氣異常堅定地對那「賊生」道：「你聽清楚，我陳鷹叔叔的領域

就是牛逼，不服嗎？來戰，我讓你十招！」

Jason捂著胸口，確實是不服，確實是想戰，但他被打這一下，酒醒了，加上顧英傑緊緊拉著他，他已經冷靜下來。逞凶鬥狠是要看場合的，他又不是傻瓜，當下趕緊裝成非常痛苦，說不出話來的樣子。

許多人圍了過來，一看這情形，立時全都站在顧英傑這邊。

「怎麼回事？」

「怎麼打人呢？」

「好沒教養，誰家的？」

米熙臉上青一陣紅一陣，瞪著那個「賊生」。她並沒有下重手，只是略施薄懲，他那一副痛苦得快要站不起來是什麼意思？明明前一刻還很凶狠的。

吳浩的第一反應是要把米熙帶開，別的不怕，先確保不要被媒體拍到，其他等回頭再解決。可他剛拉上米熙要走，Jason吸著氣忍著痛沉聲道：「這樣就想走嗎？連個對不起都不說？」被打成這樣只要一聲對不起，在外人看來實在是大度，而且大男人不好跟小女生計較，這道理大家懂，不免又多同情幾分。連句抱歉都沒有，實在是太過分了。

吳浩的腳下一頓，停了下來，這樣走就真的是太難看了。他看了看Jason，天旗集團二代徐言暢，這麼不給臺階下？他吳浩心眼小，會記仇的。

「對，別走，把話說清楚了，憑什麼打人，妳是誰家的？」

米熙僵在那，不知道該怎麼反應。如果是在她家鄉，她必昂首挺胸，她知道怎麼應對，她知道那裡的人是怎樣的，可是在這裡，她茫然，不服氣。

「我家的。」旁邊一個男子大聲說。

眾人轉頭看去，看到陳鷹一派輕鬆地走過來，他身後是陳遠清和宋林。

陳鷹走到米熙身邊，親暱地戳她腦袋，「是不是調皮了？」

米熙頭低低的，聲音小得不能再小地跟陳鷹說了句：「對不起。」再白癡也知道，她惹麻煩了，她一時失控，不能忍，做了讓陳鷹叔叔丟臉的事，可她並不後悔，那人當眾調戲她，還口出惡言，甚至對她動手動腳。她若由著他來，她便不用活。她不後悔，她只是對陳鷹叔叔很抱歉。

陳鷹又戳了她一指頭，輕笑著說：「讓妳學防身術是防色狼防罪犯的，怎麼亂用？」

色狼罪犯是什麼？米熙沒太懂，但能猜出來。她蹙了眉頭小聲解釋：「他一直攔著不讓我走，我說再見了要走，他攔著不讓，攔了我三次，還拉我的手，還吓我們領域。」

她的聲音小，但周圍很安靜，不少人聽見了。

陳鷹一出現，米熙的腦袋就低低的，還被戳了好幾下，看著就可憐。現在一說緣由，大家頓時不知道該幫哪邊好。

「那也不能打人啊！」徐言暢的堂姊氣得臉都黑了，領域也太不把他們天旗放在眼裡，「有話不能說？打人算怎麼回事？」

米熙看了陳鷹一眼，陳鷹用眼神鼓勵她，她便問：「那我說了再見，他不停攔著不讓我走，還拉我，怎麼辦？」

四下寂靜，徐言暢除了臉更黑之外，眾人都被噎住了。這聽起來像是說許你們耍流氓，不許有本事的女生反擊？

這時候宋林笑了，過來攬住米熙的肩，「笨孩子，這有什麼不好解決的？周圍這麼多人呢，

電視上都有演，這種情況妳就高喊『你要幹什麼？放開我，不然我要叫人了』。」她模仿著電視劇裡的演員語調，周圍人笑成了一片。

米熙抿抿嘴，她覺得這麼叫太張揚了，教大家看到她被男子拉拉扯扯更丟臉，不過奶奶這麼說，她就答應：「好。」很認真地點了頭。

「妳電視劇看太少了，這樣不行，回頭奶奶帶妳多看幾部。」

「好。」繼續認真點頭，乖慘了。

「好了，跟徐公子說對不起，不該打他的。」宋林笑咪咪，摸摸米熙的頭。

「對不起。」雖然米熙還是覺得該打，但她聽奶奶的。

「好了，這次是我們領域不對。阿鷹，把給米熙上課的那個防身術班幫徐公子也報上，學費我們領域負擔，聊表歉意。下次再有這種誤會的情況，徐公子也好知道怎麼應付。」陳遠清說道。

天旗的人聞言都大怒，徐言暢更是忘了要裝柔弱。這是諷刺他耍流氓，還打不過女生嗎？

「好了，沒事了，大家跳舞吧，給我秦文易一個面子，吃好喝好。」秦文易作為活動的主人，出來打圓場，阻止了徐言暢想發的脾氣。周圍人附和幾句，紛紛散了。

徐言暢遠遠瞪了米熙一眼，陳鷹在米熙旁邊看到，也瞪了回去。

「你們陳家夠護短的啊！」秦雨飛笑嘻嘻的，覺得很有趣，可惜沒看到米熙是怎麼揍人的。

「謝謝，我從來不亂寵她，要求嚴格著呢！」

「噗！」秦雨飛噴笑。這種嘴裡說著我家孩子多討厭多煩人但是臉上擺出一副我家孩子全世界最可愛的家長嘴臉，太好笑了。

這天晚上，陳鷹把米熙帶回家後，跟她溝通了一下這晚的表現。

「那百元鈔也不能怪妳，是我沒提前跟妳說清楚。我和我爸還有吳浩代表領域三家公司捐了不少，所以妳不用捐。還有，妳不常單獨外出，我就沒留意要多給妳錢，所以不怪妳。」

「嗯。」米熙認真聽著。

「打人的事確實是妳做得不合適，那種場合很容易落下話柄，如果被有心人放大了，會傳出許多不好聽的，後續會有麻煩，但也不能全怪妳，是我只教了妳不理、罵人和揍人三種方法。妳不理，人家不放過，妳又笨不會罵人，所以只剩下最後一種選擇。下回就用我媽教的那個，大聲喊幾句。」

「那樣不丟臉嗎？」米熙不太認同。她爹曾說過，戰場之上，能求和停戰的原因永遠不會是良心發現，而是一方勝出，另一方才會投降。她也曾聽家中丫環們說過，女子受欺在街上大喊求助無人施援手，大家只是看著，最後那女子名節已毀，絕望投河。在她家鄉，若是陌生男子阻了女子出言調戲，那是可以扭送官府施杖刑的。

這裡很不一樣，許多事的尺度大得匪夷所思，大家對傷風敗俗無理無恥視而不見。她知道入鄉隨俗的道理，可有些她真的不能忍。

「嗯，其實也丟臉，但也許對方更丟臉，這個要視情況靈活運用。妳看今天那個徐言暢，大家一圍過來他就馬上裝可憐，這樣他就成了弱勢的一方，大家很自然地會偏幫他。一個大男人被小姑娘打了不丟臉嗎？當然丟臉。只是丟了小臉面保住大臉面，這裡的人很會玩這套的，妳也不能太吃虧。」

「徐言暢是何人？」

「就是今天妳揍的那人。」

「哦，他說他叫賊生來著。」

「賊……」陳鷹差點被口水噎著，「這些是英文名字，不是妳理解的那個意思，是另一國的語言，妳不懂，所以聽岔了。下回人家跟妳說話，妳讓對方跟妳說中文名字。」

「好。」

「所以像今天他拉妳，妳揍了他，然後妳要馬上裝可憐，比如手腕被拉疼了什麼的。兩邊都受傷，看起來妳就像正當防衛，這樣其他人就不好偏幫誰了。」

米熙傻愣愣，這是讓她扯謊嗎？

米熙的眼神讓陳鷹有些心虛，怎麼了，撒謊不行嗎？人人都撒謊啊！那徐言暢精神得不像話，還裝成重傷的樣子，就是用這招啊！

「有些時候妳要達成目的或者保護自己，就得這樣做。只要不是用來做壞事或害人就行。」

是這樣嗎？米熙顰了眉頭。

「好了，今天就這樣。明天我要出門，後天回來，明天一早送妳去程叔叔和蘇嬸嬸家，妳住一晚，後天我去接妳。」

「可是……」米熙張了張嘴。

「怎麼？」陳鷹笑了笑，揉她腦袋。現在揉她腦袋她不會抗拒了，弄得他揉得很上癮，「妳要學會自己獨立自主，不能離了我就不行，我後天就回來了。」

米熙把剩下的話嚥了回去，點點頭。

米熙回房後，陳鷹覺得自己好像忘了什麼事。搖搖頭，想不起來，就去了儲物間，把潛水裝

備找出來。找著找著，突然想到他忘記什麼了，他沒有秦雨飛的電話。正想著這麼晚還要打給秦文易問他女兒電話很丟臉，電話響了。

陳鷹接起來，電話那頭是個中氣十足的聲音：「嗨，我是秦雨飛。你忘了跟我要電話了，我們也沒說好明天九點在哪裡集合。」

陳鷹失笑，確實是。

秦雨飛也沒抱怨沒調侃，約好了時間地點，讓陳鷹記得存她的號碼就掛了。

第二天，陳鷹送米熙去程江翌家，在那蹭了一頓早飯，又跟蘇小培聊了羅雅琴的事，聊了米熙的事。陳鷹覺得米熙適應良好，但有時對事對人的反應還是有點誇張。他覺得有他在，這些不是問題，但不想米熙過得太緊張。蘇小培答應會跟米熙聊聊，如果發現有問題會告訴陳鷹。

陳鷹帶了漫畫和小說給米熙，魏小寶送來後，米熙還看過，正好這兩天可以拿來打發時間，而且有蘇小培陪著一起看，他會放心些。還有別的玩的東西，程江翌說都沒問題，他家玩的不缺，只缺孩子。這傢伙想當爸想瘋了，孩子還沒影就買了拼圖、積木等益智玩具。蘇小培說明明是他自己想玩，拿孩子當藉口。

在那兩口子旁若無人地秀恩愛膩死人之前，陳鷹離開了程家。

驅車到了秦雨飛約的地方，時間剛剛好，他等了不到兩分鐘，秦雨飛跟她的朋友也到了。兩男兩女，幾個人互相寒喧過後就上路了。秦雨飛跟她的女性友人坐到陳鷹車上，大家一路說說笑笑，很順利地在中午的時候到了T市。

高拓老早就在鷹拓戶外運動俱樂部等著陳鷹。志同道合的年輕人很容易聊到一塊，不到幾分鐘，一群人已經勾肩搭背。秦雨飛非常高興，帶著陳鷹來，讓他們享受了VIP的待遇，太有

面子了。

一行人中午吃了頓大餐，高拓請客，然後住進俱樂部的飯店客房稍作休息。下午是兩小時的潛水課，另有攀岩等項目供君選擇。晚上在海灘的休閒廣場有篝火烤肉會，第二天上午再上一節潛水課，然後下午就會帶他們正式去體驗潛水運動了。

行程安排得很滿，活動相當豐富，眾人都玩瘋了。陳鷹沒去什麼潛水課，他對給新人當教練沒興趣，倒是跟高拓比賽了攀岩。很久沒這麼活動筋骨，他覺得相當痛快。後與鷹拓的幾位老友吃喝敘舊，鷹拓生意好，賺了不少，大家都很高興。陳鷹厚著臉皮說他什麼都不幹，就坐著分紅真是太好了，結果被幾個老朋友一人揍一拳。

晚上篝火晚會的時候，陳鷹終於覺得有些累了。一天沒見到米熙，不知道那個小傢伙怎麼樣？他看了看手機，有米熙白天時傳來的三張照片。一張是沙發上放著漫畫和小說，她是想說她跟蘇嬸嬸要開始看了。另一張是草坪和野餐盒，他們居然帶米熙去野餐了，真是犯規。還有一張搭好的積木，陳鷹知道這是米熙想說她會搭積木了。

看來小丫頭今天過得很充實。陳鷹覺得情緒哪裡不對，他家米熙到別人家裡過得這麼開心，一點都不值得開心好嗎？尤其是他不在的時候，今晚也不會回去，她都沒想他嗎？

好吧，其實也是他不對。她發照片的時候他不是在攀岩，就是在喝酒，沒有馬上回覆她，之後也只是打個電話聊了幾句就掛了。陳鷹想了想，撥了電話給米熙。

「陳鷹。」米熙很快接了，語氣相當興奮。

這興奮讓陳鷹心裡舒坦多了，「妳在做什麼？」

「陪蘇嬸嬸看電視。」

「電視劇嗎？什麼片子？」

「不是，是《法治進行時》。」

「……」蘇小培，妳帶小丫頭看這麼嚴肅殘酷的節目真的沒問題嗎？

「可好看了。這裡頭講一人騙了好幾個姑娘的人和錢，然後其中一個姑娘發現了，就找他算帳，說要去官府告發他，結果那人就追打那姑娘，然後姑娘就錯手將他殺了。之後姑娘東躲西藏，官府也認真尋找凶手。最後姑娘還是沒忍住，跟官府投案了。」

米熙認真講著案情，中間還插入了蘇小培講解的法律知識，自衛殺人、自首情節什麼的。陳鷹聽得有些心驚膽顫，看來米熙不能太長跟蘇小培在一起，這講起殺人辦案這麼有勁頭，以後可怎麼辦？她又會武，最後不會腦子一熱，想當警察吧？

「咳咳，米熙。」打斷米熙想講解另一個案子的熱情，陳鷹試圖轉移話題。

「嗯。」

「今天看漫畫看得怎麼樣？覺得有意思嗎？有意思的話，回頭我再買一些給妳。」

「啊，那個不成。」

「什麼不成？」

「有幾本還是很有趣的，可有些是淫書。」米熙認真地說：「可蘇嬸嬸說，那不算淫書。」

「……」淫書？陳鷹一臉黑線，打死魏小寶也不敢給米熙淫書看啊！「妳蘇嬸嬸說的對。」

「嗯。」米熙也不知道該怎麼評論這事了。蘇嬸嬸不會騙她，陳鷹叔叔也不會騙她，小寶姊拿書給她看，自然也不會拿淫書欺騙她，所以她知道，還是她與這個世界的問題。米熙嘆了口氣，說：「這世界裡的人，還真的都沉得住氣。」

「……」陳鷹覺得哪裡不對，這麼委婉的罵人的話，不像是米熙的水準，「誰說的？」

「程叔叔告訴我的。」

陳鷹無語，這兩口子真夠可以的。米熙跟他們一起，真的不會被教壞嗎？

「你在做什麼呢？」米熙問他。

「在跟一大群人玩，燒了篝火烤肉，還有酒。」陳鷹想想，「我一會兒拍照片給妳看。」

「好啊，聽起來頗是有趣。當初我與爹爹在軍中，也曾燒著篝火烤肉吃，也曾大碗喝酒。」

「那我下回帶妳來玩。」

「好。」米熙很高興，陳鷹也很高興，跟米熙說了很久的電話，講他這一天都玩了什麼。米熙對攀岩很感興趣，她問那她從底下直接跳上去可以嗎？陳鷹說她犯規。然後說到游泳，米熙說她不會，但她會騎馬，不用上鞍也能騎很好，她爹爹總誇她，陳鷹則說下回有機會教她游泳。

兩人聊了很久，陳鷹還拍了許多照片視頻給米熙看。篝火晚會裡有人圍著火堆跳舞，吃烤肉喝酒。米熙也發照片給他看。她正在看電視，現在換了節目，是綜藝節目。她說蘇嬸嬸去洗澡了，客廳只有她在看電視。電視裡的人笑得很誇張，但她都不懂哪裡好笑。

兩個人越扯越多，最後是蘇小培叫米熙去睡覺，陳鷹這才說再見。

沒電話可聊了，陳鷹被朋友們拉去玩，猜拳鬥酒，在沙灘比賽築城牆。陳鷹玩得很開心，很久沒過這種生活了。半夜三點多，陳鷹回飯店休息。跟米熙通了電話後，他總覺得有什麼事他忘了，一時又想不起來。

把手機放桌上打算去洗個澡，聽到手機沒電的提示音，陳鷹翻行李包，發現他忘了帶手機充電器。啊，那他忘的事一定是這件。太晚了，他懶得去外頭找充電器，等明天起來再說。

秦雨飛他們明天上午有潛水課，他跟他們不一路，他可以睡個懶覺，明天下午再跟他們一起去潛水，當下把忘了某事的不踏實感丟到一邊。

陳鷹睡得並不踏實，他做了一個夢，是春夢。

一開始他並不知道是夢。他在親吻一個女人，迷迷糊糊的，然後他腦子裡似乎有個念頭，這是誰？可這個念頭很快過去。畫面有些跳針，對於夢中的他來說不影響，等又有反應時，他已經把那女孩壓在了身下。這時候腦子又在問，她是誰？他不知道，又好像知道，可是不應該啊，他明明記得他現在沒交女朋友。他雖不是什麼三貞九烈，但也自認潔身自好，從不亂搞男女關係，從來沒有跟非情侶關係的人上過床，所以，身下這個女人是怎麼回事？

夢中的他看不到，當然腦子裡的疑慮也只是一閃而過，畢竟是夢，他的腦子一點都不清醒。他就記得他一直吻她，她的味道很好，舌頭很軟，氣息迷人。他沒看到她的樣子，他只是吻著她，撫摸著她。

她沒有說話，只嬌軟地輕哼喘息。她身形嬌小，與他甚是契合。他在她身上馳騁，感覺全身繃緊，力量賁張。她緊致濕軟，令他感覺好得不得了。他壓到了她的長髮，於是他側躺下來，她的腿圈在他的腰上。他撥開她的長髮，親吻她，身體沒有離開，只是輕輕地頂弄。他用手指撥撫著她的髮，髮質很好，順滑柔亮。他順勢壓住她的背，撫摸著。她的皮膚細嫩，觸手軟綿，猶如少女。他掌上用力，將她的胸捏挺了起來，然後低頭吻住。用臉頰蹭了蹭那一方挺立的柔軟，他似嘆似笑，「米熙啊，都跟妳說過，會長大的，妳看，沒錯吧。」

那女孩沒應聲，但陳鷹嚇到了。

米熙？

從夢裡醒來，床上只有他一人。在飯店裡沒有什麼女人，只有他一人。

陳鷹喘氣，一身冷汗。

是夢，竟然是夢！

還好是夢。

陳鷹半天才緩過神來，身上黏黏的很不舒服。他揭開被子，習慣裸睡的他只穿一條小內褲，此時已經狼狽不堪。他罵了好幾句髒話，慢吞吞地起身去浴室沖洗。

冷水從蓮蓬頭中噴出，陳鷹沖了好一會兒，終於確認自己清醒了。真是見鬼了，怎麼會這樣？嗯，一定是他空窗期太久了。米熙成天嚷著要成親嫁人，他也有相親應酬，最重要的是，他確實很久沒有談戀愛了。所以他一時不察，被淫心操控，才做了這樣的夢。

陳鷹抬起頭，讓冷水沖到臉上。男人嘛，沒做過春夢就不能算是男人，這樣證明他很健康。只是最近身邊沒對象，只有米熙圍著他轉，所以夢裡的頻道才弄錯了，沒關係。

陳鷹在浴室裡沖了半天才出來，看看錶，已經十一點多了。再看看手機，居然完全沒電了。

陳鷹坐在床邊發呆，精神不太好。他應該出去找充電器，不然米熙打電話給他會找不到人。不不，不止是米熙，他電話很多，其他人找他也找不到。他還應該去找高拓，確認下午潛水是幾點。他餓了，也應該去餐廳找飯吃，可他現在一點都不想動。

米熙啊米熙……等等，他忽然想起來了，他想起他忘了什麼。

今天是週日，要去請米熙的父母弟妹的牌位。

完了，他怎麼忘記這事了？他明明有把事情都輸入到手機的行事曆上，手機怎麼沒提示呢？明明記了。記了吧？難道這件沒記？

陳鷹跳起來找衣服穿，一邊穿一邊回憶，嗯，當時是說下午兩點是吉時，他現在趕回去，車子開快一點，也許還來得及。他火速收拾好行李，殺到飯店櫃檯借電話，第一個先撥給米熙，米熙很快接了。

「米熙。」

「嗯。」

「下午要去接妳家人的牌位，記得嗎？」

「記得呢，我打電話給呂姊了，跟她要了地址，一會兒我們吃完飯，程叔叔和蘇嬸嬸就帶我去。你放心吧，都安排好了，我沒忘，你好好玩喔！」

陳鷹一時噎住，米熙的聲音真是歡快，她一點都不介意不著急嗎？「我現在就回去了。」陳鷹很快重新組織了言辭，「兩點前我能趕上。」

「你現在回來嗎？」米熙很是驚喜，旁邊有個男聲說了什麼，米熙又道：「程叔叔說你那邊現在回來也趕不上，讓你別著急。」

「……」他不急，又不是他爸媽。只是她不急他的不急，他反倒就有些急了。

米熙在那頭頓了頓，又說：「我們都安排好了。呂姊幫我們聯絡好，我們吃完飯換衣服就過去，請完牌位到家裡，我有鑰匙，然後程叔和蘇嬸嬸會一直陪著我，直到你回來。」

「我趕得上！」陳鷹越聽越不是滋味，還真是沒他也行是吧？

「那你注意安全喔！」米熙的聲音甜甜軟軟的，陳鷹的氣焰頓時又下去了。

「嗯，我掛了，現在就回去。」陳鷹掛了電話，緊接著再打給高拓，說他有急事得先回去，他手機沒電，聯絡不上秦雨飛他們，讓高拓幫忙說一聲。

「現在走？不吃飯嗎？」高拓很驚訝。

「嗯，來不及了，我趕時間，抱歉，下回有空再聚吧。」

陳鷹辦了退房手續，背著行李趕到停車場。剛把車子開到停車場出口，卻見高拓飛奔而來，手上拿著兩瓶礦泉水和一個塑膠袋，「幸好趕上了，給你，路上塞車的時候就能吃了。」

真是烏鴉嘴！陳鷹捶他一拳，收下東西，上路了。

烏鴉嘴超級靈驗，路上還真塞車了，而且是遇著了連環追撞事故。

陳鷹恨恨地喝著礦泉水啃著麵包，看著錶上的時間一點一點往後挪，來不及了，肯定趕不上了。手機沒電，抓狂也沒用。等陳鷹趕回去，已經快四點了，他乾脆直接開回家。依時間來看，米熙他們應該已經回家了。她會生他的氣嗎？這麼重要的事，他居然錯過了，而且他明明說他能趕回來的。

剛打開門，就聽見米熙高聲喊：「陳鷹，一定是他！」然後就看到她的小身影奔了過來。

「你好嗎？」她問他：「程叔有查路況，說高速公路上有事故，塞車了。」

「嗯，我沒事，是塞車。」

「所以程叔叔說的沒錯，讓你莫著急的，趕不上。」她說這話好像並不傷心，陳鷹心裡頗不是滋味。他趕不上，她並不在意。

「陳鷹，我爹娘弟妹請回來了。」米熙不知道他在想什麼，她踮著腳輕微搖晃著身體。

「嗯，好啊。」

「程叔叔開車載我們去的。」

「嗯，謝過人家沒有？」小沒良心的，胳膊拐別的叔叔那裡去了，他才是她親叔啊！不對，

他也不是親叔，他才是她最親近的叔叔。嗯，這樣才對。

「你……要不要見見他們？」米熙咬著唇，有些小心又有些害羞地說。

陳鷹眨了眨眼，反應了兩秒才反應過來她是在說見她家人。

「當然。」本來還應該他帶她去請的，現在錯過了，他好嘔。

米熙眼睛亮亮的，興奮地拉了陳鷹去房間。陳鷹路過客廳，看程江翌兩口子不說話，只是看著他。他揮了揮沒被拉住的右手表示他回來了，然後他發現米熙在拉他的手。手握著手，他的手能感覺到她手的溫度的那種握。

這是第一次。陳鷹的心頓時跳快兩拍，緊接著，他被拉進了她房間。

陳鷹對米熙的房間很熟悉，他偶爾會進來檢查她有沒有自己整理收拾，也會給她添生活用品。現在米熙的房間有些小變動，在對著床的位置，擺了個供桌，上面放著四個牌位，小小的香爐上插著香。

「爹、娘、弟、妹，這便是我方才說的陳鷹叔叔，他對我非常好，你們莫掛心。」米熙對牌位說完話，又轉頭對陳鷹小小聲道：「我方才與他們說了許多你的事，他們都知道了。」

是嗎？他們都知道了？陳鷹心虛起來。他做的春夢，他們不知道吧？呃……那不能怪他，誰也不能控制自己的夢。他是正直的人，有顆正直的心，米熙在他身邊，她爹娘肯定是能安心的。

「你們好，初次見面，我是陳鷹。米熙現在由我照顧，你們放心吧，我會對她好的。」這樣招呼可以嗎？陳鷹說著，轉頭看身邊的米熙，米熙也正看著他。她的長髮垂在身後，襯得小臉上的大眼睛更顯盈潤水亮，眼神裡似有情意……

陳鷹的喉間一緊，不由自主想起夢中的情形。他明明沒看到那女孩的臉，怎麼就能確定是米

熙？但他就是知道是米熙，那頭髮的觸感、肌膚摩擦的感覺……

「咳咳，你們放心吧！」陳鷹轉過頭，加強語氣對那四個牌位說。他陳鷹真的是個正人君子，真的，正得不能再正的君子。他會完成承諾，幫米熙找個好對象的，讓她幸福出嫁。

米熙還在看他，陳鷹差點要伸手當她爹娘弟妹的面把她頭壓一邊去。用這種眼神看他真的太犯規了，就算只是信任和依賴，他也會覺得心裡得意又酥軟。

這晚為了答謝程江翌夫婦，陳鷹請客吃大餐。他這天只啃了一個麵包，早餓慘了。席間米熙去廁所，陳鷹趕緊不顧形象多塞了幾口牛排，冷不防蘇小培問：「陳鷹，妳怎麼帶孩子的？」

怎麼帶？正常帶啊！陳鷹嘴裡塞得滿滿的肉，沒辦法回答，只好坦然地回了個理直氣壯的眼神。他家米熙養得白白胖胖，活潑可愛，哪裡有問題？而且才這麼點時間，他怎麼覺得她有長高？咳咳，那裡有沒有大不知道。他趕緊拿過水杯喝口水，用力譴責他的正直。怎麼回事？最近感染病毒了，怎麼不好好工作？把嘴裡的食物嚥下去，他定定神，說說話壓壓驚。

「米熙很好啊，我這個叔叔當得很不錯。」叔叔這兩個字上加強了語氣，陳鷹覺得身體裡正直的能量又滿溢了。

「那她要當保全的志向是怎麼建立起來的？」陳鷹被問住，這時候把錯推給兄弟太不仗義了。

「呃……起碼，這麼短的時間她就確立了志向，而不是還在消極地適應這裡。」陳鷹腰桿挺直了些，但對手是蘇小培，她的表情和眼神表明她對這個理由並不買單。好吧，積極面對生活的同時，也應該樹立好一點的志向，這確實是有問題，但這樣當面戳過來合適嗎？所以女人讀太多書太強勢就是不討喜，還是他家米熙可愛。

「你知道，米熙在家鄉的生活技能和對社會的認知與現在不一樣，有些事你要多留意一些。」蘇小培趁米熙不在，開始給陳鷹上課，「她在家鄉習慣僕役伺候，在這裡卻不願讓別人碰，哪怕是女生幫她換衣她也覺得彆扭。她在家鄉凡事有人幫她撐腰出頭，但在這裡她得自己動拳頭。有些社會規則她明知道與家鄉不一樣，但知道是一回事，接受卻是另一回事，所以你要多留心她的反應，有時對一些正常的事，她會反應過度，因為她不知道哪種方法應對或是給多大反應才是合適的。」

「所以妳的建議是？」

「我建議你得更耐心和更多理解她，教她規則的時候也要多給她時間消化和適應。另外，她還沒有準備好，我建議你給她準備的相親計畫先暫停，也不要再帶她去參加社交活動。她越碰釘子就會越混亂，適應得反而慢了。」

是嗎？陳鷹看了程江翌一眼，這真不是程江翌交不出男人來，就給蘇小培吹枕邊風吧？

程江翌受了他這一眼，回他一個白眼。

陳鷹猶豫。不趕緊把米熙的對象搞定，他會混亂啊！心理學專家，這個妳給治嗎？

可是沒等陳鷹定下主意來，男生們的攻勢已經開始了。

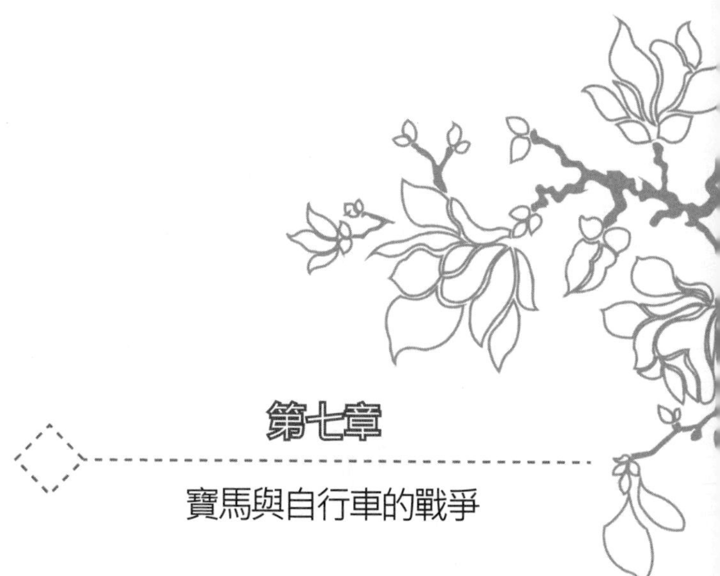

第七章

寶馬與自行車的戰爭

週一上班的時候，顧英傑打電話給陳鷹，說那天晚宴很不好意思，他想請陳鷹和米熙一起吃個飯，聊表歉意。陳鷹明白他的意思，表歉意事小，想勾搭米熙才是真。陳鷹想起蘇小培的話，沒敢直接答應，他說他先問問米熙的意思。

結果他還沒問，米熙卻跑來跟他說，魏揚說可以帶她去他們校園逛逛。她現在有上課，卻沒見過校園，她很想去。

這可真是……陳鷹頓時有了危機感。

「他怎麼突然跟妳說這個？」陳鷹暗示，米熙，男生的心思很複雜，逛校園不是為了逛校園。

「也不是突然。今日在茶水間遇著他了，我們聊了一會兒。他說我的字寫得甚好，問我在哪兒學的。我說是家中自小教的，他說他們學校也有書法社團，我便問了他是什麼。我說我沒念過書，不知道學校長什麼樣。他好心，便說可以帶我去看看。」

陳鷹撓撓額角，毛頭小子哪來這樣的好心？他才不信。去參觀校園，他也可以帶她去啊，想去哪所學校就去哪所，想去國外的名校都可以。哼，他才是好心，魏揚肯定是別有用心！

「他們學校週六正好有一場球賽，他說那叫籃球。我沒見過籃球，他說的好些事我都沒見過，所以想去見識見識。」米熙繼續認真報告著，然後問：「週六我可以去嗎？那日不用上課，魏揚說他可以來接我。」

「他有車嗎？」陳鷹挑挑眉。

「我們一起坐公車。」米熙淺笑著，對男生來接女生是坐公車的一點都不介意。在她看來，公車挺好的，省錢又能去許多地方。

陳鷹想了想，問：「米熙，妳知道自行車嗎？」

米熙歪了歪頭，「知道啊，兩個輪的。」她還覺得好有趣，好想試試看，不過她沒錢，也不好意思跟陳鷹叔叔開口。

「大學校園很大的，萬一進了學校，他說要用自行車載妳走……」米熙，妳會矜持住吧？不然他家米熙坐在魏揚的自行車上，抱著他的腰，這個畫面太刺眼，他老人家的心臟不太好。

「會嗎？」米熙又歪頭，「那不是跟男女共騎一般？」

什麼一般，就是完全一樣。看來，跟笨蛋要把話挑明了說，「妳跟魏揚還不太熟，不要坐他的自行車，學校裡很多人，眾目睽睽，被人看到多不好。」

「嗯。」原來是這樣，陳鷹叔叔居然也會為她考慮名節，米熙很高興地點頭，「叔叔不用擔心，我覺得我跟魏揚還挺熟的，我們天天都能見面聊一聊，他還送了我文房四寶，再說，他還是叔叔的屬下，而且他對我一直也是彬彬有禮的，是位君子。」

「……」是他的屬下這話怎麼聽著有點熟？而且她這樣說好像是他給他們牽線的一樣。什麼天天見面，是因為他帶她來公司，什麼文房四寶，是因為他一直沒買給她，讓那小子鑽了空。

「啊，對了，關於自行車，我還想到一個笑話。」陳鷹清清喉嚨，轉移話題。

「是什麼？」米熙有了興趣。

「就是，某個女人說，她寧可在寶馬車裡哭，也不要在自行車尾笑。」大概是這樣的話吧？陳鷹不太記得了，那陣子網路上炒得很火，他有掃過兩眼。其實這話他不認同，說得好像寶馬車願意讓妳上來哭一樣。寧可哭不願笑的女人，是有多悲哀？不過這不是重點，重點是要讓米熙知道女人是有選擇權利的。如果有條件更好的，當然也能讓妳笑著坐寶馬。

米熙呆了呆，小心翼翼地問：「寶馬車是何車？」這世界的笑話她多半聽不懂，現在連陳鷹叔叔說的笑話她也沒懂。也許她弄明白了這詞的意思，就覺得好笑了。

「寶馬車就是轎車的一種。我那輛銀灰色的，總開來上班的那輛就是。」陳鷹說起來想到自己的車就是寶馬，連結上下文，有些心虛起來。看了米熙的表情一眼，她不會誤會什麼吧？他的意思可不是說他比魏揚優秀，不對，他當然是比魏揚優秀，只是他的意思不是要把自己跟魏揚比，沒對米熙暗示什麼，米熙會懂的吧？

米熙不懂，「那她為何要在寶馬車裡哭？」

「……」這笨蛋，果然不直白地說不行，「意思就是，她寧可住在將軍府裡哭，也不要住在茅草屋裡笑。」換了她能理解的環境，懂了嗎？

「哦，即是說她嫌貧愛富。」米熙懂了，「可這沒道理啊！這世上之事，可不是她想如何便能如何的，她倒是想住那將軍府，那也得她能住才行。我爹說過，勝仗敗仗，靠的是兵法本事，靠的是將兵齊心，可不是他一人想贏便能贏的。再者說，若她只能住那茅草屋，當是該多多用心營生過好日子才是正經。若能天天笑著過日子，也是好的。求哭不喜笑，這是何道理？」

「嗯，是沒道理，所以說是笑話嘛！」陳鷹這個當叔的臉面要掛不住了，她聽不懂就算了，不能理解他的苦口婆心就算了，還反過來跟他說教，真是太不會聊天了，等等，重點還沒說到！

「米熙。」

「嗯。」

「關於週六跟魏揚去參觀校園的事……」

「嗯？」米熙等著話，那清澈又單純的眼神讓陳鷹說不出蠻橫的拒絕。

「先不要答應，今天才週一，還有一星期，妳再等幾天看看。萬一這幾天有什麼事週末妳沒空，到時候出爾反爾，多不合適。」

「週末我們有事嗎？」

「……」小孩子的反應不要這麼快好不好？這樣反問多不禮貌。「嗯，現在還沒什麼事，不過不影響妳週末安排，對吧？而且妳是個姑娘家，男生一說帶妳去玩妳馬上答應，多不矜持，對吧？」好在他的反應也不慢，對付個小丫頭片子綽綽有餘。

「對。」米熙臉紅了，覺得自己這般確實不應該。

「嗯。」陳鷹點頭，很滿意，「所以別急著答應。等幾天再說，妳就說看看到時有沒有空。」

「好。」米熙一口答應，出去了。

陳鷹坐在辦公室裡，非常惆悵。吾家有女初長成，小夥子們前仆後繼，他這當家長的怎麼辦？

陳鷹打電話給陳非，說看來又得準備開家長會了。

「不是吧？」陳非頭疼。

「嗯，我發現一個很嚴重的問題，米熙似乎對窮小子有特殊癖好。」

「……」

「真的，她當初在家鄉時喜歡過她爹的一個屬下。當然，只是暗戀了一下，後來她自己掐滅了愛的小火苗，現在她似乎有點喜歡上了我公司的一個實習生。」

「哦。」

「你可以反應再冷淡一點。」陳鷹不高興了，居然不跟他一起同仇敵愾，那就是敵人。

「不是我的反應問題，是這種事關鍵在米熙自己。」

「靠她自己怎麼行？她來這裡才多久，還不到一個月，哪知道這世界的男人有多惡劣，哪知道這世界的現實多殘酷？她以前是將軍府的千金，不愁吃穿，不愁嫁妝，所以喜歡上誰都行。在這裡她當然得為自己著想，看問題要理智又現實，對吧？」

「那她現在愁吃穿愁嫁妝嗎？」

「……」是不愁，他當然不會讓米熙受半點委屈，可她要是嫁給窮小子，讓他倒貼嫁妝給那臭男人，他不願意。「對了，這個問題我們也得先說清楚，米熙的嫁妝得我們三個叔一起分擔。」

「……」關他什麼事，他只是一時衝動幫著偷了戶口名簿。陳非又想嘆氣了。

「這下你明白我的心情了吧？」

「什麼心情？」

「把自己辛苦賺的錢交給另一個男人，只求他讓米熙的日子過得好的這種超不爽的心情。」

陳非無語，他只有被弟弟敲詐出嫁妝錢的心情。

「昨天蘇小培還說米熙沒有準備好，不能急，但現在不急不行了，鬼子已經殺到門口。」

陳非推推眼鏡，繼續看他的工作郵件。

陳鷹還在嘮叨：「那個魏揚是年輕，長得也不錯，但家庭條件太普通了，而且他也不是本市的，老家在小地方。我倒不是嫌貧愛富，只是米熙有條件選擇更好的，對吧？」

「對。」陳非很聰明地順著他。

「我還給米熙舉了那個寶馬車上哭自行車上笑的例子，結果她完全不懂我要說的意思。」

其實他也不懂親愛的弟弟想跟他說什麼，陳非淡定地「嗯」了一聲，表示他還在聽。

「你的反應太冷淡了。」陳鷹不滿。

陳非嘆氣，又不是跟你談戀愛，要怎麼熱烈？而且老弟你說的話太有難度，米熙的感情問題他真的幫不上忙。

「親情何在？」

親情這麼表現實在太正常了好嗎？陳非沒辦法，只好說：「為了讓她不愛上自行車，你先讓她愛上寶馬不就好了？」他這麼明白表示了，總可以了吧？

陳鷹皺眉頭，問題是現在寶馬車他也看沒上好的，而且米熙很明顯對富家子弟的好感遠低於魏揚，那個顧英傑就是個明顯的例子。

陳鷹用同樣的問題騷擾程江翌，程江翌冷笑：「寶馬自己不爭氣還怪自行車？他怎麼有臉？」

寶馬沒怪自行車啊，寶馬還不知道自行車的存在。陳鷹解釋了一下。

「哦，那寶馬加油吧，保時捷和法拉利會為它點讚的。」

靠！這什麼態度？

陳鷹掛了電話，認真想了想，其實這也算是有些道理。雖然顧英傑也不見得跟米熙有多合適，但起碼在條件上還是比較優秀的，再說顧英傑這人品行還算不錯，而魏揚，他怎麼想怎麼覺得配不上米熙。

無論如何，在愛上自行車之前，讓米熙多認識認識寶馬吧。

主意打定，陳鷹把米熙叫進來，跟她說了顧英傑今天有打電話過來道歉，很誠意地想邀請他們一起吃飯，算是賠禮道歉。說到這裡，陳鷹又覺得顧英傑比魏揚懂事，人家約米熙還知道要帶

上他，哪像魏揚那小子，他還是他老闆呢，怎麼不見他約米熙的時候想著讓他同行。這裡頭約去的環境、個人先前的印象等等客觀因素，他完全不考慮，也不管人家魏揚約去學校叫上老闆哪裡合適，反正他就是不喜歡魏揚。

米熙聽了，認真想想，她對顧英傑確實沒什麼好感，但陳鷹叔叔這麼說了，好像對方也挺有誠意的，而且看起來陳鷹叔叔挺想答應，如果對方不好很討厭，陳鷹叔叔應該不會幫著他。

「那你的意思？」

「就一起吃個飯，怎麼樣？妳也有不對的地方，人家那名字是英文名，不是妳發音的那個意思，妳羞辱人家的名字，不好好聽人家說話，妳也不對。總之，大家坐下來好好聊聊，妳不要抱著成見，多認識些朋友，增長些見識，怎麼樣？」

米熙點了頭，陳鷹叔叔這麼說了，她願意聽。

「我會告訴他不要講英文，也會告訴他不要吃壽司和生魚片，這樣總行了嗎？」

米熙笑了。

「嗯，還會讓他選一個有賣很好吃的甜點和冰淇淋的餐廳。如果妳不喜歡聊天，妳就吃好吃的，這樣好吧？」

米熙高興了，用力點頭。

「那就約明天晚上，我和妳一起去。」

「好。」有陳鷹叔叔陪著，那就都好。

搞定了米熙，陳鷹打了電話給顧英傑，跟他說了明晚有時間可以一起吃飯。顧英傑很高興。陳鷹又把幾點注意事項說了，米熙不懂英文，米熙不愛日本料理，還有讓他別帶Jason，省得米

熙不高興。要帶朋友就帶些年輕能談得來的，有耐心的。

「放心吧，二少，只有我一個。」顧英傑心說開玩笑，他是想追求小美女，哪可能帶朋友。陳二少，你忙糊塗了嗎？

陳鷹在電話這頭靜了靜，他明白得要死，可他不是想著萬一多幾輛勞斯萊斯能挑挑更好嗎？好吧，光寶馬也行。寶馬，請你爭一口氣！

掛了電話，陳鷹心情超不爽。

工作忙碌，心情只能放一邊。

下午網路上已起波瀾，有粉絲轉發週末被炒熱的《娛樂圈愛恨情仇》的長評論，爆料者說了好幾件從十多年前開始到現在的當紅藝人的辛酸血淚，如何受公司操控，如何被經紀人欺壓，因此而紅，紅了之後更受控制。惡性循環的結果，要麼聽話會更紅，要麼不屈從會消失。列舉的幾位藝人當中，其中就有前一段炒到熱翻天的凌熙然。

凌熙然的部分，有鐵桿粉絲大呼心痛，用不著別人號召，小夥伴們已經刷刷地把凌熙然出道至今的各種消息整理出來，哪時候被拍到被經紀人訓斥，哪時候雖不情願卻被安排到偏僻地方走秀，住沒住好吃沒吃好，還被人無禮要求合影，而經紀人這樣安排工作，這樣照顧藝人，太讓人寒心。又說哪時候凌熙然曾被別的藝人搶走到手的工作，慘遭羞辱，經紀公司和經紀人是吃屎的嗎？這消息下面緊接著又有人爆料，搶她工作的那藝人跟凌熙然經紀人關係也不錯，曾經傳出要跟那經紀人簽經紀約，最後被領域經紀公司拒絕。

一條條一件件，真的假的瞎起鬨的，話題與前期凌熙然的夜店醜聞串在了一起。情有可原，原來如此。小小年紀被剝削壓迫，精神壓抑，於是青春玉女交友不慎，被男人的花言巧語騙了，

再被領域的對手雇了黑手拍照編故事抹黑。

「那個說謊的聲明肯定是她的經紀人幹的，我們然然才不會這麼蠢，明知道被人害了還自己撞槍口上。」鐵桿粉絲們馬上為心愛的偶像找出了「事實真相」。

「你怎麼不說是她媽幹的，還經紀人呢！」下面有人諷刺。

話題炒得熱烈，從大範圍的娛樂圈集中火力到凌熙然身上，又因其他粉絲的加入，轉移到其他藝人身上，但最後又被轉回凌熙然這邊。

陳鷹看了，非常滿意，他打了個電話給吳浩。

「別急著抬到話題榜前幾名去。」

「我知道。」吳浩笑笑，「熱度會自然發酵的，放心吧。」

「經紀公司那邊找你救火了嗎？」

「還沒。也許他們沒留意，也許他們不覺得這是危機。」只有危機公關才會轉到他這來，平常的正常企宣是由經紀公司的企宣組自己搞定。

「嗯。」這樣很好，陳鷹也不想那邊一開始就大驚小怪。等鬧大了再找吳浩處理，那壓不住需要公司做些處理才會合情合理。

「但按每日工作報告慣例，我會將這個話題報上去。」他們這邊監控著各類相關消息，出了這話題他不報，到時是他失職。

「嗯，你報吧，看他們反應再說。」反正他會先不說話，不關他的事，不是他的業務，他會先裝不在意，直到時機合適，他才會出手。

現在這個頭開得好，陳鷹覺得在米熙那頭受到打擊的心稍稍得了安慰。過了一會兒，他接到個電話，又一個好消息傳來，相當振奮。

劉立旬帶著劉美芬和傅堂剛從永凱出來，合約已經簽好了，新鮮熱乎的四千萬，他們正開車回來，劉立旬很高興，趕緊先報喜。陳鷹也非常高興，掛了電話，走到辦公區，親自向員工們報告這個喜訊。他會讓行政部舉辦慶功會，讓大家放鬆一下。

公司上下歡呼沸騰。在領域工作壓力大，但是薪資福利都不錯，白吃白玩的機會還是不少的。

陳鷹沒跟大家一起鬧，回辦公室後，讓Kevin進來，囑咐他去訂製一套名貴的高爾夫球桿送給秦文易。想了想，再加一套女式潛水裝備給秦雨飛。昨天他沒當面打招呼就先離開，確實失禮，不過秦雨飛顯然沒在意，她瘋玩到晚上才回來，然後打了個電話問候他。他這次去才知道秦雨飛還沒買裝備，先是租了一套學，現在應酬送禮，送這個禮物她應該會高興吧？

快下班的時候，陳鷹又接到一個好消息。這次是羅雅琴。今天她第二次去見蘇小培，她沒有失約，也很配合蘇小培的檢查和治療。這次蘇小培開了藥給她，約好週四再見面。羅雅琴出了研究所就打電話給陳鷹，蘇小培也打電話給陳鷹。兩個人說法差不多，羅雅琴病情不嚴重，如果她願意配合堅持下去，她的病會好轉並得到控制。

「我覺得很有信心。」羅雅琴說：「我會堅持治療的。」她停頓了一會兒，加重語氣，「我可以工作了，我想拍那部電影。」

陳鷹想了想，「我先打個電話給蘇小培，看她是怎麼說的。」

蘇小培的意見是工作不要太辛苦，壓力不要太大就可以，但這個病情在於控制，所以要隨時留心她的狀況。她依然安排了功課給羅雅琴。這次開了藥，吃了之後看效果，日後會根據調節的

狀況把藥停了，以心理輔導為主。「一定要堅持治療，控制好了就不是什麼大問題。」

陳鷹謝過，又打電話給吳浩，與他確認目前的狀況、時間和人手安排後，他聯絡了羅雅琴：「週四妳按時去看病，週五我會帶我的公關經理去見妳。他專門負責危機處理，對媒體和輿論控制很有一套。我們見面聊一聊，妳有一週的時間再好好休息和考慮，到時妳若仍然確定沒問題，我們就簽約。」

羅雅琴深吸了一口氣，答道：「好的。」

「另外，我需要再提醒妳，一旦妳簽了約，就必須完全聽從我們這邊的安排。我會給妳安排一個新的住所，避開媒體，會給妳指定助理和經紀人。助理會與妳一起住，會陪伴妳的生活，監督妳的治療情況，監督妳的運動和飲食。經紀人會安排妳的工作和宣傳，在妳沒有穩定之前，不能自己隨意外出，不能自己接受媒體採訪，不能停止治療，不能暴飲暴食……」

「我同意。」羅雅琴飛快地答。

陳鷹停了停，慢慢說：「妳還有一星期考慮。」等她不衝動地冷靜想好，那才是真正的決定。

羅雅琴那邊又答：「那週五見。」

「希望週五之前不會在媒體上再看到妳的負面消息。」陳鷹適時又刺上一針。

羅雅琴沉默兩秒，很肯定地答：「週五見。」

陳鷹掛了電話，辦公室外頭傳來歡呼的聲音，他走出去一看，是劉立句他們三人回來了。

「哎，你們這麼熱烈，我還以為我突然年輕了。」劉立句開著玩笑，引得眾人哄笑。

米熙也跑出來看熱鬧，不明白發生了什麼事。陳鷹告訴了她，她對四千萬沒概念，然後陳鷹

教她數指頭。米熙數完了，點點頭，「要花上八根手指頭，那一定很多。」

「那是。」陳鷹有些小得意，看妳陳鷹叔叔多厲害，社會精英，高富帥。

「比我的十塊多六根手指頭。」這是米熙的概念。

笨蛋！陳鷹忍不住戳她腦袋一下，又想到她對自行車比對寶馬有好感，忍不住再戳一下，「妳的小帳本呢？」

「怎麼了？」米熙回小會客室，從她的包包裡拿出小帳本，裡面記著她欠陳鷹叔叔的錢數。

沒什麼，他就是壞心一下，想報復她那顆不識貨的心。陳鷹接過帳本，也沒興趣看前頭記的，直接在最後記下一筆她去參加晚宴的禮服、鞋子、首飾等的費用。讓妳欠到還錢沒指望，看妳還喜歡自行車嗎？

好多個數字啊！米熙傻傻地看著，開始掰指頭數。

那傻樣讓陳鷹非常開心，吹著口哨回辦公室了，劉立旬正等著跟他彙報工作呢。

米熙數啊數，比她的十塊多四根指頭，好多錢，下次再也不去了。

咦，不對，錢都花了，下次還能穿一樣的拿一樣的，那還可以去。

另一邊，劉美芬正跟旁邊的同事說笑今天簽約的事，手機忽然響了，她接起來，是王兵那惡狠狠的大聲謾罵：「臭婊子，妳厲害，有老闆給妳撐腰是吧？我以為妳有多清高，還不是靠著跟老闆上床的爛貨！敢整我，等著瞧！」

他的聲音很大，離劉美芬近的幾個同事都聽到了，場面頓時有些難看。

劉美芬臉色鐵青，「啪」的按斷電話。「爛人！」她罵了一句。周圍同事安慰她，問怎麼回事。劉美芬只說這王兵被調職了，遷怒而已。但遷怒怎麼罵成這樣？她也知道這解釋不夠合理，但她沒法說。剛才的歡快氣氛已不在，大家各自回座。

劉美芬看到有些同事偷偷含著揣測的打量目光，心裡非常不好受。

✤ ✤ ✤

公事進展順利，陳鷹就把注意力多放些在米熙的交友和掃盲上。

這天下班回家，先不忙著上樓，他帶她在車庫認識名車，寶馬、賓士、勞斯萊斯……

米熙點點頭，很高興，「原來車子品種這般多，這不同的圖樣便表示不同牌子，學到了。」

她一邊說著一邊拿手機出來給車標誌拍照。

「這些不用記。」陳鷹很尷尬，他只是想讓她知道這世上條件好的不少，她有選擇的權利。

「還是記下的好。顧車的保全得認識這些車才好工作吧？我認得了，萬一日後考保全考我這個，也能過關。」

陳鷹一臉黑線，頓時覺得自己的車好委屈。

「當保全的事就忘了吧。」他勸她。

「蘇嬸嬸也說這對我來說不是個適當的職業，可我沒想好還有別的什麼可做，我、我也沒別的本事。」米熙很羞愧。堂堂將軍府的大千金，什麼謀生技能都沒有，這說出來頗丟人。

「欠了叔叔這許多錢，若不想法子趕緊掙錢還上，哪過意得去？」米熙還是有骨氣的，「我也明白保全就如同家鄉時的侍衛護院一般，若爹爹還在，也定會說我不宜做這個，可是今時不同往日，我沒有旁的本事，現在看來，也只有這簡單些的工作能做。還未開始，怎好輕言放棄？先

定好個目標，日後碰到更合適的再說。」

陳鷹聽了也無語，就是，還未開始，他著什麼急？人家只是心裡想想而已。想想能讓她開心些，就想吧。等她滿了十八真要去報名做什麼保全的時候再說，反正還有時間，慢慢來。在她十八歲之前，滅掉這個念頭就好。嗯，就像在週六之前，滅掉她對自行車的嚮往就好。

第二天，陳鷹帶米熙赴顧英傑的約。

顧英傑訂的是家法國餐廳，高檔奢華，氣氛很好。陳鷹和米熙穿正裝出席，不過不必像晚宴那樣隆重，米熙穿的是陳鷹之前買的長袖襯衫，配長褲和皮鞋，陳鷹找來Emma幫米熙化淡妝。

Emma很喜歡米熙，給這小女生打扮太有成就感了，怎麼弄怎麼美，可惜就是她能接受的形式太少。米熙經過上一次也有了經驗，每次都辛苦Emma她也不好意思。她知道這裡沒有主僕階層，所以Emma對她好她也很感激。兩人有些熟了，聊的話題也多了，什麼胸貼、無痕內褲也能溝通了，只是米熙每每聊到這類話就漲紅臉，把Emma笑個半死，直說現在這些程度的造型裝扮都顯不出她的功力，希望有機會能給米熙做個無與倫比漂亮的。米熙傻呆傻呆的想像不出，露出害怕的表情，又讓Emma大笑。

陳鷹坐在一旁處理工作郵件，看米熙比上回適應多了，感到很欣慰。這次Emma弄頭髮米熙都沒再彆扭，陳鷹覺得她進步了。

兩人準時到達餐廳。米熙跟陳鷹去過幾次高檔地方，所以對這地方並不感到新奇，倒是陳鷹發現顧英傑居然比他們，頓時在心裡給顧英傑扣分。主動訂的約會就要提前五分鐘到達，這是禮貌，這小子到底有沒有誠意？

所幸顧英傑只比他們晚到不到一分鐘，看到他們居然到了，有些吃驚。他約會過的女生從來

沒有準時到這回事，遲到十分鐘是最少的，所以他準時到其實就是提前了十分鐘，沒想到今天卻是疏忽了約會對象裡有個非常守時的男人。

顧英傑跟陳鷹和米熙道歉，陳鷹那一臉頗有微詞的樣子讓顧英傑有些尷尬。電燈泡不要太囂張亮眼才是好電燈泡，不過現在他有求電燈泡，他忍得住。

接下來是點菜環節。顧英傑偷偷看了米熙一眼，見米熙研究菜單研究得兩眼發亮，顧英傑有些小得意，果然女人是愛美食的，尤其是貴得教人咋舌的美食。陳鷹在一旁暗自瞪眼，很想戳米熙腦袋幾下，丫頭片子看照片看得這麼高興，真看得懂嗎？甚美跟甚合口味是兩回事好嗎？

「麻煩給她換個中文菜單。」陳鷹叫來服務生，小聲吩咐。顧英傑這才反應過來，這餐廳高級，菜單是法文和英文的，除非客人有特別要求，一般都預設上英法文的菜單。他想起陳鷹囑咐過他不要跟米熙講英文，卻疏忽了菜單。他看了陳鷹一眼，果然又被陳鷹瞪了。

服務生換了菜單，米熙不解地接過。「咦？」這次文字換了，能看懂字讓她覺得照片更美了。

陳鷹真的很想戳她腦袋，「咦」什麼「咦」，雖然「咦」得很可愛。

顧英傑也在看米熙，剛才她看得這麼入迷，讓他一點都沒反應過來她看不懂，現在換了中文的，她看得一樣入迷，果然大家風範，淡定沉著啊！

「為何剛才是那字的？」米熙小聲問陳鷹。

因為裝逼。陳鷹不好這麼回答她，只得道：「那是給讀書人看菜單的，人家看妳光鮮亮麗的，不知道妳沒念過書。」他調侃她。

居然這麼說米熙？顧英傑護花之情頓生，怕米熙受辱難過，正想安慰幾句，卻見米熙一臉慚

愧，「真是對不住那菜單。」她確實沒念過那書。陳鷹輕笑，喝了一口水。

顧英傑把到嘴邊的話嚥了回去，米熙還真是大度，應對得體，說話也可愛，心裡對她又生出幾分好感。在他認識的女生裡，若是有這般當面揭短的，肯定是掩不住臉色了。

顧英傑又等了幾分鐘，等米熙把菜單從頭翻到尾，正想叫服務生過來點菜，卻見米熙又開始從頭翻，於是他想再等等。結果沒一會兒陳鷹小聲問他：「不點菜嗎？」他暗示得夠明顯吧？他家米熙是照片黨，看照片沒個完，點菜這工作向來與她無關。

「哦。」可惜顧英傑沒接收到暗號，招手叫來服務生，對米熙擺了擺手。服務生轉向米熙，做好點單的架勢。「米熙，妳想吃點什麼？」顧英傑的聲音溫柔，陳鷹撇嘴。

「啊？」米熙正在琢磨這個蝸牛是不是那個蝸牛，怎麼就要她點菜了？嗯，那要不要試試這蝸牛是什麼呢？可是感覺這東西有些新奇，新奇的食物就表示著危險，比如那個壽司什麼的。如果點了她吃不下去會很丟臉，好猶豫。對了，剛才有個鵝肝看著也很好看，可是這個鵝肝是她家鄉的那種鵝的肝嗎？如果是的話，為什麼這麼貴呢？貴的概念是她對比了一下陳鷹帶她去吃的牛排，這鵝肝看著比牛排小多了，一口就沒了，價錢卻更高。這麼金貴，會不會也是新奇的？

米熙知道服務生在旁邊等，她應該開口點菜，可她不擅長這個，她有好多問題想問，但當著顧英傑的面，她不好意思問。這種場合問問題會不會失禮？正想著隨便指一指點了就行，結果陳鷹在一旁忍不住了。

餐前酒、開胃小食、沙拉、主菜、餐後甜點，一口氣全幫她點了，然後中間沒停，直接又點了自己要的。兩份加起來，裡面有香草焗蝸牛和香煎櫻桃鵝肝，米熙鬆了口氣，很開心。都點上了，而且陳鷹叔叔的意思是妳不吃的歸我。太好了，她真是期待那兩樣是什麼樣的，不過，其實她有樣忽然很想吃的食物。

顧英傑愣了兩秒才反應過來該他了，他很快點完，然後看到陳鷹又瞪他了。

顧英傑莫名啊，難道讓女生先點菜不是應該的嗎？

陳鷹沒好氣，他家米熙選擇困難症一發作起來很可怕的好嗎？沒看她那一臉掙扎猶豫嗎？是男人就要會為女人做決定，幫她掃除不確定。一轉頭，發現不確定還掛在他家米熙臉上。

「怎麼了？」陳鷹問她。

米熙看著菜單上雞蛋的照片，覺得不好意思說。

「想吃這個？」陳鷹指了指問。那雞蛋薄餅的照片是很漂亮。

米熙終於抵抗不住饞蟲，小聲問陳鷹：「他們這裡有沒有蛋炒飯？」

顧英傑和陳鷹的臉一起綠了。

「呃……」顧英傑想跟米熙解釋，為她點別的更好吃的，話沒說出口就被陳鷹瞪了。泡妞你到底會不會？不寵一寵能泡上嗎？不對，叫追求。到底有沒有誠意追女生，蛋炒飯都拿不出來，自行車都能端出十盤好嗎？自行車都殺門口了，寶馬，你這麼表現實在太遜。

「去問問你們大廚能不能做份蛋炒飯？」陳鷹轉向服務生提要求。雖然用的是問句，那眼神表情已經在說，沒有蛋炒飯你們開什麼餐廳，你們好意思嗎？沒有蛋炒飯我們就要走了！

服務生在一旁有些反應不及，這時候經理過來了。

經理一直密切注意著這桌的動靜，兩位貴客一定要照顧好了。他剛才是忙別桌去了，就讓這個有經驗的服務生招呼，現在一看，還是得他親自來。

「二少、顧少，有什麼需要嗎？」

「想吃蛋炒飯。」陳鷹很有臉地說：「就是放米飯放雞蛋放油放蔥花的那種。」

顧英傑很沒臉，點蛋炒飯就算了，還要指點人家，蛋炒飯是那樣做的嗎？順序不對。「應該先炒雞蛋，米飯單炒，最後再合在一起。」忍不住說兩句，然後反應過來他也在指點大廚，太丟臉，趕緊閉嘴，然後又解釋：「我還挺會做蛋炒飯的。」意思是他沒亂說，二少，你的菜單不對。

他又被陳鷹瞪了，但米熙對他笑。這一笑，讓顧英傑心裡一暖，對經理說：「多加雞蛋。」轉向米熙，問：「喜歡蔥嗎？」

米熙點頭，顧英傑又說：「多放蔥。」

經理保持鎮定地退下了。他有說他們主廚能做蛋炒飯嗎？這就多加雞蛋多放蔥了。幸好他早被這些資本家們磨練得沉著冷靜。蛋炒飯就蛋炒飯，難不住他家主廚。

陳鷹對顧英傑的識相很滿意，這才對嘛，這才是追女生的正確態度，但他還是要發表一下自己的意見：「你不能亂寵她。」

顧英傑原本被米熙笑得心情挺好，被陳鷹來這麼一句，不樂意了。靠，是誰先亂寵的？還一副老子有錢狂霸跩就要蛋炒飯的嘴臉。富二代的氣質就是這樣被你們這類人弄壞的。

「謝謝。」米熙小聲對顧英傑說。她被陳鷹說得很不好意思，其實她沒想著非要吃，雖然想吃，但就只是問問看，結果弄得顧英傑被訓了，她覺得很抱歉。

「沒事沒事，我也很喜歡蛋炒飯。」顧英傑趕緊丟下陳鷹，對米熙笑。

「那一會兒讓他們幫我們分成兩份好了。」既然他也喜歡，她自己獨食多不好。

「好啊！」顧英傑大喜。米熙害羞地笑笑，那笑容落在顧英傑眼裡，真的好美好可愛。

陳鷹在一旁看得很不是滋味，媽的，這小沒良心的，蝸牛和鵝肝妳就不屑一顧是吧？剛才是誰眼巴巴地被他看出來了。哼，沒良心！陳鷹看米熙一眼，米熙正認真聽顧英傑說他在國外很想吃蛋炒飯結果吃不上，只好自己下廚燒了廚房的事。

陳鷹對這件事的真實性很懷疑，但米熙聽得津津有味，在陌生環境裡落難或不知所措對她來說是很有共鳴的事。不知不覺，對顧英傑的成見少了大半。陳鷹晃了晃杯子，讓服務生給他倒酒。

好煩啊，蛋炒飯幸福美滿讓他很不滿。

晚餐約會進行得相當順利，米熙雖不說能跟顧英傑相談甚歡，但也溝通良好。顧英傑吸取了教訓，注意言辭，少問問題，見米熙對異鄉的事有興趣，便多說幾件自己在國外經歷的糗事。米熙聽得認真，也很克制自己的提問欲。客客氣氣，說說笑笑，晚餐氣氛相當不錯。

最後吃完飯，顧英傑拿出一個檀香木盒，裡面是一支貴氣的檀香木髮簪，髮簪設計精巧，下面墜著紅色寶石，既有古典氣質，又很有現代感，他要把這髮簪送給米熙。

陳鷹暗想，這小子還真是花心思了，這東西不張揚卻貴重，而且明顯投了米熙所好，也很配米熙的氣質。他一定是看到米熙上次在晚宴上的打扮所挑的禮物，可米熙連連擺手，不肯要。

「無功不受祿。」她憋了半天這般說。

顧英傑和陳鷹都一臉菜色。這哪跟哪兒啊，沒人覺得妳有功好嗎？

米熙也有些尷尬，其實她又不傻，當然不會覺是有什麼功祿，只是她不知道該怎麼推拒才好。男子這般送女子禮物相當不合宜。她有些鬧不明白這個用意，是相中她的意思？然後會提親嗎？

如果是相中她，陳鷹叔叔應該會有反應吧？比如會幫她張羅，好好評點這個人家可不可以。可陳鷹只是帶她來吃飯，別的沒說，所以並不是她以為的那樣？可是這般送禮真的太貴重，無端送這個是什麼意思？

米熙看了看陳鷹，陳鷹正看著她。米熙不知所措，該怎麼反應才是對的？收下絕對不合適。在這個世界裡，這些都代表著什麼含義？

「太貴重了，米熙不好意思收，我代她謝過了。」陳鷹終於幫米熙開了口，米熙趕緊點頭。小腦袋點得太熱烈，陳鷹橫她一眼。小丫頭看來還是偏心自行車，那邊送什麼毛筆墨水的，妳怎麼就收了？哦，對了，那不算，那個他有付錢了，但這個他搶著給回錢就太不合適。陳鷹咳了咳，暗示顧英傑真的操之過急了。

米熙很傳統，跟你又不熟，你著急忙慌送什麼東西？她又不是那種拜金的女人，見一面就巴不得你趕緊買塊名錶鑽石什麼的。他家米熙完全不一樣好嗎？陳鷹忽然覺得很驕傲。

「沒關係，是我沒想周到。」顧英傑也是個有眼力的，趕緊說：「妳不喜歡這個沒關係。」

「不不，是我不好意思。」米熙趕緊擺手，覺得大家這樣彆彆扭扭的甚是不痛快。

「那我留我的手機號碼給妳，如果妳有什麼事要聯絡我，可以打給我。」顧英傑說。

「好的。」米熙點點頭，心想她不會有什麼事的，應該不會打給他。

顧英傑念了一串號碼，又說：「妳試撥撥看，行不行？」

「好。」米熙沒多想，拿自己手機出來按著那串號碼撥了一遍，然後顧英傑的手機響了。

「可以的。」米熙說，把電話掛了。

顧英傑笑得臉上開了花，當然可以的。陳鷹拿起杯子喝口水，完全沒臉看。這傻丫頭，妳是有多傻，電話號碼就這樣被別人騙到手了。哎，不怪她，是他沒教好，是他這做家長的錯，心好痛，痛心疾首。太傻太呆了，好想馬上把她拎回家。

米熙完全沒反應過來發生了什麼事，她很認真地把她那份冰淇淋甜點吃乾淨，又回答了幾個顧英傑問的問題，什麼現在都在學什麼功課、以後有什麼打算之類的。她說在學老師教的功課，以後打算做些力所能及的工作。

陳鷹揉揉額角，這會兒又不傻了，智商又回來了，剛才怎麼就不這麼機靈呢？唉……

好不容易飯局終於結束，三人一起走到餐廳門口。米熙正經八百地跟顧英傑微微鞠了個躬道謝，感謝他的招待。兩人客氣一番，而後米熙的注意力被旁邊一個穿禮服的女人吸引了，黑色小肩背齊膝裙，攬著個皮草披肩，也不知是冷還是不冷。於米熙看來，穿成這般露著肉站在路邊等車，頗是辛酸，偏偏她又知道在這個世界裡不是這樣想的。那女人一臉倨傲貴氣的樣子，顯然對自己的裝扮很是驕傲。

米熙眨了眨眼，她的感受和其他人反差這般大，還真是混亂啊！

陳鷹趁著米熙沒注意，跟顧英傑道：「她古板得很，一點都不可愛。」

顧英傑看了看他，又轉過頭看一眼正發呆的米熙。

「小家子氣，彆彆扭扭的。」陳鷹繼續評價。

顧英傑笑笑，笑得陳鷹有些心虛。怎麼了，他說的是一點沒錯，他家米熙毛病多著呢！

「King，你是她叔叔，對吧？」語氣裡的試探確認讓陳鷹心裡很不舒服。

「對。」這個字說得有點不高興，明明他離更年期還遠著。

「所以你的看法跟我不一樣。」作為家長看女生和作為異性看女生，意見完全不同。

陳鷹被噎住。

侍童把車開來了，顧英傑對米熙和陳鷹打了招呼，兩邊各自上車。

路上陳鷹在琢磨顧英傑那句話，他的看法與他的不同，怎麼不同？所以那小子是說他覺得米熙很可愛？哼，長得漂亮就都可愛是吧？他們到底關不關心女生的內在呢？米熙那顆柔軟又單純的心，他們看到過嗎？她努力又認真的生活態度，他們知道嗎？

哼，膚淺的男人啊！

「陳鷹，那個顧英傑送我那禮是何意？」米熙忽然問，陳鷹嚇了一跳。轉頭過去，看見米熙認真嚴肅的小臉。親愛的，看見他在開車嗎？說這麼深刻又嚴肅的話題會增加交通危險的。

米熙沒等他答，繼續說：「若是在家鄉，我娘會與我商量，此處只能與你商量了。他與我毫無關係，卻要送我那般貴重的禮，我不明白。與人禮財無非是賠禮、巴結、中意三樣。若說賠禮，他未開罪於我，巴結更是沒那必要，我無權無勢，可若是說他中意於我……」她說得有些不好意思，聲音有些小，尾音有些不確定地拖長著，拖得陳鷹的心沒來由得忐忑。

「若是中意於我，他卻什麼都未提，只送禮，所以也不該，對吧？」米熙問完，看著陳鷹。

陳鷹一時不知該怎麼答，裝作專心開車，拖延了些時間。有時心意是不必說出口，是用行動來表達，這個道理她懂的吧？所以男人平白無故送禮給女生，當然就是有好感想追求想更進一步的意思。可是這話說出來，米熙會不會會錯意？他是給顧英傑製造了與米熙接觸的機會，但他並不打算把米熙強往顧英傑身邊推，米熙這麼笨，他不能幫著顧英傑說話。

「妳也不必多想。」趁著紅燈，他轉過頭，看到米熙明亮的大眼睛，心裡一動，「他送妳禮，妳不想收就不必收，他約妳出去，妳不想去就不必去。其實在這個世界，規則很簡單，喜歡

才好。妳喜歡，就可以去做，不喜歡，可以拒絕。」

米熙眨了眨眼睛，似懂非懂，所以顧英傑送她禮，並不表示什麼嗎？

陳鷹覺得她的表情有些微妙，難道她失望？失望顧英傑什麼都沒提？

米熙歪了歪頭再認真想，沒想明白。若非真心實意，那這送禮送得多輕浮，可陳鷹叔叔似乎並不介意。許多事他們都不介意，米熙又想起程江翌對她說的話，這世界的人都是沉得住氣的，所以她不必理。別人不出招，她也不必出。

米熙心裡嘆氣，在她看來，這世界的人不但沉得住氣，還挺高深。她也沒太弄明白陳鷹叔叔的用意，他希望她來跟顧英傑一起吃飯，可吃完了又什麼都沒說。好吧，是她著急了，也許大家都沒什麼太多意思，在這世界一起吃飯互相送禮也許就是正常交際，她不必多想。就如同魏揚好心邀她去學校見識一般，人家坦坦蕩蕩，她若多心就不合適了。

若喜歡就去做，不喜歡就拒絕。陳鷹叔叔這般說，那定是可以的。

陳鷹再看了看米熙的表情，不放心，忍不住提醒她：「米熙，這世界裡的男生，行事作風都比較主動，跟你們那裡不一樣。」

「嗯。」米熙點點頭，確實是大不一樣，弄不懂。以為是登徒子，結果你們說不是，以為是別有用意的，結果好像又不是。

「所以，無論那男的跟妳說了什麼，為妳做了什麼，送了妳什麼，讓妳很高興，讓妳很感動，妳也不要衝動，凡事要多想想，不要輕易答應別人任何事。」

米熙用力點頭，就是說，莫要被人哄騙了去，她知道。

陳鷹看她答應得這麼肯定，想必是真明白，就放心了。

結果第二天，他發現自己放心得太早了。

第二天是週三，魏揚再次問了米熙要不要週六去學校的事，於是米熙又跑來問陳鷹。

陳鷹心說，這剛見識完寶馬，怎麼還惦記著自行車呢？「週六啊……」

「嗯，上午九點的比賽，在他們的體育館，他說要託人占位置才好，所以想早點確定。」

藉口啊，親愛的，這全是那小子的藉口！

「我還沒見過體育館呢，看完比賽就參觀校園，然後中午嘗嘗學校的食堂，下午就回來了。」米熙說著安排，眼神閃亮亮。

上午九點的比賽？陳鷹皺眉頭。那大學離他的住處可是離得很遠，他記得米熙是說要坐公車去，那她不是得起很早擠公車？

「我們都查好路線了，陳鷹，我會查公車路線了呢，原來在電腦上輸入兩頭的地名就可以了。不過我還不會怎麼輸入，我慢慢學，以後定是能學會的。」米熙想到這個有點興奮，「從我們家到他的學校，要搭兩路公車，我還沒有搭過這麼久的公車。」

所以，寶貝，妳到底是高興可以坐很久的公車，還是高興可以跟魏揚約會呢？

「聽說這裡的學堂很大很大，能有好幾千人的學生，還有很大很大的藏書地方，還有運動場，魏揚說有許多好玩的球的遊戲，還有湖，還有許多樓……」

那些有什麼好稀奇的，哼！

「我可以去嗎？」

唉，陳鷹心裡嘆氣，擺出這麼想去的樣子，用這麼軟的聲音問他「我可以去嗎」，讓他怎麼說得出口不行？

「聽起來很有趣。」他說。米熙笑著點點頭，她也是覺得很有趣，所以才會很想去。

「我可以去嗎？」陳鷹反問。問題一出口，頓時覺得身心舒暢。對啊，他煩惱什麼，米熙想去就去好，他跟著不就放心了嗎？

「啊？」米熙有些驚訝。

「這麼好玩的事，我也想去看看。我自從畢業後，也很久沒有去過校園，感受那樣的氣氛了。」陳鷹對米熙笑，「我也是那個學校畢業的，很想回去看看。」

「啊！」米熙眼睛很亮，那裡居然也是陳鷹叔叔上過的學堂，那地方頓時神聖起來。

「那裡離我們住的地方很遠，妳也查過了，得坐兩路公車。妳算過時間沒有？坐車加上等車的時間，得一個多小時。九點球賽開始，妳不能遲到，那樣不禮貌，也就是說，妳得七點半前出門。妳還得麻煩魏揚來接妳，那魏揚得幾點出門？六點前。妳怎麼好意思這麼辛苦人家？」

「啊！」被陳鷹唬得只會發單音節的米熙又張大了嘴，對啊，她疏忽了這個，她真是太不應該了，那樣確實很對不起魏揚。

陳鷹在心裡微笑，不好意思啊，魏同學，剛才我輕輕鬆鬆地把你即將實施的苦肉計破了。

「這樣好了，妳不要這麼麻煩魏揚。我知道地方，週六也有時間，我們早上八點出發，我開車，先去餐廳買妳愛吃的小籠包，還可以給魏揚和他的同學都帶一份。人家好意邀請妳，妳空手過去多不合適。我們還要準備很多零食和飲料，給他們同學都分點。看球賽嘛，不能乾坐著。九點前我們能到，一起看球賽，一起逛校園，中午妳見識完那裡的食堂，我再帶妳一起回來。我們回來的路上還可以去逛逛別的地方，我帶妳去坐遊輪看夜景，妳在家鄉時坐過大船嗎？」

米熙點點頭。

「想不想試試這裡的大船，也很好玩。」

米熙又點頭。

「所以我們唯一要麻煩魏揚的事，就是拜託他多占兩個位置，幫我也占一個，然後九點前他在體育館門口等著我們就好，妳看怎麼樣？」

米熙覺得這樣安排很不錯，「那我去問問魏揚。」

米熙去了，陳鷹微笑。魏揚當然不會說不行，但他心裡一定很嘔。嘔也是沒辦法的事，年輕人總要經歷些挫折才叫人生。

沒有當過電燈泡的人生是不圓滿的。哦，他說的是他自己。

☘ ☘ ☘

陳非這天工作有些不專心，已經週三了，再過兩天就是週末，算一算，這週應該輪到他照顧米熙了，可陳鷹並沒有聯繫他，不知道計畫會不會有變。

陳非這回倒不是排斥米熙來家裡過週末，相反的，他有些期待。因為上週末米熙的到來，讓他得以跟魏小寶一起過。他們一起做早飯，一起玩棋，一起看電視，有些活動就算他沒參與，他坐在旁邊一抬頭也能看得到小寶，他覺得很好。

那天晚上跟陳鷹他們分開後，他還跟小寶去散步消食。沒聊什麼話，就是一起肩並肩走，也很舒服。還有第二天魏小寶還來他家幫他收拾了一下，因為他不愛做家事，有些潔癖。米熙在他家待了一天，有些亂，他的習性魏小寶是知道的，所以主動過來幫他收拾，所以週末兩天他都跟她在一起。呃……感覺有些像兩口子過日子，他覺得這樣非常好。

可惜第二週的託管米熙是歸程江翌了，那週末陳非就很孤單地自己在家看書看影片，後來好不容易想到一件公事，打電話給魏小寶跟她說了說，說完他又有些後悔。週末啊，他真的不是吸血資本家，真的不是工作狂，他只是需要個自然又必要的話題。

說起來這事也頗心酸，都幾年了，他一直耐心在等，魏小寶對他是再好也沒有的，甚至在她看他的眼神裡，他也能感應到強烈的電波。可電波歸電波，魏小寶卻還是與他保持著一定的距離，從不主動約他，從不找藉口親近他，這讓他覺得她其實對他沒這個意思，感情這種事也許是他的一廂情願。也是，如果真對他有意思，她母親又那樣鼓勵她，她早該對他下手才是吧？可是她沒有，她一直只是與他關係最好的學妹，最得力的祕書，還有最了解他的朋友。

所以，他不敢輕舉妄動。如果她對他並無情意，他一旦越雷池一步，那這個關係最好的學妹，最得力的祕書，還有最了解他的朋友，是不是就會失去？他很珍惜，他不敢冒險。

但他也不能死心放棄，因為她沒有男朋友，一個都沒有。她有追求者，這個陳非知道，但她都拒絕了，這個陳非也知道。這幾年她一直單身，她當然不是同性戀，他也知道。他對她太有感覺，她的什麼事他都知道，只除了這一件，他不知道。

現在也不知道為什麼，陳非有些著急了，也許是被陳鷹帶動的，他火燒眉毛一樣要幫米熙找對象。還有那個程江翌，跟他說什麼月老的故事，讓他覺得趕緊把小寶綁住有多重要，萬一就弄丟了呢？話說回來，若真有月老，他的姻緣誰負責，他的月老呢？怎麼沒有像那個2238號一樣的人物跳出來說「陳非你應該這樣那樣，然後魏小寶也會回應你的心意」。

沒有人，沒有人指點他，不過話說他也覺得月老是沒法指望的，看陳鷹那無頭蒼蠅似的就知

道了，也沒月老指點他，米熙的對象怎麼辦根本沒人管，所以他的更得靠自己吧？

陳非思忖良久，在快下班的時候終於打了個電話給陳鷹，問他週末米熙怎麼安排的，要是不過來，他就安排自己的事了，言辭之中頗有些「最好別過來，我很忙」的意味。

但陳鷹是誰啊，一聽就知道了，「怎麼，寂寞了，想借我家米熙啊？嘿嘿。」

嘿嘿他個頭，陳非真想伸手穿過電話去敲他腦袋。

陳鷹剛跟陳遠清開完會，正走樓梯下樓，一邊走一邊說：「不過這週不行啊，我家米熙太受歡迎，檔期都排滿了，你可以預約下週的。」

這麼囂張真是太討厭了！陳非心道，有本事你以後別把米熙託管，到時他可不接收。

「你是想約小寶嗎？直接約嘛，總讓米熙做電燈泡，我們也很不好意思啊！」

完全不想理他。陳非算了算，他生命中的重要人物，讓人討厭但又沒法一腳踢開的，一個是程江翌，一個是陳鷹。

「這樣吧，我指點你一條明路。我們週六上午九點要去A大看籃球賽，你帶小寶一起來。」

「A大？你們回A大幹麼？」

「有人約米熙啊，我就一起去了。」陳鷹這時候走到自己公司門口，停下了腳步，問：「快，你要不要一起來，我叫人一起占位置。」

陳非猶豫不到一秒，「好，去。」

兩人約定好，各自掛電話。陳鷹走進公司，走到魏揚的座位前面，笑盈盈地喚他：「魏揚。」

魏揚趕緊站起來，「陳總。」

「我哥週六也想回母校看球賽，你能不能多占兩個位置？他帶朋友一起，都是A大的校友。」

魏揚吃驚地張大了嘴，過了好一會兒才反應過來，「行，我跟同學說。」

「那就多謝了。」陳鷹拍拍魏揚的肩，「那你忙，我不打擾了。」

陳總轉身走了，留下傻眼的魏揚。他只是想約米熙一個，沒想到後面帶了一串。陳鷹走回辦公室，路過小會客室，看到米熙正認真地寫功課，非常滿意，又想到剛才魏揚那吃癟的表情，他高興地吹著口哨走進辦公室。

今天真是事事順利，經紀公司那頭終於發現媒體和八卦輿論的情況不妙，無法控制，於是向公關公司那頭的吳浩通報，要求公關危機那邊接手處理。依公司間協作流程，這事向吳浩發書面申請時是要上呈集團高層的，於是陳鷹很合情合理地接收到了這個文件，陳遠清、李展龍這些人當然也有收到。

眼下李展龍做製片人的電影正在籌備中，他是定了要由凌熙然做女主角。之前因為夜店醜聞一事，陳遠清為了保護公司整體的聲譽，一直壓著這事沒點頭，經紀公司那邊是看陳遠清臉色，於是也沒簽約，更沒有宣傳。之後醜聞是壓了下去，李展龍正打算重提這事，合約都是現成備好的，結果現在凌熙然又被炒了起來，經紀公司那邊很頭疼，因為他們有他們的利益考量。

餅哥和凌熙然非常不高興。餅哥這兩天向公司施壓，要求儘快恢復凌熙然的工作安排，他聲稱凌熙然為公司賺了不少錢，娛樂圈裡有風波是很正常的，公司為了一點小事就給藝人冷板凳坐，真是令人心寒。對外的合作就算了，如果自家集團內的資源都不能協調好，不能為藝人爭取最大的利益，那日後藝人怎麼能好好配合公司的工作？

餅哥與總監毛文昌的爭執是當著其他經紀人、助理還有兩位藝人的面發生的，這讓毛文昌勃然大怒。他餅哥是資深是有門道，手上是拿著凌熙然為公司賺大錢，所以在公司裡橫著走，但這

樣當眾威脅給他難看，就真的是太超過。毛文昌當時下不了台，丟下一句：「公司的藝人不止凌熙然一個，是要維護藝人，是不能讓藝人對公司心寒。」然後甩頭走了。

餅哥憋了一肚子火，跑到樓上找李展龍說這事。陳遠清得到消息，也悄悄把陳鷹叫了上來。

陳遠清是知道陳鷹的打算，他很贊同，但具體安排他要與陳鷹對好招。陳鷹清楚明白地說了，第一，要把餅哥踢出公司，殺雞給猴看。現在經紀公司那邊人心比較散，各人有各人的算盤，藝人管理很有問題，正好藉這事整頓。第二，這次炒娛樂圈黑幕，話題裡涉及了好多家藝人和公司，正好趁機把新鮮集團的料爆出來，反正混戰一片，對方抓不到什麼把柄，是時候報復他們了。第三，李展龍拿手裡的項目撈了不少油水，踢走餅哥，算是動了他的派系人馬，藉這事也正好洗洗牌。第四，凌熙然上次的事件還未處理完，不能讓她出演女主角，得用公司的其他女藝人。不然有錯不治，其他藝人有樣學樣，日後也會不服管，必須讓他們都明白公司的做事原則。第五，如果不出意外，近期他要開始運作羅雅琴，這一連串的宣傳炒作節奏，剛剛好，然後他借勢搬到樓上，公司洗牌這事又正好接上，借力打力。

「不是只有他才會借東風這招。他給我下絆子，我就踩著他的絆子上去。」

陳遠清同意，又提點了幾個細節。論經驗老道，他自然是勝出兒子幾分。經紀公司那頭由陳遠清處理，但行事的理由陳鷹鋪排。羅雅琴的事，陳遠清完全不出面，但門路怎麼走他全都給陳鷹指清楚。一番討論下來，陳鷹覺得形勢已朝他想要的那個方向發展。

第二天週四，羅雅琴第三次去見蘇小培。這次的治療更有進展，蘇小培對此執肯定的態度。有了蘇小培的意見，陳鷹帶著吳浩、Lisa及吳浩手下的杜小雯，於週五與羅雅琴見了面。這次見面，蘇小培要求她也要在場。

「我需要知道她要面臨的工作狀況和要求，然後給出我的意見。另外，作為她的心理醫生，我也有我的要求，會當面告訴你們。」

就這樣，一行人在蘇小培的心理研究所見了面。

杜小雯掩不住的好奇，「我長這麼大，第一次到這種地方，好高端洋氣啊。頭一回見心理醫生，不過幸好是別人的。」

Lisa也很有壓力，這樣的開場，不知道以後能不能順利。

他們這行人被請到會客室稍等，羅雅琴已經到了，但她跟蘇小培在另一個房間。過了一會兒，羅雅琴終於出現。她的氣色好多了，眼睛也有神許多，臉上化了淡妝，頭髮梳得整齊，穿了淡紫色套裝，端莊嚴肅。蘇小培跟在她身後進來，輕鬆自在地做了自我介紹。

羅雅琴沒太管別人，很認真地盯著陳鷹看，而後她站了起來，向陳鷹伸出了手，「你好，陳鷹，好久不見。」

「好久不見，羅姨。」陳鷹也伸出手用力一握。羅雅琴的手溫暖有力，他忽然覺得很有信心。

雙方的談話很順利，蘇小培也徵得同意，按慣例對這次會談進行了錄音。

關於合約的部分，羅雅琴和陳鷹都沒什麼要多談的，兩人已經把內容背得熟得不能再熟。羅雅琴表示願意簽約，但她希望蘇小培作為她的心理醫生能幫她做公證人，證明她簽約時的狀態清醒且有自主能力，所簽合約完全有效。也希望蘇小培證明，她簽這份合約時，她的健康狀況是能夠完成合約上約定的工作內容。

「還是那句話，我得斷了自己的後路才能往前走。日後我的行為若有任何問題造成違約，我會一無所有，這個後果會時時提醒我。」

陳鷹沒意見，他把合約推給蘇小培，讓她過目。在這過程中，他開始介紹他為羅雅琴安排的團隊。吳浩和Lisa會為羅雅琴規畫宣傳事宜，處理負面報導的危機公關。杜小雯是公司配給羅雅琴的助理，她負責羅雅琴的吃住行所有雜事。

「小雯做這行三年了，她一直在吳浩的團隊裡，處理事件很有經驗，跟團隊裡的其他人配合也沒問題，是最佳人選。公司會提供暫住的公寓給妳，妳現在的住所已經有媒體知道，不方便，小雯會陪妳一起住在那裡。」

羅雅琴看了杜小雯一眼，杜小雯微笑招呼。

Lisa拿出一份文件，遞給羅雅琴，「這是頭一個月的工作計畫，其實也沒什麼，主要還是營養師、美容師、造型師的一些前期工作，需要妳配合。另外，我會找妳做份詳盡的訪談，妳所有的事、需要我知道的我都得知道，這樣我這邊才好安排後面的狀況。我差不多需要三天的時間，具體可以再約。另外，我會安排攝影師幫妳拍些照片，只是拍普通的宣傳照。平時的報導照片，小雯就可以做了。」

吳浩等Lisa說完，也拿出文件，他的是很誇張的厚厚一大疊，「這是我這邊收集到的所有我覺得會有負面效果的妳的相關報導，請妳花時間好好讀一讀。裡頭我標上了報導的媒體和記者名字，我需要妳告訴我這些消息的真實性、妳與這些媒體和記者是否有恩怨瓜葛，最後面是整理出來所有事件裡涉及到的人物，也需要妳告訴我們這些人與妳的關係和恩怨之類的，我好提前知道該怎麼預防處理。還有，如果有些是這裡頭沒有，但是很重要很有攻擊性的事，也希望妳能告訴我們，也是做個預防。」

羅雅琴接過了，翻了翻，點點頭。她的負面消息還真不是一般的多。她苦笑了一會兒，然後問：「那我的經紀人呢，是誰？」

短期經紀約都擬好了，但經紀人名字那一欄還空著，這點她必須問清楚。

「我。」陳鷹答：「是我。可以嗎？」

羅雅琴笑了，「可以。」最後的一點不放心終於消除。她深吸一口氣，《開始》，她要開始了。

蘇小培看了看他們，「你們都說完了？」

眾人點頭。「很好，那輪到我說了。」她打開她的資料夾，也丟出一份文件給杜小雯，「這是羅雅琴每天的飲食要求、運動量要求、服藥量及其他治療所需的功課，她自己那裡有一份，請妳也備一份。如果她沒有完成，請告訴我。我剛聽到妳們有營養師，營養師給她定的餐飲表請給我一份。」

「這個給你。」蘇小培推了另一份文件給陳鷹，「你是她經紀人吧？這是目前她的身體狀況報告，以及我對她能完成的工作量的評估。你們給她的工作安排計畫表麻煩也發給我，如果需要我也在合約上簽字公證，那合約裡就必須寫上遵醫囑，這樣我才能對我的專業負責。我做好我的工作，你們做好你們的。」

Lisa和杜小雯暗暗咋舌，好強勢的醫生。

陳鷹面不改色，回道：「可以。我們也需要與妳簽署一份保密協議。」

「可以。」蘇小培完全公事公辦，她的工作對保密協議那東西再熟悉不過，「請放心，我的嘴比你們這圈子裡的人可牢太多了。」

一屋子人全都垮臉給她看。醫生，妳這樣罵人合適嗎？

蘇小培低頭一邊在紙上寫下備忘錄，一邊說：「你們不必難堪，我說的是實話。」

陳鷹忿忿不平，所以說，女人念太多書當了什麼專家後就是不討喜，程江翌的日子到底是怎麼過來的？還是他家米熙可愛！

☘ ☘ ☘

辛苦一週的陳鷹終於等到了週六，迫不及待，滿心歡心，帶著他家米熙朝A大出發。

籃球賽會有很多穿著迷你裙的啦啦隊，男人都愛這套，點個讚。還有，希望能看到魏揚那無奈的臉。想約米熙？請收下三個老人家電燈泡。

體育館門口，魏揚跟兩個男同學在等，看起來有些局促，或者該叫緊張。看到米熙後，臉上禁不住笑，旁邊的男同學還用手肘撞他。陳鷹心裡一嘆，青春啊，又幼稚又愚蠢！

米熙拎著大包小包，看到魏揚也笑，微微欠身感謝他今天的招待，然後把手上的吃食遞過去。有小籠包、燒賣，還有昨晚在超市買的牛肉乾、洋芋片、飲料等等。

兩名男同學眉開眼笑，又用手肘撞了撞魏揚。魏揚覺得同學這樣的反應有些丟臉，但又不好說什麼，只得也笑笑。陳鷹站他們面前，說陳非剛才馬上到了，再等兩分鐘就好。

魏揚點了點頭，猶豫著要不要叫「陳總」，因為當著同學的面，他覺得有些沒面子，最後忍住了，沒叫。只是對陳鷹點了點頭，算是打招呼。

陳鷹微微一笑，並不在意。米熙在好奇興奮地東張西望，他很故意地伸手揉她腦袋。米熙以為是在笑話她沒見識，轉頭鼓了鼓臉，不好意思地笑。魏揚沒說話，倒是他的同學已經在跟米熙搭話，問她名字，在哪裡念書等等。

還沒等他們聊上幾句，陳非帶著魏小寶來了。

魏小寶也很是興奮，看到米熙就跑了過來。兩個女生說說笑笑，幾個小男生推來撞去，陳非和陳鷹兩個老男人在青春的嘰喳聲中有些格格不入。進了場後，這格格不入就更是明顯了。

魏揚的同學占的座居然不是在一起的，有兩個在隔了八九排的臺階角落上，其他七八個在下面看球賽的好位置。老人家都下意識想帶自家那個去坐角落雙人位，但久未回校園的魏小寶很興奮地帶米熙去搶看球賽的好位置去了，搶到了才發現她家老闆人丟了。

於是女生被一堆毛頭小子圍著坐前面，兩個老男人只好摸摸鼻子坐到後面去。魏小寶和米熙轉頭發現他倆，揮了揮手，然後很沒良心地繼續轉頭聊天去了。

陳鷹白了陳非一眼，陳非推推眼鏡，平靜敘述：「小寶念舊，聽說能回來玩很高興。」

切，誰綁了她的腿不讓她回來？陳鷹防備地盯著下面。米熙的左邊是魏揚，右邊是魏小寶，她稍斜著靠著魏小寶那邊坐，離得魏揚稍遠。魏揚也很有禮貌沒趁座位窄就亂擠，大家有說有笑，魏小寶還探過身去與魏揚握了握手。這麼巧，同姓，又是校友，應該會很投緣。

陳鷹撞撞陳非，「小寶不介意姊弟戀吧？」

陳非推推眼鏡，他多沉著，才不會被這無良弟弟挑撥，「你管好自己的事就行了。」

陳鷹撇撇嘴，他這不是正在管嗎？

很快球賽開始了，陳鷹密切關注著下方的座位。米熙緊緊挨著魏小寶，探著耳朵，應該是在聽魏小寶講解，一旁的魏揚時不時插幾句。看到緊張處，三個人一起拍手，無聊的地方，又湊一塊說話。周圍很吵，陳鷹完全聽不到他們在說什麼，他轉頭看陳非，陳非貌似專心看球，但陳鷹

很肯定他在鏡片後面的眼睛得了斜視病。

之後魏揚一往米熙那邊湊，陳鷹就撞陳非，「他找小寶說話呢！」一往米熙那邊湊，他又撞陳非，「又跟小寶說話呢！」過一會兒又撞，「小寶在對他笑。」

「你煩死了！」陳非終於忍不住蹦出一句，然後聽到斜後方有女生的笑聲。

兩人一起回頭，看到後面有幾個女生交頭接耳，在對他們笑。

陳鷹小聲說：「我們兩棵大樹杵在一堆小樹苗中很引人注目，你注意點，要低調。」

陳非也小聲說：「你知道就好，快把你的童心收斂收斂，丟人。」

兩人一起看向下方，米熙和魏小寶正看著賽場大叫，場上有人進球了。唉，明明他們這位置挺好的，可惜旁邊坐的人不合適。

兩個老男人坐啊坐啊，終於熬完整場比賽。一開始還能看幾眼場上，後來完全沒興趣，不約而同拿手機出來處理公事看郵件，時不時看兩眼下面的座位。完全不明白又不認識的球隊，那兩個女生怎麼能這麼投入呢？

「小寶就算了，我很懷疑米熙完全看不懂，所以她在激動個什麼勁兒？」陳鷹忍不住發牢騷。

「就像你看啦啦隊表演一樣激動的心情吧。」陳非吐槽，被弟弟橫了一眼。

場上那些白斬雞的肉體一點都不精壯好嗎？哪裡有看頭？陳鷹很不服氣。他也有六塊腹肌，古銅膚色。不過，好吧，他跟小樹苗較勁太有失身分，而且沒必要，一較高下得讓顧英傑來。

等等，也不關顧英傑的事，米熙又沒說要跟他交往。他也覺得顧英傑不算太合適，他只比他小三歲，也就是比米熙大了八歲，這有點太大了吧？配米熙實在有點老。聽說顧英傑上一任女朋友就是個小模特兒……啊，這傢伙是不是偏好小女生這型的？那以後米熙年紀大了變熟女了，他會變心嗎？

對了，那時候在會所他主動搭訕米熙，米熙看著就是十六七歲的樣子，這樣他都搭訕得下去？陳鷹皺眉頭，越想越覺得顧英傑不行，雖然他這人在圈子裡名聲不錯，但現在想來品行明顯不端正，肯定容易出軌。哎呀，他不該幫他牽線的，真是後悔！

拿手機出來調通訊錄，一個個名字地翻，翻了一輪，更惆悵了，大好青年都死到哪去了？正這麼想，一抬頭，對上了轉頭回望的魏揚的目光。陳鷹和善地笑笑，小夥子，跟你沒關係，我不是在考慮你！

小夥子很快回過頭去，而陳鷹直到這場比賽結束也沒想到什麼合適的人選。

下面還有另一場，但不是魏揚他們系的，加上陳鷹、陳非已經站了起來，做出要走的姿態，所以一行人就退出了體育館。米熙第一次看球，興奮得兩頰微紅，意猶未盡。魏小寶和幾個男生也在大聲爭論剛才比賽的情況。米熙插不上話，但湊熱鬧的心強烈，豎著耳朵在旁邊聽著。陳鷹撞撞陳非，給了個眼神。看看，小寶果然是迷戀青春少年啊，這破球賽破球技，值得出場後繼續討論？

陳非推推眼鏡，繼續沉著。他等了等小寶，看他們聊得差不多，正要問陳鷹下一步怎麼安排，是大家分散各自逛，還是怎樣？可還沒開口，就聽見魏揚問米熙：「想不想摸摸球，我們可以去那邊的籃球場，應該有同學在打球。」

「可以嗎？」米熙想摸。

陳鷹眉頭皺起來，這位魏同學，別的同學在打球，你帶米熙去摸球是個什麼概念？現在泡妞

招數流行「讓你摸」？

但米熙想摸，所以大家又浩浩蕩蕩地一起去了。說浩浩蕩蕩是因為他們這隊伍增加了好幾人。當然了，全是男生，而且全是年輕男生，那兩個老男人被擠在年輕人的圈子外，圈子的中心是一大一小兩個女生。

到了籃球場，果然有不少人在打球。球場邊有人抱著球在觀看，於是魏揚這邊有個男生過去借了顆球過來。米熙如獲至寶地摸了摸，咧著嘴傻笑。笑得傻，讓陳鷹好想馬上把她拎回家。

魏小寶接過球拍了拍，米熙也學著拍，沒拍兩下球就打在腳上滾一邊去了。男生們很殷勤地去追球，又送回來讓她拍。米熙很不好意思，有男生示範了一下，左右手交換拍，從腿下過去。魏揚也露一手，帶球過人。陳鷹撇嘴撇眉頭，心裡吐槽一堆毛頭小夥子好幼稚。

球又回到米熙手上，米熙又拍了拍，這次球又滾了，滾到陳鷹腳邊。一個男生跑過來要撿球，米熙大聲喊：「陳鷹！」陳鷹也不知怎地，腳一勾，球彈了起來。他伸手扭腕，球在他手中一轉，旋身邁步，非常瀟灑地從那個來撿球的男生旁邊過去，另兩人下意識地攔他，陳鷹再轉步子，運球轉向，再過兩人，然後就到了米熙身邊。一推手，球傳給了米熙。米熙完全沒防備，傻傻地張臂一把將球抱住，然後皺眉，一臉忍痛。

陳鷹的臉綠了，這是笨蛋嗎？本來胸就不大，現在不會更扁了吧？

「陳鷹……」米熙也委屈啊，誰知道他這麼用力，好痛！

「好了，不玩了。」陳鷹把球搶過來，丟給個男生，示意人家去還球。轉眼看到陳非一臉不認同，那眼神分明在譴責他幼稚。陳鷹不看他，他才不幼稚，他可沒有特意顯擺，就是隨手玩玩，而且是米熙太笨，不會配合，接個球都不會，笨笨笨。

一行人繼續瞎逛，魏小寶嘻嘻笑，「二少原來也會玩籃球啊！」

「是啊！」陳鷹看看米熙，她已經恢復正常，又在東張西望，看來胸部沒事，他替她安心了。

陳非吐槽弟弟：「可不是會玩嗎？你知道我們男生要吸引女生注意，要麼靠成績優異，要麼靠運動神經。你知道他的，成績差到我爸不願接老師電話，只好靠運動來騷包了。」

魏小寶噗哧一笑，「那學長是走靠優異成績泡妞的路線嗎？」

「呵呵，呵呵！」陳鷹很故意地乾笑，很故意地去攬魏小寶的肩，「小寶，妳錯了，我跟我哥一直靠的是臉蛋。」

噗！魏小寶實在沒忍住又要噴笑，因為陳非的臉臭得極好笑。他一直是穩重又有些嚴肅的人，靠臉蛋……哈哈哈，太好笑了！

「唉，就這般，兩位叔叔都未能娶妻！」米熙冷不防感嘆了一句，那語氣很認真，一臉頗是惆悵，看來在這世界要綁上紅線確實太不容易了。

陳鷹和陳非都愣住了。什麼意思？是說他們靠這個靠那個，最後都沒能找到對象？是有多失敗？陳鷹敲米熙腦袋，死孩子，居然敢罵人！

魏小寶忍不住，抱著米熙哈哈大笑。太可愛了，好好笑！

米熙不覺得好笑啊，娶不上妻當真是讓人心焦的事，不是嗎？就如同她一直嫁不掉，很焦慮，不過這世界的人當真都是沉得住氣。米熙站住了，身邊就是個足球場，有鐵網圍著，外圈的跑道紅泥色很是顯眼。米熙看了看，看到有人在跑步，她有些心癢，轉頭看向陳鷹。

「幹麼？」

「可以跑嗎？」米熙問。看起來很有趣。她不會玩球，跑步卻是可以，而且娶不到娘子、嫁不成相公這麼傷心的事，跑一跑就開懷了。

「不去。」他一個快三十的大老爺們兒，跟一個小丫頭當眾跑什麼跑，丟不起那個人。再說，他是來這裡當電燈泡的，又不是來這做運動健身的。

「米熙，妳想試試嗎？一圈四百公尺哦，我們體育考試裡頭，女生要限時跑兩圈才能合格，妳能跑得動嗎？」魏揚說。

「可以。」米熙眼睛一亮，還有考試？那她太在行了，這個她行！

「我陪妳跑。」魏揚自告奮勇。他領著米熙走到操場入口，真準備去跑了。

「我也去！」好幾個男生也要湊熱鬧，「要有陪跑才容易跑得完，米熙，妳要加油！」

陳鷹傻眼，死孩子，剛才罵了他，然後轉身要跟一大群男生私奔嗎？跑步這麼有愛的活動，難道不是跟他獨享嗎？有沒有良心？

陳鷹氣極，指著那夥人的背影，「他們有病嗎？」神經病的那種病！跑步？現在泡妞不止「讓妳摸」，還有「陪妳跑」？

陳非不說話，推了推眼鏡，他也覺得這群人有夠神經。

「自從我們畢業後，學校的整體智商水準都低成這樣了。」陳鷹一邊皺眉一邊跟上，臭小子們，一會兒跑哭了可沒人同情你們。

「你在的時候有拉高過嗎？」陳非問他。

陳鷹很不爽地瞪他，現在是扯弟弟後腿的時候嗎？是時候嗎？

這時候場上那些人真的開始跑了。男生們一開始還起著鬨，安慰鼓勵米熙，一分鐘後，所有

人都閉嘴了，因為米熙跑得很快，風一般地衝。男生們不能輸，全力衝刺跟上，可是米熙不但跑得快，還耐力十足，跑了半圈，甩下了兩三個，再跑半圈，又甩下兩三個，大家都慢下來，有些人甚至不跑了，就看著米熙如風般馳騁。

這場景吸引了周圍其他人，有人新加入，要把米熙比下來。米熙對陳鷹揮了揮手，臉上掛著大大的笑臉繼續跑。又一圈，她沒顯疲態，把新加入的幾個人甩掉了。陳鷹聽到旁邊居然有人打電話，在叫田徑隊長跑的哥們兒過來助陣。

「米熙加油！」魏小寶也聽到了，還看到有更多人加入挑戰，追著米熙跑起來，「喂，你們不公平，她都跑兩圈了！米熙加油！加油！」

「哥們兒加油！」其他人也跟著叫喊起來。魏小寶用力跳著揮手，「米熙加油！米熙加油！」

「快把妳家那個弄下來，好丟臉。」陳鷹跟他哥說。

陳非正在看魏小寶，彎著嘴角，這丫頭還跟當年一樣可瘋可靜。聽到陳鷹這樣說，他正眼都不看他，「場上跑得像脫韁野馬似的都不嫌丟人，啦啦隊怎麼了？」

陳鷹噎住，然後看著又有幾個人跟著跑起來。「他們到底在跑什麼？」神經病是會傳染的嗎？還真是會傳染！米熙的速度慢下來，陪跑的少年們振奮了。米熙還在跑，大家就跟著跑，有些故意跑到她前面，還嗷叫，甚至翻跟斗。米熙不理他們，只是跑著，跑一圈就甩掉一些人，嗷叫的也叫不動了，翻跟斗的直接趴地上休息了，而米熙每次跑到陳鷹這邊，都會對他揮揮手，然後所有人刷地都看過來。

陳鷹抿抿嘴，這引人注目的效果，跟陪她上場跑一樣，好想馬上把她拎回家啊！

這時候圍過來的人越來越多，沒一會兒，還真有幾個看著像應戰架勢的高個子男生跑了過

來。那打電話找支援的立刻過來指著場上的米熙：「就是那個學妹，她還在跑，咱兄弟退下好幾撥了。」

陳鷹皺眉橫眼，誰是你學妹？兄弟退下好幾撥丟死人了，好意思說嗎？

幾個男生聞言就衝上去了，一路追啊追，追到米熙身邊打招呼：「學妹，妳好。」

學妹這個詞米熙知道，魏小寶教過她，就是師妹的意思。不過她不是他們的師妹，於是點點頭只應了句：「你好。」

居然還能應聲說話？不是說她跑好幾圈了嗎？沒見她喘太厲害啊，看來是練過的。

少年們一邊跑一邊自我介紹，說自己是什麼系、什麼社團的。

米熙沒聽懂什麼團什麼系，只好答：「那就跑吧，承讓。」她腳下不停，保持著速度跑著。

小學妹這反應真是意料之中又意料之外啊，太囂張了。眾少年腦海中直接幫她腦補了後半句：「廢什麼話？」嗯，全句應該是「那就跑吧，廢什麼話」這樣才對。「承讓」是什麼鬼？

所以，什麼也別說了，不服氣的少年們撒腿狂奔。比就比，看誰輸！

媽的，一群神經病！在場邊的陳鷹快抓狂了，誰他媽的把這弄成比賽了？

那幾個男生跟米熙說什麼他沒聽到，離得太遠了，但說了幾句後，明顯那鬥志昂揚的氣勢和前後帶跑的戰術隊形太明顯了。這邊魏小寶還跟眾「學弟」們爭論著圈數，現在跑的不能算數，要把米熙前面跑的圈數都加上才公平。

圍觀的人越來越多，甚至有好幾個是老師，還有不少人拿手機出來拍。陳鷹的腳開始打拍子，所以說出來玩也是門學問，遛孩子也是項有難度的工作。一不小心遛著遛著，孩子就遛野了。

又過了好一會兒,跑道上的局面已經有高下之分,雖然田徑隊的男生們不像之前那些早早退場,但他們的體力已經不如剛開始時,而且戰術上一開始是要保持速度,留存體力最後衝刺,可米熙這跑法不分開始結束,她就是想跑跑,才不顧忌那麼多,所以她的速度是快的,男生們想要場面好看些,就不能比她慢,那戰術就亂了。時間一長,體力跟不上,終於有兩人停了下來,其他幾個還在咬牙跟跑,真的只是跟跑而已,因為米熙跑在最前面,把他們甩開十多公尺。

陳鷹忍不住了,他推開前面圍觀的人群,站在跑道邊,在米熙跑過來的時候,指著她道:「妳,過來!」手指勾了勾。米熙很聽話地跑了回來,小臉跑得紅撲撲的,滿頭汗,眼睛卻是亮得出奇,顯然她跑得很是痛快。

「不許再跑了,像小瘋子似的。」陳鷹一邊抱怨一邊拿面紙幫她擦汗。魏小寶也擠過來,不知道從哪搶來一瓶水,轉開了給米熙喝,「行不行啊,不能馬上停,慢慢走緩一緩,再喝點水。」

「沒事沒事。」米熙連連擺手,被陳鷹牽著擠過人群走出去了。幾個男生這時候跑了回來,停在原地大喘氣,一人高喊:「學妹,妳哪個系的?加入我們田徑隊吧!」

米熙停下來,「田徑隊是什麼?」

這問題是故意的嗎?喊話的人臉一黑,但還是答了:「就是專門訓練田徑項目,像跑步之類的,參加比賽。」

米熙眼睛一亮,還有專門跑步的工作?「有錢嗎?」她問。

「……」全場寂靜。

很好,問得好,秒殺!陳鷹很滿意,丟下一群傻眼的臭小子,帶著米熙走了。

「居然沒錢嗎？」米熙戀戀不捨地回頭看。這每天跑步的工作看起來比守車的保全來得過癮。

「還敢說？今天太出格了啊！」陳鷹訓她。這理由訓別的女生不行，訓米熙卻是可以。米熙果然頭低低的覺得羞愧了。是啊，太出格了，她在大庭廣眾之下跟一堆男子瘋跑。哎呀，後悔了，她是怎麼回事，不該幹這等事的呀！

「跑得高興就行。」陳鷹又說。

陳非在一旁聽得暗自翻白眼，這訓話的邏輯到底是什麼？一會兒太出格，一會兒高興就好。

「嗯。」可是米熙還點頭了，這理解能力非凡啊！陳非推推眼鏡。

這時候魏揚幾人追了過來，剛才被田徑隊拉住問了幾句，解釋她不是學妹只是來玩的云云，這才脫身。熱情的小夥子們向米熙詳細解釋田徑是什麼，米熙聽得一知半解，反正就是跑步很厲害的話有好處。

「米熙，妳是練過的吧？」魏揚問，山裡居然也這麼重視體育嗎？啊，不對，也許是他們出門要走很遠的路，米熙每天很辛苦爬山跑步，所以練出來了。這麼一想，魏揚真覺心疼。

「是啊，我練過的。」

米熙想起自己五歲開始練武，當時母親只生了她一個，五年了肚子再無動靜，父親原以為只她一個孩子，便想著培養她繼承衣缽，開始教她武藝。父親嚴厲，她練得辛苦，所幸她對習武也很有興趣，便一直練了下來。只是數年後母親又生了妹妹，再過數年，居然又生了弟弟。有了弟弟，她這個女兒便不再是從軍的好人選。米熙想起當年父親帶自己上戰場自己被嚇哭的那回，她想父親斷定她不該從軍也不是因為弟弟，是她自己不爭氣，她讓父親失望了。又因為練武，她家裡為她說親時曾被對方挑剔說她粗蠻。米熙當時聽說後很不服氣，她哪裡粗蠻，她明明是文武雙全。可惜啊，文武雙全也沒能嫁出去。

正走神，腦門一痛，被彈了一記。米熙吸口氣，揉了揉，看見陳鷹瞪她，「走路都能發呆！」

米熙抬頭一看，面前是一片湖，湖中一大片荷葉，還有些荷花苞。「甚美。」她讚。原來學校是這麼好的地方啊！

「再過一段時間，荷花就會開了，到時候更美。」魏揚說著，看了米熙一眼。

陳鷹戒心陡生，這小子的意思是到時再約米熙來看？不過魏揚沒有說，陳鷹心道算你聰明，你只要一說，到時約米熙來，我肯定會接著說太好了，到時候我們再一起過來。

好可惜，到最後魏揚也沒說，小夥子不給他這社會精英表現的機會，真是太狡猾了！

其實米熙這時心裡也有小波瀾，她看著荷葉，她想她可以踏著這些葉子跳到湖對面去，她可以做到，好想跳，可是她不敢，惆悵啊！

眾人繼續走，魏小寶拉著米熙介紹校園各處，魏揚的同學還沉浸在米熙剛才滅殺田徑隊的威風中，時不時要跟米熙搭幾句話。大家走一走聊一聊，到中午時候把學校逛了一半。

「那是第一食堂。我們這個學區有四個食堂，那個是最大的，不過飯菜一般。第二食堂的最好，但是還得走一段路。」魏揚介紹著。

「我當初總在第三食堂吃，那裡離我們宿舍近。」魏小寶說。

陳非和陳鷹不搭話，他倆不住校，很少混食堂，沒什麼發言權。其他人也沒理他倆，大夥兒一商議，還是在這大食堂吃有氣氛。

陳鷹抿抿嘴，有點不贊同。他原來的計畫是讓米熙參觀完就走，到外面吃好的，所以早上他有給米熙塞飽了她心愛的灌湯包，就怕她餓著。現在可好，這小沒良心的正興高采烈地拉著魏小

寶的手，跟著那幾個男生進食堂去了。

陳鷹橫了陳非一眼，他現在終於發現，今天一整天扯後腿的都是小寶同學。

陳非若無其事跟上，還說：「好久沒吃食堂了。」

切，陳鷹不屑，裝什麼裝，說得他好像吃過很多次似的。陳鷹走在最後面，其實他別的不操心，他什麼都能吃，戶外徒步時更不講究吃的，但自從米熙來了這裡，他哪頓不是好吃好喝地養著她，這食堂不是怕她吃不慣嗎？

結果米熙表現得很適應，對排隊買飯什麼的也非常好奇。一行人占了一個桌子，餐盤擺了一桌，各種菜，米熙吃了很多，多到她最後不好意思地跟陳鷹求救，很小聲地說她撐著了。

陳鷹覺得他存了二十八年的顏面今天一天都被她丟光了。

不動聲色地賴在食堂裡不走，說他累了多坐會兒，後來又遛達到附近的山坡小涼亭坐，說他想看看風景。直坐到米熙給他遞眼色她緩過來了，這才作罷。這過程米熙一直坐他身邊不太說話，陳非和魏小寶在附近走走看看，魏揚和他的同學就比較尷尬，後來同學都走了，就剩下魏揚作陪。陳鷹看在眼裡，樂在心裡，臭小子這下明白了沒，約會這種事哪是這麼容易的。

最後直到他們離開學校，魏揚也沒能與米熙獨處，陳鷹表示對這約會效果滿意，但滿意也沒能滿意太久，因為當天晚上米熙病了。

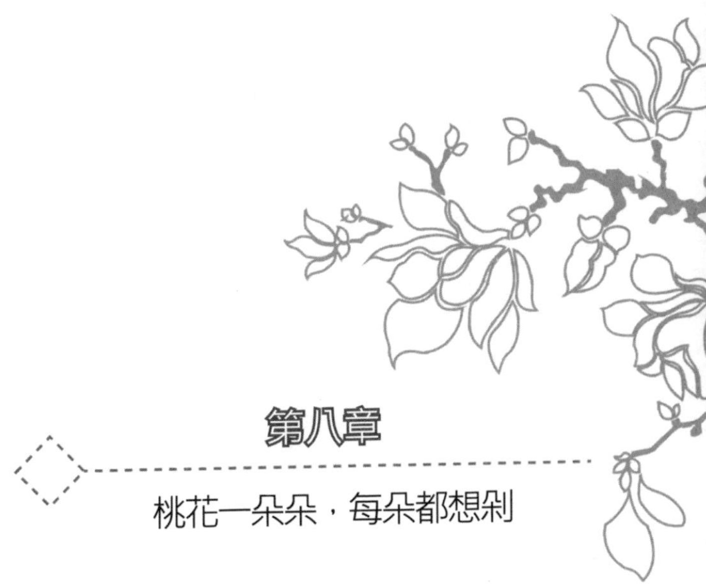

第八章

桃花一朵朵，每朵都想剁

最初，米熙是說吃多了不太舒服，他們就沒有按原計畫去坐船看夜景。回家後不到一會兒，米熙臉色怪怪的，在電視機前都坐不住，去了幾次廁所。陳鷹問她，她還一臉不好意思說的樣子。陳鷹頓時緊張了，一度以為她來大姨媽，他趕緊回想蘇小培有沒有幫她準備衛生棉，有沒有教她用過。

陳鷹坐不住了，不會最後得他跑去買衛生棉，得他來教她怎麼用吧？他也是生手啊！他趕緊去廁所打探，結果廁所裡沒人，轉回米熙房間，敲了敲門，門沒鎖，推門一看，米熙躺在床上，慘白著小臉，抱著肚子。

完了，還真是姨媽來了？痛成這樣，是因為今天跑壞了，姨媽生氣了？

「米熙，妳怎麼了？」陳鷹在想，這會兒打電話給蘇小培，讓她買衛生棉過來教米熙用，應該不過分吧？

米熙沒回答，抱著肚子搖了搖頭。

陳鷹伸手摸了摸，小臉蛋非常冰涼。

「呃……是那什麼來了嗎？」怎麼也得問清楚，不然他不好叫人。

米熙皺眉，「什麼來了？」

她痛得連聲音都弱了，陳鷹好心疼。

「就是妳那個……呃，大姨媽。」

米熙更迷糊了，「我母親是家中獨女，我未有姨媽。再者說，此處並非我家鄉。」難道還有別人也穿越來了，還號稱是她姨媽？又或者不是穿越的，反正就是騙陳鷹叔叔是她姨媽？米熙心裡一緊，掙扎著坐起來，「陳鷹，妳莫信她，我沒有姨媽。」

「行，妳躺著。」這都什麼跟什麼，「我是說，妳那個……每個月的，呃……肚子疼。」說月經這個詞她懂嗎？她們家鄉怎麼稱呼這個來著？

「肚子疼？」米熙臉微紅，「嗯……」

完了，還真是！陳鷹趕緊掏手機。

「早知道就不吃那許多了。」

「……」等等，掏電話的動作停住，此話怎講？

「我是覺得那飯菜甚是便宜，心裡一高興，便多吃了些。」這也是頭回她掏得起腰包請陳鷹叔叔和陳非叔叔吃飯，一時興奮過頭。魏揚是說他來請，但陳鷹叔叔他們也來了，她怎麼好意思讓魏揚破費，而且陳鷹叔叔老早就交代了，魏揚只是實習生，沒什麼錢，所以在食堂米熙給了魏揚錢買飯菜。豪氣了一把，覺得自己好有錢什麼菜都買得起，最後悲劇了。

「實在不該貪這便宜。」現在後悔來不及了。米熙越想越羞愧，臉漲得通紅。

陳鷹長嘆一聲，「是吃壞肚子了？拉肚子了嗎？」

米熙確實是拉肚子了，而且拉了好幾回，幾趟廁所跑下來虛得不行。

陳鷹嚇了一跳，看來等她自癒是不行的，趕緊聯絡家庭醫生上門。

醫生很快來了，仔細問了病情，看了看，開了藥給米熙，說只是吃壞肚子，問題不大，吃藥休息休息就好。又說米熙腸胃比較敏感，飲食要多注意，食材不新鮮或材料不好的就別吃了。

這一說到吃，米熙又羞愧了，差點沒用被子把自己埋起來。

送走醫生，陳鷹張羅給米熙吃藥。米熙看著那兩顆小藥片，有些不放心，「這般就行了嗎？」

「那還要怎麼樣？」幸好只需要吃藥，若是打針，看她怎麼哭。

「不喝湯藥真的行嗎？」

「行。」陳鷹斬釘截鐵，他上哪去弄湯藥，小藥片就很好，快吃。

米熙也沒多話，乖乖地把藥片就著水吞了。陳鷹忽然很有成就感，他家米熙多信任他。

吃了藥的米熙又去了一趟廁所，之後就沒再去了，一直躺著休息。

陳鷹過了好一會兒來看她，見她睜著眼睛盯著天花板，一副很無聊的樣子。

「睡不著嗎？妳可以去沙發上躺，還可以看電視。」這樣就不無聊了，小笨蛋。

「可是沙發是用來坐的。」

「誰說的？」

「……」不是嗎？而且客廳是公共地方，她一個姑娘家躺那裡多不像話，「我還是不去了。」

「隨便妳。現在電視是不是該演妳看的那個什麼電視劇，叫什麼來著，那個古裝武俠片。妳總說太假了，才不是這樣的那部。」

米熙抿了嘴，那電視劇確實是太假了，她在家鄉時可不是這般的，可就算假，也還是很有趣。她沒見過真正的武林，但聽了好多那裡頭的故事，那電視劇她喜歡。

「那妳好好看天花板吧，我走了。」陳鷹說完真走了。

米熙眨眨眼，看著天花板，再次悔恨自己貪吃吃壞了肚子。

客廳忽來傳來電視劇的聲音。啊，陳鷹叔叔開電視了，他也喜歡看電視劇嗎？米熙豎著耳朵聽，聽了一會兒，忍不住爬起來整理好衣服，決定告訴陳鷹叔叔她病已經好了，可以坐著看電視了。

米熙走出去，結果陳鷹完全沒問她話，就是看了她一眼。米熙想想，人家沒問就不用說。她

坐在沙發上靠著，肚子裡還有些翻騰，身上還覺得虛得慌，但電視劇太有趣了，她能撐住。可她沒留心自己越坐越歪，坐了會兒還覺得渾身不舒坦，左看右看，陳鷹叔叔抱著他的筆記型電腦在看，沒注意她。米熙眨眨眼睛，歪了歪，斜靠在沙發上，這下舒服一點了。坐了片刻，再斜一點，這下更舒服了。

電視很有趣，但她不太看得進去，眼睛有些睜不開了，可又捨不得走。這時候發現，自己坐的沙發上怎麼有個枕頭呢？一抬頭，陳鷹站在她身邊。

「躺著。」他發號施令。

有骨氣的人才不會被別人支使著在公共地方躺呢！米熙躺下了。

想想家裡就她跟陳鷹叔叔，她在房間裡躺，陳鷹叔叔來看她，和她在客廳當著陳鷹叔叔的面躺其實是差不多的吧？嗯，這麼一想，躺得踏實了。不能怪她，她真的是病了，很不舒服。

橫著看電視也是新體驗，要是有床被子就更好了！

這時身上蓋下來一床被子，好軟好舒服。

米熙眨眨眼，心裡感動得要命。陳鷹叔叔怎麼這麼好呢？是全天下最好最好的男子了。

「陳鷹。」米熙的小手從被子裡探出來，勾住他衣袖，「謝謝你。」謝謝你給了我一個家，謝謝你為我做的一切。

「要真有謝意就趕緊好起來。」看到她病懨懨的樣子他就煩心，還以為是鐵牛女漢子一枚，結果還是軟弱小千金。真是少管著她一點都不行，今天肯定是那個黃瓜炒肉片不太對，他吃著就覺得不太新鮮。

「以後吃東西注意點就好了。還有，在這裡不比妳原來家鄉，在這裡怎麼舒服怎麼來，沒這

麼多規矩。妳都生病了，還念著什麼這不行那不行，難道妳生病了還不能在妳爹面前躺躺？」這麼死板不撒嬌，太不討喜了。

「若是堂廳和書房，確是不能躺的，只能在自己屋裡躺。不過我在家鄉時鮮有生病時候，身體可好了。」

「哼！」陳鷹戳她腦袋，這是頂嘴嗎？「這裡我說了算，我說哪都能躺。如果生病了想讓我陪著說話，我又在書房忙，妳也可以去書房躺。公司我辦公室裡頭也有個休息室，妳中午睏了累了也能躺。」之前就告訴過她，她大概覺得那是他睡過的床，腦袋搖得像他邀請她上床似的。

「書房？躺地上嗎？」她居然問。

陳鷹噎住，書房確實是沒有可躺的地方。熊孩子又頂嘴，再戳她一下，「這是重點嗎？重點是態度。妳把這裡當家，就怎麼都自在，想幹什麼就敢幹什麼。只有外人寄住在這裡才會像妳這樣小家子氣，妳自己說，是不是？」

「我當家的，這裡自然是我的家。」米熙急得臉通紅，要坐起來。怎麼不是家呢？這裡就是她的家，陳鷹叔叔是她的親人，最親最親的家人。她每天睡前都跟爹娘弟妹說，每過一天，她的感恩便多一分。像她這樣毫無瓜葛的人，陳鷹叔叔能對她這麼好，她無以為報，只求日後她有能力，能為陳鷹叔叔做些什麼。

「好了，躺著。說兩句就急，急什麼，要沉著。妳把這裡當家就好，這裡是妳的家，所以妳不必拘束，坐著不必端正，走路不必穩重，想叫就叫，想吃就吃，想……」話沒說完噎住了，「哎，我可沒說想哭就哭啊！」

拿手指幫她抹眼淚，太犯規了，他又沒怎樣，熊孩子不是打人就是掉眼淚給他看，嚴重犯規。

米熙完全控制不住，八百年才病這麼一回，身體不舒服，鬧得情緒也相當脆弱。想到家鄉，想到爹娘，又想到如今幸得陳鷹叔叔對她好，她才得已衣食無憂，還能認識許多朋友，有這麼多人對她友善。一時間，心裡塞得滿滿的，眼淚嘩嘩流。

「還沒完了？」陳鷹轉身去抽面紙，「知道是妳家，行了吧？」

「電視劇就完了。」米熙話題有點跳，看到什麼說什麼。其實她是想說，在這裡有陳鷹叔叔，她還有電視看。

陳鷹無語了。她到底是為什麼哭的？要是為電視劇完了哭的，他能打她屁股嗎？理由是她欺騙了他的感情，他還以為她是因為他哭的。

有骨氣的人就應該現在轉身忙自己的去，讓她自己哭個夠，可是……

「還有一集。」他在沙發邊坐下，告訴她。

米熙吸吸鼻子，她知道。「廣告有八個。」她也好心回應。

「……」他有問廣告嗎？有問嗎？

米熙再吸吸鼻子，哭了一場覺得舒服多了，比那大夫的藥管用，所以說藥片不行，還是湯藥靠譜。這裡的人喝不上湯藥，怪可憐的。陳鷹的大手摸著她的腦袋，她想她應該告訴他這樣不合宜，畢竟男女授受不親，雖然他倆關係不一般，但沒事一直摸頭是不合宜的，是吧？應該是的。可她覺得好累，哭完竟然睏了，她不睡，她再等等，廣告一會兒就播完了，下一集就要開始了。對了，她還沒有告訴陳鷹叔叔不該摸她的頭。

陳鷹摸啊摸，發現米熙睡著了。被子裹著她，只露著小臉，烏黑的頭髮襯得臉色更白，哭得鼻尖紅紅的，現在正打著小呼嚕。陳鷹看著她，繼續摸著她的頭髮。她現在看起來很嬌弱，而他心裡說不好是心疼還是別的，也許是被她哭鬧的。小神經病，撒野跑個十公里，不講理打人，現在拉個肚子就哭給他看，還講電視劇。

小神經病，我家養著個小神經病！陳鷹摸摸米熙的鼻尖，長得這麼好這麼可愛，誰也料不到她這麼古怪吧？嗯，顧英傑不知道，魏揚不知道，只有他知道，所以他怎麼放心把她交給別人呢？看來考察對象的時候，還得加一條，能接受包容古怪個性。還有還有，要每餐都供得起好飯好菜、新鮮食材才能養好她。

電視劇開始了，陳鷹不想動，反正米熙沒醒，他沒擋著她看。再摸摸她的眉毛，眉毛也長得很好看，秀氣的弧度，濃淡適宜。嘴也長得很漂亮，唇瓣微微向上，笑起來特別甜，就是她對著不熟的人總是很嚴肅，像是凶巴巴地板著臉。其實她個性很軟，只是他們不知道。最漂亮的其實是她的眼睛，大大的，特別有神。睫毛也很長，又濃又密，像兩排小扇子。

陳鷹就坐在那裡看啊看，想起了那個月老。他到底在搞什麼鬼，只出現一次，把米熙交給他，他這月老的工作就算完成了？這也太偷懶了吧？他有很多問題想問他。米熙的三年到底是個什麼狀況，綁上紅線是什麼標準？談戀愛就算綁上了，還是得結婚？她才十七歲，三年，那才剛好夠年齡結婚，這時間是不是卡得有點緊？所以應該是談戀愛就綁上了？

正想著，米熙忽然睜開眼睛。陳鷹嚇了一大跳，米熙也嚇了一大跳。

「怎麼了？」陳鷹莫名有些心虛，搶先問了。

「想去廁所。」米熙揉揉眼睛，坐起來掀開被子去廁所。

陳鷹皺眉，等她出來了問：「還在拉嗎？」要是不行就去醫院再看看，打個針什麼的。

米熙搖搖頭。陳鷹放心了，「那就好。」其實他還真有些壞心想看看米熙被打針時會是什麼反應，會不會一個擒拿手按倒醫生奪下針筒。看著米熙認真正經的表情，好吧，他也只是想像一下，年輕人要有幽默感，他很年輕。

「怎麼還沒開始呢？」米熙在沙發上坐下，看著電視，「我還以為我睡著了。」

陳鷹一臉黑線，回頭看電視又在播廣告了，原來一集又播完了，可就算這樣，米熙也不能睡過了不認帳好嗎？他告訴米熙播完了，米熙傻眼，看了看錶，還真是播完了。

「所以妳應該去睡覺，回床上睡。」

米熙想了想，點點頭。轉身回房的時候，偷偷看了冰箱一眼，被眼尖的陳鷹發現了。

「米熙。」

「嗯。」米熙應了，停了腳步。

「我有跟妳說過，在家裡什麼事都可以做，什麼話都可以說，只要自己舒服就好，對吧？」

「嗯。」

「所以妳現在有什麼想跟我說的嗎？」

米熙咬咬唇，有些不好意思，「我覺得有些餓了。」

「嗯。」陳鷹點頭，這不是很正常的事嗎？「妳想吃什麼？」

米熙更不好意思了，「想喝粥。」

很好，家裡沒粥。小丫頭果然聽話，勇於表達。陳鷹揉揉額角，「我打電話幫妳叫個外賣好了。」雖說二十四小時營業，不過這麼晚不知道還送不送餐。陳鷹拿了電話打，米熙站在一旁看。

「要麼坐著，要麼躺著。」

米熙趕緊坐到他身邊。

電話居然沒人接，這什麼服務品質？陳鷹黑著臉，他家米熙想喝碗粥都不行嗎？你不願意送餐也該接接電話聽聽顧客的批評啊！陳鷹打了兩次都沒人接，而米熙就坐在旁邊看著他。

「呃……要不，喝杯牛奶？」

「好。」米熙很乖地答，不敢太挑剔，其實她還是想喝粥。

陳鷹起身去廚房幫她泡牛奶，一邊泡一邊餐廳的氣。拿了牛奶給米熙，看她捧著杯子小口小口喝著，他終於還是沒忍住，「我出去一趟。」沒多話，拿了鑰匙出門去了。他徑直殺到餐廳，氣勢洶洶，把服務生嚇到了。

「兩碗皮蛋瘦肉粥、一籠蟹黃小籠包，打包。」

哦哦，只是打包，不是打劫！

可是不打劫卻要訓話，在等食物出來的時候，這位客官一直在批評外賣電話沒有人接的事。服務生很委屈，外賣電話是幾家分店統一的，不歸他們管，可是這位客官也不管，打包等了多久他就訓了多久。

陳鷹拿了粥和包子，心裡才稍稍解氣。回到家，米熙那睛眼一亮的樣子，讓他也覺得高興。果然去餐廳罵一頓是對的。嗯，罵他們是重點，打包外賣只是順便的事。

可這樣靠著外賣真不是辦法，陳鷹覺得生病了想喝個粥還得求著外賣實在是有點丟臉。在米熙吃飽睡下後，陳鷹去廚房悄悄打了個電話給母親大人。

「媽，妳睡了沒？」

「就算睡了，接到兒子大半夜打來的電話，我也會精神一振的。」宋林的聲音果然體現出了精神一振的狀態。

那就是沒睡！陳鷹接著說：「我想熬點粥，求祕方。」

「熬粥沒有祕方，是常識。」

「那妳說說看，我來驗證下我娘是有常識的。」陳鷹跟娘親貧嘴慣了，沒覺得不好意思。

「就是拿鍋放水放米進去就好，然後開火等熟。」

陳鷹愣了愣，「我不是問白粥，放水放米開火我也會，我是想做點有味道的粥。」

「那想有什麼味道就放什麼調味料就好了，然後開火等熟。」

「……」陳鷹靜默兩秒，「對不起，打錯了。」真想掛電話！

「別跟你哥學。」

「我很忙啊，媽，回頭再給妳電話。」

「別跟你爸學。」

「不，是真的忙，我要去放米放水開火等熟。」

「做給誰吃？」宋林忽然反應過來。

「我掛了啊，拜拜。」

陳鷹接著打給陳非，「哥，你說我這麼晚打給小寶，讓她明天一早過來教我煮粥過分嗎？」

「你說呢？」

「我覺得挺過分的。」

「嗯，那晚安。」

「可是如果你打給她，約她一起來，我就覺得不過分。」

「你今天在學校被傳染了神經病嗎？」

「米熙拉肚子了，吃食堂吃的。多可憐啊，小丫頭舉目無親，一無所有，只想喝口粥。今天是小寶拉她去食堂吃飯的，她也該負點責任對吧？小寶是你的人，所以你也該負點責任對吧？我說這麼多，你別的都不用注意，就聽小寶是你的人那句就夠了。你想明天跟小寶約會嗎？帶她來我家煮粥吧。」

陳非覺得自己肯定也被傳染神經病了，因為他被說服了。他果然別的話沒注意，只聽到小寶是他的人這句了。這個責任他樂意背，可是打電話給魏小寶，卻聽到不好的消息。

「我媽明天約了人喝茶，要帶我一起去。」

陳非愣了愣，聽出意思來了，「是相親嗎？」

「也不算是。」

「那就是了。阿姨怎麼著急起來了？」阿姨，妳這麼花心合適嗎？妳不是相中我了嗎？相中了沒問清楚意願，妳就給小寶換對象，妳覺得合適嗎？

「沒有，就是一起喝個茶，我也沒想談戀愛。」

妳不想我很想啊！陳非想了想，決定這事真的不能再拖了，拖成米熙這樣這輩子結不了婚，得等穿越了找機會，太淒涼了。他趕緊打電話給弟弟，「小寶明天沒時間，我找程江翌過去教你。」

「為什麼是程江翌？」

「因為他會煮飯，還有，明天我們開個會。」

「我暫時還不想開家長會。」

「我想開。」

「幹麼？你突然這麼關心米熙，我心理壓力很大。」

「我想追小寶。」

「……」

「幹麼不說話？」

「小寶還用得著追嗎？你只要勾勾手指，她就撲過來了吧？只不過你這麼多年一直沒勾，我們都很奇怪。」

「是嗎？」陳非才不信，「我明天就去找她勾勾手指，如果她沒有撲過來，然後我們的關係還因此而破裂，做朋友尷尬，做同事不自在，這責任你負？」

「……」陳鷹無語，原來他哥混蛋起來也挺狂霸跩的，可他現在沒心思管別人啊，一個米熙他就頭疼死了，給她找對象太難了，現在還要管他哥？

「明天八點好了，我拉程江翌過去。」

「好吧。」家長會就家長會吧，那大家順便再商議一下米熙的事好了，反正都來了，也快一個月了，他們不交男人出來多不好意思，但是幫大男人追女人他真的沒什麼興趣，「其實你真的不考慮明天找小寶勾勾手指試試？」

陳非沉默兩秒，回答：「其實你這麼辛苦要幫米熙找對象，你有沒有考慮過自己？」

「我是禽獸嗎？」陳鷹差點跳起來了，「那個顧英傑我都嫌棄他老啊！我早年要是荒淫無度，都能把她生下來，我……」

「行了，明天見。」陳非把電話掛了。陳鷹瞪電話生氣，居然不讓他說完，他還沒說到重點呢。重點是，你們有沒有看過米熙的眼神，那麼乾淨那麼信任他，他要是對她起了淫心，他……

他這麼正直，嗯，這才是重點！

第二天，一行人來到了陳鷹家。

陳非先到的，愁眉不展，表情嚴肅。米熙很熱情地接待他，跑前跑後，倒茶給陳非叔叔，上水果，之後聽說陳非叔叔也沒吃早飯，米熙就自動請命，跑餐廳去買外賣。

「看著像生病嗎？」陳非皺眉頭，「得是嬌弱一點，才好帶小寶過來做飯。」幸好沒約上小寶，要不然她還以為他是騙她的，這樣多尷尬。

「切，你以為我騙你呢！米熙昨天病懨懨的樣子很嚇人，我昨天大半夜跑了一趟幫她買了粥，結果今天小牛犢一樣的又好了。」這傢伙這麼勤快跑出去，肯定是自己又饞灌湯包和粥了，借陳非的名義解饞呢，害他白擔心了一夜。

陳非皺了皺眉頭，小丫頭的康復能力太好了也讓人憂心啊！不對，不能這麼沒良心，應該說小丫頭的康復能力太好，讓叔叔沒什麼用武之地，這泡妞的藉口找起來都不太方便了。

兩兄弟還沒怎麼說話，這時候門鈴又響了，陳非去開門，想著應該是程江翌到了，結果，宋林站在門外。陳非和陳鷹兩兄弟嚇了一跳，「媽，妳怎麼來了？」

「昨天你不是打電話問我要怎麼做粥嗎？我這當媽的多好，多惦記兒子啊！這不，親自把自己送上門來，教兒子做粥嗎？」

「……」陳非橫了陳鷹一眼，這是有多蠢才會向媽請教做粥的方法。他家娘親大人，十指不沾油煙，被他家爹寵得完全不像話，他不知道嗎？

陳鷹無言以對，這肯定是學校裡有低智商病毒傳播，他不幸被感染，昨天腦子一熱，病情發作，所以就打了電話給媽。之後清醒過來，也是後悔不已啊！

宋林進了屋，左右看看，「是誰要吃粥？」

兩兄弟沒說話，心想，要吃粥的那個現在活蹦亂跳，在外面買粥呢！

「媽，妳有什麼事？」

「來看看兒子呀！沒想到這麼巧兩個兒子都在，正好我們母子三個很久沒好好聊聊天了，今天就聚聚。對了，老二，你家裡養的那個小丫頭呢？」

「她出去買早餐了。」聚一聚這種事，有點嚇人啊！

「嗯，那老大你怎麼也來了？」

陳非推了推眼鏡，一時沒想好要怎麼答。沒事來弟弟家串門，這個老媽是肯定不會信的。

這時候門鈴又響了，陳鷹趕緊去開門，一定是米熙回來了，他得提前先跟她打個招呼，免得被宋林嚇到。結果一開門，是程江翌。

「哎呀，聽說昨天你到A大遛孩子，在操場上跑遍天下無敵手，還掃蕩了人家食堂，是嗎？」還沒等陳鷹開口，程江翌嘰哩呱啦說了一堆，嗓門還特別大，「陳非那傢伙終於想開了，終於要對小寶下手了嗎？開這麼多次家長會，這次應該會是最舒心的吧？我太樂意開這家長會了。」

話還沒說完，看到宋林笑嘻嘻的臉，程江翌立刻閉嘴。糟糕了，怎麼家長會裡來了個真家長？可是說出去的話已經收不回來，他剛才是不是暴露了什麼？

好吧！他看到了陳非那張黑如炭的臉，看來確實是暴露了。

「阿翌啊，來來，快來坐，阿姨好久沒見你了，幾個孩子裡頭就你最懂事。」

是嗎？陳家兩兄弟一起瞪程江翌，瞪不了自家媽媽瞪他還是可以的，誰是誰家孩子呀？

程江翌瞪回去，亂認親戚的那個不是他好不好？他才是那個被占便宜的好不好？

「阿姨，好久不見，我太想妳了。」

馬屁精！陳家兩兄弟一起唾棄他，可是宋林看起來很受用，她笑咪咪地拉著程江翌坐下。

「家裡還好嗎？父母身體還好吧？」

「都挺好的。」

這還真話起家常來了？陳家兩兄弟瀑布汗。媽，妳接下來要不要問人家一個月薪水多少？

結果宋林沒問這個，宋林問的是：「什麼時候要個孩子呢？」

「快了，最近正在努力。」程江翌一點都不害臊，反正他說的是大實話。

「哎呀，那真是太好了！小培呢，今天怎麼沒來？」

「她今天加班去了，要不，肯定得跟著我來。」他夫妻倆感情好著呢，夫唱婦隨。

「這麼辛苦啊，週日還要上班。」

「不辛苦，她喜歡就好。」程江翌笑咪咪的，沒有半點不耐煩。

宋林轉向兩兄弟，「你們倆看看人家，夫妻兩個過得多好，感情多好。」

陳非心想，他倒是也想跟某人兩口子，這不是已經打算做些準備了嗎？不過人家程江翌兩口子過得好不好，跟他們有什麼關係呢？

陳鷹卻是暗自翻白眼，蘇小培那一型的女人，完全不是他的菜好嗎？他一點都不羨慕。

「所以我說，這幾個孩子裡就阿翌最好，要事業有事業……」

陳非和陳鷹都低頭清清喉嚨，說得好像誰沒事業似的。

「要老婆有老婆。」

好吧！這下兩兄弟不咳了，這一點他們認輸。

「又準備要有孩子了。」

這個他們也是輸。他們的孩子確實還比較遠，不對，是很遠。

「你們兩個也快點吧，跟人家阿翌好好學學。」

「媽，妳渴了吧？」陳鷹企圖岔開話題。

「老大，你是有什麼打算？小寶怎麼啦？」宋林不理陳鷹的招呼，問陳非。

陳非看了陳鷹一眼，陳鷹回他一個無辜的眼神。他剛才是有努力轉移話題，沒成功怪誰呢？

「你是打算對小寶下什麼手？」雖然沒人回答她，但宋林還是不依不饒地問著。

程江翌和陳鷹都不說話，轉頭看陳非。這種事情陳非自己回答好了，他們不能插嘴，萬一說錯了話，罪過就大了。

陳非一看這是躲不過去，只好道：「妳聽阿翌亂說呢，什麼下手不下手的？就是今天小寶要去相親，我是說，怕她所託非人，打算回頭好好提醒她要擦亮眼睛，選對人。」

「你這操心操得……管好自己的事吧！看人家多積極，都去相親了，到時候連孩子都生出來，你還在操心怎麼選人呢！」

陳鷹捂了捂胸口，替他哥疼了一下。娘親大人，妳這一刀捅得又快又狠又準。

「老二呢，你這邊是什麼情況？聽說你還給秦家的那個送禮了，叫什麼名字來著？對了，雨飛，是打算相處看看嗎？」

「哪跟哪呀？這不是跟他們簽了合約，禮貌上送個禮答謝一下嗎？」

「所以你現在是沒有意中人？誰也沒看上？」宋林看看陳鷹，又轉向陳非，「你也一樣嗎？」

兄弟倆不說話，宋林長嘆一聲。

三個大男人面面相覷，正揣測著老太太究竟是想幹麼，宋林又說了：「那你們三個今天聚一塊兒是要做什麼呢？」

「男人的聚會嘛，還能做什麼？」陳鷹打著哈哈。

「談論女人。」宋林下結論。

三個男人完全被噎住。雖不完全對，但離真相也不太遠。

「米熙呢？」

「去買粥了。」這個問題應該是可以回答的。

然後宋林笑了，笑得陳鷹很心虛。老媽是跟那個笑面虎老爸在一起生活太久了，現在笑起來也有些陰險狡猾的味道。

「米熙喜歡喝粥啊？」宋林問，但她沒指望有人回答，徑直又接著說：「我怎麼聽劉太太說，顧家那個小兒子，叫顧英傑的那個，好像想追個小丫頭，聽說就是那天在秦家辦的慈善晚宴上認識的。不會這麼巧，就是米熙吧？」

陳鷹一臉黑線。這些有錢人家的老太太，八卦的本事比狗仔隊還強，什麼劉太太還管得上顧家的事兒，還要跟陳家的太太說一說。還有那個顧英傑，跟米熙八字還沒一撇，只是一起吃了頓飯，怎麼就鬧得人盡皆知了？

「米熙其實沒那個意思，她還小。」陳鷹答。

「可是米熙的家人卻還是希望米熙能夠早點找到對象。他們山裡講究這個，很多人都是小小年紀就結婚生子的。現在山裡的家雖然沒了，但米熙的家人把她託付給陳鷹的時候，卻也交代了希望能幫米熙找到好的歸宿，所以我們三個才聚在一起想辦法。」這是程江翌在說話。一說完就被陳鷹皺眉瞪，這算扯後腿嗎？這算叛徒嗎？

「這樣啊！」宋林的表情顯示出她對這事很有興趣，「那個顧家小子不行嗎？」

「米熙才十七！」陳鷹道：「顧英傑都二十五了！」

「這不是剛剛好嗎？」宋林道：「男的比女的歲數大些，會疼人，又體貼。」

陳鷹不高興了，覺得他家娘親這是胳膊往外拐，怎麼幫著外人說話呢？

「媽，這套理論是哄那些嫁不出去，不得已挑些老男人的人說的。米熙哪會一樣？米熙才十七歲，長得漂亮，又乖又聽話，她怎麼就不能找個年齡相當又疼她，條件又合適的男人呢？」

「我沒說她不能找啊，我這不是說顧家那小子也挺合適的嗎？」

「完全不覺得。」陳鷹不高興，臉都板了起來。

宋林看著他，又笑了，「那什麼男的比女的歲數大些會疼人，是哄嫁不出去只好挑老男人的話，你可不能亂說，讓你爸爸聽到了會揍你。」

陳鷹愣住，頓時想起他老爸確實比他媽大了七歲，真的跟顧英傑和米熙的情況差不多。陳鷹不說話了，反正是不一樣的，顧英傑只能算備選，不算太合適。

宋林笑笑又說道：「幫米熙找對象的事，靠你們三個大男人怎麼行？尤其是還有兩個大齡沒人要的，哪搞得定這麼有難度的事？」

誰是大齡沒人要的啊？這是親生的媽媽？

「你們應該來找我幫忙啊！」宋林道。

陳家兩兄弟不說話。那樣太驚心動魄了，不敢找，很容易引火上身。

這時候宋林又長嘆一聲，演得火候剛剛好，「話說回來，人家小丫頭年紀不大，就知道該著急找對象了，你們呢？」

看看，果然燒過來了吧？

「這樣吧，我會幫你們留意看看，如果有合適的對象，就幫米熙介紹。」

媽，妳看妳這操心操得……管好自己的事就行了，難道妳不用照顧老爸了嗎？還是專心照顧老爸吧，他身體這麼不好。

陳鷹的話全存在心裡，沒擠出來。

「對了，你為什麼不讓她上學呢？校園是愛情的溫床，上學的時候最容易找到對象，對吧？」

陳非摸摸鼻子，完全不想反駁自家老媽的話。上學是為了找對象的嗎？上學是為了學知識拿文憑，日後好找份好工作，可陳鷹卻是心裡一動，這話雖然說得沒節操了些，卻也有一定的道理。米熙這個年紀，想找跟她年齡相當的對象，只有在學校裡了，出了社會的都比她大一截，可她的基礎太差，能上什麼學？而且學校裡大多都是他很討厭的毛頭小子，配不上米熙卻要來追她，怎麼辦？看來他得再好好想想。

「就這麼定了。」宋林很果斷地下了結論。

「定什麼了？」陳鷹嚇了一跳。

「定了我幫米熙好好張羅這事。兒子，你放心，這點小事不用放在心上，交給我吧。」

還是不要吧，既然知道他很忙，就不要再添亂吧！陳鷹正想展開勸說大計，米熙回來了。

小丫頭拎著粥和包子，精神抖擻，神采奕奕，弄得陳非又看了陳鷹一眼。昨天大半夜這麼鬧，還以為多嚴重，幸好沒有驚動小寶，要不然他的面子往哪擱？

米熙見宋林也在，規規矩矩地施了個禮，跟宋林問好。宋林笑咪咪的，越看這小丫頭越喜歡。她告訴米熙，有機會要帶她出去玩，剛才她還跟她幾位叔叔們都商量好了，她要幫她介紹好對象。米熙驚喜地睜圓了眼睛，連聲道謝。

陳鷹使勁揉額角，誰跟誰商量好了？還有那小傢伙，十七歲的那個，怎麼誰說幫妳介紹對象妳都收呢？骨氣呢？節操呢？良心呢？小沒良心的！

就在陳鷹家裡一群人笑笑鬧鬧的時候，劉美芬卻是被手機鈴聲嚇醒了。

（未完待續）

作　　者　汀風
封面繪圖　大小喵
責任編輯　施雅棠　羅婷婷
國際版權　吳玲緯
行　　銷　陳麗雯　蘇莞婷
業　　務　李再星　陳玫潾　陳美燕　杻幸君
副總編輯　林秀梅
副總經理　陳瀅如
編輯總監　劉麗真
總 經 理　陳逸瑛
發 行 人　凃玉雲
出　　版　晴空
城邦文化事業股份有限公司
104台北市中山區民生東路二段141號5樓
電話：（886）2-2500-7696　傳真：（886）2-2500-1967
發　　行　英屬蓋曼群島商家庭傳媒股份有限公司城邦分公司
104台北市中山區民生東路二段141號2樓
客服服務專線：（886）2-25007718；25007719
24小時傳真專線：（886）2-25001990；25001991
服務時間：週一至週五上午09:00~12:00；下午13:00~17:00
劃撥帳號：19863813；戶名：書虫股份有限公司
讀者服務信箱：service@readingclub.com.tw
晴空部落格　http://blog.yam.com/readsky
香港發行所　城邦（香港）出版集團有限公司
香港灣仔駱克道193號東超商業中心1樓
電話：852-25086231　傳真：852-25789337
E-mail：hkcite@biznetvigator.com
馬新發行所　城邦（馬新）出版集團【Cite (M) Sdn Bhd】
41, Jalan Radin Anum, Bandar Baru Sri Petaling,
57000 Kuala Lumpur, Malaysia.
電話：(603) 9056-3833　傳真：(603) 9056-2833
Email：cite@cite.com.my
美術設計　洸譜創意設計股份有限公司
印　　刷　沐春行銷創意有限公司
初版一刷　2015年07月14日
定　　價　250元
I S B N　978-986-91746-8-8

綺思館 18
吾家有妻驕養成（上）

國家圖書館出版品預行編目資料

吾家有妻驕養成 / 汀風著. -- 初版. -- 臺北市：
晴空出版：家庭傳媒城邦分公司發行, 2015.07
冊；　公分. --（綺思館；18）
ISBN 978-986-91746-8-8（上冊：平裝）

857.7　　104010214